Léger Comme une Plume...

Zoé Aarsen

Léger Comme une Plume...

2

Traduit de l'anglais (États-Unis)
par **Marie Furthner**

hachette
ROMANS

Photos de couverture : © Jonathan Knowles / Getty

Traduit de l'anglais (États-Unis) par Marie Furthner

L'édition originale de cet ouvrage a paru
en langue anglaise sur Wattpad sous le titre :
LIGHT AS A FEATHER, COLD AS MARBLE

Hachette Livre, 58 rue Jean Bleuzen, 92170 Vanves.

Chapitre 1

Le matin du réveillon de Noël, je me suis assise sur les marches en ciment froides du perron, la tête tournée vers la route de campagne au bout de la rue Martha pour regarder les quelques voitures passer au coin. J'avais entendu le voisin, M. Emory, démarrer sa Hyundai Sonata noire avant le lever du soleil et mon cœur battait la chamade d'anticipation. J'avais fait le calcul un milliard de fois depuis que les Emory avaient quitté l'allée de leur jardin en voiture : il fallait deux heures et demie pour conduire jusqu'à Florence, sur la frontière nord du Michigan, où se trouvait l'académie militaire de Trey, puis deux heures et demie pour revenir. Il était presque midi et, dans quelques minutes, Trey et moi serions réunis.

Je commençais quand même à me demander si les Emory n'avaient pas décidé d'aller directement chez les grands-parents de Trey pour les vacances ou quelque chose de ce genre. Je ne savais même pas si les grands-parents de Trey étaient encore en vie, ni, si c'était le cas, où ils habitaient. La seule chose que je savais, c'est que je voulais qu'il m'aperçoive à son arrivée, quand ses parents dépasseraient notre maison, pour que je puisse lui faire un coucou et lui faire comprendre que j'avais besoin de le voir de toute urgence.

Je m'attendais évidemment à ce que nos parents fassent tout ce qui était en leur pouvoir, certes limité, pour nous empêcher de nous fréquenter. Ce ne serait pas facile pour eux vu que nos maisons étaient à moins de trente mètres l'une de l'autre. Mais, étant donné la pagaille qu'on avait réussi à semer ensemble moins de deux mois plus tôt, il était normal qu'ils jugent sage de nous séparer. J'avais été inculpée pour non-respect de feux rouges, excès de vitesse, refus d'obtempérer et troubles à l'ordre public. Pas mal pour une fille qui, auparavant, ne s'était jamais pris ne serait-ce qu'une seule heure de colle en seize ans de vie. J'avais eu de la chance que Mme Emory n'ajoute pas à cette liste vol de véhicule puisque, techniquement, c'était à Trey, son fils, qu'elle avait prêté sa Honda Civic, et non à moi, en ce jour tragique où lui et moi avions entraîné quasiment toute la police de notre petite ville dans une course-poursuite délirante jusqu'au lac White Ridge.

On aurait dit que c'était un million d'années plus tôt, comme un cauchemar si effrayant que le simple fait d'y repenser provoquait une sensation désagréable de chaleur et de nausée dans tout mon corps. Lorsque j'avais eu à gérer la police et le tribunal après ce calvaire, je souffrais encore d'une commotion que j'avais subie en tombant dans les escaliers du lycée quand je courais après Violet. Mes souvenirs des détails du procès étaient franchement très flous, et je n'avais pas eu le droit d'assister aux audiences de Trey. Je ne connaissais pas la liste des choses dont il avait été inculpé. Je savais juste qu'il avait été plus sévèrement puni que moi parce qu'il avait déjà un passif d'agression verbale avec les profs et qu'il avait séché des cours.

Si cette journée qui nous avait tant mis dans le pétrin ressemblait réellement à un cauchemar, ce n'était rien comparé aux *vrais* cauchemars dont je souffrais au lycée Dearborn pour filles, l'internat dans lequel j'avais été envoyée pour suivre un programme de modification du comportement. La nuit, quand je fermais les yeux, mon cerveau était envahi par les visages et les voix de mes amies, Olivia et Candace, mortes récemment. Je n'arrivais pas à comprendre pourquoi elles continuaient à occuper mes rêves en me suppliant de changer les circonstances ayant entraîné leur mort tragique. Je croyais pourtant que Trey et moi avions fait exactement ce qu'elles nous avaient chargés de faire. Or c'est justement parce qu'on avait suivi les signes cryptiques qui nous avaient été envoyés qu'on se retrouvait dans un tel pétrin, parce qu'on avait fait ce qu'on croyait qu'elles nous demandaient pour mettre un terme au sort que Violet avait jeté.

Le vent soufflait doucement et on entendait le bruissement des feuilles mortes le long de la rue lorsqu'une voiture a tourné au coin et s'est avancée vers moi. J'ai commencé à flipper, jusqu'à ce que je me rende compte que la voiture était une Cadillac blanche, sans doute celle de M. Waldbaum, qui vivait un peu plus loin. J'ai entendu la porte moustiquaire s'ouvrir derrière moi et je me suis retournée sur ma mère qui venait de sortir, une tasse de café à la main.

— Pourquoi est-ce que tu ne rentres pas ? J'ai mis des chansons de Noël et je prépare du chocolat chaud, a-t-elle annoncé.

Ma mère était à fond en mode parent depuis qu'elle était venue me chercher à Dearborn la veille au soir. Je passais souvent une grande partie de l'été avec mon père et sa copine, Rhonda, en Floride, donc ces dernières semaines en pensionnat ne correspondaient pas à notre période de séparation la plus longue. Mais celle-ci avait été particulièrement difficile pour ma mère et pour moi, parce que terriblement abrupte et inattendue. Ma mère avait décoré toute la maison pour les fêtes, ce qui ne lui ressemblait pas du tout. J'imagine qu'elle le faisait surtout pour moi. Elle avait gardé la décoration du sapin pour quand je serais de retour et je savais qu'il était important pour elle que je montre de l'enthousiasme, même si en réalité Noël était bien la dernière chose que j'avais à l'esprit.

Je m'étais rendu compte la veille au soir, après le long trajet en voiture depuis mon internat dans le Michigan, que Trey et moi n'avions pas réussi à mettre un terme au sort paranormal que Violet avait jeté sur moi et mes autres amis plus tôt cette année-là. Elle nous avait laissé croire qu'on avait réussi pour qu'on nous envoie purger nos peines et qu'elle puisse continuer à vivre sa vie de fille la plus populaire du lycée Weeping Willow, capitaine de l'équipe des pom-pom girls de première et présidente de promo. Je me trouvais ridicule d'avoir passé ces six dernières semaines à me dire que j'avais fait du bon boulot. Je m'étais convaincue que mon expérience misérable à Dearborn à porter un uniforme qui grattait et à suivre des routines strictes était tolérable parce qu'au moins j'avais vengé la mort injuste d'Olivia et de Candace, et que j'avais sauvé la vie de Mischa.

Mais je m'étais trompée. Je purgeais une peine parce que j'avais été incroyablement idiote.

— J'arrive tout de suite, maman, l'ai-je rassurée.

— Chérie, je ne veux pas que tu sois déçue quand les Emory rentreront, a dit ma mère, qui avait clairement passé la matinée à m'épier.

Ma mère n'était pas idiote. Malgré son esprit de Noël, elle restait extrêmement fâchée après moi parce que je ne lui avais pas confié la raison pour laquelle Trey et moi nous étions mis dans une telle situation en novembre. Pour ceux qui ne connaissaient pas les détails, on donnait l'impression d'avoir simplement décidé, sans raison, de s'en prendre à Violet, la nouvelle qui était arrivée en première après avoir déménagé de la banlieue chic de Chicago. C'était comme si je l'avais attaquée dans les couloirs de l'école pendant le match de basket contre le lycée Angelica, que je l'avais poursuivie dans tout le lycée puis agressée avant de lui voler le médaillon qu'elle avait hérité de sa grand-mère et de le jeter du pont du lac White Ridge.

Mais comment est-ce que je pouvais expliquer à ma mère que j'avais été suffisamment débile pour jouer à un jeu occulte avec Violet à la fête des seize ans d'Olivia… un jeu dans lequel Violet avait prédit la façon dont deux de mes amies mourraient peu de temps après dans les détails les plus horribles ? Aucun adulte ne nous croirait, moi ou Mischa, si on disait que Violet avait eu le pouvoir de provoquer la mort d'Olivia et de Candace. Les adultes, et surtout ma mère, diraient tout simplement que je devrais avoir honte d'avoir joué à un jeu si puéril et de mettre mon sale comportement sur le dos d'une Violet au visage d'ange. J'avais même demandé à mon père, qui était psychiatre, s'il pensait que le jeu auquel on avait joué à la fête pouvait potentiellement être dangereux, mais il m'avait tout de suite contredite en expliquant que ce n'était qu'un simple phénomène d'hypnose.

— Mary Jane et moi avons eu une discussion pendant que Trey et toi étiez partis, et nous en sommes arrivées à la conclusion que ce serait mieux que vous ne passiez pas trop de temps ensemble pendant les vacances. Peut-être que les choses auront évolué d'ici cet été. Mais pour l'instant… ça ne fait que quelques semaines que vous avez été condamnés. Je ne crois pas que ce serait une bonne idée de se mettre dans la situation d'attirer l'attention du juge Roberts si vite.

Tout ce que ma mère disait était juste et valable. Mais ce n'était pas moi qui avais à nouveau agi au risque d'attirer l'attention du juge, c'était la chose qui hantait ma chambre qui était responsable du déclenchement de mes boîtes à musique dès que je m'étais posée sur mon lit pour me détendre la veille en arrivant. Je ne comprenais toujours pas pourquoi ma chambre était hantée. Est-ce que c'était l'esprit d'Olivia, mon amie si belle, la première à mourir ? Ou celui de Candace, la grande gueule, qui était morte noyée à Hawaii quelques semaines après l'accident de voiture d'Olivia ? Ou alors celui de ma jumelle, Jennie, qui était morte à l'autre bout de la rue huit ans plus tôt, lorsque notre maison de l'époque avait entièrement brûlé ? Est-ce que c'était elle qui tentait de me protéger ?

En tout cas, quelle que soit l'identité de ce fantôme qui hantait ma chambre, il avait fait en sorte de bien me faire comprendre non seulement qu'il était là mais aussi que, clairement, le médaillon que j'avais jeté dans le lac White Ridge n'était pas ce qui reliait Violet à un esprit maléfique lui donnant le pouvoir de prédire les morts. L'esprit me suggérait que la connexion se faisait par le manoir immense et majestueux dans lequel Violet et ses parents habitaient à la périphérie de la ville.

C'était de ça que je devais parler à Trey de toute urgence.

Ce n'était pas terminé. On était toujours en danger, et Mischa plus que tout.

Tant que cette gigantesque maison resterait debout, la mort prédite par Violet pour Mischa en septembre pourrait se produire à tout moment. Maintenant que je comprenais que c'était la maison depuis le début, j'étais étonnée que Mischa ne soit pas morte comme l'avait annoncé Violet pendant les semaines que Trey et moi avions passées loin de Willow. Elle était complètement vulnérable et elle n'en avait pas la moindre idée.

— Je sais, maman, lui ai-je répondu gentiment. Je ne cherche pas à me mettre dans une situation cheloue, je veux juste lui faire un petit signe. C'est tout. Juste un petit signe de la main.

Le rictus désapprobateur de ma mère n'a pas disparu de son visage lorsqu'elle a rouvert la porte moustiquaire. Maude, son chiot, s'est mise à gratter la porte de l'intérieur pour qu'on lui ouvre et qu'elle puisse nous rejoindre.

— Bon. Ne reste pas ici trop longtemps, il fait froid. Tu vas attraper la mort.

Je ne peux pas attraper la mort. Je suis déjà morte, d'après Violet, ai-je pensé de façon glauque.

J'ai tourné la tête vers le bout de la rue dès que ma mère est retournée à l'intérieur. À droite, au coin, juste après la maison jaune des Ferguson, se trouvait l'emplacement de notre ancienne maison, avant qu'elle soit engloutie par les flammes. À présent, le terrain était envahi de mauvaises herbes, mais personne dans le quartier n'osait reconstruire quelque chose dessus. Aucune famille ne voudrait jamais construire une nouvelle maison sur un site où une petite fille avait péri dans les flammes, et le quartier refusait systématiquement les propositions de divers groupes suggérant l'installation d'un parc ou d'un centre communautaire à cet endroit. Même si je détestais avoir à passer devant le terrain tous les jours, j'étais reconnaissante qu'il soit toujours là, tel quel. C'était comme un monument désordonné et désastreux à la mémoire de la vie perdue de ma jumelle, aussi terrible que le chagrin de ma mère pendant les années qui avaient suivi l'incendie.

Puis, enfin, une berline noire est arrivée.

Je me suis levée quand j'ai vu qu'il s'agissait effectivement de la Hyundai de M. Emory. À travers les vitres teintées de l'arrière de la voiture, j'ai vu Trey lever la tête et me regarder dans les yeux de son regard bleu-vert magnifique. Il m'a vue. Je me suis à nouveau affalée sur les marches et je me suis demandé si on aurait seulement l'occasion de s'embrasser pendant les vacances si nos parents se décidaient vraiment à épier chacun de nos mouvements comme ma mère venait de le suggérer. Pendant les semaines qui nous avaient séparés, on avait seulement pu se parler quelques minutes au téléphone le dimanche soir, et sans doute que nos appels étaient sur écoute. Le manque d'interaction physique ou même l'impossibilité de partager ne serait-ce qu'une petite conversation privée me rendaient folle.

Les Emory se sont garés et, quelques instants plus tard, la porte du garage se refermait automatiquement. Ma respiration s'est accélérée : et s'ils envoyaient immédiatement Trey dans sa chambre ? Mais, peu après, il est ressorti par la porte de devant et a traversé le jardin à travers l'herbe gelée qui crissait sous ses pieds jusqu'à moi. J'avais soudain la bouche toute sèche et les mains moites. C'était difficile à croire, mais j'avais oublié à quel point il était sexy. Ses cheveux, auparavant suffisamment longs pour qu'il les range derrière ses oreilles, avaient été rasés, faisant paraître ses yeux bleu-vert encore plus grands et intenses. Son visage était plus fin et ses mâchoires étaient plus solides, comme s'il était devenu adulte en l'espace de six semaines.

— Coucou, a-t-il dit à un mètre de moi, les mains dans les poches de son blouson noir.

— Coucou, ai-je répondu.

Les circonstances étaient un peu bizarres, c'était difficile de savoir quoi faire. Je voulais courir dans ses bras et l'embrasser en plein jour, sous les yeux des voisins. Mais je ne savais pas s'il ressentait toujours la même chose pour moi qu'en novembre, quand on était allés jusqu'au lac White Ridge en voiture. Beaucoup de choses pouvaient changer en six semaines. Surtout quand il était à peine possible de communiquer.

— Hum, ta mère nous observe par la fenêtre, a-t-il ajouté en rougissant un peu avant de regarder ses pieds.

— Oh, ai-je rigolé.

Je comprenais mieux pourquoi il ne m'avait pas immédiatement embrassée.

— Tu crois qu'elle va débarquer si je m'assois ? a-t-il demandé.

— Je crois pas.

Trey m'a rejointe sur les marches en ciment et m'a fait un bisou sur la joue, ce qui était un peu moins romantique que ce que j'espérais, sauf qu'il a laissé ses lèvres sur ma peau pendant près d'une minute.

— Tu m'as manqué, a-t-il chuchoté. Ça fait du bien de te voir. C'est génial, même. J'arrive pas à croire qu'on est ici, enfin ensemble.

J'étais tellement touchée de l'avoir à côté de moi que j'ai failli en oublier pourquoi j'avais tellement besoin de lui parler dès son arrivée, avant même qu'il commence à fêter Noël en famille.

— Tu m'as manqué aussi, mais écoute-moi, ai-je commencé d'un ton grave. On s'est trompés. On s'est complètement trompés. C'était pas le médaillon. C'est la maison.

Trey s'est immédiatement redressé, l'air en colère puis confus.

— Mais comment c'est possible ? Ta chienne a gratté un cœur dans ton jardin et Violet portait son médaillon tous les jours. C'était forcément le médaillon.

J'ai secoué la tête :

— Je crois que c'était fait exprès pour nous mettre sur une fausse piste depuis le tout premier jour, quand on a rencontré Violet au lycée. Quand je suis arrivée hier soir, le fantôme était de retour et s'est mis à jouer avec mes boîtes à musique. Et quelque chose a dessiné une maison grâce à la condensation sur la fenêtre de ma chambre. Je te promets. Ce n'est pas encore fini.

Trey est resté silencieux un moment, et j'ai entendu la porte d'entrée de sa maison s'ouvrir. Sa mère, qui avait sans doute dix ans de moins que la mienne, est sortie sur le perron en resserrant un peu plus son pull contre elle. La mère de Trey était jolie, blonde et menue. C'était difficile de penser qu'un garçon aussi grand et ténébreux que Trey puisse avoir été fait par quelqu'un d'aussi petit et fragile que sa mère.

— Trey, tu rentres ? J'aurais besoin d'aide pour la pâte à cookies.

— Deux secondes, maman, a lancé Trey depuis notre entrée.

— Bonjour, McKenna, m'a-t-elle saluée d'un ton enjoué, comme si elle n'avait pas eu de conversation sérieuse avec ma mère ces derniers jours sur le fait que Trey et moi ne devions pas passer de temps ensemble.

— Bonjour, madame Emory ! lui ai-je répondu en essayant d'être joyeuse.

— Joyeux Noël ! m'a-t-elle souhaité avant de retourner à l'intérieur.

— De la pâte à cookies ? ai-je taquiné Trey.

Trey ne donnait pas exactement l'impression d'être du genre à aider en cuisine.

— Vas-y. Ma mère pète un câble tellement elle est contente que je sois de retour quelques jours. Du coup, je dois un peu faire le bon garçon.

— Oui, m'en parle pas, ai-je ajouté en pensant à ma propre mère.

— Bon, alors on fait quoi ? a dit Trey, qui pensait tout haut.

— Aucune idée, ai-je avoué.

Mon cerveau était totalement vide. C'était flippant. Je n'avais aucune idée de quoi faire ou quoi penser. J'avais envie d'appeler Mischa pour la prévenir, mais ça aurait été cruel si on n'avait pas au moins un plan.

— Si on brûle la maison, on va vraiment se mettre dans une situation impossible, ai-je ajouté. Je ne vois pas comment on pourrait y arriver sans se faire prendre. Et on fait quoi si ça aussi c'est un piège ? Qu'est-ce qu'on fait si ce qui relie vraiment Violet à sa grand-mère est quelque chose qu'on ne devinera jamais ? Et si ce n'est pas sa grand-mère qui est derrière tout ça ? Et si on s'était trompés sur toute la ligne ?

Trey a inspiré longuement avant de soupirer à grand bruit pour se vider les poumons. La vapeur s'échappait de sa bouche dans l'air gelé.

— Si seulement on avait un contact de l'autre côté qui en savait autant que Violet. J'ai l'impression qu'on n'y arrivera jamais tout seuls.

— Ben, en quelque sorte on a un contact, ai-je suggéré en parlant de l'esprit (de qui, je n'en savais rien) qui n'arrêtait pas de me faire tourner en bourrique chez moi.

Il avait débuté en jouant avec mes affaires dans ma chambre avant de passer à la plaque de cuisson dans la cuisine quand j'ai commencé à éviter ma chambre, tout ça je suppose pour attirer mon attention. Je me suis demandé, lugubre, si les activités étranges avaient cessé pendant que j'étais à l'internat ou si ma mère avait été tourmentée. Je n'avais aucun moyen de lui demander de façon subtile si elle avait été hantée pendant mon absence.

— Enfin, en tout cas, il a l'air de vouloir entrer en contact avec nous, ai-je poursuivi.

— On a besoin de quelqu'un à qui on pourrait poser des questions, a poursuivi Trey. Plus d'histoires cheloues avec la planche Ouija. On a besoin de réponses, pas de devinettes. On a besoin d'un esprit à qui on peut tout simplement demander qui fait ça, pourquoi, et s'il y aurait un moyen de…

— Trey !

La voix grave de M. Emory nous a tous les deux surpris. Il était sorti de chez lui et se tenait les poings sur les hanches, avec ses lunettes qui pendouillaient d'une de ses mains. Il a ajouté :

— Ta mère a besoin d'aide à la cuisine. Tout de suite.

Trey a levé les yeux au ciel avant de se redresser pour rentrer chez lui.

— Celui-là, alors, a-t-il grogné.

— Je sais où on peut trouver un fantôme, ai-je soudain laissé échapper. Enfin, je suis pas sûre. Mais peut-être.

— Trey ! J'ai dit tout de suite, pas dans cinq minutes !

— J'arrive, a lancé Trey pour rassurer son père.

Avant de regagner sa maison au pas de course, Trey s'est retourné vers moi en murmurant :

— Ta fenêtre. Ce soir.

Je me suis levée à mon tour et j'ai regagné la porte moustiquaire pour entamer l'après-midi de festivités que ma mère avait prévu pour nous. On allait boire le cacao qu'elle avait préparé et installer l'arbre de Noël en plastique qu'elle stockait dans le grenier le reste de l'année. Elle allait peut-être même me faire regarder *La vie est belle*, et je me laisserais faire parce que j'étais vraiment ravie d'être à nouveau chez moi. Mais je ne pouvais pas me permettre de me détendre et de profiter des vacances. J'allais devoir appeler Mischa et lui dire de nous conduire dans le nord de la région, Trey et moi, plus tard le soir même. C'était peut-être la veille de Noël, mais on n'avait pas une minute à perdre.

Chapitre 2

Plus tard ce soir-là, après avoir partagé un repas de Noël gigantesque avec ma mère et avoir ouvert un de mes cadeaux comme le veut la tradition dans ma famille, je suis allée dans ma chambre pour m'occuper de certaines choses. J'ai laissé ma porte ouverte pour que ma mère ne s'imagine pas que je l'évitais intentionnellement, même si c'était exactement ce que j'étais en train de faire. Avec la lumière allumée dans ma chambre, j'espérais que Trey pouvait me voir puisque nos fenêtres étaient l'une en face de l'autre. Il fallait vraiment que j'arrive à lui parler rapidement, mais je ne savais pas comment le joindre. J'étais à peu près convaincue que ses parents lui avaient pris son portable et je pouvais difficilement aller frapper à la porte des Emory pour demander que Trey sorte deux minutes pour qu'on papote.

— Nan c'est pas vrai ! T'es de retour pour les vacances ? a hurlé Mischa quand elle a répondu à son téléphone. J'arrive pas à y croire ! Est-ce que ta mère va te laisser sortir un peu ? J'ai trop envie de te voir !

— Mischa…

J'ai tenté d'interrompre le flot de paroles qui sortait de sa bouche. Elle avait passé tout l'automne grave et pétrifiée, persuadée (à raison) qu'elle allait mourir étouffée, selon la prédiction de Violet. Depuis qu'elle était convaincue que Trey et moi avions mis un terme au petit jeu de Violet en novembre, elle était redevenue la fille exubérante qu'elle avait toujours été. J'entendais un fond de musique et je l'imaginais en train de se détendre dans sa chambre entièrement violette.

— J'ai une mauvaise nouvelle à t'annoncer, ai-je ajouté.

Mais elle n'écoutait pas.

— J'ai *trop* hâte de te raconter comment ça se passe à St. Patrick. Je te jure, les bonnes sœurs sont complètement tarées. Elles sont méchantes, c'est hallucinant. Et les filles sont des snobs, t'imagines même pas !

— Mischa, l'ai-je interrompue.

— Et tu te rappelles ce mec ? Mark Regan ? Celui qui avait soi-disant invité Violet à aller au gala avec lui ? Elle disait la vérité mais il m'a raconté qu'elle l'avait lâché comme une vieille chaussette quand elle avait commencé à sortir avec Pete. Elle ne lui a même pas envoyé de texto pour lui dire qu'elle avait rencontré quelqu'un d'autre. Rien. C'est horrible, tu trouves pas ?

— Mischa, ai-je répété fermement. Il faut que tu m'écoutes. Trey et moi, on s'est trompés. Ce n'était pas le médaillon.

Pendant un long moment, il y a eu un silence de mort à l'autre bout du fil.

— Tu mens, a fini par dire Mischa. C'est pas possible. C'était forcément le médaillon, McKenna. Tout est redevenu normal maintenant. Vous avez rompu le sort. C'est terminé.

Je me suis effondrée sur mon lit, j'aurais tellement voulu que ce ne soit pas vrai. Plus que tout au monde, j'aurais voulu pouvoir remonter le temps à la soirée d'anniversaire d'Olivia et suggérer qu'on fasse autre chose, n'importe quoi d'autre qu'accepter de jouer au jeu de Violet.

— Je suis vraiment désolée, Mischa, mais il fallait que tu saches. Ce n'est pas terminé.

Je m'en suis voulu à mort de lui expliquer qu'on lui avait donné de faux espoirs en novembre. Mischa, cette fille toute menue, une gymnaste de compétition, avait rétréci à vue d'œil à l'automne parce qu'elle refusait de manger de peur de s'étouffer avec quelque chose comme Violet l'avait prédit. Le temps que Trey et moi trouvions le lien avec le médaillon et qu'on établisse un plan pour mettre la main dessus, Mischa était devenue hystérique et inconsolable à l'idée de mourir. Je savais que, cette fois encore, elle se remettrait dans le même état, maintenant que je lui disais qu'elle n'était pas sortie d'affaire.

— Non, a insisté Mischa. Non ! C'est impossible ! McKenna, t'es sûre ?

— Quasi sûre, oui.

— J'hallucine. Mais alors on fait quoi ? Qu'est-ce qu'on peut faire ? Il faut que tu m'aides, McKenna. Je croyais que j'étais en sécurité !

Je me suis mordu la lèvre parce que je savais que, dès que j'aurais prononcé ces mots, j'ouvrirais à nouveau la porte à un monde d'ennuis. Il y avait peu de chances que Trey et moi nous impliquions à nouveau dans cette horreur que Violet avait déclenché sans nous mettre vraiment dans de sales draps ce coup-ci.

— J'ai une idée, mais j'ai besoin que tu viennes nous prendre en voiture ce soir. Tard. Après 22 heures.

— Je sais pas si mes parents me laisseront prendre la voiture, a hésité Mischa. Ils deviennent oufs quand je parle de conduire la nuit.

La nuit était tombée une heure plus tôt, au moment où ma mère et moi nous étions installées pour dîner.

— Dans ce cas, il va falloir que tu la prennes sans rien demander, ai-je insisté. Attends-nous au coin de la rue, ne viens pas jusque chez nous. Nos parents sont en mode alerte maximum, tous aux abris.

— Oh la poisse, McKenna. Mes parents m'appellent pour dîner. Je vais faire quoi ? Je peux pas manger !

Pile à ce moment-là, j'ai entendu frapper tout doucement à ma fenêtre. Je me suis retournée et j'ai vu Trey, dehors, qui regardait nerveusement par-dessus son épaule en direction de sa maison. Les lumières étaient allumées dans le salon des Emory et je distinguais le père de Trey à sa place habituelle, sur le sofa. J'ai rapidement dit au revoir à Mischa, après lui avoir fait à nouveau promettre de trouver un moyen de prendre la voiture et de nous retrouver au coin de la rue dans trois heures, puis j'ai fermé la porte de ma chambre sans faire de bruit.

J'ai soulevé la fenêtre aussi silencieusement que possible pour éviter qu'elle ne grince et que ma mère n'entende quelque chose.

— Coucou, ai-je lancé à voix basse.

— Salut, a dit Trey. J'rentre pas. Je voulais juste savoir ce qui se passe. Mes parents vont probablement se coucher autour de 22 heures.

— Parfait. On n'a qu'à se retrouver ici à ce moment-là. Apporte deux pulls à capuche et des bonnets de ski ou des casquettes ou ce que tu as.

— OK, a-t-il lancé, me faisant suffisamment confiance pour ne pas me poser de questions sur pourquoi je demandais des trucs aussi étranges.

— Mischa nous retrouvera au coin en voiture.

— Ça marche, a dit Trey, qui se retournait déjà pour rentrer chez lui.

Il portait un tee-shirt tout fin malgré la température glaciale de la nuit.

— Eh, Trey ? On n'a que huit jours, ai-je marmonné, amèrement consciente du fait que ma mère me ramenait au lycée Dearborn pour filles le soir du 1er janvier.

À moins de fuguer et d'aller vivre dans les bois, je ne voyais aucun moyen d'éviter mon retour en pension. Et, même si ma mère se montrait compréhensive et acceptait de me laisser rester à la maison quelques jours de plus, le juge Roberts d'Ortonville n'y serait pas favorable.

— Non, a énoncé Trey avec mélancolie. On a cinq jours. Je repars le 29.

Chapitre 3

— Je vous déteste, les gars.

Il faisait incroyablement noir et froid, le genre de froid qui vous glace jusqu'aux os et qu'aucune épaisseur de couches de vêtement ne peut arrêter. Ça faisait une demi-heure qu'on conduisait avec le chauffage de la voiture à fond et pourtant je tremblais toujours à l'arrière et ma respiration remplissait ma fenêtre de buée, dissimulant les plaines sombres du Wisconsin au-delà. Mischa ne cachait pas le fait qu'elle n'était pas contente du tout d'avoir été embarquée dans notre plan pour la nuit. À contrecœur, elle était passée nous chercher avec la voiture qu'elle partageait avec sa sœur Amanda après avoir refusé catégoriquement que sa sœur nous accompagne. Évidemment, je m'en voulais d'avoir impliqué Mischa dans tout ça, mais, de nous trois, c'était elle qui avait le plus intérêt à ce qu'on réussisse.

Je n'en avais pas parlé parce que je savais que je n'avais pas besoin de le faire : si on ne trouvait pas le moyen d'inverser le sort que Violet avait lancé à toutes celles qui étaient présentes à la soirée d'anniversaire d'Olivia, Mischa serait la prochaine à mourir. Et puis, mon inspiration pour mon plan de la soirée était une histoire de fantômes que Mischa elle-même avait racontée à la fête d'Olivia. Les circonstances étaient parfaites : la météo prévoyait de la neige.

Ça aurait été de la folie de ne pas au moins essayer.

Tout comme je l'avais imaginé la première fois que Mischa avait raconté l'histoire du chef de sa mère, des semaines plus tôt, le soir fatidique de l'anniversaire d'Olivia, j'ai vu un bar apparaître sur notre gauche. Sur la porte, en lettres majuscules, était écrit SVEN, et le V était tordu. Des décorations fluo étaient accrochées aux fenêtres sales, indiquant qu'on pouvait y trouver de la bière Coors Light ou Old Milwaukee. Mais ce n'était pas de la bière qu'on cherchait. On était passés par ce segment de la Route 32 des milliers de fois avec ma mère de jour, mais jamais je n'avais senti d'appréhension avant ce soir-là. De minuscules flocons tombaient d'un ciel d'encre, illuminés par les phares de Mischa, tandis qu'on se garait dans le parking. Les pneus ont crissé bruyamment sur la surface plane jusqu'à ce que la voiture s'arrête et que Mischa éteigne le moteur. Puis le silence assourdissant de l'hiver nous a encerclés.

On est restés assis un moment pour se donner du courage. Je me suis mise à jouer avec mes gants violets en peluche en me rappelant un voyage en classe verte à la House on the Rock, cette maison extravagante construite sur un immense rocher. Dans le car, j'étais assise à côté de Cheryl, derrière Candace et Olivia. C'était le début du printemps, il y avait encore de la neige au sol et Olivia portait une paire de gants en cachemire torsadé couleur crème qui semblaient bien trop coûteux et sophistiqués pour une fille de douze ans.

Olivia. C'était fascinant, même pour moi, de voir que j'étais toujours jalouse de cette fille alors qu'elle était morte dans un accident de voiture absolument horrible. Elle avait été et resterait toujours la fille qui possédait tout ce qu'on pouvait désirer et qui avait toujours réponse à tout. Des kilomètres derrière nous, la famille d'Olivia était sans doute en train de fêter un Noël très triste, leur premier sans elle.

— Tu te rends compte qu'elle va savoir qu'on porte des déguisements, a lancé Mischa alors qu'elle cachait ses longs cheveux bruns sous une casquette. Les fantômes ne sont pas débiles.

— Espérons qu'ils le sont, a rétorqué Trey. Et qu'ils existent.

Notre plan était plus que douteux, j'en avais bien conscience. C'est moi qui avais eu cette idée, et même moi je n'étais pas sûre que ça marcherait. Mais je ne voyais aucun autre endroit où trouver un fantôme que sur la Route 32, où, selon Mischa, la police avait souvent des retours de conducteurs disant avoir vu le fantôme d'une fille marchant sur le bas-côté pas loin du cimetière de St. Augustin. On avait désespérément besoin de trouver un fantôme qu'on puisse interroger sur la façon de vaincre Violet. Sinon, Mischa mourrait. Et peut-être que moi aussi.

Toutes les histoires que Mischa avait entendues de gens qui disaient avoir vu le fameux fantôme de la Route 32, qu'on appelait souvent Heather la Sanglante, étaient racontées par des hommes, on avait donc décidé de se déguiser en hommes pour limiter les risques que le fantôme ne se montre pas. Mischa et moi portions les pulls à capuche de Trey et on avait enlevé notre maquillage. Même en cachant nos cheveux sous des casquettes, ni elle ni moi n'avions particulièrement l'air masculin, mais, vu les contraintes de temps, on ne pouvait pas faire mieux. Mischa avait émis l'idée d'envoyer Trey seul, mais il avait catégoriquement refusé de gérer un fantôme seul.

— Si je la vois, je ne suis pas sûre de pouvoir continuer à conduire, a avoué Mischa.

Son inquiétude était légitime. Les histoires sur Heather la Sanglante parlaient souvent d'un homme conduisant seul, par une nuit d'hiver, lorsqu'une jeune fille apparaissait sur le bas-côté. Il s'arrêtait, lui proposait de la raccompagner chez elle, alors elle s'installait à l'arrière de la voiture puis disparaissait mystérieusement avant d'arriver à l'adresse qu'elle avait indiquée au conducteur.

— C'est Trey qui devrait conduire, ai-je dit fermement.

— Il n'a plus de permis, a protesté Mischa, qui se souvenait que le juge nous avait retiré nos permis de conduire jusqu'à nos vingt et un ans.

— C'est pas grave, ai-je répondu. On ne va conduire dans cette direction que sur trois kilomètres. S'il ne dépasse pas la limite de vitesse, personne ne nous arrêtera. Je préférerais qu'il conduise plutôt que d'atterrir dans un fossé si tu te mets à flipper.

Sans dire un mot, Mischa est sortie de la voiture pour échanger sa place avec Trey. Il a ouvert la portière arrière et m'a fait signe de sortir.

— Ça ne me dérange pas de m'asseoir à l'arrière, a proposé Trey.

— Ça va aller, je gère, l'ai-je rassuré, même si je savais que si je restais à ma place, je me retrouverais potentiellement nez à nez avec un fantôme.

— Je sais que tu peux gérer. Mais tu n'arriveras jamais à la convaincre que tu es un mec si tu te mets à côté d'elle. C'est toi qui devrais conduire.

Il avait raison, mais en réalité je préférais encore me retrouver juste à côté d'un fantôme plutôt que conduire une voiture. La dernière fois que j'avais pris le volant, j'avais au moins cinq voitures de police à mes trousses et j'avais violé une demi-douzaine de lois. Si, pour une raison ou une autre, on nous arrêtait pendant que je conduisais, j'aurais de la chance si je pouvais remettre un jour les pieds au lycée Dearborn pour filles. Mais je savais combien c'était difficile pour Trey de conduire. C'était lui qui était au volant de la voiture lors de l'accident qui avait tué Olivia, lorsqu'ils avaient été percutés par un camion pendant un orage de grêle. Pour autant que je sache, il n'avait pas vraiment reconduit au-delà du coin de notre rue depuis la nuit de l'accident. J'ai accepté de conduire pour le soulager, même si j'avais de sérieux doutes sur ma propre capacité à rester calme si on arrivait à trouver Heather la Sanglante.

J'ai regardé les plaines devant nous dès que les phares ont illuminé les alentours du parking de Chez Sven. La neige commençait à s'entasser sur le sol. On était vraiment au milieu de nulle part, ce qui était souvent le cas dans le Wisconsin dès qu'on conduisait plus de vingt minutes dans n'importe quelle direction au-delà des limites de la ville.

— Je le sens pas, mais alors pas du tout, a murmuré Mischa tandis que je faisais marche arrière dans le parking quasiment vide.

J'ai conduit à la vitesse d'un escargot. On était la seule voiture sur la route et, s'il y en avait eu d'autres, personne ne nous aurait soupçonnés ne serait-ce qu'une seconde de conduire lentement pour attirer un fantôme à l'approche du cimetière de St. Augustin. La neige tombait plus fort maintenant, par petits paquets de dentelle, et la route devenait glissante. Je n'avais pas besoin de demander à Mischa pour savoir qu'il n'y avait pas de pneus neige sur sa voiture. Si j'accélérais ou que je faisais demi-tour, on risquait immédiatement une sortie de route.

Mon esprit se mettait à divaguer, même si j'essayais de me concentrer sur ma conduite aussi fort que possible. Dans mon rétroviseur, je n'arrêtais pas de regarder Trey furtivement. Il avait l'air mal à l'aise à l'arrière. J'avais tellement de questions à lui poser au sujet de son implication dans la mort d'Olivia. Il ne m'avait jamais expliqué pourquoi il était au centre commercial de Green Day l'après-midi du match de foot américain prévu à l'occasion du gala, l'après-midi où il avait proposé à Olivia de la raccompagner parce que sa voiture ne démarrait pas dans le parking, exactement comme l'avait prédit Violet. Trey n'était pourtant pas du genre à aller au centre commercial, mais alors pas du tout.

Alors qu'est-ce qu'il pouvait bien faire là-bas ?

Il m'avait dit que, le jour de l'accident, Olivia avait l'air de savoir exactement ce qui allait se passer. Elle avait totalement flippé sur le siège passager quand la grêle avait commencé à tomber, elle l'avait supplié de se garer sur le côté en lui expliquant qu'ils allaient mourir. Mais, maintenant que je repensais à tout ça, c'était comme si lui aussi savait ce qui allait se passer. Pourquoi est-ce qu'il aurait été dans ce parking autrement ? Pourquoi est-ce qu'il aurait proposé à Olivia de la raccompagner ? Ils n'étaient pas amis. D'ailleurs, c'était plutôt l'opposé. Olivia passait son temps à se moquer de tous ceux qui ne rentraient pas dans le moule, or Trey, avec ses cheveux qui lui tombaient dans les yeux et sa veste militaire, n'était jamais rentré dans le moule, pas même en primaire.

Il a détaché ses yeux de la vitre et m'a regardée dans le rétroviseur. Ses yeux étaient si beaux. J'ai ressenti un amour incroyable pour lui. Mais pourquoi est-ce que je ne lui avais jamais demandé la raison de sa présence au centre commercial le jour de la mort d'Olivia ?

— J'aurais jamais dû vous raconter l'histoire du chef de ma mère, a grogné Mischa.

Quand Mischa avait la trouille, elle se transformait en moulin à paroles, ce qui énervait Trey.

— C'est complètement taré. C'est de la folie de passer la soirée du réveillon à conduire au milieu de nulle part dans la neige pour chercher un fantôme. Je devrais être chez moi en train d'ouvrir mes cadeaux. J'ai dû mentir à mes parents et leur dire que j'allais chez Matt parce qu'il avait une surprise pour moi. Je fais quoi s'ils appellent chez lui pour savoir où je suis ?

— On n'a pas le choix Mischa, lui ai-je rappelé. C'est ce soir qu'il neige. Il fallait qu'on tente le coup.

On avait essayé d'invoquer des esprits avec une planche Ouija, pour des résultats qui n'avaient fait qu'embrouiller les choses, voire les empirer.

— Bon. En tout cas c'est flippant et je déteste ça.

Trey a recommencé à regarder la neige recouvrir les champs par la vitre.

« Ils n'ont pas d'histoire pour lui. » Voilà les mots que Violet avait prononcés sur la piste du stade du lycée quand on lui avait proposé de rejouer au jeu après la mort de Candace, survenue quelques semaines après celle d'Olivia. Rejouer au jeu et invoquer les mêmes esprits que ceux qui avaient tué nos amies semblait la façon la plus logique de mettre un terme au sort. Mais Violet nous avait assuré que les esprits ne raconteraient pas l'histoire d'un participant une deuxième fois. Et, d'après ce qu'elle avait dit sur Trey, je n'arrivais pas à comprendre si les esprits n'avaient réellement pas d'histoire pour lui ou si, pour une raison incompréhensible, Violet ne voulait pas leur parler de lui. Encore une fois, je me demandais s'il y avait quelque chose entre Trey et Violet…

— C'est pas vrai, a marmonné Mischa.

J'ai vu ses doigts s'enfoncer dans le velours du siège avant. J'ai regardé sur le côté de la route et j'ai poussé une exclamation quand j'ai vu ce qu'elle venait de voir.

Nos phares illuminaient le dos d'une jeune fille blonde et menue qui marchait, pieds nus dans la neige, à une trentaine de mètres devant nous. Elle portait une robe à fleurs en soie couleur crème et un cardigan rose. Quand on s'est rapprochés, j'ai remarqué qu'elle avait à la main gauche une paire d'escarpins beiges avec des brides pour les chevilles.

Ses pieds nus ne laissaient pas d'empreintes sur la neige entassée sur le bord de la route de campagne.

Mon sang s'est gelé. J'étais absolument sûre et certaine qu'on était en présence d'un fantôme.

— J'y crois pas, a murmuré Trey à l'arrière, en se penchant en avant entre Mischa et moi pour mieux voir à travers le pare-brise.

— Je ne veux pas faire ça. J'ai dit oui mais je ne veux plus. Ne t'arrête pas, McKenna. Ne t'arrête pas !

Mischa a commencé à débloquer complètement. On aurait dit un petit enfant ou un chien apeuré qui gémissait et suppliait.

— Mischa, calme-toi. On est obligés de faire ça, a dit Trey avec autorité.

— Écoute-le, lui ai-je imposé, même si je me retenais moi-même d'accélérer, de faire demi-tour et de foncer en direction de Willow aussi vite que possible.

J'avais l'impression que les battements de mon cœur avaient dangereusement ralenti. J'entendais mon propre sang pomper dans mes oreilles, bouillant de terreur. *Boum. Boum. Boum.* Ma respiration était difficile et je me suis concentrée pour éviter d'hyperventiler. La fille n'était plus qu'à quelques mètres de nous à présent. Elle avait forcément entendu notre voiture à l'approche, mais elle ne s'est jamais retournée pour nous regarder. J'ai prié de toutes mes forces pour que son visage ne soit pas horriblement défiguré quand on s'arrêterait à côté d'elle.

— Débloque les vitres, Mischa, a demandé Trey très calmement.

Mischa a appuyé sur le bouton de ses doigts tremblants pour débloquer les vitres arrière afin que Trey puisse glisser sur le côté droit et baisser la sienne. J'ai freiné jusqu'à l'arrêt de la voiture.

La fille s'est immobilisée, comme si elle nous attendait.

— Tu as besoin qu'on te ramène quelque part ? a demandé Trey.

Un instant plus tard, Trey retournait du côté gauche de la banquette et la portière droite s'ouvrait. J'ai inspiré lentement, j'étais totalement flippée. La panique et la terreur me donnaient la nausée et j'avais vraiment l'impression que j'allais vomir à tout moment sur le volant si je réfléchissais trop à ce qui était en train de se passer. J'ai hésité à réaccélérer après que la portière s'est refermée. J'ai osé réajuster le rétroviseur pour voir Heather la Sanglante. Et, quand j'ai regardé dans le miroir, je n'en ai pas cru mes yeux. J'ai poussé un cri de surprise.

Elle ressemblait comme deux gouttes d'eau à Olivia.

C'était Olivia.

Seulement, ses yeux sombres et froids n'ont rien montré suggérant qu'elle m'avait reconnue lorsque nos regards se sont croisés. Heather la Sanglante était Olivia, mais si Olivia avait pris possession de son corps pour communiquer avec nous, en tout cas les yeux du fantôme ne confirmaient rien.

— J'hallucine…

La voix de Mischa ressemblait à un ballon d'hélium dégonflé. Elle n'osait pas se retourner pour regarder le fantôme assis derrière elle, mais elle a remarqué la même chose que moi depuis le rétroviseur extérieur.

— Tu vas où ? ai-je demandé d'une voix tremblante, en réussissant, malgré ma panique, à me souvenir de baisser la voix pour qu'elle ressemble plus à celle d'un homme.

Il fallait absolument qu'on rejoue l'histoire du fantôme d'Heather la Sanglante. On avait désespérément besoin de ce fantôme, si elle acceptait de nous parler.

— 1801 Cabot Drive, m'a répondu la fille.

J'ai entendu un son s'échapper de Mischa, et ce n'est qu'à ce moment-là que je me suis rendu compte qu'elle venait de nous donner l'adresse d'Olivia. Les Richmond vivaient de l'autre côté de la ville par rapport à Trey et moi, assez près du complexe sécurisé dans lequel habitait Mischa. Cabot Drive était une des rues les plus cotées de la ville, avec des maisons géorgiennes et des jardins parfaitement entretenus. J'ai accéléré progressivement pour faire un demi-tour prudent et reprendre la direction de Willow.

— Tu ressembles vachement à notre amie Olivia, ai-je réussi à dire, pour tester le fantôme et voir ce qu'il serait prêt à nous raconter.

— Olivia aimerait vous parler, a répondu le fantôme.

Chapitre 4

Trey, Mischa et moi sommes restés silencieux, la gorge nouée par la peur. On était tous plus ou moins flippés à l'idée d'inviter un esprit à communiquer avec nous. Après tout ce qu'on avait déjà traversé, la seule défense qui nous restait était notre méfiance devant les situations paranormales.

— Nous aussi on aimerait lui parler, a répondu Trey calmement, d'une voix un peu tremblante. Comment est-ce qu'on doit faire ?

— Elle dit que ce n'est pas la grand-mère, a laissé échapper le fantôme, qui avait carrément la même voix qu'Olivia, comme si elle n'avait pas entendu Trey. Enfin, c'était la grand-mère au départ. Mais maintenant, c'est plus que ça. Il y en a plusieurs. Il faut tous les arrêter pour sauver Mischa.

J'avais beau essayer de garder les yeux sur la route, je ne pouvais pas m'empêcher de regarder dans le rétroviseur fixement. Le fantôme ressemblait tellement à Olivia que c'était comme si elle était de retour parmi nous, dans la voiture… seulement ce n'était pas tout à fait ça. Olivia était enjouée, toujours en train de manigancer quelque chose derrière son sourire angélique. Alors que le visage de ce fantôme, même s'il était identique à celui d'Olivia, n'avait aucune expression. Je me suis demandé si la ressemblance était faite exprès, si c'était quelque chose que l'esprit d'Olivia avait arrangé pour qu'on fasse confiance à ce fantôme. Ou alors si c'était encore un piège de Violet. Une autre diversion. Encore de la poudre aux yeux pour nous embarquer dans la mauvaise direction, loin de la vérité. Violet aussi avait entendu Mischa raconter l'histoire d'Heather la Sanglante. Donc il fallait qu'on prenne tout ce qu'Heather la Sanglante nous disait avec de grosses pincettes.

— Comment ? a demandé Mischa sans se retourner, en réussissant à stabiliser sa voix même si elle était toujours agrippée à son siège de peur. Comment est-ce qu'on peut les arrêter ?

— Il faut briser la connexion. Briser la connexion entre Violet et les autres, a répondu le fantôme.

J'ai fait l'erreur de regarder dans le rétroviseur et j'ai vu du sang sombre, presque noir, sortir de ses yeux et de ses narines. J'ai avalé de travers devant cette vision gore. Dans l'histoire que Mischa nous avait racontée quelques semaines plus tôt, le fantôme laissait une mare de sang sur la banquette arrière du conducteur qui la raccompagnait. Le sang disparaissait peu de temps après le fantôme, ne laissant absolument aucune trace physique de son passage. Je me disais en boucle que ce n'était qu'une illusion. Ce n'était pas vraiment du sang. La fille n'était pas en train de saigner, elle était déjà morte.

Mais ça avait l'air totalement dégueu.

Et il faisait un froid de canard dans la voiture, alors que le chauffage était à fond.

— Comment ? a demandé Trey. On doit brûler la maison ?

— La maison doit être détruite. Et il faut qu'ils voient Violet dans leur propre monde. Il continuera à y avoir des morts jusqu'à ce qu'elle passe de l'autre côté, a dit la fille.

Dans le rétroviseur, j'ai vu ce sang noir d'encre lui sortir de la bouche. La voiture a dévié et mes yeux se sont reposés sur la route.

— Alors on doit tuer Violet ? C'est ça que tu es en train de dire ? a demandé Mischa d'un ton impérieux.

— Non, pas la tuer. Si vous la tuez, vous l'empêcherez de jeter de nouveaux sorts, mais dans ce cas vous êtes condamnés. Si elle meurt, ses prédictions seront irréversibles. Il faut l'envoyer dans leur monde à la place de quelqu'un d'autre. Ils ne la garderont pas là-bas, ils ne veulent pas d'elle là-bas. Mais c'est le seul moyen, a répondu le fantôme.

— Comment est-ce qu'on sait que tu nous répètes ce qu'Olivia veut nous dire ? Comment est-ce qu'on peut te faire confiance, comment est-ce qu'on peut être sûrs que ça ne fait pas partie du petit jeu de Violet ? ai-je demandé.

Je ne voulais pas passer la nuit entière à essayer de reprendre tout ce que le fantôme nous avait dit et de comprendre ce que ça pouvait bien signifier une fois qu'on serait rentrés chez nous, comme on l'avait déjà fait un milliard de fois avec les messages qu'on avait reçus lors de nos tentatives d'entrer en contact avec Olivia et Candace en utilisant la planche Ouija. Les esprits avaient tendance à parler par énigmes, or l'enjeu était trop important pour qu'on s'amuse à jouer aux devinettes.

— Oui, est intervenue Mischa. Dis-nous quelque chose qu'Olivia est la seule à savoir. Quelque chose que Violet ne pourrait pas deviner d'elle.

— Salsepareille, a postillonné la fille.

Devant nous, sur la route, j'ai vu des phares au loin. *Ça c'est bizarre*, ai-je pensé. Pas impossible, mais bizarre. *Qui pourrait bien être sur la route en pleine tempête de neige le soir de Noël ?* J'ai regardé Mischa du coin de l'œil, sans la moindre idée de ce que « salsepareille » pouvait bien vouloir dire. Mischa a secoué la tête. Elle ne savait pas non plus.

— Et Jennie ? ai-je demandé soudain, sachant qu'il ne nous restait que peu de temps avec le fantôme avant qu'il disparaisse, comme dans l'histoire. Est-ce que tu sais quelque chose sur ma sœur ? Est-ce que c'est elle qui hante ma chambre la nuit ?

— Jennie, a répété le fantôme de sa voix monocorde. Jennie t'aime beaucoup.

La voiture qui venait dans notre direction se rapprochait et, à travers les flocons, je commençais à avoir l'impression qu'elle dépassait la ligne et qu'elle conduisait à moitié sur notre voie. Peut-être que le conducteur ne voyait pas où il allait à cause de la neige. Mais, quel que soit son problème, j'espérais qu'il allait le régler avant de se rapprocher de nous.

— Tu la connais ? Tu peux lui parler ? a demandé Trey d'une voix ferme.

Je n'osais plus regarder dans le rétroviseur, mais, vu l'urgence dans sa voix, j'imaginais parfaitement le fantôme recouvert de sang. Trey devait penser la même chose que moi : il ne nous reste plus beaucoup de temps.

Le fantôme a inspiré si profondément que j'ai entendu le son de l'air rentrer dans une coquille vide. Puis sa voix a changé légèrement pour devenir un peu plus aiguë et moins rigide, et il a dit :

— C'est moi, Jennie.

Au moment où le fantôme a prononcé ces mots, la voiture en face a foncé sur notre voie, pile devant nous. J'ai tourné à fond, complètement sous le choc après ce que je venais d'entendre. On a quitté la route et on a continué d'avancer sur la neige mélangée aux graviers du bas-côté. J'ai essayé de me rappeler mes cours de conduite sur la manière de reprendre le contrôle d'un véhicule et j'ai appuyé sur le frein de façon à ne pas arrêter la voiture trop brusquement tout en évitant de la lancer au beau milieu du champ enneigé. Mischa s'est mise à crier. Le conducteur qui nous avait manqués de peu a klaxonné bruyamment et ses roues arrière ont dérapé dangereusement.

— Aaaaah, McKenna ! a beuglé Mischa.

— Ne freine pas, on va se retourner ! a hurlé Trey.

Tout en attrapant le volant fermement, j'ai levé le pied du frein pour laisser les roues faire ce qu'elles voulaient tandis qu'on se cognait violemment et que la voiture s'enfonçait dans le champ, loin de la route. J'ai prié pour que les roues ne se détachent pas. Il y avait très peu d'éclairage dans ce coin et j'espérais vraiment qu'on avait juste atterri dans le champ de maïs de quelqu'un et qu'on n'était pas près d'un des petits lacs qui parsèment ce coin du Wisconsin. Enfin, les roues arrière ont cessé de patiner et on s'est arrêtés. On avait quasiment fait un demi-tour et on était non seulement face à la direction opposée à la ville, mais aussi face à la voiture qui venait de nous sortir de la route. C'était une petite voiture noire, arrêtée à une soixantaine de mètres de nous, à l'endroit où on était rentrés dans le champ. Un homme est sorti de la voiture et s'est mis à marcher vers nous. Il avait une silhouette fine et, à travers ses phares, il ressemblait à un cône de lumière.

— Merde, ai-je murmuré, puis j'ai regardé dans le rétroviseur pour voir si le fantôme était toujours avec nous.

Elle était toujours là, mais recouverte de sang noir. Il continuait à couler de ses oreilles et se déversait sur la banquette arrière. Son cardigan rose était trempé. Trey essayait de s'éloigner le plus possible d'elle, et le bras et l'épaule de son manteau étaient tachés de sang. J'en avais le cœur brisé. Il avait survécu alors qu'il était littéralement au premier rang lors de la mort violente d'Olivia, et ça devait être un cauchemar pour lui de se retrouver coincé à l'arrière à côté de son sosie.

— Tout le monde va bien ? ai-je ajouté.

— Je ne vais pas pouvoir rester longtemps, a annoncé le fantôme. Ne laissez pas l'homme qui vient de sortir de cette voiture se rapprocher. Remettez-vous à rouler, dépassez-le. Ne faites confiance à personne.

J'ai obéi sans même me demander qui, à travers le fantôme, nous donnait des instructions. C'était trop étrange qu'une voiture nous ait sortis de la route alors qu'on était en mission et, si le fantôme nous disait de nous méfier du conducteur, j'étais prête à le croire. J'ai appuyé sur l'accélérateur et on s'est remis à rouler sur le terrain enneigé en direction de la route qui nous ramènerait à Willow, tout en regardant la silhouette de l'homme grandir tandis qu'on s'approchait de lui. Il était difficile de distinguer son visage et ses vêtements, parce qu'il était inondé de lumière avec les phares de sa voiture et de la nôtre.

— Je n'aime pas ça, McKenna, a murmuré Mischa en écarquillant les yeux.

— Ça va aller, l'ai-je rassurée dans un mensonge à son intention aussi bien qu'à la mienne.

— Elle était en train de donner ton âme en offrande, a continué le fantôme, apparemment inconscient que j'accélérais à nouveau, conformément à ses ordres, pour tenter de rejoindre la route enneigée.

Je voulais dépasser cet homme à toute vitesse. Je ne voulais pas qu'il puisse voir notre plaque d'immatriculation ou qu'il remarque le genre de voiture qu'on conduisait. J'espérais que c'était juste quelqu'un qui avait trop bu, qui avait eu de la chance de ne pas nous toucher, et qu'il était trop saoul pour se souvenir après coup d'avoir vu des adolescents, qui n'étaient pas censés conduire, avec un fantôme sanguinolent à l'arrière. Il a levé le poing en se mettant à crier quand on l'a dépassé. Il a continué à brandir le poing tandis que je regagnais la route. Je l'ai regardé rapetisser dans le rétroviseur extérieur jusqu'à ce que je ne puisse plus le voir à travers les flocons de neige à la dérive.

— Comment ça, une offrande ? a demandé Trey.

— Une offrande aux esprits, comme avec les autres. Je les ai repoussés et je leur ai montré ma mort pour la troubler. Pendant quelques secondes, elle a cru qu'ils acceptaient l'offrande de ton âme, mais rapidement elle s'est rendu compte que je l'induisais en erreur. Ils se sont fâchés après elle à cause de ça. Ils n'aiment pas qu'elle leur fasse perdre leur temps.

Une sensation de fourmillement m'a parcouru le corps. Mes doigts étaient engourdis par le froid et la peur.

— Alors, tu m'as sauvée, me suis-je émerveillée. Tu as piégé Violet et tu m'as sauvée.

— Bien sûr, a répondu Jennie.

Ma gorge s'est serrée de gratitude, de chagrin et de douleur parce que c'était un moment que j'attendais depuis huit longues années. Ma jumelle, ma moitié, n'était qu'à quelques mètres de moi, sauf que les circonstances n'auraient pas pu être pires. Il y avait tellement de choses, trop de choses, que je voulais lui dire. Il fallait que je lui dise combien elle manquait à ma mère, comment celle-ci s'asseyait sur le perron de la nouvelle maison après l'incendie en regardant au bout de la rue, l'air désespéré. Je voulais qu'elle sache que mon père avait été effondré par le chagrin de ma mère après qu'elle nous avait quittés. À tel point que ça avait été plus simple pour lui de partir en Floride et de commencer une nouvelle vie que de gérer le deuil qui remplissait notre maison en l'absence de Jennie. Je voulais lui dire combien il avait été dur de retourner à l'école et d'être la seule fille Brady, quand tout le monde dans notre petite ville savait qu'à une époque il y en avait deux. Et, plus que tout, je voulais lui demander pardon d'être sortie de la maison sans elle la nuit de l'incendie.

— Comment est-ce que je peux te retrouver ? Il y a tellement de choses que j'aimerais te dire, ai-je lancé, en remarquant que la fille commençait à s'étouffer dans le sang noir bouillonnant qui sortait de sa bouche.

Je n'arrivais pas à détacher mes yeux du rétroviseur, même si je savais que j'étais en train de conduire de manière parfaitement inconsciente.

— Je sais tout, a ajouté Jennie en postillonnant le sang qui coulait entre ses dents. Je suis toujours avec toi.

— Mais comment est-ce qu'on saura que c'est toi qui essaies de nous aider et pas eux qui tentent de nous piéger ?

— Froid comme le marbre, a dit Jennie avec difficulté. Léger comme une plume, froid comme le marbre.

Derrière nous, une voiture a klaxonné et j'ai sursauté. J'ai regardé dans le rétroviseur au-delà de la lunette arrière éblouie par des phares derrière nous.

— C'est ce crétin de tout à l'heure, a dit Mischa.

Elle avait raison : la petite voiture noire qui nous avait quasiment percutés s'est placée à côté de nous pour nous dépasser et s'est remise à klaxonner.

— Apprenez à conduire ! a hurlé le conducteur de sa vitre ouverte avant d'accélérer.

La seconde pendant laquelle j'avais détourné les yeux du fantôme pour me concentrer sur la voiture noire avait suffi pour qu'il disparaisse.

— Elle est partie, a annoncé Trey doucement.

Comme dans l'histoire de Mischa, on voyait une tache sombre et mouillée de sang sur la banquette arrière là où la fille s'était assise, à côté de Trey. Une auréole noire maculait la vitre arrière là où le sang avait giclé de sa bouche et de son oreille. Une odeur affreuse et salée de décomposition remplissait la voiture.

— Arrête-toi, McKenna. Arrête-toi maintenant ! a ordonné Mischa.

Je me suis rangée sur le côté et, avant même que la voiture se soit complètement arrêtée, Mischa a ouvert la portière côté passager et s'est mise à vomir dans la neige poudreuse. Cette odeur soudaine était si horrible que j'ai enclenché le frein à main, puis ouvert ma portière pour sortir. Trey m'a suivie un instant plus tard et on est restés debout, dans la nuit, avec des flocons de neige qui flottaient gracieusement jusque dans nos cheveux et sur nos épaules. Dès que Mischa a eu fini de tousser, elle nous a rejoints tout en s'essuyant la bouche du dos de la main. On était engloutis par le silence et la couverture de neige immaculée qui recouvrait les champs autour de nous. Ce qu'on venait de vivre quelques instants plus tôt était irréel, comme un rêve étrange, avec nos souvenirs collectifs pour seule preuve que c'était vraiment arrivé. On est restés comme ça plusieurs minutes, tous les trois, réconfortés par la présence les uns des autres, mais la tête remplie de nos interprétations personnelles de ce qui venait d'arriver.

***

— Merde alors ! Je sais pas vous, mais moi ça me ferait un bien fou de mettre de la musique de Noël et de manger une part de tarte ! a fini par dire Mischa.

J'ai éclaté de rire, ce qui a surpris tout le monde, même moi. Mischa ne jurait quasiment jamais, mais en même temps, ça faisait un quart d'heure qu'on se baladait en pleine campagne avec un fantôme dans la voiture. L'étrangeté et la tension de cette dernière heure ont disparu. Après tout, c'était le soir du réveillon. On avait accompli notre mission et on méritait largement de se faire un peu plaisir.

— Chuis bien d'accord, a ajouté Trey dans un rare élan de solidarité avec Mischa.

Il m'a attrapé la main pour la serrer.

— Ça va, toi ? m'a-t-il demandé.

— Je vais bien, l'ai-je rassuré, tandis qu'il m'embrassait sur la joue. Mieux que bien.

Et c'était vrai. Même si on allait manifestement devoir accomplir des tâches désagréables très bientôt pour résoudre cette histoire avec Violet, c'était un soulagement immense de savoir que Jennie était avec moi, comme elle l'avait dit, toujours. J'étais à la fois complètement flippée de savoir que Mischa risquait de mourir et ridiculement heureuse d'avoir pu parler à Jennie, même si je m'en voulais vu le contexte. J'aurais voulu en parler à ma mère, qui aurait adoré apprendre que l'esprit de Jennie s'épanouissait parmi nous. Mais rien que l'idée d'expliquer à ma mère qu'on s'était secrètement échappés de chez nous le soir de Noël à la recherche d'un fantôme tout au nord de la région était de la folie furieuse.

Quand on a eu rassemblé suffisamment de courage pour se retourner face à la voiture, les taches de sang avaient heureusement disparu, comme on s'y attendait. Mischa a repris sa place de conductrice et j'ai pris la place de Trey, à l'arrière. Dès que le moteur de la voiture a démarré, Mischa a allumé la radio au son de la voix réconfortante et chaleureuse de Bing Crosby. « Silver bells, silver bells. It's Christmas time in the city… » D'un coup, c'était de nouveau Noël, comme ça, comme s'il ne s'était rien passé. Mais il ne fallait pas se faire avoir. On pouvait profiter brièvement de cet esprit de Noël, mais il ne fallait pas se faire d'illusions ni se laisser glisser dans cette sensation de sécurité et d'inactivité trop longtemps. Comme venait de le dire le fantôme, on était loin d'en avoir terminé.

Chapitre 5

Sans surprise, le parking du Bobby's, le seul *diner* de la ville à être ouvert vingt-quatre heures sur vingt-quatre, était pratiquement vide quand on est arrivés. Un chauffeur de camion était assis au comptoir et mangeait un panini au fromage, et un couple de personnes âgées était assis à une table dans le coin, à boire du café. Le *diner* avait été décoré à outrance pour les fêtes avec des guirlandes sur le rebord du comptoir et des lumières de Noël clignotantes à chaque fenêtre. J'ai été remplie d'un élan d'amour pour ma petite ville. Très vite, un sentiment de nostalgie l'a remplacé, parce que je savais que je n'étais ici que pour quelques jours. En rentrant dans le restaurant, j'ai regardé Mischa enlever sa casquette et je me suis dit que si la prédiction de Violet se réalisait comme les précédentes, je ne pourrais plus supporter de revenir ici.

— Une table pour trois ? a demandé la serveuse d'une cinquantaine d'années qui nous a accueillis avec trois menus déjà prêts.

Elle portait un chapeau de père Noël, ce qui était plutôt triste vu qu'elle était coincée ici à travailler le soir du réveillon.

On l'a suivie à l'arrière de la salle, tous reconnaissants que le restaurant soit relativement vide. Étant donné que Trey et moi étions devenus des célébrités locales quelques semaines plus tôt, c'était sans doute une bonne chose qu'il n'y ait que peu de témoins de notre sortie avec Mischa ce soir-là. Nos photos avaient paru plus d'une fois en première page du *Willow Gazette* et tous les parents de la ville nous prenaient pour des jeunes ayant une mauvaise influence, irresponsables et corrompus, à ne pas mettre en contact avec leurs enfants innocents. Dans une ville où même les vols étaient une rareté, avoir deux adolescents mobilisant la police de Willow et d'Ortonville dans une course-poursuite était plutôt... énorme. La serveuse nous a assis exactement au même endroit que lorsque Trey et moi avions passé la soirée avec Cheryl, Erica et Kelly après être allés aux Journées de Winnebago ensemble. C'était la veille du départ de Candace pour Hawaii, le voyage lors duquel elle s'était noyée.

— Alors, ai-je commencé, après qu'on avait commandé du café et des parts de tarte. On fait quoi ?

— Pour commencer, a suggéré Mischa en touillant son faux sucre dans son café, je ne suis pas sûre qu'on puisse croire quoi que ce soit venant de ce fantôme. Je ne sais absolument pas ce qu'elle a voulu dire quand elle a parlé de *salsepareille*. Je ne sais même pas ce que c'est et, si moi je ne sais pas ce que c'est, alors il n'y a aucune chance qu'Olivia sache ce que c'est.

— Pas faux, a confirmé Trey. Est-ce qu'on peut croire à ce qu'elle nous a dit ?

— Moi je crois tout ce qu'elle a dit sur Violet et le fait qu'il faut l'envoyer de l'autre côté. Tous ces trucs qu'elle a dits sur le fait que Violet leur faisait des offrandes, moi je trouve ça logique, ai-je réfléchi tout haut. Peut-être que Violet a passé un pacte avec eux et qu'elle leur offre des âmes en échange de...

— De quoi ? a demandé Mischa. De sa propre vie ?

On s'est tus un instant et Trey et moi avons regardé Mischa, surpris. C'était une théorie toute simple, mais c'était totalement cohérent.

— La vache, a lancé Trey en avalant une énorme gorgée de café. Est-ce que Violet vous a déjà parlé d'accidents dans lesquels elle aurait été impliquée ? Ou de maladies cheloues ? Ce serait hyper logique si elle échangeait des âmes pour prolonger sa propre vie. Comment est-ce qu'on a pu louper ça ?

J'ai froncé le nez en essayant de me souvenir si Violet avait déjà parlé de quelque chose de ce type. Mischa a secoué la tête. On connaissait cette fille depuis à peine trois semaines quand on avait fêté l'anniversaire d'Olivia. Personne ne savait grand-chose sur sa vie, surtout sa vie avant son arrivée à Willow. Un des garçons de notre promo, Craig Hirsch, avait survécu à une leucémie en CM1 et tout le monde l'avait su, mais seulement parce qu'on avait remarqué ses absences pendant son traitement. L'histoire personnelle de Violet était une énigme totale.

— Bon, donc effectivement ça peut être une de nos prochaines étapes. Voir si on peut en apprendre plus sur son histoire médicale pour déterminer si elle a déjà été sur le point de mourir, a résumé Trey.

— Mais on va faire comment ? a demandé Mischa.

Elle s'est tue au moment où la serveuse revenait avec nos gâteaux sur un plateau.

— Et voici, a dit la serveuse en déposant le plateau sur la table. Deux parts de tarte à la myrtille et une de tarte aux pommes.

Elle a placé la tarte aux pommes devant moi, puis les deux autres parts devant Trey et Mischa. Trey a posé sa serviette sur ses genoux et Mischa a attaqué son gâteau à la fourchette, en commençant par la croûte beurrée. Ni Trey ni moi n'avons rien dit, mais on n'a pas pu s'empêcher de remarquer que Mischa mangeait, même si elle savait que le sort n'était pas rompu.

Une fois la serveuse retournée derrière le comptoir, Mischa a poursuivi :

— C'est pas *Les Experts*, là. Comment on va faire pour obtenir ses antécédents médicaux ?

Trey a réfléchi un moment avant de dire :

— Vous croyez qu'au lycée ils gardent une version papier des dossiers médicaux des élèves ?

— Oui, suis-je intervenue. J'ai déjà vu l'infirmière dans son bureau déverrouiller l'armoire à dossiers dans laquelle elle range ses papiers. J'y étais une fois quand un garçon de seconde est arrivé parce qu'il avait une migraine. Elle garde toutes sortes de documents sur les allergies et les médicaments à donner à certains élèves. La clé est dans le tiroir du haut de son bureau. C'est pas exactement le secret du siècle.

J'avais du mal à me dire qu'à peine six semaines plus tôt j'étais une élève banale d'un lycée public parfaitement quelconque. L'époque où je pouvais aller chez l'infirmière entre deux cours pour prendre de l'ibuprofène me faisait l'effet d'être de l'histoire ancienne.

Trey a haussé les épaules de façon suggestive et Mischa a souri timidement avant de reprendre du café :

— Tu serais pas en train de proposer qu'on entre par effraction dans le lycée pour faire une descente dans le bureau de Mme Lindvall ?

— Non, absolument pas. Ce serait bien plus facile de retrouver le pédiatre de Violet à Lake Forest, puis d'engager un hacker sur Le Bon Coin qui accepterait de pirater sa base de données en ligne pour nous sortir son dossier médical, a blagué Trey.

— Je suis sérieuse, l'a interrompu Mischa. C'est de ma vie qu'on parle là, Trey. Ma vie à moi !

— Je sais, je sais, a répondu Trey d'un ton penaud.

Je m'étais habituée à ses sarcasmes et je le trouvais hyper mignon, mais il s'était toujours débrouillé pour irriter Mischa.

— Je n'ai pas vraiment d'idée. Le lycée est fermé pendant les vacances, non ?

— Jusqu'au 3 janvier.

— C'est naze, ça. Je parie qu'ils font en sorte de mettre tous leurs trophées de basket et leurs fournitures pour les cours d'art plastique en sécurité bien comme il faut.

En général, Trey avait beaucoup de mépris pour le lycée. Les seuls cours où il excellait étaient les ateliers de réparation de carrosserie et les cours de physique. Il aurait sans doute pu être major de sa promo s'il n'avait pas eu un sale caractère et si on ne s'était pas fait virer.

J'ai pensé à cette armoire à dossiers qui nous attendait patiemment dans le lycée vide. Je n'aimais pas l'idée d'impliquer qui que ce soit d'autre dans le pétrin dans lequel Trey et moi étions déjà… avec la police, le lycée, l'État du Wisconsin, et sans doute aussi tous les esprits d'outre-tombe. Mais je ne voyais pas d'autre moyen d'accéder au lycée pendant les vacances, et ça ne servait strictement à rien de mettre le feu à la maison des Simmons sans savoir exactement quel pacte Violet avait passé avec les esprits qui voulaient avoir l'âme de Mischa. Une course-poursuite nous avait peut-être valu d'être exclus du lycée, mais un incendie criminel sur une propriété privée nous expédierait en prison. Il fallait vraiment qu'on comprenne bien dans quoi on se fourrait avant d'aller plus loin.

— Je sais comment entrer dans le lycée, ai-je annoncé doucement.

Mischa a levé les sourcils.

— Cheryl Guthries a une clé. Elle ouvre l'entrée est, par la salle de la fanfare. Cheryl a la clé pour pouvoir ouvrir tôt pour les entraînements des porte-drapeaux, ai-je expliqué en me sentant de plus en plus coupable à chaque mot qui sortait de ma bouche.

Cheryl avait été une de mes meilleures amies dès le primaire et moi, j'avais été totalement naze avec elle depuis le début de la première, au moment où Olivia m'avait intégrée à son groupe de filles populaires. Depuis l'automne, Cheryl essayait sans relâche de regagner mon amitié. Elle m'avait écrit régulièrement à Dearborn et m'avait remonté le moral avec ses dessins et ses autocollants. La dernière chose que je voulais, c'était demander quoi que ce soit à Cheryl qui la mettrait en danger.

— Cheryl Guthries ? a répété Mischa, incrédule. La fille de la fanfare qui ressemble à un lapin ? À un lapin gros et gras ?

— La fille des porte-drapeaux qui est aussi présidente de la Société honoraire de français et rédactrice adjointe de l'album de promo ? Oui, cette Cheryl Guthries-là, a corrigé Trey.

Il était toujours là pour défendre mes amies plus ringardes et, entre nous, je détestais quand Mischa faisait la snob superficielle. Bien sûr, c'était parce qu'elle était une snob superficielle qu'elle était devenue une des filles les plus populaires du lycée avant d'être transférée à St. Patrick, mais, vu certaines des méchancetés qu'elle balançait sur les autres filles, je me demandais ce qu'elle disait de moi avant que je perde du poids et que je me mette à porter des lentilles.

Elle a levé les yeux au ciel :

— OK, d'accord. Cette Cheryl Guthries-là.

— Que ça te plaise ou non, Mischa, il se peut que ton destin soit entre les mains d'une geek, ai-je plaisanté. Et puis, Cheryl est super sympa.

Je savais que Cheryl me donnerait les clés si je les lui demandais, même si elle savait parfaitement comment Mischa parlait d'elle. Elle ne refuserait jamais de m'aider, ce qui me faisait me sentir encore plus nulle.

— Tu lui demanderais vraiment les clés ? a demandé Mischa sur un ton beaucoup plus humble qu'une seconde plus tôt.

— Est-ce que j'ai vraiment le choix ? Trey a raison. Si on y va et qu'on tente d'entrer en cassant une vitre, on va nous arrêter. Et après tu seras toute seule, lui ai-je rappelé.

— Est-ce que vous avez compris ce qu'on était censés faire quand le fantôme a parlé d'envoyer Violet de l'autre côté sans la tuer ? a demandé Trey.

— Eh bien, a théorisé Mischa, si elle nous envoyait de l'autre côté quand on a joué au jeu, alors la logique serait qu'on joue à un jeu similaire mais dans lequel ce serait elle le sujet.

— Léger comme une plume, froid comme le marbre, avons-nous dit en même temps, Trey et moi, en répétant ce que le fantôme avait suggéré, sans trop savoir ce que ça pouvait bien vouloir dire.

— Mais comment est-ce qu'on va s'y prendre pour la maintenir en place suffisamment longtemps pour la faire entrer en transe ? s'est demandé Mischa.

J'ai mangé deux autres bouchées de tarte avant de repousser mon assiette. J'avais la sale impression qu'avant le Nouvel An j'aurais un casier judiciaire. C'est à ce moment-là que j'ai remarqué des voitures qui se garaient dans le parking du Bobby's. La messe de minuit venait de se terminer à l'église St. Monica et les paroissiens s'arrêtaient au *diner* pour un petit casse-croûte de minuit.

— L'addition, s'il vous plaît, a demandé Trey levant deux doigts pour appeler la serveuse.

La serveuse a déposé l'addition sur la table en la retournant et nous a souhaité un joyeux Noël. Ce n'est qu'à ce moment-là que je me suis rendu compte que je n'avais pas d'argent sur moi.

— Oh, Mischa, je suis désolée, je n'ai pas d'argent, me suis-je excusée. Je peux te rembourser la prochaine fois qu'on se voit ? J'ai de l'argent à la maison, j'ai juste oublié de le prendre avec moi.

À Dearborn, les élèves n'avaient pas le droit d'avoir de l'argent sur eux. On n'avait d'ailleurs pas le droit de faire grand-chose et on avait peu de luxes. Le maquillage était interdit, le parfum aussi. C'était marrant de voir à quelle vitesse je m'étais habituée à ne plus porter de choses comme de l'argent ou un téléphone sur moi en seulement six semaines.

J'ai compris à la grimace de Trey qu'il avait le même problème.

— Vous êtes vraiment gonflés, les gars, a lancé Mischa en laissant quelques dollars froissés sur la table pour régler notre part. Viens nous récupérer au milieu de la nuit, Mischa. Laisse un fantôme déverser ses tripes dans ta voiture, Mischa. Achète-nous du gâteau pendant que tu y es. Qu'est-ce que ça peut bien me faire ? De toute façon, je serai probablement bientôt morte.

Dans le parking, on a essayé de cacher nos visages avec nos chapeaux autant que possible en regardant le sol. J'ai repris ma place à l'arrière, même si cette fois je suis montée par la droite pour m'asseoir à la place du fantôme.

Des chansons de Noël ont à nouveau rempli l'habitacle quand Mischa a démarré.

— Je me demande bien comment je vais faire pour mettre la voiture dans le garage et rentrer chez moi à cette heure-ci, a-t-elle annoncé.

— Je croyais que tu avais dit à tes parents que tu étais chez Matt, lui ai-je rappelé.

— Oui c'est ce que j'ai dit. Mais il est 1 heure du mat'. Je suis presque étonnée qu'ils n'aient pas encore commencé à appeler toutes les cinq minutes. Ou alors, je peux leur dire qu'on est allés à la messe de minuit. Tu crois qu'ils me croiraient ?

— Attends, a conseillé Trey alors qu'elle desserrait le frein à main.

Une voiture venait juste d'entrer dans le parking et conduisait lentement pour trouver une place. Il a ajouté :

— C'est la voiture du coach, M. Simon.

M. Simon était le coach de basket des garçons au lycée. Il faisait partie des malheureux profs à avoir été impliqués dans notre attaque contre Violet en novembre. Trey lui avait envoyé son coude dans le nez par accident en essayant de se libérer de son étreinte pendant que je poursuivais Violet sur la piste du stade pour lui arracher son médaillon. De tous les habitants de Willow, M. Simon et sa femme étaient sans doute ceux qui seraient les moins ravis de nous voir, Trey et moi, en train de conduire dans la ville en pleine nuit.

Mischa a attendu que la voiture du coach dépasse la sienne. Le temps qu'on sorte du parking, la voiture était déjà chauffée comme un sauna. J'ai repensé à mon lit et au fait qu'il fallait encore que j'escalade ma fenêtre pour l'atteindre. En observant la buée formée par ma respiration sur la vitre, j'ai remarqué un symbole, comme celui de la maison qui était apparu sur la fenêtre de ma chambre.

Je m'apprêtais à attirer l'attention de Mischa et de Trey, mais heureusement je me suis arrêtée à temps.

Le symbole était un « T ».

Mon cœur s'est arrêté de battre et j'ai avalé ma salive. La personne en qui j'avais le plus confiance au monde, celui avec qui j'avais partagé mes peurs et mes secrets les plus intimes, en savait plus qu'il ne me disait. Si Jennie avait laissé ce symbole-là pour que je le voie, ça ne pouvait vouloir dire qu'une seule chose.

Elle m'avertissait au sujet de Trey.

Chapitre 6

Mischa nous a déposés au coin de la rue Martha. Trey et moi avions l'intention de longer la rue rapidement et en silence, en espérant ne pas attirer l'attention des chiens somnolents ou des parents remplissant leur devoir de père Noël. Notre rue avait l'air magique, comme le sont typiquement les rues résidentielles à cette époque de l'année. Des figurines en plastique illuminées du père Noël, de ses rennes et de bonhommes de neige décoraient tous les jardins côté rue. Par les fenêtres de chaque salon, on voyait des arbres richement ornés de guirlandes et même la famille Blumenthal, de l'autre côté de la rue, avait mis une immense toupie en bois et un chandelier en plastique pour célébrer Hanoukka. Cette beauté silencieuse était surréaliste, surtout parce que, dès que j'ai entendu la voiture de Mischa partir, j'ai commencé à avoir peur. Je n'avais aucune raison de penser que Trey me ferait du mal, mais j'étais totalement perdue à l'idée qu'il me cachait des choses et je ne comprenais pas pourquoi il le faisait.

Quel que soit son secret, ça devait être super important si Jennie avait cru bon de m'alerter pendant ce temps précieux et unique qui nous avait permis d'échanger pour la première fois en huit ans.

On était conscients de laisser des traces de pas dans la neige fraîche à l'approche de nos maisons, mais on ne pouvait pas y faire grand-chose, à part espérer que les lève-tôt de notre rue recouvriraient nos empreintes des leurs quand ils se lèveraient à l'aube pour déblayer la neige.

On s'est cachés sur le côté de ma maison et on s'est attardés devant ma fenêtre un moment. Même si on avait pris l'habitude de dormir l'un chez l'autre au début de l'automne pour gérer ce qui hantait ma chambre, je savais qu'il serait injuste de ma part de m'attendre à ce qu'il me suive chez moi cette nuit-là étant donné la sévérité de la punition si on se faisait prendre. Et pourtant, il m'avait tellement manqué pendant mon absence que malgré le « T » que je venais d'effacer sur la vitre de la voiture de Mischa avec la manche de mon manteau, je voulais rester tout près de lui, même si ce n'était que pour quelques minutes.

— C'est probablement pas une bonne idée, ai-je dit en penchant la tête vers ma fenêtre.

— Je sais, a acquiescé Trey. Ma mère sera debout dans quatre heures, en plus.

Il avait raison. Il était rare qu'au moins une lumière ne soit pas allumée chez les Emory. M. Emory se couchait tard et regardait la télé jusqu'au petit matin, tandis que Mme Emory se levait très tôt.

Il a tapé ses bottes l'une contre l'autre pour enlever la neige, l'air nerveux. Quand il a levé les yeux, il les a dirigés au bout de la rue avant de les poser sur moi.

— McKenna, tu te souviens de ce jour, devant le gymnase ?

— T'es sérieux ? Comment veux-tu que j'oublie ? ai-je répondu pour blaguer.

Il faisait bien sûr référence au jour où on avait mis notre plan à exécution pour récupérer le médaillon de Violet.

— Tu te souviens, juste avant que Violet sorte du gymnase et que tu lui coures après… Tu te souviens de comment tu étais ? a-t-il demandé.

J'ai rougi ; heureusement qu'il faisait trop sombre pour qu'il le remarque. Bien sûr que je me souvenais. Juste au moment où on s'apprêtait à mettre le grappin sur Violet par surprise tandis que l'équipe des pom-pom girls finissait sa chorégraphie de mi-temps lors du match contre le lycée Angelica, je m'étais soudain sentie irrésistiblement attirée physiquement par Trey, pile au mauvais moment. Alors évidemment, Trey me plaisait, et après tout c'était mon petit ami, même si j'avais encore du mal à l'appeler comme ça, mais je n'étais pas vraiment du genre à m'afficher en public avec lui. Mon comportement avait été si soudain, ardent et totalement inhabituel que même lui m'avait demandé ce qui me prenait.

— Oui. Je sais qu'on n'a jamais eu le temps d'en reparler vu tous les gens qui écoutent nos conversations mais, même aujourd'hui, je ne sais toujours pas ce qui s'est passé. Je crois vraiment que c'étaient les esprits de Violet qui tentaient de me distraire.

On avait à peine eu le temps de parler de quoi que ce soit depuis que la police nous avait arrêtés sur le pont du lac White Ridge. On ne risquait pas de parler librement de nos sentiments pendant les brefs coups de fil qu'on avait le droit de se passer depuis nos internats, vu qu'il y avait toujours un pion dans les parages pour nous écouter. Il y avait eu des moments pendant nos appels où je savais que l'émotion que je tentais de transmettre quand je disais « Tu me manques » ne passait tout simplement pas dans ces trois mots. La sensation de ma main dans la sienne quand on marchait jusqu'au lycée me manquait. Sa respiration dans ma nuque au milieu de la nuit et le fait de savoir qu'il était à quelques centimètres si je me réveillais me manquaient. Les lacs bleu-vert de ses yeux et sa façon de me regarder comme si j'étais la seule au monde à vraiment le voir et lui le seul à vraiment me voir lui aussi me manquait.

Mais, maintenant qu'il était pile devant moi, je me retenais. De quoi est-ce que Jennie m'avertissait ?

— Alors, je… Est-ce qu'il y avait une part de réalité quand même ? Ou est-ce que c'était seulement les esprits qui t'influençaient ? a dit Trey en essayant de paraître nonchalant.

— Trey, ai-je dit en glissant mon gant violet sur son manteau jusqu'à atteindre son col, tandis qu'il levait les yeux vers moi. Tu sais que tu me plais. Bien sûr qu'il y avait une part de réalité. La grande majorité, d'ailleurs. C'est juste qu'en temps normal je n'irais pas te sauter dessus dans un couloir du lycée avec des profs autour.

— OK, a-t-il répondu en souriant, l'air penaud. C'est juste que je n'arrête pas de penser à toi au lycée. Je sais que toute cette histoire avec Violet et tout le monde qui meurt, c'est de la folie. Mais je crois, enfin je suis obligé de croire, que toi et moi on va s'en sortir. Qu'un jour on pourra mettre tout ça derrière nous et être ensemble. C'est tout ce que je veux. Que toute cette histoire se termine et qu'on soit ensemble, qu'on parte d'ici. Je ne vis que pour ça.

— Moi aussi c'est ça que je veux, lui ai-je assuré.

Mais, quand il s'est penché pour m'embrasser, je l'ai repoussé :

— Trey, qu'est-ce que tu faisais au centre commercial de Green Bay le jour de la mort d'Olivia ?

C'est sorti tout seul. Je n'avais pas l'intention de lui demander pile à ce moment-là, mais je savais que, s'il m'embrassait, je serais emportée par mon désir pour lui. Il fallait que je sache. J'étais tellement amoureuse de lui que je ne savais pas ce que je ferais s'il était d'une manière ou d'une autre impliqué dans ce que Violet avait fait à mes amies.

Comme je le craignais, il s'est éloigné de moi en secouant la tête. C'était son truc, depuis toujours. Quand il avait l'impression d'être accusé, il se refermait sur lui. C'était comme ça qu'il s'était retrouvé si impopulaire aux yeux des profs du lycée. Je m'en suis tout de suite voulu d'avoir demandé, je ne cherchais surtout pas à le blesser.

— Trey, je ne t'accuse de rien, l'ai-je imploré, mais j'ai besoin de savoir. Est-ce que tu en sais plus sur Violet que ce que tu m'as dit ?

Il s'est retourné vers sa maison sombre avant de dire :

— Il y a beaucoup de choses que tu ne sais pas, McKenna. Je ne sais même pas par où commencer. Au début, il y avait des trucs dont je n'étais pas sûr.

Mon cœur battait à toute vitesse. Donc il y avait bien des choses qu'il ne m'avait pas dites. Trey et moi avions vécu dans la même rue toute notre vie alors que Violet avait grandi dans une tout autre région. Comment est-ce que je pouvais ignorer des choses sur Trey ? Comment est-ce qu'il pouvait partager quelque chose avec elle sans que je le sache ?

— Ben, commence où tu peux, l'ai-je encouragé. Je t'écoute.

Le reflet des énormes lumières de Noël rouges, bleues et vertes que ma mère avait attachées à nos fenêtres illuminait son visage par intermittence : rouge, bleu puis vert. Il a enfoncé ses mains dans les poches de son manteau. Des flocons de neige s'amassaient sur ses cils et j'ai résisté à l'envie de les essuyer.

— Tu sais que mon père est vraiment pas cool ?

J'ai hoché la tête. Je ne le connaissais pas très bien, mais je savais que M. Emory avait toujours été dur avec Trey. Il était du type sportif grande gueule, plutôt commun chez les pères de la cinquantaine de notre ville. Le genre d'homme dont les muscles qu'il avait eus au lycée en jouant dans l'équipe de football américain étaient devenus tout mous et dont le ventre s'était mis à enfler après des années de consommation de bière. Mon père se serait probablement transformé en ça s'il était resté à Willow et n'était pas parti en Floride, où il faisait du sport régulièrement avec sa petite amie beaucoup plus jeune. Trey ne ressemblait absolument pas à son père.

— Oui, je sais, l'ai-je encouragé.

— Eh bien, au collège, j'ai appris que…

Soudain, la lumière s'est allumée dans la cuisine des Emory. Je me suis accroupie par instinct, même s'il suffisait de regarder par la fenêtre pour nous voir Trey et moi.

Trey s'est retourné et on a couru derrière sa maison près des massifs d'azalées, sous lesquels une chatte sauvage avait fait son nid pour ses chatons au début de l'année.

— Merde. Il faut que je rentre. S'ils se rendent compte que je ne suis pas là, ils m'enverront à l'académie militaire sur la Lune, a-t-il expliqué.

— Moi aussi, ai-je répondu. Mais il faut que tu me dises la suite.

Trey a regardé d'un air nerveux vers sa maison. On apercevait la lumière de la cuisine qui se reflétait dans la neige.

— Ce n'est pas mon père, McKenna. Pas mon père biologique, en tout cas. Tout le monde le sait en ville. Ou, en tout cas, tous ceux qui sont allés au lycée avec ma mère. Je lui ai demandé à l'âge de douze ans, après les avoir entendus parler de moi un soir tard, et elle m'a dit que ça n'avait pas d'importance de savoir qui était mon vrai père. Elle m'a répondu que Walter était le seul père dont j'avais besoin.

J'ai commencé à avoir le tournis. Je n'aurais jamais cru que M. Emory n'était pas son vrai père. Comment était-il possible que toute la ville soit au courant sauf moi ? Est-ce que ma mère savait ? En même temps, ma mère était allée au lycée près de St. Louis et n'avait déménagé dans le Wisconsin que pour aller à l'université. Et puis de toute façon, quand la mère de Trey était arrivée au lycée, la mienne n'y était plus depuis longtemps et ne s'intéressait plus à ce qui s'y passait. C'est mon père qui avait grandi près d'Ortonville. Peut-être que lui se souviendrait de la mère de Trey quand il était jeune, mais lui aussi avait presque dix ans de plus qu'elle. Il était déjà à l'université ou même prof quand Mme Emory était arrivée au lycée Weeping Willow.

— Quoi ? C'est pas croyable ! Et quel est le rapport avec Olivia ? ai-je demandé.

Trey s'est retourné à nouveau, de plus en plus agité.

— Je dois vraiment y aller, a-t-il insisté. Je te dirai tout demain si on peut se retrouver. On va chez ma tante à Oshkosh, mais mon père peut pas la blairer, donc à mon avis on sera de retour avant la fin de la journée.

— D'accord, ai-je répondu vu que je n'avais pas vraiment le choix.

— Promis, a-t-il ajouté avant de planter un rapide bisou mouillé sur ma bouche et de disparaître par sa fenêtre.

Chapitre 7

De retour dans ma chambre, j'ai essuyé la neige de mes épaules au-dehors avant de refermer ma fenêtre, puis j'ai pendu mon manteau à l'arrière de mon placard. Après cette étrange rencontre avec ce fantôme qui avait dit être Olivia puis Jennie, j'avais un peu peur d'être hantée cette nuit. Je n'ai même pas pris la peine de me changer vu que j'allais sans doute devoir me relever et m'enfuir dans le séjour pour me mettre en sécurité. Je me suis donc installée sous mes couvertures en jean et pull, en essayant tant bien que mal de savourer ma deuxième nuit à la maison. Mon lit avait une odeur paradisiaque, comme depuis que j'étais toute petite d'ailleurs, une odeur d'adoucissant et de fourrure de chiot. Au téléphone, quand j'étais à Dearborn, ma mère m'avait dit que Maude aimait dormir sur mon lit, comme notre vieille chienne Moxie avait l'habitude de faire avant de mourir, et cette nuit-là je m'étais endormie en pleurant.

Je devais réfléchir à tellement de choses, mais l'épuisement me donnait un affreux mal de crâne. Ça faisait huit ans que Jennie était morte, mais, avant cet automne, jamais je ne m'étais dit que j'aurais l'occasion de lui reparler un jour. D'une certaine manière, sans le savoir, Violet m'avait fait le plus joyeux et le plus généreux des cadeaux : une occasion de m'apaiser par rapport au fait que Jennie était morte dans les flammes alors que moi, je m'étais retrouvée dans le jardin. Trey m'avait dit que j'avais survécu grâce à Moxie, qui m'avait réveillée puis poussée dehors. Je me souvenais de la fumée étouffante, de la suie suffocante, de la chaleur insupportable au point que j'avais crié jusqu'à ce que je me retrouve dans le jardin, dans la fraîcheur. Après avoir inspecté les cendres de notre maison, les pompiers nous avaient expliqué que les détecteurs de fumée n'avaient pas fonctionné. Je n'avais aucun souvenir de pourquoi j'étais sortie de mon lit cette nuit-là, ni de pourquoi j'avais suivi la chienne dehors. Quelque chose m'avait réveillée moi, et pas Jennie.

Alors que je m'endormais, tout ce qui me restait à faire le lendemain a défilé dans ma tête. Au matin, il faudrait que je décide si le fait d'appeler Cheryl le jour de Noël pour lui demander de commettre un délit faisait de moi la pire des malpolies. Il faudrait sans doute aussi que je parle avec mon père et Rhonda vu que c'était Noël. Et, si possible, j'irais en ville à pied dans la neige pour essayer de trouver un cadeau pour ma mère. Il n'y avait pas beaucoup d'options à Dearborn et, après le cauchemar que je lui avais fait endurer en novembre, je me disais qu'une carte, même fabriquée par moi, ce ne serait pas suffisant.

Mais je savais déjà que, malgré tout ce que j'aurais à faire le lendemain, la seule chose qui m'importait, c'était d'entendre ce que Trey avait à me dire.

Au moment où je m'endormais enfin, une seule pensée m'est venue, même si elle n'est pas allée jusqu'au bout : si Walter Emory n'était pas le père biologique de Trey, alors qui est-ce que ça pouvait bien être ?

***

— Oh, maman. T'aurais pas dû. Il est trop bien !

Je tenais un tout nouveau sac à bandoulière en cuir noir entre les mains et j'inspectais chacune de ses poches. Dans une des poches zippées dans la doublure en soie, ma mère avait plié un billet de vingt dollars. C'était sans doute parce que ma grand-mère disait toujours que ça portait malchance d'offrir un sac ou un porte-monnaie sans avoir mis de l'argent dedans. La marque du sac suggérait que ma mère avait fait des recherches sur les tendances du moment, ou alors qu'elle avait demandé conseil. Peut-être que Glenn avait quelque chose à voir avec ce choix, parce que c'était plutôt inhabituel de la part de ma mère de m'offrir quelque chose d'aussi à la mode. Surtout une année où j'avais été bien plus vilaine que gentille.

— Il faudra peut-être que tu le laisses ici quand tu retourneras au lycée, mais tu pourras l'utiliser l'année prochaine, a-t-elle dit d'un ton plein d'espoir.

Le juge Roberts avait expliqué que mon dossier serait réexaminé à la fin de l'année si j'évitais les ennuis à Dearborn. Personnellement, j'avais peu d'espoir qu'on me permette de retourner dans un lycée normal pour ma terminale : Violet serait sans doute toujours au lycée Weeping Willow et je n'aurais jamais le droit d'assister à un cours avec elle. J'étais sûre que ma mère espérait une conclusion positive au réexamen de mon dossier en juin et j'essayais de ne pas laisser mes pensées se diriger vers Violet et le tour en voiture qu'on avait fait avec Trey et Mischa quelques heures plus tôt. Alors, plutôt que de rappeler à ma mère qu'il y avait peu de chances que je retourne dans un lycée normal l'automne prochain, j'ai hoché la tête d'un air enthousiaste en pensant au fait que ce sac magnifique resterait dans mon placard bien longtemps avant que je puisse le porter. Peut-être à l'université, si aller à l'université était encore une possibilité à ce stade. Avant qu'on joue à « Léger comme une plume, raide comme la mort » dans la cave d'Olivia, j'avais eu envie d'étudier les beaux-arts à l'université. Mais ça faisait longtemps que je n'avais plus rêvé d'arriver sur un campus universitaire avec un carton rempli de fournitures artistiques et le cœur plein d'ambition. Il était peu probable que je puisse réaliser ce rêve, en tout cas ce n'était plus du tout une certitude, contrairement à ce que j'avais toujours cru, parce que j'aurais du mal à être admise étant donné mon passé et le fait que le prix du lycée

Dearborn pour filles mettait sans doute à sec le compte sur lequel ma mère avait mis de l'argent pour payer mes études universitaires.

— Désolée, maman. Tu auras ton cadeau un peu plus tard, me suis-je excusée en lui donnant une enveloppe contenant la carte que je lui avais confectionnée dans la salle toute pourrie dédiée aux arts plastiques à Dearborn.

Mais, même si elle disait toujours qu'elle adorait les choses que je créais pour elle, j'avais honte parce qu'elle méritait mieux. J'aurais voulu pouvoir lui offrir des boucles d'oreilles en diamant ou un de ces coffrets cadeaux de lotions qu'on trouvait au comptoir des produits de beauté au centre commercial.

— Le fait que tu sois à la maison est le seul cadeau qui compte pour moi, m'a-t-elle dit d'un ton un peu mièvre, mais je savais qu'elle le pensait vraiment.

Elle a tenu l'enveloppe rouge que je venais de lui remettre un moment avant d'ajouter d'un ton grave :

— Même si ça compterait beaucoup pour moi que tu me dises pourquoi Trey et toi avez fait ce que vous avez fait.

Ma bouche s'est tordue de regret, parce que j'avais beau vraiment vouloir tout lui raconter, je savais que tout ce que ça me vaudrait serait un séjour à l'hôpital psychiatrique, comme Candace. Ma mère savait déjà que j'avais joué à un jeu à la noix à l'anniversaire d'Olivia et que j'avais confié à mon père que je pensais que mes amies et moi étions, d'une manière ou d'une autre, en partie responsables de la mort d'Olivia. Mais je ne me voyais pas lui dire qu'on était sûrs que Violet avait invoqué des esprits maléfiques pour réaliser les prédictions qu'elle avait faites sur la mort d'Olivia et de Candace, et que Mischa était sans doute la prochaine.

— Maman, je t'ai déjà dit. C'est trop compliqué à expliquer. C'est pas que j'ai envie de garder des secrets, c'est juste que tu ne comprendrais pas, parce que moi-même je ne suis pas sûre de tout comprendre.

Je savais que je ne faisais que me répéter, mais il n'y avait pas moyen que je dise la vérité à ma mère sur ce qui s'était passé en novembre. Pas sans preuve, pas avant que le problème soit résolu. Elle a secoué la tête, déçue.

— Peu importe de quoi il s'agit, McKenna. Je suis ta mère et je suis de ton côté. Si seulement tu me faisais confiance.

J'ai tenté de la distraire en allant chercher le colis qui était arrivé dans la boîte aux lettres avant mon retour du lycée. C'était un maillot de bain, de la part de mon père et Rhonda, sans doute pour quand je leur rendrais visite en Floride, et une carte-cadeau pour télécharger de la musique. Ma gorge s'est serrée parce que je ne voyais absolument pas quand je pourrais à nouveau écouter de la musique dès que j'en aurais envie. Les lecteurs de musique n'étaient pas permis à Dearborn, pas plus que n'importe quel autre objet qui pouvait se voler ou inciter à la bagarre. C'était injuste de ma part de m'attendre à ce que mon père et Rhonda connaissent toutes les règles de Dearborn, parce qu'il y en avait vraiment beaucoup, mais ils avaient l'air de totalement ignorer le fait qu'en gros j'allais au lycée dans une maison de redressement. Rhonda m'avait même un peu naïvement envoyé un colis de muffins vegan à l'avoine quelques semaines après mon arrivée là-bas, et ça m'avait brisé le cœur quand les gardiennes m'avaient laissé un mot dans mon casier pour me dire que le colis était arrivé et avait été immédiatement jeté. La nourriture provenant de l'extérieur était strictement interdite.

Il y avait aussi une boîte de mes grands-parents du Missouri, dans laquelle ils avaient empaqueté une tonne de bonbons ainsi qu'une écharpe tricotée par ma grand-mère et un livre relié sur les vies des saints catholiques, que je ne lirais sans doute jamais. Et aussi une carte décorée de paillettes et de pingouins dansants de la part d'oncle Marty et de tante Joanne avec un chèque de cinquante dollars, ce qui était incroyablement généreux de leur part. C'était pas mal pour un jour de Noël, surtout que je ne m'attendais à rien.

J'ai étalé mes cadeaux sur mon lit dans ma chambre, comme je faisais quand j'étais petite, pour pouvoir tous les voir à la fois. Il avait neigé toute la nuit et je voyais par la fenêtre que des flocons se remettaient à tomber. Quand j'ai écarté les voilages pour voir s'il y avait assez de neige au sol pour mettre des après-skis pour aller en ville, j'ai vu la Hyundai noire des Emory quitter leur allée. Rien que de voir le profil de Trey à travers la vitre teintée de la berline de M. Emory m'a mise dans tous mes états. Le souvenir de ce qu'il m'avait dit, le fait qu'il voulait passer sa vie avec moi, m'a fait rougir. Pour la première fois, en regardant la place que venait de quitter la voiture, je me suis demandé si on n'était pas complètement fous de vouloir inverser le sort de Violet. On pouvait aussi bien purger nos peines dans nos lycées respectifs puis quitter la ville ensemble, mais seulement si on réussissait à être suffisamment indifférents pour laisser le sort se dérouler sans intervenir.

Je me suis habillée rapidement et j'ai dit à ma mère que j'allais passer en ville avant le petit-déjeuner. Elle se tenait dans la cuisine et sortait une boîte d'œufs du frigo.

— Je ne sais pas si c'est une bonne idée, McKenna, m'a-t-elle avertie.

Je m'apprêtais à rétorquer que j'avais seize ans et que j'étais parfaitement capable d'aller en ville à pied toute seule, d'autant que je le faisais depuis l'âge de douze ans, mais elle a ajouté :

— N'oublie pas que beaucoup de gens ont encore du mal à comprendre ce que vous avez fait, Trey et toi. Tu ne serais pas en sécurité là-bas toute seule.

— Maman, ai-je répondu. C'est Noël. Il n'y aura quasiment personne en ville. Et puis ça fait des semaines que je ne peux rien faire seule. S'il te plaît, laisse-moi y aller.

Elle a accepté que j'aille jusqu'à la pharmacie Hennessy après le petit-déjeuner, mais seulement si je prenais mon portable avec moi et que je promettais de l'appeler si j'avais le moindre souci avec quelqu'un. L'odeur de bacon et d'œufs a envahi la cuisine alors que ma mère s'affairait aux fourneaux et j'en ai profité pour sortir Maude dans le jardin et jouer avec elle et son ballon en plastique jusqu'à ce que mon père appelle de Floride.

— Je prends l'appel dans ma chambre, ai-je dit à ma mère en entrant dans la cuisine.

En même temps, je posais sur le paillasson, à côté de la porte, mes après-skis recouverts de neige qui formait déjà une flaque. Si je voulais parler à mon père en privé, c'était surtout pour éviter que ma mère nous entende parler de Rhonda. Je savais que ça l'agaçait que la copine de mon père soit si jeune.

— Coucou, ma puce. Joyeux Noël, a dit mon père.

J'entendais une musique étrange de guitare acoustique jouer dans le fond.

— T'es où ? ai-je demandé sans même lui dire bonjour.

C'était comme ça avec mon père : pas de formalités.

Il a soupiré. Manifestement, il était loin d'être ravi.

— Rhonda voulait absolument qu'on aille à une messe dans cette église qu'elle a rejointe récemment. J'ai accepté de l'accompagner seulement dans l'idée de faire des observations anthropologiques, mais ce qu'elle avait négligé de me dire c'est qu'ils allaient chanter. *Et* danser. Et que ça prendrait des heures.

J'ai gloussé. Mes parents allaient régulièrement à l'église St. Monica avant l'incendie, mais je savais que, depuis, mon père avait cessé de croire à toute religion. J'étais contente que Rhonda lui fasse essayer de nouvelles choses même si j'espérais sincèrement qu'elle ne s'attendait pas à ce qu'il rejoigne cette église avec elle. Il avait déjà commencé à assister à des cours de yoga et avait cessé de manger de la viande rouge, mais c'était sans doute tout ce qu'il était prêt à expérimenter. Je me suis demandé si elle se rendait compte qu'il avait presque cinquante ans, et que pendant plus de quarante ans il avait été fan de Packers Green Bay, et que, les jours de match, il était adepte de saucisses et de bière.

Pendant que mon père me décrivait les vacances que Rhonda et lui planifiaient de faire aux Bahamas après le Nouvel An (encore un très bon exemple de pourquoi je ne voulais pas que ma mère entende notre conversation : de tout leur mariage, mes parents n'avaient jamais fait de voyage romantique comme ça), je me suis mise à repenser à ce que Trey m'avait raconté la veille au soir.

— Papa, au fait, tu te souviendrais pas d'un potin au sujet de la mère de Trey Emory ?

— La mère de Trey Emory, a répété mon père, comme s'il n'avait pas la moindre idée de qui je parlais, alors qu'il savait parfaitement bien que Trey était le garçon qui vivait à côté et avec qui je m'étais mise dans le pétrin en novembre.

— Papa ! Notre voisine ! lui ai-je rappelé. Tu sais bien, Mary Jane Emory.

— Ah, la mère de Trey ! Oui, bien sûr, a repris mon père. Désolé, c'est la vieillesse. Je suis allé au lycée avec ses cousins. Un potin ? Attends voir. Son nom de jeune fille était Svensson. Je crois me souvenir qu'elle était partie à l'université de Chicago et qu'elle avait laissé tomber au bout d'un an. Je crois qu'elle avait fait des bêtises avec un garçon, si je me souviens bien. D'ailleurs, maintenant que j'y pense, Trey n'était qu'un bébé quand on a acheté la maison rue Martha, donc peu de temps après notre mariage.

Mon cœur s'est mis à battre plus vite et j'ai pressé le téléphone contre mon oreille à tel point que j'aurais sûrement une marque quand je raccrocherais.

— Est-ce que c'était avec Walter Emory ? Est-ce que c'est pour ça qu'ils se sont mariés ?

Mon père est resté silencieux un moment, essayant de se souvenir.

— Pourquoi est-ce que tu poses la question ? a-t-il dit d'un ton soupçonneux.

J'ai bégayé. Je savais que je n'étais pas une bonne menteuse.

— C'est juste que Trey a dit récemment que M. Emory n'était pas son vrai père, et je ne savais pas de quoi il parlait.

C'était la vérité, présentée comme une question innocente, et ça me permettait de calmer mon impatience.

— Oh, alors là, je t'avoue que je n'en sais rien. J'avais déjà terminé mon cursus à l'université. Je ne savais pas vraiment ce qui se passait au lycée à ce moment-là. Je me souviens de rumeurs sur elle au lycée. Elle était major de sa promo, je crois bien. Donc ça a étonné beaucoup de gens qu'elle revienne en ville au bout d'un an avec un nouveau-né.

Alors ça, c'était effectivement surprenant : Mme Emory ne ressemblait pas du tout à une première de la classe.

— Désolé, ma puce, c'est tout ce que je peux te dire. J'imagine que Dearborn doit être un peu ennuyeux, mais au moins ça te change de tous les scandales de cette ville minuscule, a-t-il poursuivi, sans savoir à quel point son commentaire était cruel et insensible.

On a raccroché et je suis restée assise sur mon lit, soulagée d'avoir terminé cette conversation. Mon père n'était pas venu une seule fois en novembre pour assister à mes audiences. Bon, il m'avait quand même demandé si je voulais qu'il y soit et je lui avais assuré que ce serait mieux pour tout le monde s'il restait en Floride. Je ne voulais pas que ma mère ait à subir ses accusations comme quoi elle était une mauvaise mère, ni qu'elle voie à quel point il était bronzé et en bonne forme.

Et puis, il n'était jamais venu à Dearborn, et d'ailleurs ma mère n'avait jamais rien vu d'autre que l'accueil du lycée. Ni l'un ni l'autre ne savait à quel point c'était terrifiant quand les filles les plus dures, celles qui avaient été condamnées pour des délits bien plus violents que ceux que j'avais commis, se mettaient à se battre dans les couloirs. Ils ne savaient pas ce que ça faisait quand une de ces filles à problèmes vous prenait en grippe et que la seule façon de réagir sans faire empirer les choses était de faire comme si j'étais débile. Ils ne savaient pas à quel point c'était perturbant d'être réveillée au beau milieu de la nuit par une gardienne qui nous aveuglait avec la lumière, calepin à la main, pour faire une vérification des effectifs. Ils ne savaient pas ce que c'était d'avoir à refuser les sédatifs qu'on nous donnait presque de force chaque fois qu'on n'arrivait pas à contrôler ses pleurs et qu'on avait osé montrer une émotion parce qu'on était coincée dans cet endroit si horrible.

Le fait de repenser à combien je détestais ce lycée au point de vouloir ne jamais y remettre les pieds m'a pris la tête tout le long du chemin jusqu'à la pharmacie Hennessy. L'air était d'un froid coupant et avait l'odeur de la neige fraîchement tombée, avec le ciel toujours rempli de lourds nuages gris. Je marchais sous les fameux saules pleureurs de la ville, qui versaient sur moi la neige de leurs branches dès qu'il y avait un coup de vent. Je me suis mise à imaginer combien il serait facile de partir avec Trey plutôt que de retourner à Dearborn. C'était tellement tentant. Je pourrais même essayer de trouver un lycée pour finir mes études quelque part au Canada. Peut-être que ma mère viendrait me rendre visite et qu'elle amènerait Maude, si elle acceptait de comprendre pourquoi j'avais désobéi au juge et pourquoi je m'étais enfuie. Je n'avais pas dit à quel point la vie au lycée était dure parce que c'était ma faute si j'y étais. Ça aurait été injuste de ma part de lui en parler : elle se serait sentie mal alors qu'elle ne pouvait rien faire pour me soulager.

Mais ensuite, j'ai essayé de me raisonner : si je quittais Willow, je ne pourrais plus jamais faire cette promenade, ce qui me briserait le cœur. Surtout à l'automne, quand toute la ville embaumait les feuilles mortes. J'adorais ma ville. Quand j'avais quitté Dearborn avec ma mère à peine deux jours plus tôt, je savais que je devrais y retourner après les vacances, mais maintenant l'idée même de retourner là-bas me paraissait impossible. En même temps, si ça se trouvait, la famille Simmons passait Noël quelque part sur l'archipel des

Grenadines ou une autre destination tropicale du genre. En tout cas, ils étaient manifestement assez riches pour pouvoir quitter la ville s'ils le souhaitaient. À chaque seconde qui passait, l'idée de tenter de briser le sort de Violet pendant les vacances semblait plus improbable.

Par-dessus mon épaule gauche, j'ai vu une voiture rouler prudemment sur la route gelée et, pendant un instant, je me suis dit que c'était peut-être celle d'Henry Richmond, le grand frère d'Olivia. Si les choses s'étaient déroulées différemment à l'automne, peut-être qu'on serait sortis ensemble. Si Olivia n'était pas morte, et qu'Henry et moi étions allés au gala comme prévu, je ne serais jamais tombée amoureuse de Trey. Mais c'était quand même étrange de repenser au fait qu'Henry et moi ne nous étions croisés qu'une fois après la mort de sa sœur, et qu'on avait tous les deux eu l'air de prendre conscience, à ce moment-là, que la possibilité qu'on sorte ensemble nous était passée sous le nez.

Heureusement, la pharmacie était quasiment vide. Quand je suis entrée, M. Hennessy, le pharmacien, n'a presque pas relevé le nez derrière la vitre de l'arrière-boutique, là où il stockait les médicaments. La pauvre caissière de corvée le matin de Noël m'a saluée de la tête avant de se remettre à limer ses ongles tandis que je déambulais entre les rayons. J'entendais Mariah Carey fredonner *All I Want for Christmas Is You* à la radio. Ça m'a attristée de penser qu'à partir de demain il n'y aurait plus de chansons de Noël pendant toute une année.

J'ai pris le temps de regarder les articles en rayon. J'hésitais entre un énorme livre de Sudoku, une bouteille du parfum *Pleasures*, qui était derrière une vitrine verrouillée dans la section des produits de beauté et un genre de coffret cadeau avec le DVD d'une comédie et un énorme pot en aluminium de popcorn au fromage. Comme je n'avais pas eu d'argent de poche pendant mon séjour à Dearborn et que je ne risquais pas de trouver un petit boulot pendant que j'étais là-bas, je n'avais pas grand-chose. Cheryl travaillait au bar à smoothies de la Maison des jeunes. Dans sa dernière lettre, elle me racontait qu'elle avait offert à Dan Marshall des billets pour le match d'ouverture de Brewers Milwaukee au printemps comme cadeau de Noël. Avoir un peu d'argent était un autre des luxes dont je devais me passer à cause de ce fichu jeu auquel j'avais joué chez Olivia.

Je ne voulais pas avoir à transporter l'énorme pot de popcorn jusqu'à la maison dans la neige, donc j'ai décidé d'acheter le parfum, même si c'était l'option la plus chère. Je m'apprêtais à appeler la caissière pour qu'elle ouvre la vitrine lorsque les portes automatiques de la pharmacie se sont ouvertes et que, avec quelques flocons égarés, M. Simmons est entré.

Je me suis arrêtée de respirer net et je me suis cachée à toute vitesse dans le rayon des produits de beauté, en espérant qu'il n'avait pas soudainement décidé de venir à la pharmacie le jour de Noël pour acheter des cosmétiques. J'ai fait semblant de regarder les différentes couleurs de vernis exposées, prête à m'enfuir du magasin sans avoir rien acheté s'il tournait dans mon allée et qu'il s'approchait de moi. Il m'avait vue en entrant. J'avais beau porter un bonnet et un manteau énorme, il m'avait forcément reconnue parce qu'on s'était croisés au tribunal. Moi, je l'aurais reconnu n'importe où : il était très grand, avec des traits ciselés et des cheveux noirs. La première fois que j'avais rencontré la mère de Violet, j'avais trouvé que Violet lui ressemblait, mais, après avoir vu son père pour la première fois, je me suis rendu compte que c'était à lui qu'elle ressemblait le plus. Je suis restée tétanisée dans la même position jusqu'à ce que j'entende la caisse imprimer un reçu. J'ai remonté l'allée à temps pour voir le bout de son manteau disparaître dans l'après-midi hivernal.

La promenade du retour m'a paru deux fois plus longue et deux fois plus froide qu'à l'aller. J'agrippais mon sac de courses avec la bouteille de parfum et le rouleau de papier cadeau rouge brillant, et plus d'une fois j'ai glissé si sévèrement sur la glace que j'ai manqué me casser la figure en traversant la rue aux endroits où les pneus de voiture avaient tellement aplati la neige qu'elle était devenue toute lisse. Voir M. Simmons en ville me faisait encore plus délirer sur mon fantasme de fuite avec Trey. *Dans un an, on pourrait être à Windsor au Canada*, me suis-je dit. *On pourrait se trouver un petit appartement et je pourrais être serveuse.*

Puis je me suis rappelé comment je m'étais sentie à l'extérieur du gymnase le jour où on avait attaqué Violet. Cette sensation de vouloir traîner Trey hors du lycée pour l'embrasser et le caresser m'avait totalement envahie. Mes pensées me semblaient incroyablement urgentes et attirantes, et c'était exactement ça que je ressentais à présent à l'idée de fuir Willow. *Arrête de penser à fuir*, me suis-je répété fermement. *C'est ce qu'ils veulent que tu fasses, mais ce n'est pas ce que tu veux toi.*

C'était logique, évidemment, que les esprits qui aidaient Violet veuillent m'obséder avec des idées de fuite pour toujours. Si je partais, alors je ne les empêcherais pas de collecter l'âme de Mischa. Or, probablement que, si on fuyait, Trey et moi n'arriverions pas au Canada : on serait arrêtés avant, et là, je n'osais même pas imaginer les conséquences. Trey aurait dix-huit ans en juillet, quelques jours après mes dix-sept ans. Cette année d'écart faisait toute la différence aux yeux de la loi. Trey serait jugé en adulte, ce qui rendait d'autant plus risqué n'importe quel plan qu'on déciderait de mettre en œuvre.

J'ai scandé *Concentre-toi* dans ma tête pendant tout le trajet, comme si c'était un mantra de méditation. Je devais retourner dans ma chambre pour envelopper le cadeau de ma mère, appeler Cheryl et attendre dans le stress que Trey revienne de chez sa tante. Voilà ce que j'avais prévu de faire pour la journée, et il serait sage que je ne pense à rien d'autre que ça. Mais il m'a été impossible de me concentrer parce que, en tournant au coin de la rue Martha, j'ai vu que le pick-up d'Henry Richmond était garé dans l'allée de chez moi.

J'ai cligné des yeux plusieurs fois en approchant de la maison, refusant de croire ce que je voyais. C'était bien la voiture d'Henry et, quand la porte de la maison s'est ouverte, il en est sorti en portant un sac brillant avec un dessin de père Noël. Tout en tenant la porte ouverte, ma mère m'a fait un coucou de la main.

— Salut, a-t-il dit quand enfin je suis arrivée devant le jardin. Joyeux Noël.

— Henry est passé te voir, m'a annoncé ma mère, avec Maude derrière elle qui aboyait comme une folle dans la maison. Oh, calme-toi, Maude. Allez, viens par-là.

Ma mère est rentrée pour s'habiller puis sortir le chien dans le jardin et je suis restée devant l'entrée, debout, complètement interloquée. J'avais oublié à quel point Henry Richmond était mignon, de façon complètement différente de Trey. Il n'y avait rien de sombre ou de ténébreux chez Henry. Il avait plutôt l'air d'un mannequin de magazine avec ses yeux verts pétillants, ses fossettes et ses cheveux auburn coupés court.

— Comme disait ta mère, je suis juste passé pour te souhaiter un joyeux Noël. Et pour te donner ça.

Il m'a donné le cadeau. J'étais bien trop troublée par sa visite inattendue pour regarder dedans.

— Oh mais, Henry ! Tu n'avais pas besoin de m'apporter quoi que ce soit. Vraiment, c'est trop gentil de ta part, ai-je commencé à bafouiller, complètement prise de court.

Jamais je n'aurais pensé à acheter un cadeau à Henry. Les Richmond avaient assisté à certaines de mes audiences, qui n'avaient d'ailleurs rien à voir avec les émissions d'audiences filmées qu'on pouvait voir à la télé. Les miennes étaient rapides et ennuyeuses. J'avais été surprise que quelqu'un en ville se sente suffisamment impliqué pour venir, à part les parents de Violet, qui, d'après ce qu'on m'avait dit, s'étaient arrangés pour rencontrer le juge en privé et demander que Trey et moi soyons envoyés hors de la ville pour la sécurité de leur fille. Impossible de savoir, étant donné mon état d'esprit en novembre, qui, en ville, était venu aux audiences pour nous soutenir, Trey et moi, plutôt que la famille Simmons.

— Si, j'en avais besoin. Enfin nous, s'est-il repris. Mes parents te passent le bonjour.

Il a enfoncé ses mains dans les poches de son jean en étudiant mon visage d'un air hésitant avant de poursuivre :

— Écoute, on ne sait pas exactement ce qui s'est passé à l'automne. Tout ce qu'on sait, c'est qu'Olivia est morte et que, avant que Candace meure, elle n'arrêtait pas de dire à qui voulait l'entendre que Violet Simmons avait quelque chose à voir avec l'accident d'Olivia. Peut-être que certains en ville n'ont pas pris Candace au sérieux, mais mes parents, si.

Il a pris une profonde inspiration pour ne pas pleurer :

— Mes parents ont besoin de croire en quelque chose, parce que c'est trop dur pour eux de se dire qu'Olivia est morte par accident et que, quelques semaines plus tard, Candace aussi est morte par accident. Donc, quoi que vous ayez essayé de faire, toi et Trey, en novembre, mes parents croient que c'était pour honorer la mémoire de ma sœur.

Jamais je n'aurais imaginé que les parents d'Olivia, des citoyens modèles et riches, puissent comprendre ce que Trey et moi avions essayé de faire, mais, à entendre Henry, ils en avaient apparemment au moins une petite idée.

— Et toi, ai-je commencé, pas sûre de vraiment vouloir poser la question qui me trottait dans la tête, tu crois quoi ?

Henry a souri et a regardé ses après-skis avant de relever le visage.

— Moi, ce que je crois, c'est que j'ai vu le mec dont Olivia était amoureuse commencer à sortir avec la fille qui avait peut-être quelque chose à voir avec sa mort à peine deux semaines après l'enterrement de ma sœur. Et ça, je n'ai jamais pu m'y faire.

Malheureusement, il avait raison. Pete Nicholson et Olivia étaient ensemble depuis au moins la quatrième. C'était un peu le couple royal du lycée Weeping Willow. Tout le monde s'attendait à ce qu'ils partent dans la même université et qu'ils reviennent en ville pour élever leurs enfants. Et puis, moins d'un mois après la veillée et l'enterrement d'Olivia, Violet se baladait soudain dans les couloirs du lycée au bras de Pete. Je me suis souvenue de l'expression de chagrin que j'avais vue s'afficher sur le visage d'Henry quelques mois plus tôt, au carnaval des Journées de Winnebago, lorsqu'il avait levé les yeux et qu'il avait aperçu Violet et Pete se faire des papouilles sur la grande roue. Les lettres de Cheryl ne mentionnaient jamais Violet et Pete, mais il était logique de penser qu'ils sortaient toujours ensemble.

Henry a joué avec ses clés de voiture en évitant mon regard un moment.

— Écoute, McKenna. Si jamais... Si tu sais quelque chose sur la mort de ma sœur et que tu te sens à l'aise pour me le dire, alors sache que je veux l'entendre. Je suis prêt à l'entendre. Quoi que vous ayez tenté de faire en novembre, j'ai besoin de savoir ce que c'était. C'était ma sœur. Mon unique sœur. Je suis sûr que tu vois de quoi je parle.

Ça aurait été si facile de tout lui dire ici, maintenant. Lui parler de la lettre « V » que j'avais trouvée sur le tableau lumineux magique emballé dans un carton dans le garage depuis que j'étais petite fille, des boîtes à musique dans ma chambre qui se mettaient à jouer de la musique toutes seules, de l'avertissement que Trey et moi avions reçu sur le fait que Candace se défoulerait sur Violet au gala, du cœur que Maude avait gratté dans la terre de mon jardin. Même si je savais parfaitement que ça me ferait passer pour une folle, à ce moment précis, j'ai eu la sensation qu'Henry comprendrait. Mais le problème, si je commençais à lui raconter, c'est que je serais obligée de tout lui dire, or raconter une histoire sans avoir la fin me paraissait cruel. Je ne savais pas comment il réagirait quand je lui raconterais qu'on avait lancé le médaillon de Violet dans le lac White

Ridge et que, six semaines plus tard, Trey et moi nous étions rendu compte qu'on s'était trompés.

Trompés sur toute la ligne.

Si Henry allait chez les Simmons pour exiger que justice soit faite, ça pourrait mettre en péril ce qu'on comptait faire dans les jours à venir. J'avais vu M. Simmons à la pharmacie, donc on savait que la famille Simmons était en ville, et le fait que la météo prévoyait de la neige pendant au moins deux jours de plus nous permettait d'espérer qu'ils n'iraient nulle part pendant un certain temps.

— Je comprends, Henry, lui ai-je assuré, parce que je voulais vraiment partager avec lui ce qu'on savait. C'est seulement que j'ai besoin de réfléchir à ce que je peux te dire en toute sécurité. Cette histoire est franchement… dangereuse.

Il a froncé les sourcils puis a fait un geste de la tête en direction du sac qui était dans ma main.

— C'étaient les préférés d'Olivia. Mes parents les commandent dans une boutique de Pennsylvanie à cette période de l'année pour elle. Elle en recevait toujours une bouteille sous le sapin, le matin de Noël. Ils se sont dit que ça te plairait peut-être. Tu peux m'appeler quand tu veux si tu changes d'avis.

Je n'ai pas osé regarder dans le sac tant qu'Henry n'était pas descendu du perron et qu'il n'était pas reparti. Quand j'ai regardé, j'ai poussé un cri de surprise.

C'était un pack à l'ancienne de six bouteilles de soda artisanal. Du soda à la salsepareille.

Je me suis sentie mal. J'ai soudain eu un pressentiment terrible qui ne m'a plus quittée.

Chapitre 8

Une heure plus tard, j'étais sur le sofa dans le séjour et je regardais *Un conte de Noël* que je connaissais déjà par cœur tandis que ma mère nous préparait un dîner de Noël tout en parlant à ma grand-mère du Missouri au téléphone. J'avais mon portable dans la main droite pour ne pas perdre une nanoseconde si Cheryl répondait à mon texto. Je sentais l'odeur des oignons et je supposais que ma mère était en train de farcir la dinde. À la télévision, le père Noël parlait au petit garçon, Ralphie, chez Higbee, l'immense grand magasin du film. Mais je n'arrivais pas du tout à me concentrer. Mon cœur battait si vite que j'étais à bout de souffle. J'avais tellement d'adrénaline dans le corps que, s'il n'y avait pas eu trente centimètres de neige au sol, je serais sans doute sortie faire un footing de quinze kilomètres sans m'arrêter.

Le plus urgent avec Cheryl, c'était de lui demander de me retrouver dans le parking de l'entrée est du lycée le lendemain matin, avec ses clés du lycée. Mais je ne lui avais pas envoyé ça comme premier message, parce que j'étais incapable de contrôler ma curiosité. La mère de Cheryl était allée au lycée Weeping Willow et elle était plus jeune que ma mère, sans doute plus proche de l'âge de la mère de Trey. Donc, quand j'avais écrit à Cheryl presque une heure plus tôt, je lui avais demandé si sa mère se rappelait où Mary Jane Svensson était allée à l'université.

Il s'était remis à neiger et un bandeau télévisé du service météo annonçait une alerte à la tempête de neige et conseillait aux automobilistes de ne pas prendre la route. Si les Emory étaient encore à Oshkosh, alors ils feraient mieux de rester là-bas pour la nuit plutôt que de tenter de revenir à Willow sur les routes de campagne gelées. Et, s'ils restaient là-bas, ça voulait dire que je devrais attendre le lendemain matin pour en savoir plus sur Trey et son père biologique.

Mon téléphone a vibré dans ma main : j'avais un texto. Ça a envoyé un genre de décharge électrique dans mon corps, un mélange d'excitation, d'anxiété et de peur. Lentement, j'ai soulevé mon téléphone et j'ai tapé mon code pour ouvrir le message.

CHERYL 14:26
Elle dit sans doute l'université de Chicago. Pourquoi ? Tu fais quoi aujourd'hui ?

CHERYL 14:27
Tu veux aller voir un film demain ? J'ai ma voiture.

J'étais déjà en train d'allumer mon navigateur hyper lent quand j'ai reçu le deuxième texto de Cheryl. Je me suis mordu la lèvre et j'ai attendu que le site LynxRH, que la plupart des professionnels utilisaient pour stocker leurs CV et leurs contacts professionnels, s'affiche à l'écran, pixel par pixel, à la vitesse d'un escargot. Quand la page est enfin apparue, j'ai tapé le nom qui m'était venu à l'esprit dès que j'avais sorti le pack de six sodas à la salsepareille du sac qu'Henry m'avait apporté.

Puis j'ai attendu.

Pendant que les résultats s'affichaient, j'ai fait défiler la page vers le bas jusqu'à ce que je trouve le nom que je cherchais, celui de l'homme qui travaillait actuellement à Willow dans le Wisconsin, et j'ai cliqué dessus pour avoir des détails.

Encore de l'attente. Et, lorsque le profil est apparu, j'ai poussé un soupir de triomphe.

Michael Simmons avait obtenu son MBA à l'université de Chicago trois ans avant la naissance de Trey. Son expérience professionnelle indiquait qu'il avait été professeur associé à l'École de commerce de Chicago l'année où la mère de Trey était probablement en première année de licence, et qu'en même temps il était collaborateur junior dans une petite banque d'investissement de la City. J'ai fait un calcul rapide à partir de la date de remise de diplôme de Michael Simmons et je me suis rendu compte qu'il avait sans doute au moins neuf ans de plus que la mère de Trey. Ma découverte ne prouvait rien d'autre que le fait qu'ils étaient tous les deux à Chicago, sur le même campus universitaire, au même moment. Et pourtant, ça voulait tout dire et, dès que j'ai vu le portrait en noir et blanc souriant du père de Violet sur ce site, j'ai su que j'avais raison. La ressemblance était frappante, à y réfléchir. Les mêmes yeux bleus, les mêmes pommettes saillantes, les mêmes cheveux noirs.

Violet était la demi-sœur de Trey.

J'ai repensé à cette journée sur la piste du stade, quand Trey, Mischa et moi avions accusé Violet d'être impliquée dans la mort d'Olivia et qu'on lui avait mis la pression pour qu'elle nous aide à trouver un moyen d'arrêter le sort. À un moment, elle et Trey avaient échangé un regard, sans aucun doute. Ce regard m'avait frappée pendant une seconde, puis j'avais espéré que je me faisais juste des idées.

« Ils n'ont pas d'histoire pour lui », voilà ce qu'elle avait raconté quand on avait proposé que Trey joue au jeu et qu'elle laisse les esprits lui prédire sa mort.

Bien sûr que les esprits n'avaient pas d'histoire pour Trey s'ils étaient reliés, comme on le pensait, à la grand-mère de Violet. La grand-mère de Violet était aussi celle de Trey.

***

À 16 heures, les flocons tombaient si dru qu'on aurait dit une vraie tempête de neige, pile devant nos fenêtres. À 17 heures, il faisait nuit et le gouverneur du Wisconsin avait déclaré l'état d'urgence. Les routes n'étaient pas dégagées parce que c'était férié et que les syndicats avaient du mal à trouver des bénévoles pour faire ce travail inattendu, malgré la promesse d'une prime pour ces heures supplémentaires.

— Eh bien, c'est une bonne chose que j'aie rangé le garage le week-end dernier, a commenté ma mère en regardant par la fenêtre les flocons illuminés par la lumière de notre perron.

Le reste de l'année, elle laissait sa voiture dans l'allée parce que le garage se remplissait trop rapidement de cartons de paperasserie pour les cours qu'elle dispensait, de vieux vêtements, de vieilles machines et de projets qu'aucune de nous deux ne finirait jamais, comme par exemple le vieux buffet que ma mère comptait restaurer depuis plus de deux ans. Ranger le garage afin de faire de la place pour la voiture était une tâche herculéenne qu'elle repoussait en général jusqu'à la toute dernière minute.

— Les Waldbaum vont devoir déblayer pendant des heures.

Au bout de la rue, la Cadillac du vieux couple était bloquée par une congère et seul son toit noir brillant était encore visible.

J'avais répondu à Cheryl en acceptant d'aller voir un film le lendemain à Ortonville, mais je n'avais pas encore trouvé la manière la moins offensante de lui demander si elle serait d'accord pour m'ouvrir les portes du lycée. Je savais déjà que je repousserais ça jusqu'au lendemain, même si j'étais déjà malade d'anxiété tellement ma demande était impensable. Il fallait qu'on sache s'il existait une raison médicale qui expliquerait pourquoi Violet échangeait les âmes de ses amies pour survivre, et si sa propre vie était en jeu. Si on ne trouvait pas de preuve de souci de santé de Violet, alors on serait de retour à la case départ.

Le jour de Noël s'était transformé en une torture infernale, un peu comme se cacher dans un placard lors d'un jeu de cache-cache sans se rendre compte que celui qui est censé chercher a arrêté de le faire. J'avais passé la journée à alterner entre faire des papouilles à Maude sur le sofa et déblayer la neige sur le perron pour éviter qu'on se retrouve complètement coincées dans la maison. J'essayais de ne pas penser à Violet mais, malgré moi, des images me venaient de la longue route privée qui menait à sa maison. J'imaginais mal quelqu'un dégager cette route, elle faisait presque deux kilomètres. Peut-être que les Simmons avaient une déneigeuse, sauf que ces machines marchaient à l'essence et n'étaient sans doute pas assez puissantes pour nettoyer toute une route privée. Ils auraient sans doute besoin que la ville leur envoie un chasse-neige pour enlever la couche de neige de plus d'un mètre qui s'était déjà formée. Aucun doute : si le père de Violet était rentré chez lui après que je l'avais vu à la pharmacie, alors la famille de Violet était bloquée dans l'énorme manoir.

— Oh, la poisse ! s'est exclamée ma mère autour de 22 heures devant les portes coulissantes menant sur le perron arrière, les mains sur les hanches et les sourcils froncés devant le manteau de neige qui recouvrait notre jardin. Je voulais aller à Milwaukee demain, pour voir les jardins botaniques et faire une sortie sympa. Mais je doute qu'on puisse aller où que ce soit pendant un bout de temps.

Si les routes n'étaient pas déblayées pendant la nuit, il y avait manifestement peu de chances que j'aille voir un film avec Cheryl à Ortonville le lendemain. Je gardais les oreilles grandes ouvertes afin d'entendre les voitures, au cas où les Emory rentreraient d'Oshkosh cette nuit-là, pour que Trey et moi finissions notre conversation au sujet de son père biologique, mais ça faisait des heures que je n'avais pas entendu de pneus crisser sur la neige. Mischa m'avait envoyé des photos de ses cadeaux et m'avait demandé ce que j'avais reçu. Elle avait l'air particulièrement heureuse du cadeau de ses parents, un justaucorps et des chaussons de danse couleur lilas pour sa compétition de gymnastique en février. Son enthousiasme enfantin devant ses cadeaux m'a fait d'autant plus flipper que sa vie était en danger. Il était vraiment essentiel qu'on ne perde pas une journée avec cette histoire de neige qui bloquait les rues.

Cette nuit-là, notre maison était étonnamment silencieuse après l'extinction des feux. J'ai remonté ma couette jusqu'au cou, même si ma chambre était chauffée. Il ne me restait que sept nuits pour profiter de mon lit avant de devoir retourner à Dearborn. Rien que l'idée a fait défiler les visages des filles de là-bas dans ma tête. Je ne savais pas grand-chose d'elles à part leurs noms et leurs âges approximatifs, vu que Trey m'avait sagement conseillé de rester dans mon coin. Il y avait Alecia, la fille qui partageait ma chambre, dont les vols avaient fini par attirer l'attention d'un juge quand elle avait demandé toutes sortes de services hors de prix dans un salon de manucure alors qu'elle n'avait pas le moindre sou sur elle. Il y avait la fille menue qui n'arrêtait pas d'essayer de me faire passer des mots quand on était en cours ensemble. Je ne connaissais pas son vrai nom, mais tout le monde l'appelait Bombasse. Elle était à Dearborn pour avoir régulièrement torturé ses petits demi-frères et sœurs. Il y avait aussi Winnie, une fille immense avec des épaules de joueuse de rugby qui était à Dearborn pour avoir tenté d'étrangler sa mère d'accueil. Je faisais tout pour l'éviter, j'allais même jusqu'à éviter de croiser son regard.

Mon catalogue mental des filles de Dearborn s'est interrompu quand je me suis rendu compte que le bout de mon nez était gelé. Il n'y avait pas eu d'apparition de fantômes dans ma chambre depuis mon retour pour les vacances, à part les boîtes à musique qui s'étaient mises en marche. Mais ce soir je n'étais pas seule et, sous ma couette, j'ai senti que j'avais la chair de poule. J'avais trop peur pour sortir de mon lit et courir le plus vite possible jusqu'au séjour, même s'il était probable que le seul esprit dans ma chambre était Jennie et qu'elle ne me voulait pas de mal. Je suis restée immobile. Mes yeux ont parcouru la chambre du regard, cherchant un signe, une indication d'activité paranormale. Je voulais éviter d'être prise au dépourvu, même si c'était sans doute inévitable.

Il y a eu un mouvement presque imperceptible près de ma fenêtre, celle par laquelle Trey et moi passions quand on se rendait visite, celle sur laquelle une maison avait été dessinée dans la condensation pendant la première nuit de mes vacances. À travers la fenêtre, je voyais la neige tomber ; elle n'était visible que parce que les Emory avaient laissé la lumière de la cuisine allumée avant de partir à Oshkosh.

On était en train de dessiner quelque chose sur la vitre. Sans condensation et de là où j'étais, impossible de voir la forme du dessin. J'ai pris mon courage à deux mains, j'ai repoussé ma couette et je suis allée jusqu'à la fenêtre le plus silencieusement possible, heureuse d'avoir de la moquette sous mes pieds nus pour masquer le bruit de mes pas.

J'ai retenu mon souffle, éberluée devant la fenêtre, tandis que je voyais sur la vitre comme un doigt invisible qui écrivait. Je me suis rapprochée et j'ai soufflé profondément pour faire de la buée et distinguer ce qui se dessinait. Il y avait trois formes de filles, de petites silhouettes allumettes dessinées à la hâte avec des têtes rondes et des robes. Une quatrième se dessinait et j'ai regardé, trop flippée pour faire un seul geste, tandis qu'on y ajoutait des jambes, à quelques centimètres seulement de mon visage. Je ne sais pas si c'était intentionnel ou non, mais j'ai remarqué qu'on avait laissé un trou entre le troisième et le quatrième personnage, dans lequel on aurait facilement pu insérer une autre fille.

Est-ce que ça veut dire quelque chose ? me suis-je demandé avant de me rendre compte que c'était débile de me poser des questions dans ma tête ; ce n'est pas comme si Jennie pouvait lire dans mes pensées. La buée a disparu rapidement, et avec elle les dessins. J'ai à nouveau soufflé sur la vitre pour les faire réapparaître.

— Trois puis un quatrième. Est-ce que ce trou a un sens particulier ? ai-je murmuré tout haut en espérant que Jennie pouvait m'entendre.

Bien sûr, je me suis sentie complètement tarée de chuchoter à des fantômes dans le noir dans ma chambre. Un autre cercle est apparu, puis le début d'un cinquième corps. Trois corps pouvant être Olivia, Candace et Mischa. Le quatrième pouvait être… moi ? Pas Trey, puisque c'était clairement une autre fille qui portait une robe. Est-ce que ça voulait dire que Violet avait fait une pause après avoir prédit la mort de Mischa, et qu'ensuite elle avait recommencé à jouer au jeu ? Ou peut-être que le quatrième corps était Tracy Hartford, sa nouvelle meilleure amie. Et le cinquième ? Pas la moindre idée.

— Est-ce que c'est Olivia, Candace et Mischa ? ai-je demandé à nouveau dans un murmure.

J'ai tapoté sur la fenêtre sous les trois corps pour mieux expliquer à Jennie ce que je demandais. *Un, deux, trois…*

Lorsque j'ai tapé légèrement pour la troisième fois, la vitre s'est craquelée. Depuis l'endroit où mon doigt avait laissé une minuscule marque dans la condensation qui disparaissait rapidement, la fissure partait dans toutes les directions comme sur un lac gelé.

— Oh non. Non, non, non, ai-je murmuré avant de reculer.

La vitre a éclaté vers l'intérieur dans un bruit infernal, en répandant une pluie de bouts de verre sur mes pieds nus. J'ai fait un pas en arrière, horrifiée, et j'ai gémi lorsque j'ai senti un morceau de verre rentrer dans la plante de mon pied droit. Je me suis immobilisée, par peur d'enfoncer des éclats dans mon autre pied si je reculais encore. J'ai évalué les dégâts : les fenêtres de la maison avaient un double vitrage contre les températures froides, et seule la vitre intérieure s'était brisée. J'ai entendu les pas lourds de ma mère sortir en trombe de sa chambre le long du couloir, et le sol craquer sous ses pieds à son approche. Ma porte s'est ouverte en grand et ma mère a allumé la lumière, me trouvant debout, devant ma fenêtre, la bouche ouverte de stupéfaction.

— Qu'est-ce qui se passe ici ? a-t-elle demandé, en colère.

J'ai voulu lui expliquer, mais elle était furieuse :

— Est-ce que Trey est dehors ? Si oui, je te jure, McKenna, je vais le tuer, a-t-elle ajouté.

— Maman, ne fais pas un pas de plus, l'ai-je avertie.

Elle s'est arrêtée et a remarqué que la vitre intérieure de la fenêtre s'était brisée et avait redécoré tout le sol de ma chambre de minuscules bouts de verre longs et pointus. J'ai baissé les yeux et j'ai vu que mon pied saignait et tachait ma moquette.

— Mon Dieu, s'est-elle exclamée. Mais qu'est-ce qui s'est passé ?

— J'en sais rien. J'ai juste entendu un bruit et je suis sortie du lit, ai-je répondu d'un ton innocent.

— Bon, ne bouge pas. Je vais chercher l'aspirateur, a-t-elle annoncé.

Elle n'était plus en colère. J'ai rougi tandis qu'elle sortait chercher l'aspirateur dans le placard à linge. Qu'est-ce qu'elle savait de Trey passant par ma fenêtre ? Elle n'en avait jamais parlé avant cette nuit-là. Je mourrais de honte si j'apprenais que, depuis le début, elle savait qu'il me tenait compagnie à l'automne quand les apparitions d'esprits étaient devenues plus violentes, mais j'ai préféré ne pas relever le commentaire quand elle est revenue et qu'elle a aspiré autour de mon pied pour que je puisse m'asseoir et vérifier l'étendue des dégâts.

— C'est pas joli-joli. Je vais chercher une pince à épiler.

J'avais réussi à sortir quatre petits morceaux de verre de mon pied avec mes ongles, mais restaient deux éclats qui s'étaient incrustés trop profondément dans ma peau pour que je puisse les enlever. Il y avait aussi une entaille plus longue sous mes doigts de pied qui saignait assez abondamment. Ma mère est revenue de la salle de bains avec la pince et elle s'est agenouillée pour extraire les deux minuscules bouts de verre. J'ai crié de douleur.

— Je ne crois pas qu'on va pouvoir faire grand-chose pour l'entaille. Tu aurais sans doute besoin de quelques points de suture mais je doute qu'on puisse aller à l'hôpital ce soir, a-t-elle dit. On va devoir faire de notre mieux et poser un pansement nous-mêmes.

Quand ma mère a eu terminé de nettoyer la coupure et de faire le pansement, elle a frotté la moquette avec un peu de nettoyant près du radiateur pour tenter d'enlever la tache de sang.

— Je vais devoir nettoyer ça à la vapeur demain matin, a-t-elle finalement décidé.

Elle s'est penchée en avant pour examiner la fenêtre de plus près et a tapoté la vitre extérieure avant d'ajouter :

— C'est vraiment bizarre. C'est sans doute la chaleur du radiateur qui a fissuré la vitre. C'est vrai qu'il fait plutôt froid, mais ces fenêtres n'ont que cinq ans. Je me demande si la garantie marche toujours.

Les garanties ne couvrent pas les activités paranormales, ai-je pensé amèrement.

J'ai sorti une paire de chaussettes épaisses avant de demander :

— Est-ce que je peux dormir dans le séjour ? Ça m'a fichu la trouille, cette histoire.

***

Plusieurs heures plus tard, alors que mon cœur s'était remis à battre normalement et que je commençais enfin à sentir la fatigue, j'ai fixé mon regard sur le sapin de Noël dans le noir en essayant de comprendre ce qui venait de se produire. Est-ce que Jennie avait cassé ma fenêtre par accident ? Est-ce qu'il était possible que la vitre se soit fissurée simplement à cause de son énergie ? Ou alors est-ce que quelque chose d'autre avait brisé la vitre pour l'empêcher de communiquer le message qu'elle tentait de me transmettre ? Trois filles, une pause, puis une quatrième et une cinquième. Si la vitre ne s'était pas cassée, est-ce que Jennie en aurait dessiné une sixième ? Et puis est-ce que cinq filles, ça avait une signification ?

J'aurais vraiment voulu partager ce qui venait de se passer avec Mischa ou Trey, mais je savais que Mischa serait terrorisée si je lui racontais quoi que ce soit qui puisse lui rappeler qu'elle était la prochaine sur la liste. Trey était sans doute à l'autre bout de la région, profondément endormi, sur le sofa de sa tante ou dans un lit d'appoint, loin de Willow et de filles idiotes qui jouaient à des jeux occultes à des fêtes d'anniversaire.

Chapitre 9

Le lendemain matin, la neige avait cessé de tomber, mais les températures avaient continué de chuter. Donc, au lieu de fondre, la neige avait durci, et les quelques routes déblayées pendant la nuit étaient couvertes de verglas et dangereusement glissantes. Aux nouvelles télévisées, il était recommandé aux habitants de notre région de rester chez eux pour la journée et d'éviter toute sortie. À certains endroits, il n'y avait plus d'électricité et la population devait faire appel aux pompiers en cas d'évacuation nécessaire pour rejoindre un refuge. Impossible de savoir quand Trey rentrerait, et je n'avais aucun moyen de le contacter.

— Ce serait gentil de ta part de passer voir les Waldbaum, tu pourrais en profiter pour leur demander s'ils ont besoin de quelque chose, si ton pied tient le coup, a suggéré ma mère, qui en gros m'ordonnait de façon déguisée d'enfiler mes après-skis et d'escalader les montagnes de neige pour voir M. Waldbaum et sa femme au bout de la rue.

— OK, ai-je répondu.

Je commençais à devenir folle à force d'être enfermée dans la maison. J'avais mal au pied, mais je savais que je n'avais pas le temps de me plaindre de la douleur.

— Tant qu'à faire, autant que je prenne directement quelques trucs, ça m'évitera d'avoir à faire un deuxième aller-retour.

J'étais déjà en train de mentir, mon plan prenait forme dans ma tête.

On a emballé des restes du repas de Noël : des choux de Bruxelles, des patates douces caramélisées, de la dinde et d'énormes parts de tarte à la cerise. J'ai empilé les Tupperware dans mon sac à dos et je me suis mise en route.

Il y avait tellement de neige entassée qu'elle atteignait la rampe du perron. Les chasse-neige avaient dû passer à l'aube, parce qu'il était bien plus facile de marcher sur les zones déblayées que sur les bancs de neige qui recouvraient les jardins et les trottoirs, même si la rue restait impraticable pour les voitures puisqu'il restait une trentaine de centimètres de neige sur l'asphalte.

Devant chez les Waldbaum, la neige était si haute que j'ai dû en enlever pour trouver leur sonnette. Lorsqu'il a entrouvert la porte, M. Waldbaum a gloussé en me voyant.

— Tiens, bonjour, McKenna, m'a-t-il saluée. Je vais éviter d'ouvrir la porte en grand, autrement j'ai bien peur que toute cette neige ne rentre dans mon couloir.

— Pas de problème, monsieur Waldbaum. Ma mère voulait juste s'assurer que vous alliez bien et elle m'a demandé de vous apporter à manger, ai-je répondu en ouvrant mon sac.

Mme Waldbaum est passée dans l'entrée et a souri lorsqu'elle m'a vue passer les bouteilles d'eau par l'ouverture.

— Tu diras à ta mère à quel point c'est adorable, m'a dit Mme Waldbaum en prenant un Tupperware. Tout va bien, mais c'est une attention très touchante.

Mme Waldbaum s'est retirée vers la cuisine.

— Est-ce que vous avez besoin d'autre chose ? ai-je demandé à M. Waldbaum.

Il a hésité quelques instants avant de regarder par-dessus son épaule vers la cuisine dans laquelle Mme Waldbaum venait de disparaître.

— Eh bien, je m'en voudrais de t'embêter, mais ma femme vient de finir sa boîte de médicaments pour la tension, il faudrait en racheter. Seulement, j'ai oublié de m'arrêter à la pharmacie hier, quand je suis sorti faire des courses. Elle peut sans doute se passer de médicaments pendant une journée, mais…

C'était l'excuse parfaite pour que j'aille en ville.

— Pas de problème, monsieur Waldbaum. Mais vous pensez que la pharmacie sera ouverte ?

M. Waldbaum a souri, l'air soulagé :

— Je peux appeler Chuck et lui demander s'il accepterait de t'ouvrir. Attends un instant.

Je me suis assise sur la congère pendant qu'il appelait Chuck Hennessy. J'ai sorti mon portable de ma poche arrière pour envoyer un texto à Cheryl, en faisant bien attention à la tournure de mon message.

J'ai un immense service à te demander. Est-ce que tu peux me retrouver devant le lycée dans une heure avec les clés de la porte est ?

J'ai fait exprès de rester vague pour ne pas mettre par écrit que j'avais l'intention de rentrer dans le lycée, au cas où le juge Roberts vérifierait mes conversations plus tard.

Cheryl ne m'avait pas encore répondu quand M. Waldbaum est revenu, l'air victorieux.

— Chuck est d'accord pour aller jusqu'à la pharmacie et te retrouver là-bas. Ma femme a besoin de trois médicaments sur ordonnance. Dis-lui bien de ne pas oublier le diurétique. Sans ça, elle ne peut pas prendre les deux autres médicaments.

M. Waldbaum m'a dit de faire attention à moi sur le chemin un milliard de fois, et je lui ai répondu de ne pas s'inquiéter. Il m'offrait un sacré alibi, vu qu'il me donnait une excuse plausible pour aller en direction du lycée. J'ai donc appelé ma mère pour lui dire que j'allais tenter d'aller à pied jusqu'à la pharmacie. Elle m'a demandé de repasser à la maison prendre de l'argent pour faire d'une pierre deux coups et acheter du papier toilette chez M. Hennessy.

— Tu es sûre que tu es en état de faire ça ? Comment va ton pied ? a demandé ma mère, tout en me donnant cinq dollars et une écharpe de plus sur le perron.

— Ça va, ai-je menti, t'inquiète.

En réalité, la plus grosse entaille avait beau ne pas être si terrible que ça, mon pied tout entier me faisait mal.

— Tu es vraiment une chouette fille, tu sais, ça ? a dit ma mère.

Elle n'avait pas idée.

Lorsque je suis arrivée au bout de ma rue, Cheryl m'a répondu.

CHERYL 10:19

Pourquoi est-ce que tu veux aller dans le lycée ?

J'ai soupiré. Cheryl était à trois pâtés de maisons du lycée seulement, donc elle avait nettement moins de chemin à faire que moi.

Je t'explique en arrivant. Tu peux me rejoindre ?

J'étais une affreuse manipulatrice, mais je n'avais pas le choix. J'ai prévenu Mischa que j'étais en route pour le lycée afin d'aller jeter un œil aux dossiers de l'infirmière, comme prévu. Mischa habitait de l'autre côté de la ville, donc il n'y avait aucune raison qu'elle nous rejoigne. Ce n'est qu'en empruntant la route de campagne que je me suis rendu compte à quel point il faisait froid. Les arbres secouaient leur neige sur moi. Le vent transperçait mon épais manteau d'hiver. J'avais si froid que j'en avais mal aux yeux. J'ai remonté mon écharpe sur mon visage, avec la sensation que ma respiration l'humidifiait au niveau de la bouche.

Le temps que j'arrive à la pharmacie, il y avait de la neige dans mes après-skis et mes chaussettes étaient humides. Le centre commercial avait l'air lunaire, avec la neige qui recouvrait le parking et bloquait presque la moitié des vitrines des magasins. M. Hennessy, le pharmacien, qui, à soixante ans, était sans aucun doute bien plus jeune que M. Waldbaum, m'attendait comme convenu à l'intérieur. Il avait traversé le parking enseveli, comme moi, et on voyait la tranchée qu'il avait créée disparaître au loin, en direction de sa maison.

Je suis restée debout, mal à l'aise, regardant autour de moi comme si tout était nouveau alors que j'étais venue vingt-quatre heures plus tôt. J'ai attendu que M. Hennessy aille chercher les médicaments à l'arrière, grelottante.

— M. Waldbaum m'a demandé de vous rappeler pour le diurétique, ai-je lancé par-dessus les allées de cartes, de couches, de vitamines et de talc.

— Pas d'inquiétude, je n'oublierai pas, a-t-il répondu en marmonnant quelque chose que je n'ai pas saisi, sans doute quelque chose du genre qu'il connaissait son métier et n'avait pas besoin qu'un oncologue retraité de quatre-vingts ans lui explique comment lire une ordonnance.

Je me suis souvenue des cinq dollars que ma mère m'avait donnés et j'ai donc pris un paquet de papier toilette. Au comptoir, j'ai voulu remettre l'argent à M. Hennessy, qui l'a refusé.

— Une bonne action en inspire une autre, s'est-il contenté de dire.

Je suis ressortie, avec de la neige jusqu'aux hanches. Mon cœur s'est mis à battre plus vite. J'ai vérifié mon téléphone. Cheryl avait accepté de me retrouver au lycée.

CHERYL 10:52

OK mais je veux pas être embarquée dans des histoires.

Comme la matinée allait être tendue, j'ai pris le temps de ranger le papier toilette dans mon sac. J'ai regardé M. Hennessy repartir chez lui avant de me diriger vers le lycée. Je n'avais pas besoin qu'il remarque que mes traces allaient vers le lycée plutôt que vers chez M. Waldbaum.

Le lycée est apparu au coin de la rue Tallmadge, faisant monter en moi la panique, la nostalgie et la rage. Ça faisait des semaines que je réprimais ma colère concernant mon exclusion, en me disant que ça en valait la peine pour sauver Mischa. Mais, en voyant le bâtiment, toute la rancœur à l'idée d'avoir perdu mes années de lycée à cause de Violet est ressortie. C'était mon année de première. C'était censé être la plus belle année de ma vie.

J'ai traversé le parking ouest, celui par lequel Trey et moi nous étions enfuis dans la voiture de sa mère le jour de notre arrestation. Ma mère avait évité de passer en voiture devant le lycée pendant les audiences, et c'était la première fois que je revenais sur la scène du crime. Au bout du parking, on voyait les grilles menant à la piste et au terrain de football américain qui ressortaient de la neige. Malgré le reflet aveuglant de la neige, je distinguais les gradins recouverts de blanc poudreux, comme une montagne mal placée. J'avais l'impression qu'un millier d'années avait passé depuis la dernière fois que je m'étais assise au premier rang avec les autres membres des porte-drapeaux pendant les matchs.

Une fois à l'angle du parking est, j'ai essuyé un banc avec ma manche pour en retirer la neige et je me suis assise. J'ai regardé la fenêtre du premier étage de la salle d'histoire de M. Dean, et je me suis rappelé à quel point les choses étaient différentes au début de l'année, quand Olivia et Candace étaient encore en vie. Le jour de la rentrée, je faisais toujours partie des exclus, des ringards. Si je n'avais pas perdu du poids pendant l'été en Floride avec mon père et Rhonda, Olivia ne m'aurait peut-être jamais invitée à sa fête d'anniversaire, et je n'aurais rien su de l'implication de Violet dans la mort d'Olivia et de Candace.

J'ai souhaité, le temps d'un instant, remonter dans le temps pour ne pas vivre tous ces événements.

Ça faisait quinze minutes que j'attendais. Cheryl n'était pas du genre à être en retard et je me suis demandé si elle avait finalement décidé de ne pas me rencontrer, ou si elle avait tellement peur de se retrouver dans le pétrin qu'elle avait demandé à sa mère de l'accompagner. Au moment où je me rendais compte, à mon plus grand agacement, que j'aurais besoin d'aller aux toilettes rapidement et qu'il faisait trop froid pour que je reste plus longtemps sur ce banc à attendre, j'ai aperçu une silhouette de l'autre côté de la rue. C'était elle, qui portait une doudoune complètement ringarde et un bonnet tricoté multicolore. J'ai manqué ne pas la reconnaître sans ses lunettes rouge vif.

— Plus de lunettes ! me suis-je exclamée quand elle s'est rapprochée.

— Non, des lentilles, a-t-elle annoncé avec un grand sourire. Enfin.

— Tu as vraiment l'air différente, lui ai-je dit.

C'était tellement vrai que je n'arrivais pas à savoir si elle avait changé pour le mieux ou pour le pire. Je connaissais la Cheryl à lunettes depuis le CE1. Sans elles, ses yeux avaient l'air un peu plus petits et son nez semblait un peu plus de travers. La couleur vive de la monture de ses lunettes équilibrait son visage, du coup, sans elles, elle avait l'air d'être quelqu'un d'autre.

— Bon… a-t-elle dit, en regardant autour d'elle. Voilà, je suis là. Tu auras remarqué qu'on est les seules de toute la ville à se balader à pied, là.

— Oui, ai-je répondu. Merci d'être venue. Je sais que c'est bizarre et je t'aurais pas demandé si ce n'était pas une question de vie ou de mort.

Cheryl a levé un sourcil suggérant qu'elle avait du mal à croire que ce qu'il y avait dans le lycée pouvait vraiment faire une différence dans la vie ou la mort de quelqu'un.

— La vie ou la mort de qui ?

J'ai haussé les épaules. Cheryl ne savait rien du jeu auquel on avait joué à l'anniversaire d'Olivia, ni du fait qu'on pensait que Violet était responsable de la mort d'Olivia et de Candace. J'avais fait exprès d'éviter les questions qu'elle me posait dans ses lettres pour ne pas laisser de traces écrites.

— C'est une longue histoire, Cheryl. Et, si je te la racontais, tu me prendrais pour une folle.

À ma grande surprise, Cheryl s'est assise sur le banc :

— Vas-y, je t'écoute.

Sans qu'elle dise rien d'autre, j'ai compris qu'en six semaines Cheryl avait changé. Peut-être même que la transformation avait commencé avant que je sois envoyée à Dearborn mais que j'avais été trop distraite pour le remarquer. Elle était en train de poser un ultimatum. Il fallait que je lui explique pourquoi je voulais rentrer dans le lycée, et il fallait qu'elle me croie, sinon elle ne me laisserait pas rentrer.

— En septembre, Olivia Richmond a organisé une petite soirée pour son anniversaire, ai-je commencé.

Je me suis assise sur le banc à côté de Cheryl et je lui ai tout raconté. Je n'ai dit qu'un seul petit mensonge : au lieu d'expliquer que Violet, au moment de prédire ma mort, avait vu celle de Jennie, je lui ai raconté que Violet avait prédit que je mourrais étouffée après la noyade de Candace, et que je serais donc la prochaine à mourir. Mischa n'avait jamais été particulièrement gentille envers les filles un peu moins populaires qu'elle, et c'était vrai depuis la maternelle. Je ne pouvais pas risquer que Cheryl refuse de m'aider, or sauver la vie de Mischa plutôt que la mienne aurait été une raison suffisante pour qu'elle reparte chez elle aussitôt.

— C'est pas vrai… a dit Cheryl, les yeux grands comme des soucoupes. McKenna, c'est juste…

J'avais envie de pleurer tellement je savais combien ce qui sortait de ma bouche paraissait inimaginable. À la place de Cheryl, j'aurais pensé que McKenna Brady était soit la plus grosse menteuse de tous les temps, soit la folle furieuse du siècle. J'accusais Violet d'avoir comploté avec des esprits maléfiques pour commettre des meurtres atroces, ajoutant que des fantômes hantaient ma chambre et insistant sur le fait que, même si on m'avait virée du lycée, Violet était toujours en train de planifier des meurtres. Mon discours ressemblait exactement à celui de Candace après la mort d'Olivia : une aliénée paranoïaque.

— Je sais, je sais, ai-je dit d'une voix éteinte, regrettant déjà de m'être donné le mal de tout raconter à Cheryl.

Son visage était figé en une expression d'horreur totale, non pas, comme je le soupçonnais, d'horreur envers ce que Violet avait fait, mais d'horreur parce que je passais pour une nana avec de sérieux problèmes psychiatriques.

— Je sais que tu ne me crois pas, ai-je ajouté. C'est pour ça qu'on n'a rien dit à personne, Trey et moi, pas même à nos parents. C'est tellement fou. Tu n'es pas obligée de me croire. Moi je sais que c'est vrai. Et je sens bien que je suis la prochaine.

— Je te crois, a fini par dire Cheryl après un long silence, en hochant la tête lentement. On t'a pas dit pour Tracy Hartford ?

Tracy Hartford, la commère de la promo, était bien la dernière personne dont j'aurais pensé avoir des nouvelles pendant les vacances. Elle m'agaçait depuis bien avant le lycée, mais, depuis qu'elle avait fait le pot de colle pour se rapprocher de Violet après la mort d'Olivia, je ne pouvais plus la supporter. C'était la fille la plus fausse et la plus superficielle du lycée.

— Elle ne vient plus en cours, a poursuivi Cheryl. Elle s'est endormie en plein cours deux fois en novembre. Quand sa mère l'a emmenée chez le médecin, ils ont découvert qu'elle avait une méningite bactérienne. Le lycée a été fermé pendant deux jours pour qu'une société de nettoyage privée puisse tout désinfecter.

— Oh la vache ! ai-je répondu. Je savais pas.

Je n'avais pas vraiment été mise au courant de ce qui se passait au lycée à part ce que Cheryl et Erica m'écrivaient dans leurs lettres. Mischa n'avait pas parlé de la fermeture du lycée, mais elle avait déjà été transférée à St. Patrick en novembre et n'avait sans doute pas fait attention si sa grande sœur Amanda était restée à la maison pendant deux jours de cours.

— Quelle horreur, ai-je poursuivi. Et ça va aller ?

— C'est une infection du tissu autour du cerveau. Je ne la connais pas bien mais ça fait deux mois qu'elle est à l'hôpital, donc ça m'a pas l'air très positif. Michael Walton ne dit quasiment rien à son sujet. Il s'assoit avec Violet à l'heure du déjeuner, et Stephani de Milo remplace Tracy au poste de secrétaire du conseil des élèves. J'ai cru qu'ils annuleraient le voyage au ski en janvier puisque c'est Tracy qui avait tout organisé, mais…

Cheryl a haussé les épaules pour indiquer que le voyage était maintenu.

J'ai repensé aux filles quatre et cinq qui avaient été dessinées sur ma fenêtre la veille au soir. Si Tracy était censée être la quatrième à mourir, qui serait la cinquième ?

— Est-ce que quelqu'un a parlé de jeux chelous auxquels Tracy aurait pu jouer avec Violet ? ai-je demandé, tout en sachant bien qu'il y avait peu de chances que ce soit le cas.

— Non, mais Violet a organisé une fête d'Halloween chez elle. Toutes les filles de l'équipe des pom-pom girls en ont parlé, a expliqué Cheryl.

Je me suis levée.

— Cheryl, je ne veux vraiment pas te mettre dans le pétrin, et je comprendrai tout à fait si tu dis non. Mais j'ai vraiment besoin de ta clé pour rentrer dans le lycée et regarder les dossiers de Mme Lindvall pour voir si je trouve des informations sur Violet.

À ma grande surprise, Cheryl a passé sa main sous son manteau et a récupéré ses clés dans la poche de son jean. Elle a sélectionné une grande clé et l'a sortie de son trousseau pour me la donner.

— Tu n'as pas besoin de rentrer avec moi, lui ai-je précisé. Si on m'attrape, je peux dire que je te l'ai volée.

— Mais, si je viens avec toi, je peux dire que je cherchais mon appareil dentaire et que je croyais l'avoir laissé dans la salle de répétition des porte-drapeaux au moment de ranger les drapeaux pour les vacances, a proposé Cheryl, enthousiaste. Et je peux dire que t'étais juste avec moi à ce moment-là et que, comme il faisait froid, je voulais pas te faire attendre dehors.

Cheryl a utilisé la clé comme une pro pour ouvrir le verrou compliqué de la porte est, et je me suis fait mille reproches pour l'avoir laissée tomber au début de l'année. Cheryl était trop classe. Je me trouvais assez nulle de lui mentir sur le fait que j'étais la prochaine à mourir et j'espérais vraiment qu'à un moment dans ma vie je pourrais cesser de dire tous ces mensonges.

On est entrées dans le couloir étrangement froid et sombre et Cheryl a refermé la porte d'un coup sec. Puis elle a composé un code dans le système d'alarme sur le mur derrière la porte.

— Combien d'élèves ont la clé au lycée ? ai-je demandé distraitement, tandis qu'elle remettait sa clé dans son jean.

— Moi, Phillip Horvath, et je crois que c'est tout. Les membres de la fanfare sont les seuls à arriver au lycée avant les profs.

Vide, le lycée était étrangement silencieux. Je n'étais jamais venue dans le bâtiment avec chauffage et lumières totalement éteints. La porte de la salle de la fanfare n'était qu'à quelques pas de l'entrée est, et Cheryl a regardé au bout du couloir qui menait au bureau de l'infirmière avec impatience.

— Je suis jamais partie explorer quand le lycée est fermé. Ça va faire bizarre.

On a marché le long du couloir de casiers en dépassant les salles des secondes avant de tourner à droite. Après un autre long couloir qui nous a menées au-delà des entrées de service de l'auditorium et des vitrines de trophées, nous sommes enfin arrivées au niveau des bureaux de l'administration. Juste en face de ces bureaux se trouvait la porte de la salle de Mme Lindvall.

J'ai atteint la porte et j'ai tourné la poignée. Verrouillée.

— J'ai pas la clé de cette porte, m'a dit Cheryl d'un ton dépité.

J'ai examiné la poignée pour voir si le verrou pouvait sauter avec une pince à cheveux. Ce n'était pas le cas. Après avoir enlevé mes gants, que j'ai mis dans les poches de mon manteau, j'ai sorti mon porte-monnaie pour prendre ma carte d'étudiante. Elle était en plastique dur, et la photo de moi, sourcils froncés, était déjà délavée.

— Qu'est-ce que tu fais ? a demandé Cheryl tandis que j'introduisais ma carte dans la fente entre la porte et son cadre. Me dis pas que tu es en train de forcer la porte du bureau de l'infirmière ?

— Si, ai-je déclaré au moment où je sentais que ma carte déverrouillait la porte.

J'ai retenté la poignée, et cette fois-ci la porte s'est ouverte. Je suis entrée dans le bureau et j'ai allumé la lumière. La pièce était propre, confortable, comme toujours. Sur la table, éparpillées, se trouvaient des photos encadrées de Mme Lindvall et de sa famille. Soudain, je me suis rendu compte que maintenant qu'on était dans le bureau, lumière allumée, il fallait se grouiller. Même s'il y avait peu de chances que quiconque s'embête à escalader la montagne de neige jusqu'au lycée un lendemain de Noël, on était quand même rentrées en toute illégalité.

J'ai ouvert le tiroir du haut du bureau de Mme Lindvall et j'ai trouvé un jeu de clés dans un des compartiments en plastique qu'elle y avait disposés. J'ai impatiemment essayé chacune des clés jusqu'à la toute dernière, qui, enfin, rentrait dans la serrure de l'armoire à dossiers qui était dans le coin, derrière le lit d'appoint.

— C'est pas trop tôt, ai-je murmuré.

Le tiroir du haut du meuble de rangement contenait les dossiers médicaux des élèves dont le nom commençait par les lettres A à F. En tirant le tiroir au maximum, l'effet de la gravité a été tel que j'ai fait pencher l'armoire tout entière, au point que j'ai manqué la faire basculer sur moi.

— Argh ! ai-je lancé en rattrapant l'armoire pour la repousser à la verticale. Franchement, elle devrait réorganiser ses affaires, l'infirmière. C'est dangereux, son truc !

J'ai refermé le tiroir du haut et ouvert les autres jusqu'à arriver à celui qui contenait les noms allant de S à Z.

— Sedgewick, Shin, Shulman…

J'énonçais les noms inscrits sur la vignette de chaque dossier.

— Simmons !

J'ai sorti le dossier intitulé « Simmons, V » et refermé le tiroir avec le pied. Cheryl a vérifié une dernière fois que le couloir était toujours vide avant de rentrer pour de bon.

À l'intérieur du dossier en papier kraft se trouvaient des photocopies de toutes sortes de vaccins que Violet avait eus bébé. Pas de surprise là-dessus, on lui avait fait la diphtérie, le tétanos, la coqueluche. Il contenait également une photocopie de vaccins qu'on lui avait faits à cinq ans en maternelle à Lake Forest, dans l'Illinois, qui listait la rougeole, les oreillons, la rubéole et la polio. J'avais vu ces noms dans mon carnet de santé, et tout, jusque-là, me paraissait normal.

— Y a rien, a dit Cheryl. Je ne sais pas ce que tu cherches au juste, mais tout ça c'est tout ce qu'il y a de plus standard.

Mais, sous ces papiers, il y en avait un bien plus récent. Ça avait l'air d'être un mail d'un médecin de Lake Forest, Samantha Boynton, qui précisait deux médicaments sous ordonnance que Violet devait prendre pour ses très fréquentes bronchites. En cas d'infection pulmonaire, on préconisait la prise d'un stéroïdien faiblement dosé et d'un antibiotique. Cheryl a remarqué la partie étrange du mail en bas de page avant moi, et elle me l'a indiquée du doigt.

« Violet souffre d'infections pulmonaires chroniques dues à une dysplasie bronchopulmonaire ou DBP qu'elle a contractée à la suite d'une naissance prématurée. Dès les premiers symptômes d'infection respiratoire, Violet doit se rendre immédiatement chez son généraliste pour se faire prescrire son traitement. »

— Ça veut dire quoi ? ai-je demandé tout haut.

Cheryl et moi avons toutes les deux brandi nos téléphones au même moment pour taper une recherche sur la maladie de Violet. Les résultats expliquaient que cette maladie était fréquente chez les nourrissons prématurés, qu'elle entraînait l'accumulation de liquide dans les poumons pas encore tout à fait prêts à fonctionner seuls, ce qui pouvait créer des lésions des tissus pulmonaires.

— Tu crois que Violet aurait pu être en danger de mort à cause de cette DBP ? ai-je demandé à Cheryl.

— J'y connais pas grand-chose, moi, aux bébés prématurés, a-t-elle admis en haussant les épaules. Mais ça m'a l'air plutôt sérieux.

La seule autre chose qui se trouvait dans le dossier de Violet était une note de l'infirmière disant que Violet avait demandé de l'ibuprofène pour cause de migraine la semaine qui avait suivi la fête d'anniversaire d'Olivia. J'avais l'impression que je ne trouverais plus rien au cours de cette petite virée au lycée, j'ai donc remis le dossier puis les clés à leur place.

On a refermé la porte du bureau et on s'est dépêchées de retourner à l'entrée est. Cheryl a réenclenché l'alarme, et nous sommes ressorties dans la lumière matinale.

— Merci, lui ai-je dit une fois de retour dans le parking.

— Mais maintenant, tu vas faire quoi ? a-t-elle demandé en regardant autour d'elle.

— J'en sais rien, ai-je avoué. Je dois en parler à Trey et à Mischa. On n'a pas vraiment de plan. On sait juste qu'il faut essayer de mettre un terme à tout ça avant que Trey et moi ne repartions à la fin des vacances.

— Mais, McKenna… Qu'est-ce qui va se passer si vous n'y arrivez pas ? Je veux dire, vous allez faire comment pour l'arrêter ? a demandé Cheryl, qui avait l'air sincèrement inquiète.

— On pense que, pour l'arrêter, on va devoir la forcer à jouer à un jeu similaire avec nous, mais cette fois-ci c'est son âme à elle qu'on va faire passer de l'autre côté. Le problème, c'est que ça pourrait être une perte de temps de faire ça sans comprendre quelle est sa relation aux esprits, et pourquoi elle leur a donné Olivia et Candace. On a pas mal de théories. Peut-être que c'est l'esprit de la grand-mère, qui remplit sa promesse de récupérer un terrain qu'elle considère qu'on lui a volé quand le grand-père de Violet est mort. Ou peut-être que Violet a vu la mort de près et qu'elle a fait un pacte avec les esprits pour échanger des vies contre la sienne. On ne sait pas vraiment.

— Laisse-moi t'aider, a insisté Cheryl.

J'ai secoué la tête.

— C'est trop risqué, Cheryl. Je ne veux pas impliquer qui que ce soit d'autre dans cette histoire.

— Écoute, je ne peux pas te quitter tout simplement en te souhaitant bonne chance ! Il y a bien quelque chose que je peux faire.

— Je vais y réfléchir, lui ai-je promis en replaçant mon sac à dos sur mes épaules. Mais, pour l'instant, il faut que je retourne chez mes voisins pour leur donner leurs médicaments avant que les gens se demandent ce que je fabrique.

Le retour m'a paru encore plus froid que l'aller. J'ai envoyé un texto à Mischa pour lui raconter l'état dans lequel était Tracy Hartford. Si ce que Cheryl m'avait raconté était vrai, il était logique de penser que Violet avait continué à chercher de nouveaux participants pour son jeu après la mort d'Olivia et de Candace. Même si je ne portais pas Tracy Hartford dans mon cœur, j'espérais vraiment qu'elle n'était pas en train de mourir, et que sa maladie n'était qu'une très triste coïncidence. Trey et moi nous étions déjà gravement trompés à l'automne en faisant des hypothèses fausses à partir des indices que des esprits nous avaient laissés, donc je ne voulais pas risquer de donner trop d'importance aux petits personnages dessinés sur ma fenêtre la veille. Mais, malgré tout, je bloquais dessus. Cinq filles. Qui serait la cinquième ?

Chapitre 10

Cette nuit-là, j'ai entendu les chasse-neige qui faisaient enfin leur apparition dans notre rue. S'ils déblayaient la rue, les Emory n'auraient aucun problème pour rentrer le lendemain matin. Je n'en pouvais plus d'attendre Trey pour lui raconter le dossier médical de Violet et ce que Cheryl m'avait dit sur Tracy Hartford. J'ai disparu dans ma chambre pendant une heure pour parler à Mischa au téléphone après être repassée chez les Waldbaum pour leur remettre leurs médicaments. Mischa avait une impressionnante capacité de stockage d'informations drôles et sans aucun intérêt, mais elle était loin derrière Trey en matière de déduction. Trey aurait pu devenir un haut gradé de la CIA ou de la DGSI, j'en étais convaincue. Il aurait tiré des conclusions pertinentes de tout ce que j'avais appris, mais tout ce que ça a eu comme effet sur Mischa, c'est de la mettre hors d'elle.

— Quelle idiote, cette Tracy Hartford, je te jure. Bien fait, elle n'avait qu'à pas continuer à voir Violet après la mort d'Olivia et de Candace, a-t-elle dit d'un ton abrupt. J'ai aucune pitié pour elle, je t'assure. Franchement.

Je m'étais demandé si je n'allais pas lui parler du lien entre Trey et Violet, mais je me suis forcée à me rappeler, pendant qu'on était au téléphone, qu'elle était du genre à tout dramatiser. Déjà qu'elle n'était pas fan de Trey… L'entendre radoter sur ce sujet ne m'aiderait pas à me sentir mieux en attendant d'en parler avec lui.

Certes, ce qu'on avait appris sur Violet était une distraction énorme, mais j'ai décidé de profiter de cette tempête de neige pour réviser, chose que j'avais rarement le loisir de faire au pensionnat. À Dearborn, on ne nous mettait pas la pression pour avoir de bonnes notes. La plupart de mes profs étaient déjà soulagés quand ils arrivaient à finir un cours sans qu'il y ait eu de bagarre. Mais le gros problème avec ça, c'est que j'espérais encore entrer dans une bonne université, et je ressentais le besoin de me tenir à jour de ce que mes camarades de Weeping Willow étudiaient.

Au moment où j'ouvrais mon manuel de maths, j'ai reçu un texto inattendu de Cheryl.

CHERYL 21:15

Tu en sais beaucoup sur la mère de Violet ?

Son message m'a un peu surprise, parce que ça voulait dire que Cheryl continuait à réfléchir à tout ce que je lui avais raconté. Elle était loin d'être idiote. Pour le coup, elle pourrait sans doute prétendre au titre de major de promo, avec Nicole Blumenthal et Michael Walton. Mais je ne m'attendais pas du tout à ce qu'elle rentre chez elle et qu'elle ressasse cette situation.

Pas grand-chose. Pourquoi ?

J'ai envoyé mon message et j'ai attendu nerveusement qu'elle réponde, totalement incapable de reporter mon attention sur mon manuel de maths. Pourquoi est-ce que Cheryl Guthries, de toutes les personnes au courant de cette histoire, se mettait à penser à la mère de Violet ? Mme Simmons était avocate, spécialisée dans la fiscalité. Elle travaillait dans un gros cabinet d'avocats à Green Bay. Il n'y avait pas beaucoup de métiers prestigieux dans notre coin du Wisconsin. Même si une poignée de gens avaient des parents banquiers ou avocats qui faisaient l'aller-retour dans de plus grandes villes, il était rare de voir de gros bonnets de ce genre. Mme Simmons était sophistiquée, impeccable, et il n'était pas difficile de deviner d'où Violet tenait sa grâce et sa prestance avec une mère pareille.

CHERYL 21:19

Ben je me demandais juste comment un bébé prématuré pourrait s'y prendre pour négocier de sauver sa propre vie.

Le texto de Cheryl a complètement bouleversé toutes les idées qui me passaient par la tête. Elle avait tout à fait raison. Si Violet avait manqué mourir à sa naissance, elle ne risquait pas d'être celle qui avait négocié avec des esprits maléfiques. J'ai demandé à Mischa par texto de faire des recherches sur la mère de Violet avec son nom de jeune fille, qu'elle trouverait sans doute en quelques secondes sur Internet.

Puis mon attention s'est portée sur des lumières de phares qui approchaient dans la rue. Les Emory étaient de retour d'Oshkosh. J'ai immédiatement refermé mon manuel et prévenu ma mère que je me couchais.

Dans ma chambre, je me suis retrouvée face au problème suivant : tout moyen normal de communication avec Trey m'avait été enlevé. Ma mère avait recouvert la fenêtre qui était au-dessus du radiateur, celle qui me permettait de voir directement dans la chambre de Trey, avec un grand bout de carton découpé pour éviter les courants d'air jusqu'à ce qu'on répare la vitre intérieure. Depuis l'autre fenêtre, je voyais que sa lumière était allumée, mais je n'arrivais pas à distinguer s'il était encore debout ni même s'il était dans sa chambre. J'ai soupiré, regrettant amèrement que les parents de Trey lui aient retiré son téléphone.

J'ai finalement décidé que le mieux serait d'enlever le Scotch que ma mère avait utilisé pour maintenir le carton sur l'encadrement de la fenêtre, dans l'idée de le remettre en place après avoir parlé à Trey. J'étais en train de retirer le Scotch, en laissant un film collant sur le cadre, quand j'ai entendu mon portable sonner.

— Tu vas pas le croire.

C'était Mischa, qui, comme d'habitude, se passait des formalités de politesse. J'entendais de la musique dans le fond, donc j'imaginais qu'elle se trouvait seule dans sa chambre violette.

— Quoi ?

— Je connaissais pas le nom de la mère de Violet, donc j'ai fait quelque chose de mal, a confessé Mischa. Enfin, c'est pas vraiment mal, mais c'est pas vraiment réglo non plus. Je suis allée sur un de ces sites qui te font des arbres généalogiques, et j'ai créé un compte comme si j'étais Violet.

— Mischa ! me suis-je exclamée. C'est illégal ce que t'as fait, si ça se trouve !

— Mais non, a-t-elle insisté. T'inquiète, chuis pas débile. J'ai pas l'intention de me retrouver à Dearborn, moi. C'est juste un moyen d'accéder aux archives publiques.

— Bon, OK… Du coup, c'est quoi ce que je vais pas croire ? Tu vas pas me dire que le prénom de la mère de Violet est Bertha, quand même ? ai-je demandé tout en regardant par ma fenêtre intacte au cas où l'ombre de Trey apparaîtrait.

— Non, c'est Vanessa, mais crois-moi, on s'en fiche complètement. Écoute un peu. Quatre ans avant la naissance de Violet, Vanessa et Michael Simmons ont eu une petite fille à l'hôpital Northwestern Memorial de Chicago, appelée Christina Ann Simmons. Née le 9 septembre, morte le 9 septembre.

— Quoi… ? ai-je murmuré en me repassant les informations que Mischa venait de me donner dans la tête avant de comprendre leur sens. Là, tu me fais vraiment flipper.

— Oh, mais ce n'est pas tout, a continué Mischa, manifestement ravie de me ficher la trouille. Un peu plus d'un an plus tard, qu'est-ce que j'ai appris ? Qu'une autre fille, appelée Ann Elizabeth Simmons, est née le 3 janvier et morte le 3 janvier. Et ensuite, encore une autre, Elizabeth Jane. Née et morte en novembre de cette année-là.

J'avais la chair de poule et mes poils se dressaient sur mes bras.

— Comment c'est possible qu'ils aient eu trois filles de suite qui sont mortes le jour de leur naissance ?

J'imaginais toutes sortes de scénarios vagues mais atroces, du genre infanticides ou accidents affreux. Si les parents de Violet étaient des tarés, ça expliquait d'où Violet tenait ça.

— Ma copine Megan, celle dont la mère travaille à l'hôpital de Suamico, tu sais ? Celle qui a vu Trey arriver aux urgences la nuit de l'accident ? Je lui ai demandé et elle m'a dit qu'on fait des certificats de naissance et de décès pour les enfants mort-nés. Et, sur ce site, tu peux carrément voir une copie scannée des certificats. Les heures de naissance et de mort sont les mêmes, a expliqué Mischa, qui était essoufflée tellement elle était excitée comme une puce. Attends, je crois que je peux te les envoyer par mail.

Mon corps tout entier était devenu froid, et mon estomac, rempli des lasagnes que j'avais mangées au dîner, s'est mis à gargouiller de façon très désagréable. Une seconde plus tard, mon téléphone vibrait. J'avais reçu le mail du site du patrimoine familial, avec pour titre « Violet Simmons a partagé des dossiers avec vous ». J'ai ouvert le mail en me mordant la lèvre, tandis que les images de trois certificats se téléchargeaient une à une. Celui de Christina, puis d'Ann et enfin d'Elizabeth. Je me sentais affreusement mal rien qu'en les regardant. Cette sensation me rappelait la fois où Trey et moi nous étions vus dans son jardin, et où il m'avait demandé si je ressentais cette impression qu'on n'était pas seuls. C'était la même chose que là, dans ma chambre : quelqu'un m'observait.

— Mischa, je sens un truc hyper chelou, là.

— Moi aussi. C'est hyper bizarre, a-t-elle admis. Et puis, sur ce site, on apprend aussi que Michael et Vanessa Simmons se sont mariés civilement dans le comté de Cook l'année avant la mort de Christina, ce qui veut dire qu'ils se sont mariés cinq ans avant la naissance de Violet. Ils devaient vraiment avoir désespérément envie d'un bébé quand ils l'ont eue, elle.

J'ai senti une horrible grimace se dessiner sur mon visage, tous mes muscles étaient tendus de peur. Michael Simmons était marié depuis plusieurs années déjà quand Trey était né. Pas étonnant que Mme Emory ait voulu garder le secret sur le père biologique de Trey. En repensant à tout ça pour y mettre du sens, je me suis rendu compte que le mariage des Simmons battait sans doute de l'aile après trois bébés mort-nés, et peut-être que la jeune et belle Mary Jane Svensson avait attiré l'œil de Michael sur le campus dans lequel il enseignait. Est-ce que la mère de Trey lui avait seulement annoncé qu'elle était enceinte ? Est-ce qu'elle savait que Michael Simmons était marié lorsqu'elle était sortie avec lui ?

Ma liste de questions était infinie. Heureusement, je me suis retenue à temps de dire à Mischa que le père de Violet trompait sa mère pile au moment où la petite Ann était morte. Le fait que Trey et Violet partageaient un parent était encore une couche de plus à ajouter à cette histoire étrange, et je n'étais pas prête à partager ça avec Mischa pour l'instant.

J'avais été idiote de ne pas impliquer Cheryl plus tôt. En moins de douze heures, elle avait réussi à découvrir un tout nouvel angle à cette situation.

— Alors, tu crois que Mme Simmons était suffisamment désespérée, lorsqu'elle est tombée enceinte de Violet, pour passer un pacte avec des esprits maléfiques afin de s'assurer que Violet survive à sa naissance ? ai-je osé demander.

— Ben oui. Je me suis toujours dit que c'était Violet qui avait commencé, mais finalement, quand tu prends en compte tout ça, c'est possible, a dit Mischa. Oh ! Mais attends, c'est pas tout ! Il y a encore eu un autre bébé. Une autre fille. Jane Victoria Simmons.

Née le 6 juin, trois ans après la naissance de Violet. Elle a vécu un jour. Le certificat de décès dit qu'elle est morte le 7 juin.

Je savais que j'aurais dû avoir de la compassion pour tous ces bébés morts, mais imaginer leur toute brève existence me remplissait de terreur. Pourquoi est-ce que Violet avait survécu alors que les autres étaient mortes ? Est-ce qu'on avait raté quelque chose ? En tout cas, si la mère de Trey avait parlé au père de Violet de sa grossesse, il aurait sans doute eu un problème à l'idée qu'une autre femme ait un enfant illégitime de lui alors que sa propre femme avait tant de mal à lui donner un héritier. Trois bébés morts, puis Violet… Je les imaginais toutes alignées face à moi.

Et puis, je me suis souvenue du dessin sur ma fenêtre. Trois filles, puis un trou, puis deux autres. *Deux* autres. Peut-être qu'il y en avait eu une autre, après Jane Victoria, qui n'était même pas listée sur le site de généalogie. Peut-être que Jennie ne me montrait pas combien de filles mourraient à cause des jeux auxquels jouait Violet. Peut-être que ce qu'elle me montrait c'était combien étaient mortes au tout début, quand le sort avait débuté.

— Mischa… Tu crois qu'il aurait pu y en avoir d'autres ?

— D'autres quoi ? D'autres bébés ? a demandé Mischa. J'en sais rien. S'il y a eu des bébés mort-nés, alors il a sans doute pu y avoir des fausses couches aussi.

Sa voix a baissé d'un ton et je l'ai entendue rapprocher le téléphone de sa bouche :

— Ma mère en a fait une quand j'étais en CP. Elle est devenue complètement tarée, elle ne sortait même plus de la maison. Heureusement, c'était le printemps et, dès la fin de l'année scolaire, mon père nous a envoyées, Amanda et moi, chez mes grands-parents, dans leur maison de vacances. Quand il est venu nous récupérer en août, il nous a dit qu'on devait être très gentilles avec ma mère et ne pas lui poser de questions. On n'en parle jamais. Absolument jamais. Du coup, j'avais quasiment oublié jusqu'à maintenant.

Dehors, la lumière du jardin arrière des Emory s'est allumée, éclairant la couche de neige de plus d'un mètre qui s'était entassée sur leur perron pendant leur absence. J'ai vu des bras ouvrir la porte et commencer à dégager l'entrée. Trey se frayait un chemin.

— Je dois y aller, ai-je annoncé rapidement. Je te rappelle plus tard.

J'ai mis mon manteau par-dessus mon pyjama et je me suis rendue dans la cuisine, où ma mère lavait des tasses dans l'évier.

— Je croyais que tu étais partie te coucher, a-t-elle lancé.

— Je vais sortir Maude, ai-je proposé.

En entendant son nom, Maude a dressé les oreilles. Sa queue s'est mise à frétiller et elle s'est dirigée vers la porte. J'ai chaussé mes après-skis, ravie de découvrir qu'ils n'étaient plus humides. Mon pied droit m'a fait mal quand j'ai serré les lacets.

— Je ne veux pas que tu restes dans le froid trop longtemps. Le facteur vent est de moins vingt-cinq ce soir, je ne voudrais vraiment pas avoir à te renvoyer au pensionnat malade, a ajouté ma mère.

J'étais sûre que ma mère regardait par la fenêtre quand je suis passée par la porte avec la laisse de Maude et que j'ai vu Trey sur son perron, emmitouflé dans son manteau d'hiver. J'ai refermé la porte rapidement, avant qu'elle n'ait le temps de changer d'avis au sujet de ma petite rencontre nocturne avec lui.

Maude faisait des cercles joyeux en courant, projetant de la neige dans toutes les directions, et j'ai frissonné dans mon manteau, sentant qu'il faisait bien trop froid dès que le vent se mettait à souffler. Quand Maude s'est un peu calmée et qu'elle a laissé une petite flaque dans la neige, je l'ai appelée et lui ai mis sa laisse. On a traversé le jardin, j'ai ouvert la grille, puis celle des Emory, où j'ai relâché Maude, qui s'est précipitée dans le jardin. La neige était si haute sur leur perron que j'avais du mal à voir ne serait-ce que le bonnet de ski de Trey par-dessus la montagne.

— Trey, ai-je lancé, en entendant sa respiration lourde de l'autre côté du tas de neige qu'il essayait de déblayer avec une pelle.

— Ah, salut, a-t-il répondu. Je t'avais pas entendue venir.

— Je peux pas rester longtemps, ai-je expliqué. J'ai pris Maude avec moi.

— Oh, merde. Je peux même pas te voir. Attends deux secondes.

De la neige a volé dans les airs et une partie a atterri sur Maude. Elle s'est approchée pour la renifler avec curiosité.

Quelques minutes plus tard, Trey avait enlevé suffisamment de neige pour se rapprocher du bord du perron et me voir. Son visage souriant était rosi par le froid et l'exercice.

— Ah, c'est mieux comme ça, a-t-il dit. C'est trop bien de te voir. Je m'inquiétais.

J'ai souri en secouant la tête :

— Moi aussi je m'inquiétais à l'idée que tu sois coincé avec ta famille.

— Oh non, ça a été, a-t-il répondu d'un ton sincère. Tout le monde me traite comme si j'étais en sucre. C'était juste une visite normale. Beaucoup de… purée de pommes de terre. Tu vas me trouver bizarre, mais j'étais vraiment inquiet pour toi. J'aime pas te savoir là-dedans toute seule.

Il a fait un signe de la tête pour désigner ma maison.

— Pendant tout mon séjour, j'ai eu l'impression atroce que tu te rapprochais de quelque chose, et ça m'a rendu vraiment nerveux.

— En l'occurrence, je crois que j'ai vraiment avancé, ai-je admis en essayant de monter les marches de son perron pour au moins lui tenir la main, mais c'était impossible vu que je n'arrivais même pas à distinguer les marches ni à deviner où elles se situaient. Déjà, Henry Richmond est venu me rendre visite.

Trey a levé un sourcil. Il savait parfaitement que, si la date initiale du gala d'automne n'avait pas été annulée par le lycée à la suite de la mort d'Olivia, j'y serais allée avec lui. Henry n'avait pas été particulièrement classe envers Trey quand il était encore au lycée avec nous. À l'époque, c'était la star de tennis et Trey passait pour un mec chelou traînant avec les glandeurs qui se droguaient derrière les poubelles à l'extérieur de la cafétéria quand il séchait les cours.

— Mais non, t'inquiète, ai-je clarifié. Il est passé m'apporter un cadeau de ses parents. C'étaient des bouteilles de soda artisanal commandées spécialement de Pennsylvanie. Les préférées d'Olivia. À la salsepareille.

— Tu te moques de moi, a dit Trey, qui bafouillait un peu à cause du froid si glacial qu'il devenait difficile d'avoir une conversation. Donc ça veut dire que tout ce que le fantôme nous a raconté la veille de Noël était sans doute vrai.

— Oui. Trop chelou.

Je lui ai fait un résumé du dessin qui était apparu sur ma fenêtre, puis je lui ai raconté comment Cheryl et moi nous étions introduites dans le lycée pour y découvrir que Violet était née prématurée.

— Et après, Cheryl a eu une idée, comme quoi la mère de Violet avait quelque chose à voir avec le sort, donc Mischa a mené sa petite enquête en ligne. Mais, avant que je te dise ce qu'elle a découvert, je pense que tu devrais finir de me raconter ton histoire de vrai père.

Trey a regardé en direction de sa maison par-dessus son épaule.

— Je me souviens plus où je m'étais arrêté, a-t-il avoué.

— Trey, ai-je demandé nerveusement, est-ce que Michael Simmons est ton père ?

Il m'a regardé, stupéfait et immobile, pendant une seconde avant de répondre :

— Oui. J'imagine que c'était pas trop compliqué à deviner.

— Est-ce que ta mère t'a dit beaucoup de trucs sur lui ?

Trey a hésité avant de répondre :

— Ben, comme je te disais, ça fait quelques années que je me dis qu'il y a quelque chose de bizarre. Mais je n'avais aucune idée de qui était mon vrai père. Après tout, ma mère et Walter étaient déjà mariés quand je suis né. C'est son nom qui apparaît sur mon certificat de naissance, a-t-il poursuivi avant de s'arrêter un moment, pendant lequel j'ai repensé à Walter Emory, à son gros ventre et à son penchant pour son sofa. Elle ne me l'a confirmé que l'été dernier. Elle m'a emmené à Ortonville pour déjeuner et m'a dit que l'homme avec qui elle avait eu une aventure au lycée emménageait à Willow. J'imagine qu'il lui avait écrit à la mort de sa mère pour lui dire qu'il serait dans les parages pour gérer ses affaires d'immobilier, et qu'il lui avait suggéré de se conduire discrètement ou un truc du genre.

Je ne savais pas comment réagir, ni comment exprimer ça sur mon visage. C'était clairement inconfortable pour Trey de m'en parler.

— Oh, c'est vraiment atroce, Trey. Mais genre, il a été menaçant envers elle ? Du style à lui ordonner de faire en sorte que tu ne dises rien à Violet ?

Puis les mots suivants me sont sortis de la bouche sans que j'aie eu le temps d'y réfléchir :

— Mais, attends, est-ce qu'elle savait pour toi avant qu'ils emménagent ici ?

Trey a regardé au loin, dans son jardin :

— Ben, j'en sais rien. Je sais pas si elle savait. Mais, la première fois que je l'ai vue au lycée, j'ai su que c'était elle, instantanément, avant que quiconque me dise son nom. C'était le jour de la rentrée et il y avait plein de gens que je ne reconnaissais pas, mais avec elle, c'était différent. Je savais, c'est tout.

— Et elle ? l'ai-je encouragé.

— Elle m'a souri poliment dans le couloir, un jour, comme si on avait déjà été présentés. Le jour où on l'a traînée dehors sur la piste du stade pour la questionner sur ce qu'elle avait fait à Olivia et à Candace, c'était la première fois que je me retrouvais aussi près d'elle. J'étais terrifié quand vous vous êtes mises à lui crier dessus, toi et

Mischa, parce que j'avais peur qu'elle raconte tout sur le fait que j'étais son demi-frère, a-t-il admis.

Ce fameux jour. C'était le jour où on avait affronté Violet par rapport à ce qu'on avait appris, et où on avait exigé qu'elle inverse le sort qu'elle avait jeté. À un moment, elle et Trey s'étaient regardés, inquiets, et ça m'avait préoccupée pendant des semaines. Maintenant, enfin, je savais de quoi il s'agissait. Violet avait regardé Trey d'un air suppliant pour qu'il mette un terme à l'interrogatoire parce que c'était son demi-frère et qu'elle espérait sans doute qu'il la protégerait. Lui, en échange, l'avait suppliée de ne pas parler de leur lien de parenté.

— Je ne t'en ai jamais parlé avant, mais j'ai rencontré la grand-mère de Violet avant sa mort. Quand on croisait son chemin en ville, elle s'arrêtait pour me parler. C'est pour ça que, quand vous avez initialement pensé qu'elle était derrière tout ça, toi et Mischa, j'ai complètement flippé.

— Trey, ai-je dit doucement pour ne pas le vexer, tu as rencontré la grand-mère de Violet et tu ne me l'as jamais dit ? Tu avais un genre de relation avec elle ?

Il s'est mis sur la défensive :

— Attends, à l'époque je savais pas qui c'était ! Et d'ailleurs, c'était une vieille dame plutôt gentille, c'est ça qui est totalement taré, a-t-il ajouté avant de prendre une longue inspiration en regardant une fois de plus derrière lui pour s'assurer que ses parents n'écoutaient pas aux portes. Ma mère m'a dit qu'en gros mon père n'avait pas été ravi d'apprendre, pour moi.

— Ben, à l'époque, il était déjà marié, ai-je argumenté. Lui et sa femme tentaient désespérément d'avoir un enfant au moment où tu es né. On a fait des recherches, Mischa et moi. Mais t'inquiète. Elle ne sait pas que tu es le demi-frère de Violet.

— Hmm, a lancé Trey, qui digérait l'idée que Michael et Vanessa Simmons avaient eu du mal à procréer. C'est marrant de se dire qu'il voulait à tout prix être père, parce qu'il a donné de l'argent à ma mère pour qu'elle se débarrasse de moi.

Pile à ce moment-là, j'ai entendu la porte arrière des Emory s'ouvrir et Trey se retourner. Je me suis penchée en espérant que la neige qui restait sur le perron me cacherait à la personne qui venait de sortir. J'ai pris Maude entre mes genoux et je l'ai grattée sous son collier : elle adorait ça et ça l'empêcherait de se mettre à aboyer.

— Trey, qu'est-ce que tu fabriques ? Il fait froid dehors.

C'était Mme Emory. Sans doute qu'elle sortait pour vérifier l'avancement du déblayage.

— Rien, je reprends ma respiration, c'est tout. C'est la première fois depuis des semaines que je fais autant de sport.

— Bon, alors dans ce cas… a hésité Mme Emory, essaie de voir si tu ne pourrais pas nettoyer la grille du barbecue. J'ai pourtant dit à ton père qu'il aurait dû le rentrer avant l'hiver. Le reste attendra demain matin. Je ne veux pas que tu restes ici trop longtemps. Tu vas finir par attraper la mort.

— D'accord, maman, a répondu Trey.

Un moment plus tard, j'entendais à nouveau la porte s'ouvrir et se refermer. Trey a creusé quelques pelletées de neige avant de revenir vers moi pour me parler.

— J'imagine que ma mère n'a jamais pris la peine de dire à Michael Simmons qu'elle n'avait pas utilisé l'argent qu'il lui avait donné pour se débarrasser de moi, mais, en tout cas, elle a lâché l'université et est rentrée chez ses parents, a-t-il expliqué.

Je n'étais pas sûre de comprendre ce qu'il essayait de me dire :

— Pourquoi est-ce que tu es si convaincu qu'elle ne lui a jamais parlé de toi ? Peut-être qu'elle lui a dit qu'elle voulait garder l'enfant et qu'il l'a envoyée bouler.

— McKenna, m'a coupée Trey, est-ce que tu as vu leur maison ? Crois-moi, un gars avec autant d'argent n'a aucune envie de voir des jeunes femmes se balader avec ses enfants illégitimes. Ce genre de mec peut se permettre de payer ce qu'il faut pour que les gens dont il veut se débarrasser quittent la ville.

Quand Trey m'a rappelé la richesse des Simmons, il m'est venu à l'esprit qu'une partie pouvait lui revenir de droit. Seulement voilà : Michael Simmons voulait sans doute s'éviter l'humiliation d'une séparation si sa femme apprenait son aventure avec une étudiante, et il cherchait probablement aussi à ne pas payer pour un enfant qu'il n'avait pas souhaité garder.

— Et sinon, ai-je lancé, prenant mon courage à deux mains pour lui reposer la question qui me trottait dans la tête depuis octobre, pourquoi est-ce que tu étais à Green Bay le jour de la mort d'Olivia ?

Trey a regardé le ciel sans étoiles. Encore une fois, il se repliait sur lui.

— Parce que je savais qu'il allait se passer quelque chose. J'ai cru que je pouvais l'arrêter. Je ne me suis pas rendu compte que je faisais exactement ce qu'ils voulaient. Si je n'étais pas allé là-bas ce jour-là, Olivia serait sans doute toujours en vie.

Chapitre 11

Trey souffrait de cauchemars terribles depuis qu'il était tout petit. Enfant, il était victime de terreurs nocturnes et se réveillait au beau milieu de la nuit en hurlant qu'on le sauve. Quand sa mère lui demandait de quoi il rêvait, elle s'imaginait qu'il faisait les rêves typiques de petits garçons, des cauchemars impliquant des monstres, des méchants et des bagarres. Mais, en réalité, Trey rêvait de petites filles sans nom et sans visage. Chaque nuit, elles lui assuraient qu'il était en danger, qu'il n'avait rien à faire avec sa mère dans sa petite maison de la rue Martha, bien en sécurité, et qu'il aurait dû se trouver dans leur monde sombre, avec elles.

— Mes rêves sont devenus plus spécifiques avec l'âge, m'a-t-il expliqué. Quand je me réveillais, je me rappelais ce que les voix m'avaient dit et ce qu'elles m'avaient demandé de faire.

Mes pieds se transformaient en briques de glace dans mes après-skis et j'étais sûre que ma mère se demandait ce qui me prenait autant de temps, mais je n'osais pas bouger d'un pouce. J'étais dans la promo en dessous de Trey depuis toujours, et je me rappelais que sa mère et la mienne avaient l'habitude de prendre un café en parlant de ses problèmes à l'école.

— Elles te demandaient de faire quoi, comme genre de trucs ? ai-je demandé.

— Ben… des trucs comme quoi il fallait que je les rejoigne une fois que je serais prêt. Je rêvais que je m'engageais en plein milieu d'une rue bondée et que je me faisais faucher par une voiture, ou que j'enfonçais un couteau dans une prise électrique. C'étaient toujours des rêves dans lesquels je me tuais, mais j'étais trop petit pour comprendre ce que c'était que le suicide. Tout ce dont je me souviens, c'est que dans mes cauchemars, quand je faisais ce qu'elles demandaient, j'éprouvais une sensation hallucinante de... soulagement.

Le sujet de notre conversation me faisait mal au cœur.

— Trey, mais c'est... horrible.

— Oui, mais dans mes rêves, je n'avais pas peur. J'avais toujours l'impression que je savais ce que je faisais, et que je faisais ce qu'il fallait. Les voix étaient très rassurantes. C'est juste au réveil que je me rendais compte de ce qu'elles me demandaient de faire. Et là, je flippais.

J'avais tellement froid que j'en claquais des dents. Pourtant, je voulais en entendre plus. Ça me faisait de la peine de me dire qu'il ne m'avait rien dit avant, alors qu'on avait été si proches à l'automne. Il ne m'avait toujours pas expliqué en quoi ses rêves avaient un rapport avec sa présence à Green Bay le jour de la mort d'Olivia.

— Est-ce que tu sais ce que ça voulait dire, ou qui étaient ces filles ?

— Aucune idée, a-t-il avoué en secouant la tête. J'ai fait l'erreur d'en parler à ma mère, et elle m'a forcé à aller voir un psy. Ils m'ont filé des médocs pour hyperactifs, mais, même avec ça, les cauchemars ont continué.

— Trey, ai-je dit dans un souffle, Mischa a appris que la mère de Violet avait eu des petites filles mort-nées avant et après la naissance de Violet. Ça ressemble beaucoup au dessin de petites filles que Jennie a laissé sur ma fenêtre l'autre nuit.

Trey a réagi avec intérêt quand j'ai parlé des autres filles Simmons, mais à ce moment-là, on a entendu ma mère ouvrir la porte coulissante de ma maison et sortir sur le perron.

— McKenna, reviens à la maison. Il fait trop froid dehors.

J'ai soupiré, à la fois énervée et contente d'être rappelée au chaud.

— Quand est-ce qu'on peut se voir ? ai-je demandé à Trey d'un ton un peu désespéré.

— Bientôt, a-t-il promis. C'est quoi, le souci avec ta fenêtre ?

— C'est une longue histoire, ai-je lancé en tirant Maude jusqu'à la grille avant que ma mère ne nous rappelle.

De retour dans la cuisine, j'ai enlevé le collier de Maude pour qu'elle puisse courir dans le séjour et s'ébrouer pour enlever la neige de son pelage. Ma mère m'a fixée depuis la cuisine, adossée au comptoir, les bras croisés contre la poitrine.

— McKenna, qu'est-ce que je t'ai dit à propos de Trey et de garder vos distances pendant les vacances ?

— Maman, je lui demandais juste comment s'était passée sa journée chez sa tante à Oshkosh. C'est tout. Je te jure.

— Je ne plaisante pas. Je crois que tu ne te rends pas compte à quel point la situation dans laquelle vous vous trouvez est grave. Je refuse que quiconque en ville ait des raisons de dire aux parents de cette fille que vous deux êtes toujours en lien et en train de manigancer quelque chose contre elle, a-t-elle dit, fâchée.

J'ai rougi parce que, bien sûr, c'était exactement ce qu'on était en train de faire, sauf qu'on n'avait pas encore de plan.

— Maman, sérieux. Arrête de t'inquiéter.

— Mais évidemment que je m'inquiète, McKenna. La mère de Violet travaille pour un gros cabinet d'avocats. Ses parents se sont battus pour que tu sois envoyée dans un lieu bien plus sécurisé que Dearborn, tu comprends ? Ils ont tenté de convaincre le juge que ce serait trop facile pour toi de t'échapper de là-bas. Je t'en supplie, ne donne pas au juge de raisons de revoir son jugement. Je n'ai pas les moyens de retourner au tribunal et de payer pour ta défense. Et ton père… Franchement, tu sais aussi bien que moi à quel point il souhaite être impliqué.

— Promis, maman, ai-je menti, le cœur lourd.

L'argent. Ça avait coûté des sommes folles à ma mère d'engager un avocat pour nous conseiller en novembre. Je n'avais pas osé demander si mon père avait participé aux frais, tout comme je n'avais jamais osé demander combien de pension alimentaire il payait à ma mère depuis leur séparation.

***

MISCHA 23:26
On passe te chercher demain matin à 7 heures. On va rendre visite à Tracy à l'hôpital.

J'ai éteint mon téléphone. Je ne voulais pas réfléchir au fait que j'allais encore sortir en douce avec Mischa avant le lever du jour, alors que ma mère m'avait précisé qu'elle avait l'intention de m'emmener chez le médecin le lendemain matin pour mon pied. Un instant, je me suis demandé de qui elle parlait quand elle disait « On passe te chercher ». Je supposais qu'elle parlait de sa sœur, à qui la voiture qu'elles partageaient appartenait techniquement.

Une fois au lit, j'ai tiré ma couette par-dessus mon visage, espérant m'endormir de cette manière, même si je savais qu'à peine quelques minutes plus tard j'en aurais marre de l'air renfermé. Le froid glacial m'avait fatiguée plus que d'habitude. Mes pensées étaient ralenties, et j'avais finalement décidé que j'attendrais de me réveiller pour voir si je retrouverais Mischa au coin de la rue. Rater un rendez-vous médical serait la meilleure façon de faire de la peine à ma mère et de lui faire comprendre que mes promesses de ne plus rien faire contre Violet étaient des mensonges.

Plusieurs heures plus tard, j'ai été réveillée par des bruits étranges de grattement. Je suis sortie de ma torpeur avec difficulté. Au début, je croyais que c'était Moxie, ma vieille chienne, qui grattait à ma porte. Puis je me suis rappelé qu'elle était morte et, à ce moment-là, je me suis rendu compte que le bruit venait de ma fenêtre. Pas celle qui était condamnée, mais celle qui était plus près de mon lit.

Je suis sortie de mon lit lentement, à moitié endormie. Quand j'ai ouvert les rideaux, j'ai vu que Trey était debout, dans la neige, en pyjama. Il se frottait les bras et sautillait pour se réchauffer. Du pouce, j'ai poussé le verrou de la fenêtre le plus fort possible pour le débloquer, ce qui n'avait pas été fait depuis le début de l'automne, puis j'ai ouvert la fenêtre doucement. Je l'ouvrais beaucoup plus rarement que l'autre, qui faisait face à celle de la chambre de Trey. Je n'aimais pas les courants d'air quand je dormais, même avant toutes ces histoires de fantômes.

— T'es fou, ai-je dit à Trey en guise d'introduction, tandis que j'enlevais la moustiquaire.

— Sans doute, a-t-il concédé après s'être hissé à l'aide de ses bras. Il fait genre moins quinze dehors et je savais pas si tu allais te réveiller.

— Je crois que je suis en train de tomber malade, ai-je murmuré après avoir refermé la fenêtre.

Je me suis assise sur le lit. J'avais très chaud et mes pensées étaient confuses et lentes. Ma mère m'avait dit de faire attention à ne pas passer trop de temps dans le froid. Elle avait raison. Même la promenade jusqu'à la pharmacie la veille était une mauvaise idée, surtout avec mon pied blessé. Retourner à Dearborn avec le moindre rhume serait complètement naze.

— Oui, c'est vrai que tu es chaude, a confirmé Trey en posant sa main froide sur mon front.

On s'est installés dans mon lit, on a tiré la couette sur nous, puis il a ajouté :

— Raconte-moi pour ta fenêtre.

Je me suis blottie dans le creux de son bras, ravie d'avoir enfin un vrai moment seule avec lui, après tant de semaines séparés.

— Elle s'est brisée juste au moment où Jennie dessinait les petites filles dessus. C'était trop bizarre. Elle a juste explosé, ai-je expliqué. Peut-être que la vitre ne pouvait pas gérer l'énergie de l'esprit.

— Je me demande si c'est pas juste qu'un autre esprit ne voulait pas que tu voies ce qu'elle était en train de dessiner, a suggéré Trey.

C'était effectivement une possibilité glauque que j'avais déjà envisagée.

— Alors, raconte pour Green Bay. Je n'ai toujours pas compris pourquoi tu es allé là-bas le jour de la mort d'Olivia.

— OK. Donc je te disais que j'ai tout le temps des rêves bizarres. Mon psy croyait que mes cauchemars étaient juste une manifestation de ma dépression, tu vois ? Du genre, mon propre désir de mort. Seulement, de temps en temps, j'ai des rêves un peu plus bizarres, mais je crois que ce sont elles, ces filles, qu'elles sont en train de devenir plus créatives pour atteindre leur but.

— Comme quoi ? ai-je demandé.

— Comme…

Trey a regardé le plafond en tentant de trouver un bon exemple.

— Ben, tu te souviens sans doute pas mais, quand on était petits, il y a eu un braquage à la station-service près de la Route 55. On y allait tout le temps parce que c'était sur la route de chez mes grands-parents et qu'ils vendaient du diesel pas cher, ce qui était pratique pour Walter qui en avait besoin pour sa Cadillac.

— Je me souviens de cette voiture, ai-je interrompu.

Quand on était petits, M. Emory conduisait une Eldorado marron et je me disais toujours qu'elle était trop belle, alors qu'en réalité c'était un tas de ferraille. Je me rappelais aussi la station-service, même si je n'étais passée devant qu'une poignée de fois dans ma vie. C'était une petite station vieillotte, qui ne faisait pas partie d'une chaîne. Un employé se tenait là et remplissait le réservoir de carburant tandis qu'on attendait dans la voiture. Trey avait raison, ils avaient un comptoir rempli de toutes sortes de bonbons rétro du type chewing-gums à l'anis et bonbons au caramel mou.

— Oui. Walter y allait tout le temps et ma mère se plaignait sans arrêt en disant qu'on y dépensait une fortune. En tout cas, chaque fois qu'on y allait, Walter m'achetait des barres de cacahuètes qu'on trouvait que là-bas, et à chaque coup, le lendemain, vu que j'avais tout mangé, j'en voulais d'autres. Je ne sais pas pourquoi d'ailleurs, parce que je n'ai jamais ce genre de fringale bizarre. Mais un dimanche, je me rappelle avoir demandé à ma mère deux fois si on pouvait aller à la station pour en racheter. Deux fois, elle m'a répondu que ça ne servait à rien d'y aller si ce n'était pas pour faire un plein pour la voiture de Walter. Et, cette nuit-là, il y a eu un braquage juste avant la fermeture, et on a tiré deux fois sur le vieux monsieur qui était le propriétaire à l'époque, en plein dans la poitrine.

J'ai frissonné.

— Et, tu… Tu crois qu'elles t'ont fait rêver que tu y allais ?

— Oui. Pendant longtemps, j'ai cru qu'elles voulaient que j'y aille pour empêcher le braquage d'avoir lieu, a répondu Trey en haussant les épaules. Mais c'est complètement idiot, à y réfléchir : j'avais dix ou onze ans. Qu'est-ce que j'aurais bien pu faire ? En y repensant maintenant, je pense qu'elles voulaient que j'y sois quand c'est arrivé. C'est à ce moment-là que j'ai compris qu'il ne fallait pas que je pense trop à mes rêves, parce que ces filles n'essayaient plus simplement de me convaincre qu'il fallait que je me tue. Elles essayaient délibérément de me mettre en danger.

— Et donc, en septembre ?

— Donc, en septembre…

Trey a pris une longue inspiration.

— J'ai fait un rêve hyper troublant sur Olivia Richmond. Dans le rêve, elle était partie au centre commercial de Green Bay après les cours pour acheter quelque chose pour le gala. Je vous ai tous vus dans mon rêve, autour d'une table à la cafétéria, en train de planifier votre voyage à Kenosha. Et j'ai vu Olivia te parler dans le couloir et te demander de l'accompagner au centre commercial, et tu lui as donné une excuse pour ne pas y aller. Ensuite, elle était au centre commercial et elle retournait dans le parking, à sa voiture qui ne démarrait plus. Son téléphone ne marchait pas, je la voyais le secouer. Des nuages de tempête se formaient, et un mec chelou s'approchait d'elle en lui proposant de la conduire à la station-service la plus proche. Dans mon rêve, elle hésitait mais finissait par accepter sa proposition parce que ce qui comptait le plus pour elle, c'était de vous rejoindre au match.

— Qu'est-ce qui lui est arrivé quand elle est partie avec ce mec ? ai-je demandé.

— Je n'ai pas vu ce qui se passait, a répondu Trey en plissant les yeux. Le rêve se terminait dans un ravin. Un endroit sombre et humide. Et la seule chose que je voyais, c'étaient ses cheveux blonds, par terre, avec des feuilles mortes dedans.

— Tu as cru que tu pouvais changer le déroulement de ton rêve en y allant.

Trey a hoché la tête :

— Ce jour-là, après les cours, j'ai vu Olivia s'approcher de toi au niveau de ton casier et j'ai vraiment eu une sensation de déjà-vu. Exactement comme dans mon rêve. Je t'ai vue froncer les sourcils et hausser les épaules, et j'ai même vu de là où j'étais que tu refusais sa proposition de t'emmener avec elle. Elle t'a proposé quelque chose, non ? Pour que tu acceptes ?

— Oui, ai-je répondu, remplie de culpabilité au souvenir d'Olivia tentant de me soudoyer avec des tacos pour que j'aille faire des achats avec elle.

C'était flippant d'entendre Trey raconter les détails de cette journée, comme s'il avait été à côté de nous pendant la conversation.

— Mais, si j'y étais allée avec elle, ai-je poursuivi, j'aurais raté une réunion pour le conseil des élèves. Il fallait que j'y sois. Je voyais bien qu'elle m'en voulait un peu.

— Et du coup, quand je vous ai vues parler ensemble, je me suis dit que je ferais peut-être bien d'y aller. Je me doutais que ce serait dangereux, mais je savais aussi que je m'en voudrais s'il lui arrivait quelque chose et que je n'avais rien fait pour l'empêcher.

— Pourtant, tu ne l'as pas suivie juste après la fin des cours, me suis-je souvenue.

J'avais croisé Trey dans le parking du lycée après ma réunion.

— C'est vrai, j'avais une colle. J'y suis allé après. Principalement par curiosité, en fait. Je n'avais pas la moindre idée de ce qui allait se passer. Mais, quand je suis arrivé au centre commercial, au moment où je me garais, je l'ai vue, secouant son téléphone exactement comme dans mon rêve. Je lui ai demandé si elle voulait que je la ramène chez elle, mais elle était hyper bizarre, elle se comportait comme si j'essayais de la draguer et qu'elle ne voulait pas me donner de faux espoirs.

— Typique, de la part d'Olivia, ai-je marmonné. Elle était toujours persuadée que le monde entier était fou amoureux d'elle.

Ma boîte à musique Minnie, posée sur l'étagère au-dessus de mon lit, s'est ouverte soudainement et a joué deux secondes de mélodie. Ça ne nous a même pas surpris, c'était comme si Olivia était avec nous, disant « Eh ! Attention à ce que vous dites, là ! » en rigolant.

— Je plaisante ! ai-je dit tout haut, au cas où ce serait bien l'esprit d'Olivia qui nous taquinait.

— C'était juste le vent, m'a rassurée Trey.

— Et du coup, tu as fait comment pour la convaincre de te laisser la ramener ? ai-je demandé en caressant le torse de Trey, ravie de la chaleur de son corps dans ma chambre gelée.

— Je n'ai pas fait grand-chose. Je lui ai dit qu'elle pouvait utiliser mon téléphone pour appeler une dépanneuse, et je lui ai proposé d'attendre avec elle qu'elle arrive. Elle m'a répondu qu'elle n'était pas sûre d'être couverte, parce que sa voiture était si neuve que ses parents ne l'avaient pas encore ajoutée à leur assurance. Et, pendant tout ce temps, des nuages de ouf s'amassaient comme si c'était la fin du monde. Elle a fini par dire : « Bon, allez, ramène-moi à Willow. » Elle a ajouté que ses parents retourneraient au centre commercial le lendemain matin pour régler son souci de voiture.

— Et donc, elle est montée en voiture avec toi.

Trey est resté silencieux un moment et a passé sa main dans mes cheveux pour me dégager le visage.

— Tu sais que tu es vraiment fiévreuse.

Je le sentais. Je sentais la chaleur derrière mes yeux et je commençais à avoir du mal à avaler ma salive. Mais je voulais que Trey finisse de tout me raconter. Je ne m'étais jamais sentie aussi amoureuse que ce soir-là. Je voulais entendre chaque mot qu'il prononçait avant qu'il ne se renferme dans sa coquille.

— Le truc incroyable c'est que, quand le camion nous a foncé dessus, tout est devenu blanc pendant plusieurs minutes. J'ai dû sortir de la voiture et m'en écarter. Je croyais que j'étais mort. J'étais convaincu que j'étais mort et que je regardais la carcasse de ma voiture sans pouvoir trouver mon corps. La grêle me tombait dessus, mais je ne sentais rien. Le chauffeur du camion me parlait, mais je n'entendais pas les mots qui sortaient de sa bouche. Je n'arrêtais pas de me dire : « Comment ça se fait que ce mec peut me voir ? » Il a dû prendre sa radio pour appeler à l'aide. Ce n'est que lorsque je suis arrivé à l'hôpital que j'ai compris que j'étais sans doute encore en vie, vu que les médecins et les infirmières me parlaient.

— C'est fou, Trey. C'est juste…

J'ai secoué la tête. Megan, de l'équipe de gymnastique, lui avait parlé de la nuit où Trey était arrivé aux urgences à l'hôpital de Suamico. Sa mère travaillait comme infirmière là-bas cette nuit-là et avait expliqué que Trey était complètement mutique. Ils avaient dû sortir son portefeuille de son jean pour découvrir son identité parce qu'il ne pouvait même pas dire son propre nom.

— Et ensuite, tu m'as raconté ce jeu auquel vous aviez joué avec Violet et j'ai compris que l'histoire dont Olivia me parlait venait d'elle. C'est à ce moment-là que tout a commencé à faire sens. Elle a forcément quelque chose à voir avec les voix dans mes rêves.

— Elle m'a dit que les esprits lui montrent des choses sur les gens, ai-je dit.

— À moi aussi, du coup, mais ce sont toujours des mensonges qu'ils me montrent. J'arrive pas à comprendre pourquoi ils essaient sans cesse de me tromper, mais on dirait que Violet a un genre d'arrangement avec eux. Vu qu'on est reliés, ça a forcément un rapport avec la famille Simmons, t'es d'accord ? C'est pour ça que je voulais lire le livre de James W. Listerman avant toi, pour voir si ce genre de pouvoirs se transmettent dans les familles.

Je me suis redressée à la mention du guide paranormal que Trey avait volé à la bibliothèque du lycée :

— Qu'est-ce qu'il avait à dire sur le sujet ?

— Rien, malheureusement, a répondu Trey en soupirant. Absolument rien. J'aurais voulu faire des recherches sur Internet, mais impossible à la maison. Ils passent leur temps à vérifier mon historique de recherches pour s'assurer que je suis pas en train de commander des drogues sur des sites chelous ou de mater des films pornos.

— Des films pornos, hein ? l'ai-je taquiné en lui chatouillant le ventre.

— Je regarde pas ce genre de trucs, a-t-il répondu, sur la défensive. Sérieux. Pourquoi est-ce que j'irais regarder des films pornos quand j'ai une vraie nana, en chair et en os, hyper sexy, qui se change devant sa fenêtre tous les soirs ?

Il m'a attirée vers lui pour m'embrasser avec passion, et je me suis demandé si cette nuit serait celle où on ferait enfin plus que juste s'embrasser. Je n'avais pas l'impression qu'on aurait la visite de fantômes ce soir-là, or c'était ça qui avait empêché toute tentative de soirée romantique par le passé. En septembre, j'aurais cru impossible d'avoir un petit copain sérieux à Noël, et pourtant je savais que j'étais amoureuse de Trey comme jamais de personne d'autre. Je n'imaginais même pas comment on ferait pour supporter la séparation dans les mois qui suivraient, ni comment je ferais pour me convaincre qu'on finirait par être un jour à nouveau ensemble. Et cette séparation obligatoire dans deux jours, lorsque les parents de Trey le ramèneraient dans son lycée, augmentait très clairement mon envie de profiter au maximum de ce moment qu'on avait ensemble. Je voulais être avec Trey pour toujours, et, une fois de plus, l'idée qu'on parte tous les deux loin de la ville, en car ou en train, m'est apparue comme irrésistible.

— Trey, et si on partait ensemble ? ai-je demandé en interrompant son baiser. Si on partait demain ?

— C'est ta fièvre qui parle, a-t-il dit en se décollant de moi pour reposer sa tête sur son oreiller à lui. On ne peut pas partir avant d'avoir résolu cette histoire avec Violet. Tu le sais bien.

— Non, ai-je répondu en tirant son tee-shirt pour l'attirer vers moi. N'arrête pas. J'en ai envie. Ce soir.

Je l'ai embrassé à nouveau, mais il m'a repoussée doucement.

— S'il te plaît, ai-je insisté. Je ne veux pas retourner là-bas sans le faire.

— Tu es malade, McKenna. J'arrive pas à croire que je suis en train de te dire non, mais c'est une mauvaise idée. Dors un peu.

Avant de pouvoir avancer un autre argument, j'ai sombré dans les flammes qui brûlaient dans ma tête et j'ai soupiré lourdement, vaincue.

— Tu as déjà fait des rêves sur moi ? lui ai-je demandé, à moitié assoupie.

— Pas de rêves de ce genre, m'a-t-il taquinée. Seulement des beaux rêves. Des rêves joyeux.

J'avais mal à la gorge, mes tempes étaient brûlantes et mes sinus cognaient derrière mes yeux. Avant de m'enfoncer dans un sommeil profond, je l'ai entendu ajouter :

— Ça ne s'arrêtera jamais pour moi.

Chapitre 12

— Eh, McKenna. Il faut se lever.

J'ai senti une main sur mon épaule et j'ai ouvert les yeux avec difficulté, comme s'ils avaient été colmatés par du ciment ou un genre de colle dégueu à cause de mon rhume. Je les ai frottés avant de cligner plusieurs fois des paupières. Il faisait toujours nuit dehors, mais le ciel au-delà de ma fenêtre commençait à s'éclaircir à l'approche du jour. Trey n'était encore jamais resté toute la nuit sans rentrer chez lui avant que je me réveille.

— Il est quelle heure ? ai-je demandé d'une voix enrouée.

Je me suis assise avec difficulté pour vérifier mon réveil sur ma table de nuit.

— Il est 6 h 35, a-t-il annoncé. Mischa t'a envoyé des textos. Elle vient de dire qu'elle partait de chez elle pour te récupérer.

J'ai tenté de me rappeler exactement ce que Mischa m'avait expliqué sur ses plans pour la journée, mais ma tête était engourdie et ce qui me revenait était flou. Et puis je me suis souvenue que ma mère voulait m'emmener chez le médecin, ça m'est tombé dessus comme une enclume sur la tête.

— Et merde. Elle passe me prendre au bout de la rue à 7 heures pour rendre visite à Tracy Hartford à l'hôpital. Il faut que je l'appelle pour lui dire que je ne peux pas venir. Je crois vraiment que je ferais mieux d'aller chez le médecin.

J'ai passé le bras par-dessus Trey pour attraper mon téléphone et il m'a pris la main.

— McKenna, réfléchis une seconde. Je ne serai là qu'aujourd'hui et demain. C'est clair, tu es malade. Mais est-ce que tu peux tenir encore quelques heures ?

J'ai passé ma langue sur mes lèvres sèches et craquelées.

— Ma mère va être furieuse, ai-je avancé.

— C'est bien simple, c'est soit ta mère sera furieuse, soit Mischa sera morte, m'a rappelé Trey. Pourquoi est-ce que vous allez rendre visite à Tracy Hartford, d'ailleurs ? Et pourquoi est-ce qu'elle est à l'hôpital ?

J'ai pressé la paume de ma main contre ma tempe dans l'espoir futile de faire cesser les pulsations douloureuses.

— Elle a chopé une méningite. Cheryl m'a raconté que Violet a organisé une fête d'Halloween et qu'elle y a invité un tas de filles, dont la plupart de l'équipe des pom-pom girls. On pense qu'elle a joué au jeu avec elles, mais il n'y a qu'une seule façon d'en avoir le cœur net, c'est de demander à Tracy directement.

— Elle est à quel hôpital ? Normalement, les heures de visite ne commencent que plus tard dans la journée.

— Aucune idée, ai-je dit en haussant les épaules. Je ne connais pas le plan de Mischa dans les détails, mais, si Tracy est malade au point d'être à l'hôpital, il nous reste peut-être moins de temps que prévu.

C'est quand j'ai prononcé ces mots tout haut qu'on a vraiment pris conscience de la gravité de la situation. Violet avait continué à jouer, même après la mort d'Olivia et de Candace. Elle ne s'en voulait absolument pas pour ce qu'elle avait fait.

— Envoie un message à Mischa. Dis-lui qu'on va avoir du retard et ensuite va dire à ta mère que tu as des trucs de prévus pour la journée, a commandé Trey. Tant qu'à faire, autant lui dire la vérité, au moins comme ça Mischa pourra passer te prendre ici plutôt qu'au coin de la rue vu que tu es malade.

Il s'est glissé par la fenêtre pour retourner chez lui. Je me suis douchée rapidement sous une eau bouillante, dans l'espoir que la buée chaude dégagerait mes pauvres sinus au moins le temps que j'explique à ma mère à quel point il était important pour moi de rendre visite à Tracy.

Ma mère a eu l'air de douter (à raison) de mon intérêt pour Tracy et sa méningite. Elle savait parfaitement que j'étais loin d'apprécier de la plus grosse commère du lycée.

— Tu es sûre que tu vas bien ? m'a-t-elle demandé en plissant les yeux. Tu m'as l'air un peu rouge.

J'ai réussi à la convaincre qu'elle n'avait pas besoin de prendre ma température, mais elle m'a avertie :

— Ne reste pas là-bas trop tard. Glenn vient dîner ce soir. Je voudrais vraiment que tu le rencontres.

Glenn, le véto. Le nouveau copain de ma mère. C'était une très grande nouvelle, et je me suis juré que je ne serais pas en retard. Après avoir enfoncé mon bonnet bien bas sur ma tête, je suis sortie sur le perron et j'ai refermé la porte derrière moi. Il était très tôt, mais le reflet du soleil sur la neige était déjà éblouissant et la température glaciale m'a immédiatement donné mal à la gorge.

La voiture argentée de Mischa n'attendait pas dans l'allée, contrairement à ce qui était prévu. À la place se tenait une Mercedes noire brillante, avec une fumée blanche qui sortait du tuyau d'échappement. Derrière le volant se trouvait Henry Richmond. Même depuis le perron, je voyais que Trey, déjà assis à l'arrière, n'était pas ravi.

— Salut, ai-je lancé en m'asseyant à côté de Trey. Tu ne m'avais pas dit qu'Henry serait notre chauffeur aujourd'hui.

L'intérieur de la voiture avait une odeur familière. Je m'étais assise dans cette même voiture à l'automne avec Mischa, lorsque M. Richmond nous avait payées pour faire du jardinage lors de notre levée de fonds pour le voyage au ski.

— Eh ben oui, surprise ! a répondu Mischa tandis qu'Henry manœuvrait pour sortir de notre allée. Mes parents n'auraient jamais cru qu'on tenait suffisamment à Tracy Hartford pour lui rendre visite à l'hôpital.

— Alors que moi, je suis déjà allé lui rendre visite, a ajouté Henry. Ce sont des amis de ma famille. Ma mère connaît la mère de Tracy depuis l'université.

Je me rappelais avoir vu Mme Hartford s'agiter à la veillée d'Olivia, accueillant les invités comme si c'était elle qui dirigeait le funérarium. Pas étonnant qu'elle ait été proche de Mme Richmond.

— J'espère que ça vous dérange pas. J'ai appelé Henry hier soir pour lui raconter ce qui se passait et il a dit que ça lui faisait plaisir de nous aider, a expliqué Mischa.

— C'est vrai, je suis content de pouvoir faire quelque chose.

Henry a tourné à gauche au bout de la rue. Trey et moi avons échangé un regard inquiet. Au cours des dernières semaines, on avait pris l'habitude de nous méfier avant de donner des informations à quiconque sur ce qu'on faisait. Parfois, Mischa était un peu un boulet, parce qu'elle en savait beaucoup et qu'elle avait pour habitude de dramatiser et de devenir hystérique. J'espérais juste qu'elle avait fait attention à ce qu'elle avait raconté à Henry.

— Comment va Tracy ? ai-je demandé prudemment.

Si la maladie de Tracy évoluait rapidement, comme l'avait suggéré Trey plus tôt dans la matinée, et qu'on partait du principe que les morts prédites par Violet auraient lieu dans l'ordre des prédictions, alors la mort de Mischa par étouffement était imminente. Le pronostic de Tracy nous servait de référence.

— Elle a perdu beaucoup de poids. Au début, elle ne supportait pas la lumière, donc elle portait un masque en permanence pour protéger ses yeux. Il a fallu quelques jours avant que les antibiotiques se mettent à fonctionner, et ces jours-là ont été assez tendus d'après sa mère. Elle a eu des convulsions et les médecins disent qu'elle pourrait rester sous médicaments pour le restant de ses jours parce que les convulsions pourraient continuer, nous a expliqué Henry.

— Quelle poisse ! a lancé Trey.

Il avait l'air sincère. Je trouvais incroyable que quelqu'un qui avait été régulièrement maltraité au lycée continue à être bienveillant envers ses bourreaux.

— Oui, mais sinon son état général s'est amélioré, elle va un peu mieux. Sa mère a dit qu'elle allait tenter de convaincre le proviseur de repousser le voyage au ski pour qu'elle y aille avec le reste de la promo, mais les acomptes ont déjà été versés, a ajouté Henry.

Le voyage au ski des premières. Cheryl en avait parlé et j'avais oublié de lui demander quand c'était. Je savais que c'était bientôt. J'avais fait partie des organisateurs au début, lorsque j'étais encore trésorière de la promo de première. J'ai envoyé un texto à Cheryl pour avoir des détails, même si elle ne devait sans doute se réveiller que plusieurs heures plus tard.

— Pourquoi est-ce qu'on va à l'hôpital si tôt ? ai-je demandé soudain. Les visites commencent à quelle heure ?

— À 8 heures, figure-toi ! Et on veut y être tôt parce qu'une longue journée nous attend, a annoncé Mischa d'une voix enjouée.

— C'est-à-dire ? ai-je demandé, mal à l'aise. Je dois être de retour chez moi à 18 heures. Sans faute. Le copain de ma mère vient dîner à la maison et je dois vraiment y être.

— Alors, a entamé Mischa en se retournant vers nous d'un air mystérieux pour essayer de nous convaincre, Trey et moi, avec son sourire contagieux. Je me disais qu'après notre visite à Tracy, on pourrait peut-être aller faire un tour à Chicago et nous recueillir dans le cimetière où les sœurs de Violet sont enterrées.

— Mischa ! Mais il faut quatre heures pour y aller ! me suis-je exclamée. Et comment est-ce que tu sais où elles sont enterrées, d'abord ? Tu t'es mise à chercher les tombes en ligne ?

— McKenna, calme-toi, m'a conseillé Mischa. Et alors ! Oui, d'accord, peut-être que j'ai trouvé des infos sur leurs tombes quand je faisais des recherches sur la généalogie de Violet. C'est pas comme si je les cherchais, ces infos, chuis pas malade non plus. Mais ça pourrait être utile.

— Ça fait quand même loin pour quelques tombes, a marmonné Trey.

— C'est vrai, a acquiescé Mischa. Mais si les tombes nous donnaient un indice sur pourquoi Violet a survécu et pas les autres ? Il faut qu'on sache comment elle fait pour savoir comment tout le monde va mourir.

Rôder dans un cimetière par un temps glacial pour trouver les tombes des sœurs de Violet, les demi-sœurs de Trey, était de loin la dernière chose que je voulais faire. Mais on était bien à l'arrière de la voiture, et on était déjà à mi-chemin, donc je me suis retenue d'exiger qu'on fasse demi-tour et qu'on me ramène à la maison.

Chapitre 13

Ça n'aurait pas dû nous surprendre de voir une Audi blanche garée tout près de l'entrée visiteurs lorsqu'on est arrivés dans le parking de l'hôpital de l'université du Wisconsin à Ortonville. La mère de Violet conduisait une Audi blanche flambant neuve et, lorsque Violet se déplaçait elle-même pour des activités scolaires, c'était toujours dans cette voiture.

— C'est une blague, a murmuré Mischa, qui a été la première à voir l'Audi.

— Quoi ? a demandé Henry, qui ignorait ce que nous tous avions déjà compris, à savoir que notre ennemie avait été plus rapide que nous.

— La mère de Violet est déjà là, a annoncé Trey.

— Et, si elle est là, Trey et moi allons devoir attendre dans la voiture. On ne peut pas prendre le risque de se faire prendre à nouveau, ai-je expliqué.

— Non mais attends, j'hallucine, a coupé Mischa. On n'est même pas à Willow ! Techniquement, on est à Ortonville. Et si tu rendais visite à un membre de ta famille ? La famille Simmons ne possède pas tout l'État du Wisconsin, à ce que je sache !

Henry nous a dirigés vers l'accueil de l'hôpital, avec à la main un énorme bouquet de roses et d'œillets qu'il avait acheté chez un fleuriste en chemin.

— Bonjour, Doris, a lancé Henry à l'infirmière en chef corpulente assise au bureau.

Ils avaient l'air de se connaître assez pour s'appeler par leurs prénoms respectifs. Elle a rougi presque autant que sa blouse rose profond lorsqu'elle a vu qu'Henry se tenait là, lui souriant. C'était sans doute l'homme le plus beau et le plus charismatique à venir régulièrement, donc, évidemment, les infirmières le reconnaissaient.

— On vient voir Mlle Hartford ? lui a demandé l'infirmière.

— C'est ça, a répondu Henry avec son sourire d'une blancheur parfaite.

— Pas de problème. J'ai juste besoin de la pièce d'identité de ceux qui souhaitent monter la voir, a ajouté l'infirmière.

Ce bâtiment n'avait rien à voir avec celui des urgences. L'accueil était éclairé et propre. Des images découpées de pères Noël et des guirlandes égayaient encore l'endroit. Un faux sapin avait été placé dans un coin, et sous celui-ci étaient disposés de faux cadeaux. Près de l'arbre, une pancarte signalait que les papiers qui décoraient les branches contenaient les vœux des enfants en phase terminale de l'hôpital. Ça m'a attristée de voir que, deux jours après Noël, il en restait encore sur le sapin.

On a tous sorti nos cartes d'identité pour les donner à Doris.

— Est-ce que Tracy est toujours contagieuse ? a demandé Mischa.

— Oh non, nous a rassurés l'infirmière. Elle est encore très malade, mais on lui donne des antibiotiques depuis presque deux semaines. Vous pouvez lui rendre visite en toute sécurité.

J'ai regardé autour de moi en retenant mon envie de renifler. Je ne voulais pas que l'infirmière découvre que j'étais malade et qu'elle m'empêche de voir Tracy. Deux jeunes hommes nerveux faisaient les cent pas en parlant au téléphone. Une femme dans la cinquantaine était assise sur une banquette, en train de lire un roman, sa fille assoupie sur ses genoux, et deux hommes, eux aussi d'âge mur, buvaient du café assis près de la fenêtre. Je me suis souvenue que c'était là qu'on m'avait emmenée après l'incendie. C'était dans ce bâtiment qu'on m'avait donné de la soupe et des desserts tandis qu'on soignait les brûlures de mes parents.

Rien ici ne m'était familier, mais après tout, la dernière fois que j'étais venue, j'avais huit ans et j'étais une patiente, pas une visiteuse. Je ne me rappelais même pas être entrée dans un hôpital depuis. La dernière fois que j'avais voulu y aller, c'était quand Mischa et moi étions parties rendre visite à Candace pendant qu'elle était internée pour son évaluation psychiatrique, et la mère de Candace nous avait empêchées d'entrer dans le bâtiment quand on l'avait croisée dans le parking.

— Et voici pour mademoiselle Brady, a annoncé l'infirmière joyeusement en me rendant ma carte d'identité.

Je me suis demandé si elle savait qui j'étais. Ça faisait un certain temps qu'on ne m'avait pas parlé de façon aussi chaleureuse.

On a suivi Henry le long du couloir jusqu'aux ascenseurs.

— Tracy est au troisième étage, m'a-t-il lancé quand il a remarqué que j'essayais de deviner à quel étage on devait se rendre. Elle a été déplacée du septième étage, l'étage des maladies infectieuses, quand ses médecins ont décidé qu'elle n'était plus contagieuse.

Le troisième étage était l'étage des enfants, ce qui me rassurait plus que de me retrouver à un étage envahi par des germes infectieux et dangereux. Mais je m'en voulais un peu à l'idée que j'étais peut-être en train d'infecter tout le département avec ce rhume désagréable que je m'étais débrouillée pour attraper. Il y avait sans doute des enfants sous chimio ou sous dialyse, et la dernière chose dont ils avaient besoin était de se retrouver enrhumés. Je me suis demandé si c'était là qu'on avait soigné mon intoxication par la fumée et que mes parents étaient venus m'annoncer calmement que ma jumelle était morte dans l'incendie.

— Je devrais peut-être rester ici pendant que vous montez, ai-je lancé à Trey en me retournant. Je ne voudrais pas…

Les portes de l'ascenseur se sont ouvertes et on s'est tous les quatre retrouvés nez à nez avec Violet. Je ne l'avais pas revue depuis la fois où elle était venue au tribunal en novembre pour raconter sa version des faits au juge, habillée comme une princesse des glaces. Son histoire était pathétique, un douloureux récit qui expliquait comment Trey et moi l'avions choisie au hasard pour la maltraiter. Nos yeux se sont plissés à sa vue. Elle a reculé d'un pas dans l'ascenseur, l'air surpris, avant de se ressaisir et d'en sortir, se disant qu'il valait sans doute mieux éviter de se retrouver coincée dans l'ascenseur fermé avec nous.

— T'as pas le droit d'être ici.

Sa voix était posée et confiante, c'était insupportable. Et son commentaire me visait très clairement.

Le mois qu'elle venait de passer loin de moi lui avait fait du bien. Ses joues avaient pris des couleurs et, même à cette heure-ci, son maquillagc avait été appliqué avec beaucoup de soin. Elle portait un manteau en cachemire violet hyper tendance, avec un col cheminée qui faisait ressortir ses yeux encore plus que d'habitude. Ce manteau venait clairement d'un magasin de luxe de Chicago ou de New York, certainement pas de Willow ou d'où que ce soit près d'ici. C'était très perturbant d'avoir Violet pile en face de moi alors que j'avais passé ces six dernières semaines à la détester de toutes mes forces.

— C'est un pays libre, ai-je lancé en retour. Je peux aller où je veux.

— Non, justement, m'a-t-elle corrigée. Le juge Roberts a ordonné que tu restes à distance de moi. Ça vaut pour toi aussi, d'ailleurs.

Elle a pointé Trey d'un long doigt blanc. J'ai remarqué que son œil gauche se mettait à cligner. Peut-être qu'elle n'était pas aussi à l'aise qu'elle tentait de le paraître.

— Techniquement, il a dit que ça ne servait à rien de tenter de faire appliquer une ordonnance de protection dans une si petite ville, a répondu Trey d'une voix calme.

D'un air désespéré, Violet a regardé Mischa, qui la fusillait du regard.

— Le juge Roberts ne sait même pas qui je suis, a-t-elle déclaré. Donc, en ce qui me concerne, je peux aller où je veux et parler à qui bon me semble. Donc, si j'étais toi, je me tirerais vite fait.

— C'est une menace ? a demandé Violet en levant un sourcil.

— Oh non. C'est un conseil. De la part d'une amie. Parce que c'est ce que je suis, n'est-ce pas, Violet ? a demandé Mischa d'un ton moqueur. Une amie ?

Violet a agrippé un peu plus la sangle de son sac à dos en cuir.

— Je sais pourquoi vous êtes ici. Vous allez embêter Tracy alors qu'en ce moment elle a besoin de se reposer.

Henry est entré dans l'ascenseur et Mischa l'a suivi.

— On va rendre visite à Tracy, ai-je poursuivi. En tant qu'amis, préoccupés par son état de santé, pour s'assurer qu'elle comprend bien à quel point elle est dans une situation critique.

Au moment où Trey et moi entrions dans l'ascenseur, un homme en uniforme est apparu au bout du couloir, au niveau de l'accueil, une tasse de café en plastique à la main. Les yeux de Violet se sont ouverts en grand et elle a saisi l'occasion.

— Monsieur ! Monsieur ! Ces personnes tentent de monter pour aller harceler une patiente !

Henry a appuyé sur le bouton « Fermeture portes » de toutes ses forces. Les lourdes portes métalliques se sont fermées lentement, au moment où l'agent de sécurité s'apprêtait à intervenir.

— Génial, a marmonné Trey. Des problèmes à l'hôpital, maintenant. C'est juste parfait.

— T'inquiète pas, ça va aller, a annoncé Henry. Tracy ne va pas nous virer. Faites-moi confiance.

Mon cœur accélérait déjà. J'imaginais les portes s'ouvrant au troisième étage sur une armée d'agents de sécurité de l'hôpital en tenue antiémeute, frappant de leurs matraques dans la paume de leurs mains. Je transpirais tellement de stress et de fièvre que mes cheveux étaient collés sur mon front.

Au troisième étage, les portes se sont ouvertes sur un non-événement : les infirmières derrière le bureau nous ont souri sans nous porter un quelconque intérêt.

— Par ici, a indiqué Henry en nous emmenant au-delà du bureau des infirmières, autour duquel des ballons « Bon rétablissement » de toutes les couleurs dansaient en attendant d'être distribués.

L'étage des enfants grouillait d'activités du matin. J'ai vu des chambres aux portes ouvertes avec des enfants totalement affaiblis, couchés devant leur télévision accrochée au mur à regarder des dessins animés. Trey m'a pris la main et l'a serrée. Il se rappelait peut-être que ça ne faisait pas si longtemps que ça qu'une de ces chambres avait été la mienne.

On est enfin arrivés devant la chambre 318.

— Ma chérie, je t'ai déjà expliqué. Je ne crois pas que ton proviseur serait très content si je l'appelais chez lui deux jours après Noël, disait Mme Hartford lorsque nous sommes entrés dans la pièce.

Elle a levé les yeux de là où elle était assise, près du lit de Tracy, et a souri chaleureusement à Henry, qui a levé la main pour la saluer. Comme toujours, Mme Hartford ressemblait à la maman typique, avec son air festif, son pull de Noël rouge décoré d'un renne au centre et son serre-tête doré dans les cheveux.

— Henry ! C'est adorable de passer ce matin, s'est-elle exclamée.

La chambre de Tracy était double, mais le lit à côté du sien était vide et le rideau bleu pervenche qui l'aurait séparée de sa voisine de chambre, si elle en avait eu une, était replié contre le mur, ce qui permettait au soleil d'inonder toute la pièce. Sa fenêtre donnait plein est, et le soleil du matin jetait des rayons dorés sur nous tous. J'étais si distraite par la chambre de Tracy et le tableau remarquablement vulgaire d'un coquillage au-dessus de son lit d'hôpital que, quand j'ai fini par la regarder elle, j'ai poussé un cri de surprise.

Tracy avait perdu tellement de poids qu'il ne lui restait plus que la peau sur les os au niveau des bras. Elle était d'une pâleur telle que sa peau virait au jaune verdâtre, comme un bleu qui commencerait à s'estomper. Des tuyaux allaient de sacs de liquide suspendus à un support jusqu'aux aiguilles qui lui pénétraient la chair au niveau des bras et du dessus des mains. La peau de ses joues était toute tirée et ses yeux étaient profondément enfoncés dans leurs orbites. Ses lèvres n'avaient plus de couleur, et ses cheveux blond foncé étaient gras et plaqués contre son crâne. Tracy n'avait certes jamais été particulièrement belle, mais elle n'avait jamais été laide non plus, alors que maintenant, elle avait tout simplement l'air macabre.

— Qui sont tous ces gens ? a-t-elle demandé d'une voix faible mais en colère. Ce sont eux qui ont attaqué Violet, maman.

Elle a penché la tête en direction de Trey, Mischa et moi.

Mme Hartford s'est levée et a posé sa tablette de lecture sur la table à côté de la chaise sur laquelle elle était assise quelques instants plus tôt.

— Je ne crois pas que ce soit une bonne chose pour Tracy d'avoir autant de visiteurs à la fois. Elle reste encore très affaiblie.

— S'il vous plaît, madame Hartford, a supplié Henry. Nous aurions voulu poser quelques questions à Tracy au sujet d'une fête à laquelle elle aurait assisté en octobre.

— Ce serait mieux si vous reveniez la semaine prochaine, après le Nouvel An, a suggéré Mme Hartford en se rapprochant du pied du lit de Tracy pour essayer de nous repousser vers la porte. Tracy essaie de conserver toute son énergie pour le voyage au ski. Je suis sûre que vous comprenez. Ce n'est pas bon pour elle d'être secouée.

J'ai tourné la tête vers Tracy. Elle était minuscule et si fragile dans son lit. Sa table de chevet était recouverte de cartes et, sur le rebord de sa fenêtre, il n'y avait pas moins de six bouquets de fleurs. Un énorme ours blanc en peluche avec un ruban rose autour du cou était posé sur la chaise la plus proche du lit de Tracy. Je ne sais pas qui Mme Hartford tentait de convaincre ; Tracy était clairement ici depuis des semaines déjà, et elle n'aurait pas la force d'aller skier avant au moins deux mois.

— Bien sûr, bien sûr, a dit Henry d'un ton rassurant.

Mischa les a ignorés et s'est approchée du lit.

— Quand tu es allée chez Violet pour Halloween, est-ce que Violet t'a fait jouer à un jeu avec elle ? Est-ce qu'elle t'a dit comment tu allais mourir ?

Mme Hartford a immédiatement pris peur en entendant la question de Mischa et a commencé à se tordre les mains.

— Les enfants, ça suffit. Henry, je vais devoir prévenir ta mère.

— Elle sait que je suis ici, lui a-t-il répondu. Elle aussi s'inquiète pour Tracy.

— Je connais vos mères à tous. Mischa, nous avons acheté notre maison à ta mère, a ajouté Mme Hartford, qui avait l'air effrayé.

— Je suis désolée, madame Hartford, mais, si on est ici, c'est parce qu'on tient à Tracy, a insisté Mischa d'un ton solennel.

Mme Hartford est sortie en coup de vent de la chambre de Tracy, frustrée, sans doute pour chercher un médecin ou un agent de sécurité pour nous faire sortir. Trey a verrouillé la porte rapidement, pour retarder notre évacuation jusqu'à ce que quelqu'un arrive avec une clé. J'avais mal à la tête, et je savais que les ennuis étaient inévitables à ce stade. Je ne rentrerais pas chez moi sans que ma mère reçoive un appel d'un membre des forces de l'ordre.

— Maman ! a appelé Tracy, dont les veines du cou ressortaient tandis qu'elle essayait de se faire entendre. Maman, ne me laisse pas avec eux !

— Calme-toi, Tracy. On ne va pas te faire de mal, a dit Mischa d'un ton étonnamment réconfortant. Tu cours un danger bien plus grand que ce que tu crois.

Tracy a cligné des yeux, indignée, sans répondre à Mischa. Sans doute était-elle trop épuisée pour se battre.

— On a vraiment besoin de savoir si Violet vous a demandé à toi et aux autres filles de jouer à des jeux bizarres avec elle pendant sa fête d'Halloween, du genre « Léger comme une plume, raide comme la mort », ai-je dit en grimaçant lorsque j'ai avalé.

Ma gorge me faisait atrocement mal.

— Pourquoi ? Pourquoi est-ce que ça vous intéresse tellement ? Évidemment, vous êtes jalouses parce que Violet est la fille la plus populaire du lycée et que vous n'avez pas été invitées à sa fête. Ça fait mal, hein ? Avoir été une des plus populaires et devenir une fille cheloue que tout le monde évite.

Tracy me rappelait pourquoi je la détestais autant avec beaucoup de facilité. C'était vraiment tentant de la laisser là, à souffrir de la mort que Violet avait prédite pour elle.

— Désolée, Henry. Mais c'est vrai. Olivia était mon amie à moi aussi, mais après sa mort tout a changé.

— Tu ferais mieux d'écouter ce que Mischa a à te dire, a dit Trey d'une voix autoritaire.

— McKenna et moi, nous avons joué à un jeu avec Violet en septembre pendant la fête d'anniversaire d'Olivia. Violet a raconté comment Olivia et Candace allaient mourir. Et ça s'est réalisé. Je sais que ça a l'air complètement taré, Tracy, mais, si tu as joué à un jeu avec Violet qui ressemble à ça, tout ce que je te demande, c'est de nous le dire, a supplié Mischa. Je te demande ça comme un service, parce que c'est moi qui ai joué après Candace. C'est moi la prochaine à mourir et je flippe, et tu es la seule à pouvoir nous dire ce qui s'est passé pendant cette fête en octobre.

Ce n'était pas idiot de la part de Mischa de faire appel à la pitié de Tracy. Cette dernière a tordu la bouche en une grimace frustrée, réfléchissant à sa position pendant un moment. S'il y avait bien une chose que Tracy adorait, c'étaient les potins et les scandales, mais seulement parce que le fait d'être la seule à connaître les commérages lui donnait du pouvoir. De la même manière, son amitié avec Violet, maintenant qu'elle était devenue reine de la promo, lui donnait du pouvoir. Et Mischa lui laissait croire qu'elle était la seule qui pouvait nous aider.

— Oui. On a joué à un jeu de ce type, a fini par admettre Tracy. Moi, je trouvais que c'était débile. La dernière fois que j'ai joué à « Léger comme une plume, raide comme la mort », c'était à l'anniversaire de Nicole Blumenthal, pour ses douze ans. Mais Violet avait l'air de dire que ce serait amusant. Du coup, on a joué. Tout le monde a trouvé ça sympa.

Mischa m'a regardée d'un air triste avant de lui demander :

— Et tu as été la première à qui on a prédit la mort ?

— Oui, a répondu Tracy en haussant les épaules. Mais t'inquiète. Violet n'a pas dit que je mourrais d'une méningite bactérienne. Je vais mieux, mon médecin pense même que je pourrai peut-être rentrer chez moi la semaine prochaine.

— Elle t'a dit que tu mourrais comment ? ai-je demandé, sans m'attarder sur ce que les médecins lui avaient dit, vu qu'ils n'avaient pas la moindre idée de ce à quoi ils avaient affaire.

— D'un arrêt cardiaque. C'est-à-dire une crise cardiaque. Donc je pense que j'ai pas besoin de m'inquiéter avant d'être vieille. Du genre, au moins quarante ans, je dirais ! C'est assez habituel comme façon de mourir, a raisonné Tracy. Et puis, de toute façon, c'était juste un jeu. Certaines des prédictions de Violet étaient totalement ridicules. Du genre, elle a dit à Stephani de Milo qu'elle mourrait en tombant d'une falaise. C'est évident qu'elle a tout inventé, il n'y a pas de falaises à Willow !

J'ai regardé Trey, qui a hoché la tête. On pensait à la même chose : tomber d'une falaise ne paraissait plus si ridicule que ça lors d'un voyage au ski.

On a entendu des grattements au niveau de la porte. Quelqu'un essayait de rentrer. Un instant plus tard, on a entendu Mme Hartford dire d'une voix étouffée :

— Je sais qu'ils sont encore dedans. Envoyez quelqu'un chercher la clé. Les enfants ? Les enfants ! Je suis ici avec l'agent de sécurité de l'hôpital. Ouvrez la porte, tout de suite !

— On devrait la laisser rentrer, a dit Henry qui avait l'air mal à l'aise. On va vraiment s'attirer des ennuis.

Il s'est rapproché de la porte pour la déverrouiller et, pile à ce moment-là, les yeux de Tracy ont roulé à l'arrière de sa tête. Sa mâchoire s'est mise à trembler et ses bras à tressauter. De ses lèvres est sortie de la mousse qui a dégouliné le long de son cou. Le cadre de son lit s'est mis à faire un bruit horrible sous les secousses.

— Mon Dieu, mais qu'est-ce qui se passe ? a hurlé Mischa.

Henry a déverrouillé la porte pour laisser rentrer Mme Hartford, qui n'était pas suivie d'un agent de sécurité mais d'un médecin en blouse blanche et d'une infirmière qui tenait un bloc à la main.

— Vous êtes vraiment dans de sales draps, a commencé à dire Mme Hartford avant de remarquer que Tracy se cognait violemment contre son lit.

— Il y a un problème avec Tracy ! a lancé Mischa paniquée à Mme Hartford.

— C'est juste des convulsions, a expliqué Mme Hartford avec un calme étonnant. Ça lui arrive régulièrement depuis sa fièvre.

Elle et le médecin sont passés devant nous pour se pencher au-dessus du lit de Tracy et la stabiliser.

Une fois sortis de la chambre, on est restés dans le couloir un moment, en état de choc. Je ne m'attendais pas à me sentir mal pour Tracy ce jour-là, mais j'avais l'impression d'être en grande partie responsable de sa situation. Dans une petite ville comme Willow, parfois même les gens qu'on n'aimait pas particulièrement devenaient proches, juste parce qu'on les connaissait depuis si longtemps.

— C'était affreux, a fini par dire Mischa, dont la voix s'est brisée.

— En tout cas, tu avais raison. Violet essaie toujours de convaincre des filles de jouer avec elle, a dit Henry d'un ton neutre. Donc, qu'est-ce que ça veut dire ?

— Que Tracy va mourir, puis Stephani de Milo et toutes les autres qui ont joué, si on n'arrive pas à comprendre ce qui relie Violet aux esprits qui lui suggèrent ces prédictions, a expliqué Trey.

Heureusement, il a choisi de ne pas dire qu'il serait logique d'en déduire que Mischa mourrait avant Tracy.

— La vache ! a lancé Henry.

Il a regardé par-dessus son épaule en direction de la porte ouverte de la chambre de Tracy :

— À votre avis, est-ce que c'est possible de faire un arrêt cardiaque pendant des convulsions ?

Deux agents de sécurité en uniforme, dont l'un était celui que Violet avait appelé, se sont dirigés vers nous rapidement.

— Allez, les jeunes, assez joué pour aujourd'hui, a dit l'un des deux en attrapant Henry par le bras. On ne maltraite personne dans cet hôpital.

— C'est bon, on part, a répondu Henry en libérant son bras.

Il nous a fait signe de le suivre.

— On y va, les gars, nous a-t-il lancé.

Les agents nous ont suivis jusqu'aux ascenseurs et ont attendu à quelques mètres de nous jusqu'à ce qu'on monte dans la cabine remplie de médecins et d'autres visiteurs.

— Le voyage au ski est prévu pour quand ? a demandé Trey à Mischa à voix basse.

— Matt m'a dit qu'ils partaient le 9 janvier, le jeudi de la première semaine de la rentrée, nous a informés Mischa. Il a trop hâte, même si je lui ai dit que je ne voulais pas qu'il y aille.

L'ascenseur s'est arrêté au rez-de-chaussée et, pendant une seconde, mon cœur s'est accéléré de peur qu'on croise à nouveau Violet. Puis je me suis rendu compte qu'elle ne nous aurait jamais attendus après avoir alerté les agents. Violet détestait la confrontation. C'était une vraie lâche, en tout cas d'après ce que j'avais vu lorsque j'avais tenté de lui parler directement de ce qu'elle avait fait à Olivia et à Candace.

— Et ce sera où ? ai-je demandé.

Je n'arrivais pas à penser au-delà du 1er janvier, date à laquelle je retournerais au pensionnat. Pour moi, ma vie prendrait fin ce jour-là. Au-delà de cette date, il n'y avait pas d'avenir digne de ce nom.

— Aucune idée, a répondu Mischa d'un ton plein de mépris, avant d'ajouter : Un endroit bizarre. J'en avais jamais entendu parler avant. Ça s'appelle le mont Farthington, je crois. Dans le Michigan.

Le Michigan.

Si Mischa avait raison, je savais exactement où se situait le mont Farthington. C'était sur la route qui menait à Dearborn, mais beaucoup plus au nord. Pour aller jusqu'au pensionnat, on devait contourner le lac Michigan par le sud et faire une boucle avant de rejoindre mon lycée. Mais si conduire sur l'eau avait été possible, aller de Green Bay jusqu'à mon école dans le Michigan en traversant le lac, on serait passé pile par-dessus cette chaîne de montagnes, qui était criblée de chalets de ski luxueux.

Je suis restée silencieuse tandis qu'on marchait avec précaution sur le verglas du parking en direction de la Mercedes. On était le 27 décembre, un jeudi. Si le voyage débutait le 9 janvier et que Stephani de Milo tombait effectivement d'une falaise pendant ce voyage, alors Mischa risquait de mourir dans les deux semaines à venir.

Chapitre 14

On est partis en direction du sud, vers Chicago, sur la route de campagne qui contournait Willow ; on passerait directement devant l'allée privée qui menait au manoir des Simmons. Je me suis souvenue de ce jour, au début de l'automne, où j'étais allée chez Violet en bus, jusqu'aux limites de la ville. Je me rappelais le soleil qui baignait les feuilles mortes des arbres alignés le long de l'allée privée pavée qui menait à la résidence. Pendant tout le temps que j'avais passé chez les Simmons, j'avais eu l'impression de me trouver dans un monde enchanté.

— Beeeeerk, a râlé Mischa, assise sur le siège passager. Passer devant cette maison me rend malade.

À l'approche de Chicago, j'ai commencé à souhaiter qu'on soit venus dans d'autres circonstances. La dernière fois que j'étais allée à Chicago, c'était pour un voyage de classe en seconde avec la prof d'art plastique, pour visiter l'Art Institute. Pour n'importe quel jeune de Willow, Chicago était ce qu'on appelait une vraie ville. Même s'il y avait des villes dans le Wisconsin, aucune ne présentait la poussière, la pollution ni les activités culturelles de Chicago.

Mais on n'aurait pas le temps de faire toutes ces choses touristiques, principalement parce qu'il fallait absolument que je sois de retour à Willow à temps pour dîner afin de rencontrer Glenn. Et puis, notre destination ce jour-là n'était pas dans la ville elle-même. Lake Forest était une banlieue chic au nord de la ville, sur la côte du lac Michigan. Henry ignorait tout du passé de Violet avant son arrivée dans nos vies, mais nous avions déjà fait pas mal de recherches dans sa carrière de lycéenne avant son arrivée au lycée Weeping Willow. Aucun doute, certains secrets se cachaient à Lake Forest.

Trey se comportait de façon plutôt étrange, ce que j'attribuais à la présence d'Henry. Quand je lui ai demandé à quoi il pensait, il a marmonné que toute cette histoire lui paraissait cheloue. Je n'aurais pas pu dire pourquoi, mais moi aussi j'avais une sensation sourde et étrange d'appréhension, comme si on fonçait droit dans quelque chose d'atroce qui nous attendait.

La température continuait à chuter. On s'est arrêtés au McDonald's à l'extérieur de Sheboygan pour passer aux toilettes et prendre des petits-déjeuners à emporter.

— On dirait vraiment un avant-poste de McDo en Sibérie, a dit Henry pour blaguer tandis qu'on se dépêchait de traverser le parking pour entrer dans le bâtiment.

Les chasse-neige avaient dégagé le parking et la route du drive par lequel on récupérait les commandes, mais le résultat était qu'il y avait des montagnes de neige entassées aux quatre coins du terrain, comme des murs blancs, transformant le McDonald's en forteresse hivernale. Une rangée ordonnée et dentelée d'énormes stalactites de glace recouvrait les bords du toit incliné rouge du restaurant, de sorte que le bâtiment ressemblait un peu à la gueule ouverte d'un piranha.

Trey et moi nous sommes attardés près de la porte, nos sacs en papier tout graisseux à la main, pendant qu'Henry et Mischa passaient aux toilettes. Trey avait été distant toute la matinée, sans doute à cause d'Henry.

— Qu'est-ce qu'il y a ? lui ai-je demandé à voix basse, agacée de son changement de comportement dès qu'il y avait des gens autour.

Bien sûr, je me sentais unique et flattée d'être la seule à voir sa vraie personnalité, mais ça me stressait quand il se lâchait sur les gens. Il n'avait pas été agressif et s'était contenté de rester silencieux ce matin-là, mais je voyais bien qu'il broyait du noir derrière ses yeux bleus.

— Rien, a-t-il répondu en haussant les épaules.

J'ai levé un sourcil.

— Rien, je te dis, a-t-il insisté. C'est juste que y a quelque chose de louche. J'ai une sensation bizarre. Ça me plaît pas d'aller au cimetière. Je le sens pas.

— Pourquoi ?

Je me suis mordu la lèvre en jetant un œil en direction des toilettes.

— Tu en as rêvé ?

— Non, a-t-il répondu en secouant la tête. Je te l'aurais dit si j'avais fait un rêve. Mais je crois pas qu'elles seraient ravies à l'idée qu'on visite leurs tombes.

— Tu crois vraiment que ça leur ferait quelque chose ?

— Je crois qu'elles…

Trey s'est brusquement interrompu quand Henry nous a rejoints. Ce dernier a remis son bonnet de laine sur sa tête et a fermé son manteau d'hiver.

— Vous êtes prêts ?

— On attend Mischa, ai-je répondu.

J'ai regardé Trey en fronçant les sourcils. Je savais que je venais de rater l'occasion d'entendre ses inquiétudes concernant ce voyage jusqu'à notre prochaine conversation privée. Il n'y avait aucun moyen raisonnable d'expliquer à Mischa qu'on devrait peut-être revoir nos plans de l'après-midi à cause des voix des rêves de Trey sans lui expliquer toute l'histoire complexe de l'identité de son père biologique et de son lien avec Violet.

Pendant qu'Henry et Mischa prenaient place dans la voiture et qu'Henry la faisait démarrer, je me suis attardée dehors près de Trey.

— Tu es vraiment inquiet ? lui ai-je demandé. Si tu crois qu'on ne devrait pas y aller, on peut aussi dire à Henry de nous raccompagner chez nous.

Si Trey pensait qu'on se trompait, je me devais de lui faire confiance. Avec son intuition sur les plans de Violet, il avait un avantage sur nous, même s'il ne comprenait pas comment ça marchait ni d'où ça venait.

— Est-ce qu'on peut dire qu'il y a une différence entre être inquiet et être parano ? a demandé Trey avec une grimace.

Il m'a fait signe de grimper à l'arrière et il est monté juste après moi. Nous nous sommes installés pendant qu'Henry allumait la radio et que le chauffage emplissait la voiture de chaleur. Mischa a déchiré son sac graisseux et lui a tendu un cornet rouge vif de frites.

— Génial, a-t-il dit en guise de commentaire en passant la marche arrière pour sortir de sa place de parking.

Au moment où la voiture se mettait à bouger en arrière…

BAM !

Mischa a hurlé comme si on venait de la poignarder. Choqué, Henry a appuyé sur l'accélérateur puis immédiatement après sur le frein, ce qui nous a violemment envoyés vers l'arrière puis vers l'avant en moins d'une seconde. Tout le pare-brise de la Mercedes noire avait été perforé par un énorme glaçon qui venait de tomber du toit du restaurant à travers la vitre. Il était si solidement gelé qu'il avait fait un trou dans le cuir du tableau de bord au niveau de sa pointe aiguisée.

— Quelle merde… a fini par dire Henry après avoir compris ce qui venait de se passer.

Personne ne bougeait dans la voiture. Le pare-brise était entièrement fissuré, comme s'il s'apprêtait à imploser à tout moment.

Un client qui se trouvait dans le parking et qui avait vu la scène s'est précipité pour nous porter secours.

— Tout le monde va bien ?

C'était un monsieur d'une cinquantaine d'années au visage sympathique. Il a jeté un coup d'œil dans la voiture une fois qu'Henry a eu ouvert sa porte très prudemment.

— À part quelques syncopes, je crois que ça va, oui, a répondu Trey en détachant sa ceinture.

Mischa se frottait la nuque, sans doute qu'elle avait reçu un choc au niveau des cervicales.

— C'était quoi, ce truc ! s'est-elle exclamée, haletante.

Mon cœur battait encore à toute vitesse et je voyais des points noirs danser devant mes yeux tellement j'avais eu peur. Ma bouche était sèche après la terreur que je venais de ressentir.

— Sortez de la voiture. Faites attention, nous a recommandé l'homme.

Mischa a défait sa ceinture au ralenti, bien consciente que le pare-brise pouvait s'effondrer sur elle à tout moment.

Henry a appelé une dépanneuse et Mischa a pris des photos du glaçon dans tous les sens avec son téléphone. Après avoir raccroché et nous avoir dit que quelqu'un était en route, Henry nous a annoncé qu'il allait devoir appeler son père.

— On se calme, tout va bien, m'a dit Trey en m'enlaçant.

On était entrés dans le restaurant pour avoir un peu de chaleur et on voyait Henry faire les cent pas en parlant dans son téléphone à travers la vitre sale. Ce n'est que quand Trey m'a enveloppée dans son immense manteau d'hiver que je me suis rendu compte que je pleurais des larmes de nervosité.

— Tu avais raison, ai-je murmuré d'une voix rauque. Elles ne veulent pas de nous ici. On devrait pas être là.

— C'est plutôt une bonne chose, non ? m'a rappelé Trey. Ça veut dire qu'on se rapproche de la solution.

— Oui, c'est sûr, on se rapproche, mais avant, elles ne s'en étaient jamais prises à nous, Trey. Tu crois qu'elles essaient de nous tuer ?

Trey a haussé les épaules pour ne pas répondre ce qui était l'évidence même.

— Elles en sont capables ? ai-je demandé, terrifiée.

Je voulais sauver Mischa de tout mon cœur, mais, après cette histoire, je regrettais d'avoir accepté de venir à Chicago.

Trey a placé ses mains sur mes épaules et m'a regardée droit dans les yeux.

— Rappelle-toi juste ce que Listerman a dit. On est dans notre monde à nous, pas dans le leur. On appartient à ce monde, elles non. Donc… ne leur facilitons pas la tâche.

Mischa et Henry nous ont rejoints et Henry a glissé son téléphone dans la poche de son pantalon.

— Bon, a commencé Henry. On va devoir prendre un taxi jusqu'à Lake Forest, puis le bus pour retourner à Willow, plus tard cet après-midi.

J'ai senti mes forces m'abandonner. Ce problème de transport aurait sans doute un impact sur mon horaire de retour pour le dîner de ma mère avec Glenn. Peut-être que les esprits maléfiques qui aidaient Violet n'avaient pas encore réussi à me tuer, mais ils se débrouillaient drôlement bien pour me mettre dans une sale position vis-à-vis de mes parents et de la loi.

Chapitre 15

Le gardien moustachu du cimetière avait l'air un peu méfiant en nous voyant arriver. Comment lui en vouloir ? Il faisait moins dix dehors, et on ressemblait à un groupe d'ados fouineurs, la goutte au nez. On était arrivés dans un taxi qui nous attendait devant la grille d'entrée du cimetière, ce qui déjà, en soi, avait dû paraître louche au gardien. Henry avait donné sa carte bancaire au chauffeur de taxi pour couvrir les frais de son compteur qui continuait à tourner pour qu'on n'ait pas à attendre dans ce froid glacial qu'un autre taxi vienne nous prendre quand on aurait fini ce qu'on avait à faire.

Avant que le taxi nous dépose devant le cimetière, il ne m'était pas venu à l'idée qu'on aurait sans doute du mal à trouver quoi que ce soit d'intéressant à moins de chercher. L'étendue de pierres tombales était recouverte de près d'un mètre de neige.

— Simmons, a répété le gardien en donnant à Mischa une carte du cimetière après avoir vérifié sur son ordinateur.

Il avait dessiné le chemin au marqueur rouge, suivant les routes et les allées sinueuses du cimetière, sauf que, sur sa carte, le cimetière ressemblait à un jardin d'été avec des champs de verdure et des étangs bleus.

— C'est la parcelle rangée 108, section E. Vous feriez mieux de rouler jusqu'à l'entrée est plutôt que de marcher depuis ici. Seules les voies principales du cimetière ont été dégagées. D'ici, la marche risque d'être pénible.

J'aurais dû mettre une paire de chaussettes supplémentaire. Je me sentais malade et j'étais convaincue que, le lendemain matin, j'aurais une sinusite et une fièvre impossibles à cacher à ma mère.

— Merci, a répondu Mischa en pliant la carte en deux.

— Il va falloir que votre visite soit rapide, les enfants. C'est très calme ces derniers jours à cause de la météo, et aujourd'hui on ferme à 15 heures.

Il était déjà 13 h 15. On est retournés au taxi et on est montés, avec Henry à l'avant, à côté du chauffeur. Mon attention était fixée sur un rosaire fait de perles en bois qui pendait du rétroviseur.

— On va aller au coin de la rue Sheridan puis tourner à gauche, s'il vous plaît, a demandé Henry.

On est restés silencieux le temps du bref voyage. Le chauffeur écoutait des gens commenter à la radio un match de basket qui avait eu lieu la veille au soir. Pour moi, c'était juste incompréhensible et ça me collait mal à la tête. Le rire du DJ me tapait sur le système.

Le gardien ne plaisantait pas quand il avait dit que les petites routes du cimetière n'avaient pas encore été dégagées. Quand le taxi est arrivé devant la grille est, on voyait bien que la rue menant à l'entrée du cimetière avait été déblayée, mais qu'au-delà des grandes grilles noires la neige formait une couverture immaculée, percée ici et là par les quelques pierres tombales qui faisaient plus d'un mètre de hauteur.

— Ça va être une merde… a marmonné Trey alors qu'on sortait du taxi.

Il ne portait pas d'après-skis, juste des chaussures de rando avec des chaussettes de laine épaisses. Le chauffeur a dit à Henry qu'il allait chercher du carburant et qu'il reviendrait nous chercher. Au moment de passer la grille, je me suis retournée pour voir le taxi repartir. Ça me mettait mal à l'aise qu'on se retrouve seuls ici.

Le cimetière était juste à côté du lac Michigan, et le facteur vent était bien plus froid ici qu'au McDo. J'ai tiré ma fermeture éclair aussi haut que possible pour recouvrir mon visage et j'ai suivi mes amis qui s'enfonçaient déjà dans la neige. Il faisait si froid qu'il était difficile de se concentrer sur autre chose que le fait de vouloir rentrer à l'intérieur, où que ce soit.

— Mischa, tu es sûre de savoir où tu vas ? a demandé Henry quand on est arrivés devant un panneau qui ressortait de la neige.

Elle avait tiré sa capuche avec une doublure en fourrure par-dessus son bonnet de ski, ce qui rendait les traits de son visage plus prononcés.

— Là c'est la rangée 100, donc la 108 doit être par là. Et ensuite il faut aller par là, a-t-elle ajouté en pointant à droite, pour arriver à la section E.

On a suivi ce qui était sans doute un chemin sous toute cette neige, mais on aurait tout aussi bien pu être en train de piétiner des tombes. Je n'aurais eu aucun mal à fermer les yeux et à m'endormir pour éteindre le feu qui brûlait derrière mes yeux, mais j'ai continué, à quelques pas de Trey.

— Regarde, m'a dit Trey en se retournant.

Il a fait un signe de tête en direction d'une multitude de roses roses déposées sur la neige, à côté d'une pierre tombale couleur rose sombre. Les fleurs avaient été placées là récemment, ces derniers jours tout au plus, après que la neige était tombée. Il y avait des empreintes dans la neige qui menaient directement à cette tombe depuis la route déblayée. On a tous les deux remarqué les traces dans la neige qui suggéraient qu'au moins une personne, sinon deux, s'était agenouillée pour se recueillir sur cette tombe.

Curieuse, je me suis accroupie et j'ai enlevé quelques centimètres de neige avec mon gant pour voir ce qui était inscrit sur la pierre.

— Rebecca Shermer, ai-je lu tout haut.

Puis, à travers le brouillard dans ma tête, j'ai eu un éclair de lucidité et j'ai hurlé par-dessus la neige silencieuse :

— Mischa ! Viens voir !

Mischa et Henry ont fait demi-tour pour nous rejoindre et voir ce qu'on fabriquait.

— Regarde, ai-je insisté.

— Merde alors ! a lancé Mischa.

Rebecca Shermer était la meilleure amie de Violet à Lake Forest avant que Violet déménage à Willow. Mischa, Candace et moi avions trouvé une page Facebook créée à sa mémoire quand on avait commencé à suspecter que Violet était impliquée dans la mort d'Olivia. On ne connaissait pas les détails de la mort de Rebecca, à part qu'elle faisait partie de l'équipe des pom-pom girls du lycée Lake Forest, et qu'elle s'était apparemment suicidée. Mischa avait trouvé un article dans un journal local de Lake Forest, paru quelques mois avant le déménagement des Simmons à Willow, encourageant les parents d'adolescents de la ville à parler de suicide à leurs enfants. Quatre jeunes s'étaient suicidés au lycée Lake Forest l'année ayant précédé l'arrivée de Violet dans nos vies. Et tous les quatre la connaissaient d'une manière ou d'une autre. Les élus de Lake Forest paniquaient complètement, se demandant si le suicide était devenu une mode dans leur communauté aisée ou si les fautifs étaient les groupes de musique à l'esprit torturé.

— Flippant, non ? ai-je commenté en m'essuyant le nez avec mon gant mouillé. Ses parents ont dû lui rendre visite hier ou ce matin.

J'ai pensé à ma propre mère et au fait que sur la neige, au-dessus de la tombe de Jennie, se trouvait sans doute une couronne de Noël. Seul un parent endeuillé escaladerait des montagnes de neige pour se recueillir sur une tombe. Ces roses étaient la preuve irréfutable que les parents de Rebecca souffraient toujours énormément, presque un an après sa mort. Ils se demandaient toujours… *pourquoi ?*

Mischa est restée silencieuse un moment à regarder la tombe qui dépassait de la neige, avant de dire :

— Ça me stresse complètement. Allez, on y va.

On a repris notre chemin, suivant Mischa jusqu'à ce qu'elle s'arrête pour consulter la carte, avant de regarder autour d'elle, confuse.

— On devrait y être, a-t-elle annoncé en désignant l'étendue de neige immaculée qui s'étendait devant nous.

— Peut-être qu'ils ont juste mis un genre de plaque horizontale ? a suggéré Trey. Vous voyez de quoi je parle ? Plutôt qu'une grosse pierre tombale.

— Il n'y a qu'un seul moyen de le savoir, a répliqué Henry en se mettant à genoux.

Il s'est mis à creuser juste devant lui, avec ses gants.

— C'est une blague, ai-je murmuré.

Je me sentais trop mal pour me mettre à creuser dans un mètre de neige. J'ai cru halluciner quand j'ai vu Trey et Mischa suivre l'exemple d'Henry et s'agenouiller à leur tour pour creuser. Si on avait croisé d'autres visiteurs, on aurait vraiment eu l'air chelous. J'ai avancé dans la neige profonde sur la gauche, et je me suis soudain retrouvé la tête la première dans la neige glaciale.

— Argh, ai-je marmonné, agacée de voir que mes bras, que j'avais lancés en avant pour freiner ma chute, avaient tout simplement traversé la neige.

Je me suis relevée, trop occupée à enlever la neige de mon manteau pour remarquer ce qui m'avait fait trébucher. Lorsque j'ai regardé à mes pieds, je n'ai pas seulement vu les gros trous que mes bras et mes genoux avaient laissés dans la neige, j'ai aussi remarqué que la neige avait cédé au niveau de l'endroit où j'étais tombée. J'avais trébuché sur une tombe presque entièrement ensevelie par la neige, et j'avais tapé dedans si fort que je l'avais carrément délogée.

— Génial, me suis-je dit d'un ton sarcastique, avant de me maudire d'avoir dérangé la tombe de quelqu'un.

Mon esprit fiévreux a imaginé des pensées noires de sorts jetés pour avoir dérangé les morts et j'ai tenté de les ignorer. Je me suis agenouillée pour essayer de dégager la neige qui s'était amassée sur la pierre tombale que j'avais déplacée. C'était une tombe assez haute, alors que je m'étais imaginé qu'elle ne faisait que vingt centimètres de haut, en ardoise grise avec des taches aux nuances plus foncées. Au fur et à mesure, je me suis rendu compte que la tombe faisait un mètre de hauteur. J'ai enlevé toute la neige que je pouvais et j'ai tiré la pierre tombale en avant pour la remettre en place.

C'est là que j'ai remarqué que la stèle que je touchais portait trois noms, avec des dates en dessous, puis un trou, puis deux noms de plus.

— Je rêve, ai-je murmuré.

De gauche à droite, on pouvait lire « Christina Ann, Ann Elizabeth, Elizabeth Jane », puis un espace vide, puis « Jane Victoria, Stephani Rose ». Le nom de famille des filles était gravé dans une police plus grande, élégante et sobre : « SIMMONS ».

— Les gars, je crois que j'ai trouvé, ai-je annoncé, la gorge en feu tandis que je prononçais chaque mot.

Ma voix devenait rauque et se cassait ; j'étais clairement en train de tomber de plus en plus malade au fil de la journée.

Henry, Trey et Mischa ont abandonné leur chantier pour se réunir autour de moi. On a regardé la pierre tombale sans rien dire pendant plusieurs minutes. Puis Mischa a brisé le silence :

— Il y en a cinq.

— Et un espace, ai-je ajouté. Peut-être pour Violet ? Pour qu'elle puisse être enterrée ici un jour, elle aussi ?

Ça me faisait vraiment bizarre de spéculer sur cette triste stèle. Même si j'étais terriblement distraite par le froid, j'étais bien consciente qu'on se tenait à quelques mètres au-dessus des corps en décomposition de bébés qui avaient très certainement un lien avec la mort de nos amies. La séparation entre le monde des morts et celui des vivants ne m'avait jamais semblé aussi tangible qu'à cet instant. Ces bébés, ces esprits, étaient à la fois terriblement proches de nous physiquement et pourtant à des années-lumière. Le ciel était couvert et aveuglant de lumière. Pile à ce moment-là, il m'est venu à l'esprit qu'on était peut-être en présence du Mal, et je me suis mise à paniquer parce que je remarquais qu'il n'y avait plus du tout de vent.

J'avais appris que le Mal pouvait nous suivre n'importe où et apparaître à n'importe quel moment, dès qu'on l'invoquait dans nos pensées. Il ne se limitait pas à se montrer la nuit, il était tout aussi à l'aise en plein jour. Les cris d'un oiseau ont attiré mon attention. J'ai levé les yeux, m'attendant à voir un corbeau, mais c'est une mouette que j'ai vue, ce qui était tout à fait logique, même en plein hiver, vu qu'on était tout près du lac.

Trey a passé son gant sur le nom de Christina. Je n'imaginais même pas ce qui lui traversait la tête en cet instant. Moi-même je me demandais ce que la vie de Trey aurait pu être si M. Simmons avait épousé Mary Jane plutôt que de la renvoyer à Willow. Il aurait peut-être grandi dans cette immense maison à la périphérie de la ville, il aurait peut-être été sportif, il aurait peut-être conduit une voiture hyper à la mode.

Henry a pris une photo de la pierre tombale avec son téléphone, sans doute pour l'étudier de plus près quand on ne serait plus en train de se les geler. J'ai enlevé de la neige de mon jean et je me suis redressée.

Derrière nous, on a entendu un énorme craquement suivi d'un mouvement. Je me suis retournée à toute vitesse pour voir une immense branche d'un érable chuter de près de trois mètres, écrasant une pierre tombale en marbre très décorée avec des anges sculptés sur le dessus. Deux des anges ont été projetés dans la neige.

Trey m'a pris la main et on s'est tous raidis pour se préparer à ce qui allait sans doute venir.

— Il faut y aller, ai-je dit d'une voix grave. Il ne faut pas rester.

Je savais, sans même regarder Trey et Mischa, qu'ils étaient d'accord. Ces derniers mois, on avait appris que les coïncidences ne devaient pas être prises à la légère. Tout accident était louche. Chaque événement naturel, même insignifiant, pouvait être un avertissement, amical ou non.

— C'était le poids de la neige, rien d'autre, a tenté de nous rassurer Henry tandis qu'on marchait aussi vite que possible vers la grille. La neige pèse lourd, mine de rien. Et cet arbre était tout vieux.

Il faisait bien trop froid pour qu'on lui explique en bégayant et en claquant des dents combien il se trompait.

La sensation de danger qui avait manqué quand on était arrivés dans le cimetière m'enveloppait totalement à présent. Même si c'était juste de la paranoïa, je voulais à tout prix sortir de cet endroit et me retrouver dans un lieu normal avec des gens normaux.

Lorsqu'on est arrivés suffisamment près de la grille pour voir la rue à travers ses barreaux, on s'est tous rendu compte que le taxi n'était tout simplement pas là. La rue était vide. On entendait le ronronnement lointain de la circulation sur la route de l'autre côté, sans doute à plus d'un kilomètre, mais notre taxi et son chauffeur, qui nous avait pourtant assuré qu'il reviendrait nous chercher après avoir rempli son réservoir, n'étaient nulle part. La panique et la frayeur se sont emparées de moi. J'ai tenté de me calmer. *Il est peut-être tout simplement au coin de la rue. Peut-être qu'il y avait la queue à la station-service.* Je ne pouvais pas me résoudre à accepter qu'on allait devoir attendre dans le froid glacial pendant une période indéterminée.

— Pas de panique, a dit Henry en brandissant son portable.

Mais son visage s'est décomposé et il s'est mis à secouer son téléphone. Il l'a tapé contre la paume de sa main, puis a appuyé sur le bouton du haut deux fois.

— Bon, c'est un peu bizarre. Je n'ai plus de batterie. C'est sans doute à cause du froid.

Chapitre 16

Mischa nous a regardés, Trey et moi, avec une expression indiquant qu'elle s'apprêtait à péter un câble. Henry venait tout juste d'utiliser son téléphone pour prendre une photo de la tombe. Lorsqu'elle a pris la parole, on entendait une pointe d'hystérie :

— C'est pas le froid, Henry. Et cette branche n'est pas tombée à cause de la neige.

J'ai tenté de me convaincre que, dans quelques minutes seulement, on serait de retour dans le taxi chauffé, en route pour la gare de Lake Forest. J'avais l'impression que mes pieds s'étaient transformés en blocs de glace et je savais, sans même vérifier, que mes chaussettes devaient être trempées après notre balade en pleine neige. J'imaginais mes doigts de pied virer au rouge vif à l'intérieur de mes après-skis. Ce serait sans doute une bonne idée de s'arrêter dans un magasin avant de repartir pour Willow, afin d'acheter des chaussettes hautes et sèches pour le long chemin du retour.

— Vous suranalysez, les gars, a plaisanté Henry.

Il ne pouvait pas savoir, et pourtant son optimisme m'agaçait. Il n'avait aucune idée de ce que ces esprits pouvaient nous faire.

Mischa a cherché le numéro de taxi local.

— Tu es vraiment très pâle, m'a fait remarquer Trey, l'air inquiet.

— Je suis vraiment pas bien, ai-je répondu en secouant la tête. J'ai besoin de rentrer et de dormir.

Quand les résultats sont apparus sur l'écran de Mischa, elle en a lu quelques-uns pour voir si Henry se rappelait le nom de la société qu'il avait appelée plus tôt dans la journée.

— North Shore Taxi, a fini par répéter Henry après Mischa.

Mischa a hoché la tête et a appelé.

Je déplaçais le poids de mon corps d'un pied sur l'autre, morte de froid. J'étais tellement gelée que je commençais à me demander si je n'avais pas des engelures aux doigts de pied, et si on ne ferait pas mieux de quitter le cimetière et d'aller au coin de la rue pour voir s'il n'y avait pas une station-service ou un restaurant quelconque au carrefour, histoire de se réchauffer.

— Oui, bonjour. Je suis au cimetière de Lake Forest. Un de vos chauffeurs nous y a déposés il y a une quarantaine de minutes. Il nous a dit qu'il partait chercher de l'essence avant de venir nous récupérer, mais il n'est pas là et on est morts de froid. Oui, j'attends, a-t-elle dit, impatiente, en levant les yeux au ciel.

Un instant plus tard, elle a couvert le téléphone pour nous dire :

— Le mec me dit qu'on a appelé le chauffeur pour lui dire que, finalement, on n'avait plus besoin de lui.

— Impossible, a répondu Henry en secouant la tête, l'air effaré.

Mischa a repris la conversation.

— J'y crois pas, a dit Trey d'une voix si basse que j'ai été la seule à l'entendre.

Il n'avait pas besoin d'en dire plus, je savais déjà ce que ça signifiait. On avait vu quelque chose au cimetière qu'ils ne voulaient pas qu'on découvre. On trouvait des réponses qui nous permettraient d'arrêter Violet. J'étais convaincue qu'on nous punissait, mais je préférais ne pas penser à la puissance de ces esprits capables de casser des branches d'arbres et de manipuler des téléphones.

— OK, peu importe... Est-ce que quelqu'un peut venir nous chercher à la porte est du cimetière ? a demandé Mischa.

Elle a attendu que l'opérateur la mette en attente pour appeler ses chauffeurs. Elle a froncé les sourcils, l'air dépité :

— Notre chauffeur emmène quelqu'un à l'aéroport.

— Ahh, enfin ! s'est exclamé Henry, qui avait réussi à rallumer son téléphone.

— Vingt-cinq minutes, a fini par dire Mischa en rangeant son téléphone dans son sac. Ils peuvent pas faire mieux, personne n'est libre pour passer nous prendre avant.

J'ai immédiatement sorti mon portable pour regarder s'il y avait des magasins dans le coin. On ne pouvait pas rester vingt-cinq minutes dans le vent glacial, c'était beaucoup trop long. Mon téléphone m'a indiqué qu'il y avait un atelier de carrosserie au carrefour du coin nord-ouest du cimetière. J'aurais espéré trouver un café ou même une petite épicerie avec un chauffage. Un atelier de carrosserie ne me paraissait pas prometteur en termes d'hospitalité ou de chaleur. J'ai regardé autour de moi comme une folle, refusant d'accepter qu'on allait devoir rester là encore quasiment une demi-heure.

— Je peux pas attendre aussi longtemps, ai-je fini par dire. Il fait trop froid, là. On peut pas appeler une autre société de taxis ? Je suis totalement gelée.

— Elle est vraiment en train de tomber malade, a expliqué Trey.

Mischa s'est immédiatement remise à chercher des compagnies de taxis pour en appeler d'autres, et Trey a montré un petit bâtiment, au loin, dans le cimetière. Il se situait au sud, à l'opposé de là où on avait trouvé la tombe des Simmons.

— Regarde, McKenna. Je sais que c'est pas idéal, mais il y a un columbarium là-bas, et il est probablement chauffé.

Le bâtiment auquel Trey faisait référence ressemblait à un petit château. Il était sans doute à cinq minutes de la grille. Même si je n'avais aucune envie de remettre les pieds dans le cimetière, l'idée de pouvoir me réchauffer quelques minutes était trop belle pour que je refuse.

— Y a quoi dedans ? ai-je demandé.

— Sans doute des cendres, a-t-il répondu pour tenter de minimiser le côté glauque de la chose. C'est là que les gens se recueillent auprès des cendres des corps incinérés.

— OK, ai-je cédé, même si je n'étais vraiment pas fan à l'idée d'y aller.

Sans ajouter un mot, on s'est dirigés vers le bâtiment.

Le columbarium était ouvert. J'avoue que j'ai un peu flippé quand Trey a ouvert la porte, après avoir dégagé la neige avec sa botte pour qu'elle ouvre vers l'extérieur. L'intérieur était très faiblement éclairé, mais on a entendu un générateur se mettre en marche quand on est entrés. Les lumières ont clignoté, puis se sont allumées petit à petit. Le bâtiment n'était absolument pas chauffé, mais il y faisait bien plus chaud qu'à l'extérieur.

On est entrés, en traînant avec nous une tonne de neige. Il n'y avait pas de décorations. Le sol était dallé et les vitraux étaient minuscules. C'était en réalité une seule pièce qui sentait le moisi, et sur les murs se trouvaient une série de compartiments en rangées ordonnées. Chaque compartiment comportait une plaque avec un nom et des dates, et sans doute qu'à l'intérieur des petites portes métalliques se trouvaient des urnes funéraires.

— Génial, a lancé Mischa en s'affalant contre un mur.

— On a de la chance d'avoir trouvé le bâtiment ouvert, a soudain lancé Trey.

On n'avait vu aucune trace dans la neige en direction de la porte du columbarium, ce qui voulait dire qu'il n'avait pas été verrouillé depuis avant la tempête du jour de Noël. Dès que Trey a prononcé cette phrase, Mischa, lui et moi avons échangé des regards alarmés. Ça n'existait pas d'avoir de la chance. C'était très étrange que la porte n'ait pas été verrouillée, parce que c'était exactement le genre d'endroit dans lequel des vandales traîneraient si on leur en laissait l'occasion.

J'aurais cru que le personnel du cimetière fermerait le columbarium à clé chaque soir.

— Il est quelle heure ? ai-je demandé à Mischa.

— On a encore quinze minutes avant que le taxi arrive, a-t-elle répondu, comprenant exactement pourquoi je demandais.

Je me suis assise et j'ai enlevé mes après-skis, puis mes chaussettes. Les coupures sur mon pied droit me faisaient mal et probablement que le processus de guérison avait été anéanti par cette journée. J'ai doucement touché la zone autour de la coupure la plus profonde. La blessure avait l'air de s'être rouverte, mais je ne saignais pas.

— J'aurais bien échangé mes bottes contre les tiennes, mais t'as des pieds de géant, m'a dit Mischa, qui avait des pieds minuscules de gymnaste.

De fait, je faisais trois tailles de plus qu'elle.

— C'est quoi ce bor… a marmonné Henry, appuyé contre le mur, téléphone à la main.

Il n'a pas fini sa phrase, sans doute pour ne pas dire ce qui lui passait par la tête.

— Quoi ? a demandé Mischa.

— Je viens de trouver un appel depuis mon téléphone vers la compagnie de taxis dans mon historique d'appels, passé il y a environ quarante-cinq minutes. C'est-à-dire quelques minutes après que le taxi nous a déposés. C'est trop chelou. Peut-être que ma poche a composé le numéro parce que c'est le dernier appel que j'avais passé, mais mon téléphone était dans la poche de mon manteau qui est hyper large, pas dans celle de mon jean, donc ça me paraît improbable, et en plus l'opérateur t'a dit que j'avais parlé au chauffeur pour lui dire de ne pas revenir nous chercher, c'est bien ça ? a vérifié Henry en regardant son téléphone, totalement perdu.

— T'inquiète pas trop, Henry, lui ai-je conseillé.

Je ne voulais pas risquer d'invoquer les esprits et leurs jeux.

Violet avait gagné, pour quelques heures en tout cas. J'ai posé ma tête contre le mur froid. Trey s'est accroupi à côté de moi et m'a maladroitement entourée de son bras. J'ai posé la tête contre son épaule et je me suis instantanément endormie.

Quelques minutes plus tard, il m'a réveillée pour me dire :

— Le taxi est arrivé, on va y aller.

J'ai lentement ouvert les yeux sur Mischa qui terminait un appel.

— Il nous attend, nous a-t-elle informés.

J'ai compris que la société de taxis venait de l'appeler pour lui dire que le chauffeur était là. Je me suis levée avec l'aide de Trey. Henry s'est approché de la porte et je me suis préparée au coup de vent glacial qui allait entrer dans le columbarium.

Seulement, il n'y a rien eu, parce que la porte ne s'est pas ouverte.

— C'est quoi ce… a marmonné Henry en poussant la porte plus fort.

Elle n'a pas bougé d'un pouce.

— Elle a gelé ? a demandé Trey.

Henry s'est mis de côté sans dire un mot pour laisser Trey tenter d'ouvrir la porte. Trey a poussé la porte et l'a secouée de toutes ses forces. Sans succès. Il s'est penché pour regarder la serrure.

— C'est verrouillé.

Mischa s'est mise à paniquer :

— Mais c'est pas possible, comment ça peut être verrouillé de l'extérieur ? Personne n'est venu avec des clés ! On l'aurait remarqué, quand même, on était juste là !

— Qu'est-ce qu'on va faire ? ai-je murmuré.

Je n'arrivais pas à penser à autre chose qu'au bruit du moteur du taxi, dehors, à la chaleur de l'habitacle, à la fumée qui sortait du pot d'échappement dans l'après-midi glacial. Je voulais juste monter dans le taxi et rentrer.

Mischa a rappelé la compagnie de taxis pour expliquer notre situation à l'opérateur indifférent.

— Mais si, on est là, a-t-elle insisté. C'est juste qu'on est coincés dans un bâtiment. On sera à la grille dans quelques minutes. On doit juste attendre que quelqu'un vienne avec les clés pour nous libérer. S'il vous plaît, dites au taxi de nous attendre.

Henry a sorti son propre téléphone et a tapé un numéro. Il a attendu impatiemment, portable à l'oreille.

— Oui ! Allô ? Je m'appelle Henry Richmond. Mes amis et moi sommes au cimetière, dans le columbarium au niveau de la grille est. On ignore comment, mais la porte s'est refermée sur nous et on est coincés. Rappelez-moi de toute urgence.

Pendant qu'Henry donnait son numéro de portable, j'ai tiré sur le manteau de Trey.

— Il est quelle heure ? lui ai-je demandé.

— Il n'est que 14 h 45, m'a-t-il répondu.

Peut-être que le gardien a fermé plus tôt, ai-je suggéré tout haut en me rappelant qu'il avait insisté sur le fait qu'on devait terminer notre visite avant 15 heures.

— Et s'il est déjà parti pour la journée ? Et si on doit rester ici toute la nuit ?

— Non, on va pas dormir ici ce soir, m'a rassurée Trey.

— Répondeur, a expliqué Henry après avoir raccroché.

— Les gars, je crois pas que le chauffeur va attendre longtemps, a précisé Mischa. Et moi je vais vraiment péter un câble.

Le téléphone d'Henry a sonné. Il a répondu immédiatement et j'ai poussé un soupir de soulagement. *Quelqu'un est toujours dans les parages avec les clés*, me suis-je dit pour me convaincre. *Quelqu'un va nous sortir de là.*

— Oui, allô ? a répondu Henry. Oui. Près de la grille est. On…

Il a regardé son téléphone et l'a recollé à son oreille. Puis il l'a réexaminé avant de soupirer rageusement.

— Plus de réseau.

Mischa a regardé son portable et a ajouté d'une voix tremblante :

— Moi non plus.

Trey m'a donné un coup de coude.

— McKenna. Ton téléphone. Est-ce que tu as une connexion ?

Je n'arrivais pas à me sortir de la tête le bruit de la branche se fracassant sur la neige. *Pourquoi est-ce qu'on avait été débiles au point d'entrer dans ce cimetière ?*

— Mon téléphone, ai-je répété, engourdie.

J'ai ouvert mon sac pour en sortir mon portable. Pendant une seconde, j'ai été ravie de constater que j'avais quatre barres et quatre-vingts pour cent de batterie. Et comme ça, d'un claquement de doigts, mon écran est devenu noir.

— Y a plus rien, il s'est éteint comme ça !

Je me suis retournée vers Trey, paniquée.

— On est tombés en plein dans leur piège, comme toi quand Olivia est morte. Qu'est-ce qu'on fait, Trey ?

Mischa a levé un sourcil en direction de Trey, mais j'étais trop à l'ouest pour me rappeler qu'elle ne savait rien de la crainte que Trey avait d'avoir, sans le vouloir, joué un rôle dans la mort d'Olivia.

Puis, sans raison, les lumières se sont mises à clignoter avant de s'éteindre.

Un bruit est sorti de Mischa, un mélange entre un gémissement et un cri. Je me suis appuyée contre le mur froid en ajustant mes yeux à la pénombre. Un petit rayon de lumière bleu froid entrait par la fenêtre et frappait la porte en métal, et les lumières de secours du columbarium brillaient d'une lumière orange très étrange. En gros, on était prisonniers.

— Sans doute que les lumières sont sur une minuterie et qu'elles s'éteignent au bout d'un moment une fois que la porte est verrouillée, a dit Henry pour rassurer Mischa.

— Et alors ! a hurlé Mischa, dont la voix résonnait entre les murs de pierre, ricochant d'un angle à l'autre. C'est pas une défaillance du système de sécurité, Henry ! Ce sont les esprits qui nous ont enfermés ! Tu peux être sûr que Violet sait qu'on est ici !

J'ai senti le bras de Trey se poser sur mes épaules, et il m'a rapprochée de lui. Ses lèvres chaudes ont effleuré mon front.

— Ne les écoute pas, m'a-t-il conseillé. Ça va aller.

— Mischa, non mais tu t'entends ? Les esprits, ça n'existe pas. Tu es folle ou quoi ? lui a reproché Henry.

Chapitre 17

Je n'ai pas dit un mot. Je savais au plus profond de moi que le gardien à qui Henry avait laissé un message était déjà reparti, l'esprit tourné vers le programme télé qu'il allumerait dès qu'il arriverait chez lui.

— On va devoir passer la nuit ici avec des corps morts réduits en cendres ? ! Non mais on va mourir de froid, t'es au courant ? McKenna a sans doute déjà perdu des doigts de pied !

Ça y est, Mischa éclatait enfin, et ça ne m'aurait pas étonnée qu'Henry ne l'ait encore jamais vue comme ça, même s'il la connaissait depuis qu'il était tout petit. J'ai fermé les yeux pour tenter de bloquer les voix qui faisaient écho dans ma tête. Mischa ne mourrait pas de froid. Ça ne risquait pas, vu que Violet avait prédit qu'elle mourrait étouffée. *Violet ne se trompe jamais*, me suis-je dit. Je commençais à avoir du mal à raisonner, j'étais ralentie et mes pensées s'engourdissaient. Pour nous autres, en revanche, mourir de froid était bien possible. Pour Trey, Henry et moi, rien n'était impossible.

Malgré le danger, je m'inquiétais surtout pour ma mère. Il était presque 15 heures et on n'était pas exactement sur le point de monter dans le train qui nous rapprocherait de chez nous. Je ne serais jamais rentrée pour 18 heures, l'heure prévue pour le dîner, et il y avait peu de chances que j'y sois pour 19 heures. Peu importait ce qui allait nous arriver cet après-midi, ma mère ne comprendrait absolument jamais pourquoi j'avais raté un dîner si important pour elle.

— Bon, on va essayer de garder notre calme, a dit Trey à Henry et Mischa. Je ne sais pas comment on en est arrivés là, mais il y a forcément un moyen d'utiliser ce système de sécurité à notre avantage. Est-ce qu'il y aurait un détecteur de mouvements quelque part ?

Henry a fait de grands mouvements de bras, mais ça n'a rien changé à l'éclairage de la pièce. De là où j'étais assise, la seule chose que je distinguais clairement à travers la pénombre, c'était le blanc de ses yeux. Aucune alarme ne s'est déclenchée.

— Pas de détecteur de mouvements, en a déduit Henry.

Trey s'est éloigné de moi pour faire le tour de la pièce jusqu'au petit vitrail situé de l'autre côté.

— Trey, t'es pas sérieux ? Cette fenêtre est bien trop petite pour qu'on sorte par là ! a gémi Mischa.

— Merci, j'avais remarqué, a répondu Trey, qui faisait de son mieux pour supporter la crise d'hystérie de Mischa. Je n'ai pas l'intention de passer au travers, je voudrais juste la casser pour voir si ça déclenche une alarme.

Il a regardé autour de la pièce froide et vide, et son regard s'est posé sur le seul objet qui pourrait être utilisé pour casser une fenêtre, à savoir un grand crucifix en métal suspendu au mur.

— Henry, file-moi un coup de main, a-t-il lancé à Henry, tout en pressant sa tête contre le mur pour voir comment le crucifix était fixé au mur. Il est suspendu comme un tableau, avec trois vis sur une fixation. On devrait pouvoir le soulever pour le dégager du mur.

— Pas question, a rétorqué Mischa en secouant la tête. Vous allez pas casser une vitre avec un crucifix, quand même ! C'est un sacrilège !

Trey et Henry l'ont superbement ignorée et se sont mis à soulever l'objet du mur. Ils ont réussi à le dégager en titubant sous son poids. La croix devait être terriblement lourde.

— Bon, maintenant on va vers la fenêtre, a ordonné Trey.

Les deux garçons ont boitillé jusqu'à la fenêtre, genoux pliés, la croix entre eux deux.

— Attendez ! a hurlé Mischa.

— Mischa, il va falloir que tu te calmes, a lancé Henry.

— On fait quoi si vous cassez la fenêtre et qu'il n'y a pas d'alarme ? L'air glacial va rentrer toute la nuit et ce sera pire encore, a-t-elle répondu de manière totalement logique.

Henry et Trey ont posé la croix. Elle a fait un bruit métallique au contact du sol. Trey s'est gratté les cheveux sous son bonnet.

— Je n'ai officiellement plus d'idées, a-t-il annoncé.

Lui et Henry ont recommencé à regarder le verrou de la porte et ont discuté du fait que ce n'était certainement pas le genre de verrou électronique à se fermer automatiquement à distance depuis un bureau de sécurité.

— Vous savez quoi ? a dit Mischa soudain. J'aimerais savoir comment ça se fait que Trey ressemble autant à Violet, et pourquoi elle nous a dit que ses petites copines d'esprits n'avaient pas d'histoire pour lui.

Trey a souri en secouant la tête avant de regarder ses pieds :

— Tu racontes n'importe quoi.

— Ah bon ? l'a-t-elle contredit de sa voix la plus agaçante. Parce que moi, je crois que c'était ton idée à toi de venir dans ce colum-je-sais-pas-quoi, et c'était aussi ton idée à toi de ramener Olivia chez elle le soir où sa voiture ne démarrait plus.

En entendant le nom d'Olivia, Henry s'est énervé.

— Oh, attention, là. Tu dépasses les bornes.

— McKenna sait de quoi je parle. Elle est amoureuse de Trey, du coup elle ne veut pas admettre la vérité. Mais elle sait qu'il est impliqué plus qu'il ne le dit, a répondu Mischa d'un ton accusateur.

J'ai senti mes lèvres se durcir en une ligne ferme. Il était temps de remettre Mischa à sa place. On était coincés depuis une heure dans le columbarium, et je commençais à me dire qu'on risquait très probablement d'y rester jusqu'à ce qu'un membre du personnel se décide à vérifier le bâtiment. Ce qui pouvait aussi bien vouloir dire le lendemain matin qu'au printemps. On n'avait pas eu la présence d'esprit d'apporter de la nourriture ou de l'eau, parce qu'on avait cru qu'on ferait juste une rapide chasse à la tombe suivie d'une petite balade à travers la ville jusqu'à la gare. Même si j'étais atrocement malade, ça ne servait à rien de nier la vérité : notre situation était catastrophique.

— Dis-lui, Trey, ai-je insisté de ma voix rauque.

Trey a haussé les épaules, réticent à révéler à Mischa la vérité sur sa famille.

— Me dire quoi ? a exigé Mischa.

Même dans le faible éclairage du columbarium, j'ai vu Henry cligner des yeux avant de se retourner vers moi, puis Trey, puis enfin Mischa, désorienté.

— Trey, vas-y, dis-nous. C'est de ma sœur qu'on parle. Ma sœur est morte et personne ne veut me donner de réponses. Tu sais ce que mes parents ont fait pour Noël cette année ? Ils ont emballé tous les cadeaux qu'ils avaient déjà achetés pour Olivia pendant l'été et ils les ont mis sous le sapin, comme si elle était toujours vivante. Comme si elle allait se réveiller le matin de Noël, qu'elle allait descendre les escaliers à toute vitesse en pyjama pour déchirer le papier cadeau et les ouvrir. Et puis, le matin venu, ma mère s'est assise sur le sofa et a regardé la pile de cadeaux en pleurant. Peu importent les jours qui passent, peu importe combien de fois ils vont au cimetière, chaque matin ils se réveillent en espérant qu'elle va revenir.

— Henry, a lancé Mischa en essuyant une larme, quelle horreur !

— Olivia ne sera jamais reine du gala de fin de lycée. Ma mère ne l'accompagnera jamais à la journée d'orientation à l'université. Mon père ne la mènera jamais à l'autel le jour de son mariage. J'étais censé aller au Northwestern College à l'université cette année et y faire du tennis. J'aurais dû glander avec les mecs de ma fraternité et réfléchir aux matières que j'allais choisir pour la suite de mon cursus. Au lieu de ça, je passe mes journées chez mes parents, à m'assurer que ma mère se couche le soir et qu'elle ne reste pas devant la télé comme un zombie jusqu'à l'aube. Cette fille, Violet, nous a tout pris. Pas juste la vie d'Olivia, les nôtres aussi. Elle a gâché nos vies à nous. Alors si tu sais quelque chose sur ce qu'elle a fait, Trey, même si c'est rien du tout, il faut que tu le dises.

À un moment, pendant qu'il parlait, des larmes s'étaient mises à couler sur ses joues, et il n'avait pas tenté de les essuyer. Peut-être qu'il se disait qu'il faisait trop sombre dans l'espace peu éclairé pour qu'on le remarque, mais la lumière se reflétait sur les marques que ses larmes laissaient en tombant. C'était très perturbant de voir Henry Richmond se décomposer. Il avait toujours été la star de sa promo au lycée. Le roi du gala d'automne, le roi du gala de fin de lycée. Toutes les filles voulaient sortir avec lui, et tous les garçons le voulaient comme ami. Les garçons comme Henry Richmond ne se retrouvaient pas coincés dans des lieux sombres et froids. Ils ne pleuraient pas.

— Ça changera rien à votre réaction sur ce qui s'est passé, a râlé Trey. Violet et moi avons le même père. Son père a trompé sa mère avec la mienne quand elle était étudiante à l'université et… fin de l'histoire.

Les yeux de Mischa ressemblaient à des soucoupes. Elle était estomaquée.

— J'en étais sûre. Je savais qu'il se passait un truc entre vous.

— Il se passe rien, Mischa, je te jure ! Je savais même pas que j'avais une demi-sœur, ni même qui était mon vrai père, avant l'été dernier. Je crois que le père de Violet a contacté ma mère quand ils s'apprêtaient à emménager pour la prévenir que je devais rester cool, s'est moqué Trey, comme si l'idée même qu'on lui demande de rester cool était absurde. C'est tout.

— Et donc, c'est juste une coïncidence si tu t'es retrouvé à une heure de Willow dans le même centre commercial qu'Olivia la nuit de sa mort ? lui a lancé Mischa sur un ton accusateur.

— J'ai fait un rêve, a commencé Trey en faisant attention à la formulation de sa réponse. Parfois, je fais des rêves, et certains se réalisent en partie.

Mischa était face à Trey, les jambes étendues. Elle les a pliées et a entouré ses genoux de ses bras.

— Non mais j'arrive même pas à croire ce que tu me racontes, Trey. Ni toi, McKenna. Ça fait longtemps que vous me cachez ce secret ? a-t-elle demandé.

— Les rêves n'ont rien à voir avec les visions de Violet, a insisté Trey. Mes rêves n'ont aucun sens. Seulement, parfois, ils sont un peu plus réalistes que d'autres et, juste avant la mort d'Olivia, j'ai rêvé qu'elle allait au centre commercial et qu'elle se faisait attaquer par un étranger. Je n'ai pas vraiment réfléchi à ce qui allait se passer, je l'ai suivie au centre commercial ce jour-là par curiosité. C'est tout. Honnêtement, Mischa. Je croyais que je lui rendais service en lui proposant de la ramener chez elle.

— Et ces rêves, a demandé Henry, qui se mettait à jour sur toutes les théories qu'on élaborait depuis des semaines déjà, tu crois qu'ils te viennent des mêmes esprits que ceux qui montrent à Violet comment les gens vont mourir ?

Trey a haussé les épaules. Il venait de parler plus en présence d'Henry et de Mischa que jamais auparavant devant des gens qu'il ne connaissait pas ou qu'il n'appréciait pas vraiment. Même si ça m'agaçait qu'il se renferme devant les gens en qui il n'avait pas confiance, je comprenais pourquoi Trey se comportait comme ça. On l'avait traité de tordu et de taré au lycée, depuis les secondes jusqu'au proviseur lui-même. À un moment ou à un autre, il avait dû décider que tenter d'entrer en contact avec d'autres de son âge n'était qu'une perte de temps.

— Oui, a fini par admettre Trey. Je crois qu'ils viennent probablement de la même source.

Juste à ce moment-là, Mischa a sursauté et a agrippé son sac.

— Mon téléphone ! s'est-elle exclamée.

Il vibrait pour lui signaler l'arrivée d'un texto. Elle a tapé son code à toute vitesse pour le lire.

— Génial. Ma mère veut savoir pourquoi on est allés à l'hôpital d'Ortonville. La mère de Tracy l'a appelée pour se plaindre.

— Tu peux passer des appels ? a demandé Henry.

Mischa a tapé sur l'écran, l'air déconfit.

— Plus de réseau.

C'est alors que je me suis rendu compte à ma grande horreur que j'allais devoir aller aux toilettes, et vite.

— Euuuh, les amis… Vous allez me tuer mais j'ai besoin d'aller au petit coin, ai-je lancé.

— M'en parle pas, ça fait genre une heure que je me retiens, s'est plainte Mischa. Je te jure, on devrait me remettre l'oscar du meilleur contrôle de vessie.

— C'est de la folie, a annoncé Henry d'une voix ferme. Il va bientôt faire nuit. On doit sortir d'ici.

Il s'est penché pour vérifier le panneau métallique sur lequel se trouvait le verrou une fois de plus, en se grattant le menton. Le panneau n'était rien de plus qu'une feuille de métal maintenue par deux vis. La porte avait l'air ancienne, et la petite fenêtre en verre cathédrale était recouverte d'une grosse couche de poussière.

— Est-ce que quelqu'un aurait une pièce de monnaie ? a-t-il soudain demandé.

Mischa a plongé la main dans les profondeurs de son immense sac à main et lui en a tendu une. Avec la pièce entre le pouce et l'index, Henry a positionné la pièce dans la fente de la vis du haut.

— Oh la vache, a-t-il lancé en tentant de faire tourner la vis, on dirait que c'est coincé !

Henry a fermé les yeux et a serré les dents en grognant.

Puis, enfin, ses yeux se sont rouverts :

— Ça a bougé. À peine, mais ça a bougé.

Pendant les dix minutes qui ont suivi, Henry a bataillé avec la vis jusqu'à ce qu'elle se soit suffisamment desserrée pour qu'il finisse de la sortir avec les doigts. Il lui a fallu un moment pour faire de même avec la vis du bas, s'aidant d'une multitude de jurons pour s'encourager. Mischa m'a appelée du côté du trou d'évacuation au sol pour que je la cache tandis qu'elle défaisait son pantalon pour se vider la vessie. J'y suis allée après elle, furieuse que notre emprisonnement dans le columbarium nous force à être aussi dégueu.

Une fois la seconde vis enlevée, Henry a pu défaire le panneau métallique avec ses ongles. Il l'a lancé au sol sans plus de manières, heureux d'avoir réussi à dévisser des vis toutes rouillées avec une minuscule pièce de monnaie. Henry a ensuite pu inspecter l'intérieur du verrou pour voir comment le casser de l'intérieur et nous libérer.

— Et merde ! a-t-il lancé. Je vois pas du tout comment on peut ouvrir ce truc de l'intérieur.

Trey s'est penché, dans l'espoir d'aider. Après tout, c'était le seul à avoir pris des cours de physique avancée, ce qui faisait de lui ce qui se rapprochait le plus d'un ingénieur.

— Tu vois ce machin cylindrique ? C'est par là que la clé rentre, de l'autre côté. Donc soit on casse ce truc, soit on dévisse le verrou tout entier, ce qui, à mon avis, n'est pas possible, parce que mes doigts sont trop gros et que je n'ai pas de tournevis.

Trey a quand même tenté de glisser ses doigts dans le trou de la porte que le panneau métallique recouvrait auparavant.

— Ça m'a l'air rouillé, nous a-t-il informés. On arriverait peut-être à casser le verrou si on parvenait à placer un objet dans le trou et à le frapper suffisamment fort.

En entendant sa théorie, Mischa et moi avons fouillé dans nos sacs pour trouver quelque chose de suffisamment petit pour tenir dans le trou de la porte tout en étant suffisamment solide pour résister si on tapait dessus assez fort pour casser le métal du verrou. On a décidé qu'un stylo-bille ne tiendrait pas le coup, et que ce n'était pas assez épais. Le manche de la brosse de Mischa était de la bonne largeur, mais du coup il risquait de se coincer dans le trou et d'empirer la situation si on n'arrivait pas à casser le verrou.

Puis… mes doigts ont touché un tube de mascara au fond de mon sac, et je l'en ai sorti pour que tous puissent le voir, comme si c'était un diamant.

— Ah, ça pourrait le faire, a dit Henry en mettant le tube dans le rayon de lumière qui provenait du vitrail sale pour essayer de mieux le voir.

Trey a proposé qu'on utilise le talon de sa chaussure de randonnée comme marteau et Henry a courageusement maintenu le tube de mascara contre la pièce cylindrique du verrou tandis que Trey y donnait deux grands coups. À chaque choc, on a entendu un bruit métallique suggérant que Trey avait raison : la porte était probablement rouillée. Mais ça restait quand même du métal. On pouvait très bien se faire des films à l'idée de pouvoir casser le verrou.

Trey m'a regardée et j'ai haussé les épaules, sans espoir. Au moins, on avait essayé. Quand il a vu mon visage se décomposer, il a donné un dernier coup plein d'énergie au tube de mascara, en grognant au moment où son talon frappait le tube.

Le bruit du contact a fait écho dans la pièce, se réverbérant sur les murs de pierre froide. Le bruit était si fort et si soudain qu'il nous a fallu à tous une seconde pour remarquer que le tube de mascara ainsi que le cœur cylindrique du verrou avaient volé à l'extérieur. De là où j'étais, je voyais l'endroit où mon mascara avait atterri à travers le trou circulaire dans la porte. Enfin, un espoir de cinq centimètres de circonférence.

Et puis, à notre immense surprise, l'épaisse porte du columbarium s'est lentement ouverte toute seule, avec un grincement métallique bruyant. On avait réussi.

Chapitre 18

On voulait détaler avant de se trouver à nouveau coincés dans le columbarium, donc Mischa et moi avons attrapé nos sacs et on est tous sortis en laissant la porte métallique grande ouverte derrière nous. Je ne voulais même pas essayer de retrouver mon mascara dans la neige. Dans la lumière éblouissante du jour, j'ai remarqué que le pouce et l'index d'Henry étaient recouverts de sang séché. Il s'était râpé la peau en dévissant les vis avec la pièce de monnaie, mais il n'avait pas dit combien ça lui avait fait mal.

On s'est dépêchés, d'autant qu'on se rendait compte qu'il faisait plus froid que lorsqu'on était entrés dans le columbarium. On a suivi les traces qu'on avait laissées dans la neige jusqu'à la grille est, mais on s'est arrêtés net lorsqu'on a vu que la grille était fermée. Non seulement elle était fermée, mais une chaîne avait été installée pour la sécuriser, maintenue par un cadenas immense. La rue de l'autre côté de la grille était déserte. Il y avait peu de chances que quiconque passe en voiture et nous remarque.

— C'est pas possible, je rêve, a marmonné Henry.

La grille faisait plus de trois mètres de haut et se terminait par des piques. Impossible de l'escalader pour passer de l'autre côté.

— Est-ce que cette grille fait tout le tour du cimetière ? ai-je demandé, parce que j'avais vu plein de cimetières qui n'étaient pas entourés de clôtures. Peut-être que, si on marche un peu, on verra que la grille s'arrête à un moment.

Mischa a reculé de quelques pas en secouant la tête.

— De ce que je vois, la grille ne s'arrête pas. Et puis souviens-toi quand on a pris le taxi de l'entrée principale jusqu'ici. Ce cimetière est immense.

— J'ai du réseau ! a lancé Henry en brandissant son téléphone.

Cette fois-ci, il a directement appelé la police locale pour ne pas prendre le risque de rester coincé ici plus longtemps, et il a expliqué qu'on avait été enfermés dans le cimetière. Je me suis appuyée d'une main contre la grille avant de poser ma tête dessus. C'est dans des moments comme celui-ci, lorsque j'étais particulièrement épuisée et mal, que je repensais systématiquement à la cave aménagée des Richmond le soir de la fête d'anniversaire d'Olivia. Pourquoi est-ce qu'on avait joué à ce jeu débile ? Pourquoi ? De tous les trucs idiots qu'on aurait pu choisir de faire… Même si on avait décidé de piller la vitrine à alcools forts et qu'on s'était saoulées, ou même si on avait pris la Mercedes de M. Richmond pour aller faire un tour et qu'on avait décoré le jardin de quelqu'un avec du papier toilette et qu'on s'était fait prendre par la police de Willow, n'importe quel autre type de bêtise aurait pu se résoudre plus facilement que celle-ci.

Trey m'a enveloppée de ses bras et a posé sa tête contre la mienne. Il m'a dit de ne pas m'inquiéter, qu'on venait nous secourir, mais je ne l'ai pas cru. Ça ne m'aurait pas surprise de passer toute la nuit contre la grille. Ce qui en revanche m'a étonnée, ça a été d'entendre le crissement de pneus sur la neige compacte. J'ai levé les yeux sur une voiture de police qui arrivait. Le policier a rapproché sa radio portative de sa bouche en freinant.

— C'est vous les jeunes qui avez appelé ? a demandé l'homme rondouillard en uniforme lorsqu'il est sorti de sa voiture.

Son partenaire est resté assis, sirotant son café fumant. Henry et Mischa se sont regardés, puis Mischa a levé les yeux au ciel, l'air de dire : *Ah, parce que d'autres jeunes vous ont appelés en disant qu'ils étaient enfermés dans un cimetière, peut-être ?*

— Oui, c'est nous, a répondu Henry du ton le plus enthousiaste possible. Merci de vous être déplacés si vite. Ça fait un moment qu'on est là et notre amie est vraiment malade.

Henry était tout près de moi et j'ai ressenti une immense gratitude envers lui. Même s'il n'avait que deux ans de plus que nous, Henry avait l'air plus adulte. Il pourrait donner aux policiers une explication plausible à toutes leurs questions, si nécessaire. Il pourrait les rassurer sur le fait que son père couvrirait le coût des dommages qu'on avait causés au columbarium s'ils remarquaient la porte cassée, au loin. Dès que je me suis mise à avoir ces pensées positives envers Henry, j'ai senti les bras de Trey autour de moi, et je me suis rappelé qu'il tenait à moi plus que n'importe qui. C'était Trey qui s'était impliqué dans toute cette histoire juste parce que j'avais dit que j'avais besoin d'aide. Ce n'était pas juste de ma part de penser de telles choses d'Henry, Trey aurait de la peine s'il savait ce qui me passait par la tête.

Le policier a examiné le cadenas sur la grille et nous a dit qu'il allait retourner à la voiture pour appeler un serrurier.

— S'il vous plaît ! a supplié Mischa en se jetant contre la grille, la tête entre deux barreaux. S'il vous plaît, ne partez pas, ne nous laissez pas seuls ici !

— Ne vous inquiétez pas, ma p'tite dame, l'a rassurée le policier. On va vous sortir d'ici sains et saufs, mais je n'ai rien dans ma voiture qui puisse couper cette chaîne. Et, même si c'était le cas, il faudrait ensuite que je trouve un moyen de reverrouiller les grilles après vous avoir libérés. Attendez un instant.

Alors, on a attendu. Il était presque 16 heures et le ciel hivernal nuageux commençait à s'assombrir.

Le policier n'avait pas particulièrement envie de piétiner dans le froid comme nous, il s'est donc excusé et est retourné s'asseoir dans la chaleur agréable de sa voiture en attendant que quelqu'un arrive avec une solution pour ouvrir le cadenas. Enfin, une Ford Focus bleue est arrivée derrière la voiture de police, et un monsieur d'une cinquantaine d'années affublé d'un épais manteau d'hiver en est sorti. Le policier l'a salué, et les deux hommes se sont rapprochés de nous.

— Je crois que vous allez être contents de rencontrer Fred, a commencé le policier. Il fait partie du personnel du cimetière et il a les clés de la grille.

Fred nous a à peine regardés et a sélectionné une des multiples clés de son trousseau. En quelques secondes, le cadenas était déverrouillé, la chaîne dégagée des barreaux, et Trey me poussait doucement vers la rue.

— Qu'est-ce qui vous a pris de venir ici un jour pareil ? a demandé Fred, qui replaçait la chaîne pour refermer la grille.

— On se recueillait sur la tombe d'une amie, a répondu Mischa rapidement. Rebecca Shermer.

— Eh bien, sachez qu'il fait moins vingt-cinq ici, et moins encore si on compte le facteur vent. Je vous suggère de ramener votre amie chez elle le plus vite possible, a-t-il ajouté en me regardant droit dans les yeux.

Les policiers ont proposé de nous déposer à la gare, et n'ont accepté de ne pas appeler nos parents que lorsque Henry leur a montré son permis de conduire et qu'il leur a prouvé qu'il avait dix-huit ans. Mischa a pris nos billets au guichet, et Trey et moi sommes passés dans un magasin pour que j'achète des chaussettes, comme prévu. Je me fichais pas mal de ce que les gens pensaient de moi à ce stade, alors je me suis assise par terre dans le magasin, juste à côté des portes automatiques, pour enlever mes chaussettes trempées et gelées. Sans hésiter une seule seconde, j'ai enfilé les trois paires de chaussettes du paquet et j'ai à nouveau fourré mes pieds emmitouflés dans mes après-skis humides.

J'ai dormi pendant tout le trajet, désorientée lorsque Trey m'a réveillée pour me dire qu'on arrivait à Kenosha. J'avais l'impression qu'il était beaucoup plus tard que 19 heures, et tout mon corps me faisait mal, comme si j'avais couru un marathon. Ma nuque était raide, et j'avais beau pencher la tête dans tous les sens, rien ne soulageait la douleur. Évidemment, tous nos téléphones fonctionnaient à nouveau. La mère de Mischa lui avait envoyé plusieurs messages, dont un vocal, exigeant de savoir pourquoi on avait harcelé Tracy Hartford. Ma mère m'avait juste laissé un message vocal demandant où j'étais. Je l'ai rappelée, m'imaginant déjà que je me ferais disputer en rentrant. J'ai expliqué qu'on avait eu un accident plus tôt dans la journée et que je n'avais pas de réseau sur mon téléphone.

Au lieu de me crier dessus, elle a juste répondu :

— Tu as l'air malade, ta voix est tout enrouée. Tu es où ? Tu veux que je vienne te chercher ?

On est sortis du train chauffé dans l'air glacial de la nuit. Mais c'était un soulagement de voir qu'au moins le bus qui nous ramènerait jusque chez nous était déjà dans le parking. D'autres voyageurs faisaient déjà la queue pour monter, ticket à la main. J'ai suivi mes amis dans la file, impatiente de m'asseoir dans le bus légèrement éclairé pour me rendormir.

— Je suis à Kenosha, maman. Ne t'inquiète pas. On s'apprête à monter dans le bus, et M. Richmond vient nous chercher dès qu'on arrive à Ortonville. Je devrais être de retour vers 21 heures. Et, maman ? Je suis vraiment désolée d'avoir raté le dîner avec Glenn. Je voulais vraiment y être.

Quand le bus est arrivé dans la petite station d'Ortonville presque deux heures plus tard, M. Richmond nous attendait dans le 4 x 4 de sa femme, une Porsche couleur gris perle.

— Je ne sais pas ce que vous avez fabriqué à Lake Forest, a commencé M. Richmond, mais, si ça avait un rapport avec cette jeune fille au lycée, je ne veux rien savoir. Et par pitié, s'il te plaît, pour ta mère, Henry, laisse tomber.

— T'inquiète pas, papa, l'a rassuré Henry. On ne cherchait pas les problèmes, promis.

— Toujours est-il que Janice Hartford a appelé ta mère pour dire que vous avez tous débarqué à l'hôpital à l'aube, que vous avez fait un boucan pas possible et que vous vous êtes enfermés dans la chambre de Tracy. Alors je ne sais pas ce que vous espériez accomplir en allant embêter une fille gravement malade, mais sachez que, cet après-midi, Tracy est tombée dans le coma et que sa mère est extrêmement fâchée après vous, a ajouté M. Richmond.

J'ai fermé les yeux. Mes paupières étaient si lourdes que je n'arrivais plus à les ouvrir. Je me suis penchée en arrière et j'ai posé ma tête contre l'appui-tête en cuir. J'entendais la respiration de Mischa s'accélérer de l'autre côté de Trey. Personne n'osait dire un mot. Je ne supportais plus d'écouter ça. Je me suis concentrée sur les questions posées à la radio par un journaliste qui me berçait de sa voix monotone, et j'ai souhaité que la pénombre à l'arrière du 4 x 4 m'avale complètement. La branche qui s'était abattue dans le cimetière et le fiasco du columbarium avaient été des avertissements sévères. Les esprits voulaient qu'on cesse de les empêcher d'accomplir ce que Violet avait commencé, et ils n'avaient pas l'air de plaisanter.

Chapitre 19

J'ai repris conscience petit à petit, par vagues. Il faisait jour et j'étais entourée de lumière. Les formes des meubles dans ma chambre m'étaient familières, mais j'étais incapable de les identifier. Lorsque j'ai été suffisamment réveillée pour me rendre compte que j'étais forcément quelque part, j'ai d'abord eu l'impression d'être dans mon ancienne chambre, celle que je partageais avec Jennie dans la maison au coin de la rue. Le présent m'est revenu d'un coup et m'a frappée au visage : j'étais malade. Très malade. Je me suis souvenue de m'être couchée après que Trey m'a ramenée devant chez moi. Il a dit à ma mère, penaud : « Elle a de la fièvre. »

Trey.

Je me suis assise, avec le tiraillement désagréable de ma nuque raide que j'avais depuis le trajet en train, lorsque j'avais dormi sur l'épaule de Trey. Combien de temps s'était écoulé depuis ce moment-là ? Un jour ? Deux ? Trey allait devoir retourner au pensionnat, ou alors il était déjà reparti, selon le temps que j'avais passé inconsciente. La panique a transpercé le flou dans ma tête. Je ne me le pardonnerais jamais si j'avais raté son départ.

— La Belle au bois dormant s'est réveillée ? a lancé ma mère en valsant dans ma chambre, une tasse de thé fumante à la main. Houlà, tu as la gorge toute gonflée. Je peux voir tes amygdales d'ici.

— Ça fait combien de temps que je dors ? ai-je osé demander en prenant la tasse.

Ma gorge me faisait si mal que j'avais peur de la température de mon thé, et j'ai grimacé en avalant.

— Oh, je dirais quinze heures à peu près, a estimé ma mère en s'asseyant au bord de mon lit.

J'étais en pyjama or je n'avais aucun souvenir de m'être changée la veille au soir. Je me rappelais vaguement avoir rencontré Glenn, qui avait des cheveux blonds bouffants et qui portait un pull en cachemire avec des pièces en daim, mais ça aurait aussi bien pu être un rêve.

— Tu as rendu l'âme à la seconde où tu es entrée. Trey m'a dit que tu avais été malade toute la journée. Je t'avais dit que tu n'avais pas l'air dans ton assiette quand tu es partie hier matin.

— Maman, l'ai-je interrompue, est-ce que tu as des nouvelles de Tracy Hartford ?

— Non, a-t-elle répondu, confuse. Pourquoi veux-tu que j'aie de ses nouvelles ?

Ma mère passait la plupart de son temps entourée de jeunes de vingt ans sur le campus universitaire de Sheboygan, où elle enseignait. Je ne pouvais pas m'attendre à ce qu'elle sache ce qui se passait avec les élèves de mon lycée, surtout depuis que je n'y allais plus.

— Elle est dans le coma, ai-je réussi à expliquer.

Je me souvenais de ce que M. Richmond nous avait dit la veille dans le 4 x 4. J'ai senti un frisson me traverser en prononçant cette phrase. Si Tracy était dans le coma et que les prédictions de Violet tombaient de façon chronologique, Mischa courait un grave danger.

— Après qu'on l'a quittée, son état a empiré.

— Quelle horreur ! a rétorqué ma mère. Je suis désolée de l'apprendre.

Puis son expression a changé et elle m'a pincé le menton, comme elle avait l'habitude de faire quand j'étais petite :

— Mais Tracy Hartford est jeune et forte, chérie. Je suis sûre qu'elle va s'en sortir.

Une pensée affreuse m'est venue : si Tracy avait une méningite, peut-être que je l'avais attrapée, moi aussi. La rumeur disait que c'était très contagieux, or le moins qu'on puisse dire, c'est que j'étais exposée à des germes tous les jours à Dearborn.

— Maman, tu crois que je pourrais avoir attrapé une méningite ? ai-je demandé, un peu flippée.

Ma mère a inspiré profondément avant de me répondre :

— Eh bien, j'y ai pensé. Le fait que tu aies la nuque raide m'a un peu inquiétée. Je me suis dit que ce serait une bonne idée d'aller aux urgences aujourd'hui pour vérifier tout ça, juste au cas où.

Une heure plus tard, j'avais réussi à enfiler un pull et je suivais ma mère dans le garage pour aller à l'hôpital. La voiture est sortie en dérapant dans tous les sens à cause de la neige mal déblayée sur notre allée. J'ai protégé mes yeux de la lumière éblouissante. Avant de prendre la route, j'ai regardé la maison des Emory. Il n'y avait pas de voiture devant, ce qui ne voulait rien dire puisque les voitures auraient pu se trouver dans le garage. Il était donc possible que Trey n'ait pas encore été ramené au pensionnat.

— Maman, tu veux bien que je dise au revoir à Trey avant qu'on y aille ? ai-je demandé au moment où ma mère faisait marche arrière. Il sera peut-être déjà parti le temps qu'on revienne.

— McKenna, ce n'est pas une bonne idée. Si tu as effectivement attrapé une méningite, alors tu es probablement très contagieuse, m'a rappelé ma mère en prenant la route.

— Mais de toute façon j'ai déjà passé toute la journée d'hier avec lui, ai-je tenté de raisonner.

— Tu veux vraiment prendre le risque d'exposer Eddie ? a-t-elle demandé.

Elle avait raison. Le petit frère de Trey était une peste, mais il était asthmatique et avait des périodes de bronchite terribles depuis qu'il était bébé. Mon cœur s'est serré et ma lèvre s'est mise à trembler. On avait pourtant eu toutes les vacances pour profiter l'un de l'autre et on avait gâché l'occasion. On n'était pas plus avancés pour trouver un moyen de sauver Mischa, et maintenant il ne nous restait plus de temps. Je serais de retour à Dearborn dans cinq jours, et je n'étais pas naïve au point d'imaginer que je me sentirais miraculeusement mieux en quelques jours.

***

— Eh bien, ce n'est pas une méningite, nous a annoncé Mme Navreen une heure après le début de la consultation, en plaçant la radio de mes poumons sur la tablette lumineuse. On voit bien une congestion nasale, ce qui correspond à un gros rhume, peut-être même la grippe, mais ce n'est pas le genre d'inflammation ou de gonflement qu'on verrait chez quelqu'un qui souffre de méningite. Bien sûr, il faut attendre demain pour avoir les résultats de ta prise de sang afin d'en être sûr mais, pour l'instant, je vais te prescrire des antibiotiques.

— McKenna doit reprendre les cours dans quelques jours. Vous pensez qu'elle sera suffisamment rétablie pour le voyage ? a demandé ma mère.

La docteur a levé les sourcils pour y réfléchir.

— En général, on compte cinq jours pour que ce genre de symptômes de grippe disparaissent. S'il est possible de retarder son retour à l'école, c'est ce que je recommanderais.

Lorsqu'on s'est retrouvées sur le parking, j'étais un peu plus en forme et j'ai regardé autour de moi, méfiante, tandis que ma mère parlait, principalement dans sa barbe, du fait qu'elle allait devoir appeler le lycée Dearborn pour filles ainsi que le juge pour essayer de plaider en ma faveur. Il était déjà tard dans l'après-midi et le soleil déclinait. Les nuages s'entassaient dans le ciel, menaçant de déverser plus de neige encore.

Sur le chemin du retour, on est passées devant la pancarte verte de bienvenue de notre petite ville, qui indiquait le nombre d'habitants. C'était glauque de penser qu'il y avait deux habitants de moins depuis octobre, puisque Olivia et Candace étaient mortes.

Une fois à la maison, ma mère m'a laissée empiler des couvertures sur le sofa pour que je me repose en regardant la télé. J'avais deux textos angoissés de Mischa, qui demandait si on pouvait se voir et parler des façons de coincer Violet afin de la forcer à rejouer au jeu, comme nous l'avait conseillé le fantôme de Jennie la veille de Noël. Je n'étais pas sûre qu'on en sache assez pour pouvoir efficacement forcer Violet à rejouer, j'ai donc répondu à Mischa que je ne pouvais pas sortir avant au moins le lendemain. J'ai passé le reste de la journée à moitié endormie devant les jeux télévisés, le journal de 20 heures, et les programmes de première et seconde parties de soirée, avant que ma mère me conseille de continuer à somnoler dans ma chambre.

J'ai rejoint mon lit à contrecœur. Violet avait bel et bien réussi à décourager nos différentes tentatives de l'arrêter, puisque je considérais qu'elle était responsable de ma grippe. Même dans mon état, je savais que Violet n'avait sans doute pas le pouvoir de me rendre malade. Le plus probable était que je l'avais attrapée à cause de l'humidité de la chambre que je partageais avec Alecia à Dearborn, des nuits passées à fixer le plafond taché à réfléchir à mon avenir, ou des douches communes du lycée.

Plusieurs heures plus tard, je me suis réveillée soudainement. Ma chambre était gelée, et je me suis tout de suite rendu compte à la fois que je n'avais plus de fièvre et, vu la température ambiante, que je n'étais pas seule. J'ai dressé l'oreille. J'avais trop peur de bouger tant que je ne savais pas quel genre d'activité surnaturelle venait de me réveiller. Dans mon sac qui était de l'autre côté de la pièce, j'ai entendu mon portable vibrer : je recevais un texto. Mon réveil indiquait qu'il était 3 h 31. *Qui peut bien m'écrire à cette heure-ci ?* me suis-je demandé. J'étais complètement crispée à l'idée de sortir de mon lit dans le noir, il m'a donc fallu plusieurs minutes de préparation mentale avant de réussir à marcher jusqu'à mon bureau, à l'endroit où j'avais laissé mon sac.

Mon téléphone avait déjà été activé et mon code avait déjà été tapé, ce qui n'a pas contribué à me rassurer. Un message sur l'écran demandait si je voulais que mon portable me donne des détails sur mon lieu actuel. Sans bouger les yeux, j'ai inspecté ce que je pouvais voir de la pièce en m'interrogeant pour savoir quelle réponse l'esprit qui venait d'activer mon téléphone voulait que je fasse. J'avais du mal à décider si j'étais debout ou dans un rêve très réaliste.

— Jennie ? ai-je fini par murmurer.

La pièce était silencieuse, et pourtant je savais que je n'étais pas seule. J'ai cliqué sur mon écran, par curiosité, et j'ai attendu de voir une page se télécharger. Mon appli de localisation venait de s'ouvrir. Une carte est apparue, lentement, depuis le bas de l'écran jusqu'en haut, avec ce qui ressemblait à un terrain et une partie en bleu qui indiquait de l'eau en haut de la carte. J'ai immédiatement compris de quoi il s'agissait, et je n'ai absolument pas été surprise lorsqu'un point rouge est apparu sur le mont Farthington. C'était une carte de la péninsule inférieure du Michigan, et l'adresse du chalet Fitzgerald, qui se situait juste à côté du mont Farthington, avait été tapée dans mon téléphone.

Voulez-vous accéder à plus d'informations concernant le chalet Fitzgerald ? m'a demandé mon téléphone.

— Bof, pourquoi pas, ai-je marmonné en cliquant sur « oui ».

Le Michigan. Quelque chose voulait qu'on aille dans le Michigan. Est-ce que c'était pour y arrêter Violet, ou parce que les esprits qui l'aidaient voulaient se débarrasser de nous une bonne fois pour toutes là-bas ? Impossible de savoir.

La première chose qui m'est venue, tandis que j'attendais que s'affiche le site du chalet, a été que ce serait vraiment utile d'en apprendre plus sur les prédictions que Violet avait faites à sa fête d'Halloween. Tracy n'avait pas l'air de vouloir nous donner des détails, mais elle avait suggéré qu'il y en avait eu plusieurs en plus de la sienne et de celle de Stephani. Il fallait donc qu'on trouve quelqu'un qui était allé à la fête et qui serait d'accord pour parler. Mais même ça, en soi, c'était problématique. Tout le monde au lycée, et surtout celles qui étaient amies avec Violet, pensait que j'étais une folle furieuse et refuseraient de me dire quoi que ce soit.

La page du chalet Fitzgerald était exactement ce à quoi je m'attendais : une galerie de photos d'un chalet de ski confortable qui disait offrir le meilleur chocolat chaud de tout le Michigan, avec de magnifiques cheminées, un spa de luxe et trois pistes de ski pour skieurs débutants, intermédiaires et confirmés. Le site proposait des cours de snowboard et de ski, suggérait deux restaurants très prisés à proximité et précisait qu'un karaoké était organisé tous les soirs. Et bien sûr, ils avaient des réductions pour les groupes d'étudiants. J'ai grincé des dents. Le voyage au ski faisait partie de la campagne d'élection de Violet pour devenir présidente de promo. Peut-être que ça faisait partie de son plan depuis le début. Je me suis souvenue avec honte de la vente de râteaux que j'avais organisée pour collecter des fonds en donnant à tous les élèves de première la possibilité de gagner de l'argent en faisant du jardinage pour financer leur voyage. Si des gens mouraient dans le Michigan, moi aussi j'aurais leur sang sur les mains.

Puis je me suis rendu compte de deux choses : premièrement, Cheryl côtoyait les filles de l'équipe des pom-pom girls au moins une fois par jour au bar à smoothies de la Maison des jeunes, dans lequel elle travaillait ; deuxièmement, des filles comme Stephani de Milo et Shannon Liu ne lui parleraient sans doute pas, mais aucune n'hésiterait une seule seconde à raconter sa vie au très sexy Henry Richmond.

Avant de retourner me coucher, j'ai cherché le numéro d'Henry dans mon téléphone. Que ça lui plaise ou non, il était impliqué maintenant et, s'il voulait venger la mort d'Olivia, il allait devoir mettre la main à la pâte.

Chapitre 20

CHERYL 7:11
Je bosse de 8 heures à 14 heures. Tu veux passer ?

Le lendemain matin, je me sentais toujours naze, et en plus je toussais d'une toux sèche qui me faisait mal aux poumons. On était le 29 décembre, le jour où Trey était censé repartir, et, entre l'envie désespérée de le revoir avant qu'il s'en aille et ma fièvre, j'avais des palpitations.

La veille au soir j'avais demandé à Cheryl si elle travaillait au bar à smoothies le lendemain. J'avais ajouté que j'avais la crève mais que ce serait génial si elle me prévenait dès qu'une des cheerleaders de l'équipe de foot ou des pom-pom girls de l'équipe de basket débarquait à la Maison des jeunes dans la journée. Elle a répondu tout de suite pour me dire qu'elle le ferait, et elle a eu l'intelligence de ne pas me demander pourquoi je lui demandais un truc aussi étrange.

L'avantage de ma grippe était que ma mère était ravie de me garder chez elle deux jours de plus. Elle avait envoyé un mail à notre avocat juste après le petit-déjeuner pour le prévenir qu'elle ne me ramènerait pas au lycée avant le 3 janvier, et qu'il fallait qu'il prévienne qui de droit pour que la police ne débarque pas sur le pas de la porte le jour de la reprise des cours. Une semaine plus tôt, si on m'avait proposé de rester un jour de plus à Willow, j'aurais cru au miracle. Mais, maintenant qu'on savait qu'on devait jouer au jeu avec Violet dans le Michigan et que je n'avais pas pu en parler à Trey pour voir comment le sortir de son pensionnat afin qu'il nous rejoigne, je devenais folle.

— Ça fait longtemps que je n'ai pas fait de crumble aux pommes, a sorti ma mère de nulle part. Ça serait sympa que j'en fasse un, non ? Comme ça, toute la maison embaumerait.

— Je te rappelle que je ne sens rien en ce moment, lui ai-je fait remarquer.

— Je vais acheter des pommes, a-t-elle annoncé. J'en profiterai pour acheter des légumes. Ça ne te ferait pas de mal de prendre des vitamines.

Une fois ma mère partie, j'ai essayé de trouver un moyen d'entrer en contact avec Trey, mais en vain. Ses parents étaient à la maison, sa mère ne me laisserait sans doute pas entrer, et, même si elle le faisait, ma mère en entendrait évidemment parler et me punirait si elle apprenait de Mme Emory que j'y étais allée malgré son interdiction. C'était cruel de savoir qu'il était si près et que je n'avais pas le droit de le voir.

Quelques minutes après le départ de ma mère, on a sonné à la porte. J'en ai presque sauté au plafond. Une fois extirpée de mes couvertures, j'ai paniqué. Qu'est-ce qui m'avait pris de dire à Henry de venir chez moi pile le jour où mes cheveux étaient graisseux, mon nez recouvert de morve et mes cernes tout noirs ?

— Salut, ai-je lancé en lui ouvrant.

Maude, curieuse comme toujours, s'est avancée en secouant la queue pour lui renifler les jambes.

— Merci d'être venu, ai-je poursuivi, quand Maude a cessé de s'intéresser à Henry et qu'elle s'est placée à son poste de garde, devant la porte coulissante menant au jardin.

Je ne voulais pas qu'Henry reste longtemps. C'était une pure coïncidence qu'il soit passé juste quand ma mère était sortie, et elle se poserait clairement des questions si elle découvrait sa voiture dans l'allée en rentrant.

— Je crois qu'on a besoin de toi pour savoir avec qui d'autre Violet a joué à son jeu de lévitation.

Henry s'est assis sur le petit canapé en face du sofa sur lequel j'avais fait mon nid de couvertures. Lorsque je l'ai vu diriger son regard au-dessus de la télé, là où étaient accrochés les portraits de moi et Jennie, j'ai essayé de ne pas lui en vouloir. C'était normal qu'il soit curieux. Tout le monde en ville l'était probablement, d'ailleurs. Ça devait faire huit ans qu'il n'avait pas revu son visage.

— Pas de problème, a-t-il répondu en reportant son attention sur moi.

— À l'hôpital, Tracy a dit que Violet avait prédit la mort de plusieurs filles à sa fête d'Halloween, en octobre. Sans doute que toutes les filles de l'équipe des pom-pom girls étaient invitées, et peut-être d'autres filles aussi, genre Hailey West. En gros, toutes les filles les plus populaires de première et de terminale.

Henry m'écoutait en attendant mes instructions.

— Je crois qu'on va avoir besoin de savoir exactement combien de filles ont joué à ce jeu et ce que Violet a raconté, ai-je expliqué. Pour qu'on détermine si les morts ont lieu par ordre chronologique. Parce que, si c'est le cas…

Henry a penché la tête de côté, l'air interrogateur, comme s'il voulait que je finisse ma phrase.

— Attends, tu plaisantes. Me dis pas que Mischa ne t'a pas expliqué ? lui ai-je demandé.

J'imaginais que Mischa lui avait donné tous les détails parce que c'était ce qu'elle avait l'habitude de faire. Mischa avait l'habitude de donner une tonne d'informations. Ce n'était pas son genre de se retenir.

— Ben… elle m'a dit que vous aviez joué à un jeu, que Violet avait fait des prédictions sur Olivia et Candace et qu'elles s'étaient réalisées. Et puis aussi qu'elle avait tenté de faire une prédiction sur toi mais qu'elle n'a vu que de la fumée et du feu alors qu'elle ne savait sans doute rien sur le fait qu'il y avait eu un incendie chez toi, m'a-t-il expliqué avant de s'arrêter, voyant à mon expression que Mischa avait sans doute omis pas mal de choses. On dirait que je n'ai pas eu toutes les infos.

— Violet a aussi raconté une histoire pour Mischa, ai-je commencé lentement. Si les morts ont lieu dans l'ordre, la prochaine, c'est elle.

Henry a redressé la tête, surpris et inquiet.

— Je sais… ai-je hésité. Tu vas nous prendre pour des fous, mais on est allés sur la Route 32 la veille de Noël pour chercher le fantôme d'Heather la Sanglante, histoire d'avoir des réponses. Il se passe beaucoup de choses, Henry, vraiment.

— Mischa est la prochaine, a répété Henry. Désolé de te demander ça, mais comment est-ce que Violet a dit qu'elle mourrait ?

— Honnêtement, je me souviens plus des détails, ai-je répondu. C'était y a pas mal de temps et j'étais assez flippée quand on est passées à Mischa. Je me souviens qu'elle a dit que Mischa deviendrait toute bleue et qu'elle mourrait étouffée. Mais les détails, ça je sais plus.

— OK, tu veux que je fasse quoi ?

Je lui ai demandé d'aller à la Maison des jeunes et de rester au bar à smoothies avec Cheryl Guthries en attendant qu'une pom-pom girl débarque. Dès que l'une d'entre elles arrivait, il devait la draguer et subtilement la faire parler de la fête d'Halloween. Moi-même, je n'étais pas exactement subtile, donc je n'ai pas pu lui donner beaucoup de conseils là-dessus.

Mon téléphone a vibré. Cheryl m'envoyait un texto.

CHERYL 10:48

Shannon L et Hailey W sont là. Elles vont au yoga de 11 à 12.

J'ai regardé Henry, convaincue qu'il réussirait.

— Shannon Liu et Hailey West viennent d'arriver à la Maison des jeunes pour leur cours de yoga.

— Mission acceptée, m'a-t-il lancé en fermant son manteau après s'être levé.

Au moment de raccompagner Henry dehors, je me suis fait la remarque que ma mère était partie depuis bien longtemps. Il ne fallait que dix minutes en voiture dans la pire des météos pour arriver au magasin, et ça faisait presque une heure qu'elle était sortie.

— Tu veux bien m'envoyer un texto ou m'appeler si tu apprends quelque chose ? ai-je demandé à Henry. Je sais que ça a l'air complètement fou, Henry, je suis vraiment désolée.

— Tu n'as pas besoin de t'excuser, McKenna, m'a-t-il répondu.

Il m'a souri, puis a pris entre ses doigts une mèche de mes cheveux. J'ai eu des papillons dans le ventre quand nos regards se sont croisés.

— Ce n'est pas toi qui as fait ça à Olivia, a-t-il poursuivi. C'est Violet, et je ne plaisantais pas quand j'ai dit au cimetière que je ferais ce qu'il faudrait pour venger ma sœur. Tu…

Il m'a regardée droit dans les yeux et je me suis perdue dans son regard vert tacheté de jaune. Je me suis souvenue du soir où j'avais croisé Henry dans les escaliers de chez lui et où il m'avait invitée au gala. Ce que je ressentais pour Trey était plus profond et intense. Mais il aurait été idiot de nier mon coup de foudre de lycéenne pour Henry Richmond.

— Tu n'imagines pas ce que ça veut dire pour moi que tu aies pris sur toi pour apprendre ce qui s'est vraiment passé pour Olivia, a-t-il repris en hésitant, sans savoir s'il devait poursuivre. Je sais que ma sœur n'a pas toujours été sympa envers les autres au lycée. Mais tu es quelqu'un de généreux. Et plus j'en apprends, plus je me rends compte que tu es aussi très courageuse.

Une fois de plus, sa bouche s'est ouverte comme s'il s'apprêtait à ajouter quelque chose, mais, au lieu de ça, il a fait son sourire de tueur et a ouvert la porte pour partir.

Au moment où je sortais la tête de l'encadrement de la porte pour voir où Henry s'était garé, j'ai vu une voiture de police s'approcher et se garer derrière celle d'Henry. Elle était sale et recouverte d'un film de neige, et l'un des pneus aurait bien eu besoin d'être regonflé. Je n'ai pas eu le temps de me demander ce que la police faisait là, parce que ma mère est tout de suite sortie du véhicule.

— Henry ! s'est-elle exclamée en montant sur le perron avec son énorme sac à main et un sac en papier du magasin, suivie par deux policiers en manteau d'hiver. Qu'est-ce que tu fais là ?

— Bonjour, madame Brady. Je suis juste passé voir comment McKenna se sentait.

— Qu'est-ce qui se passe, maman ? ai-je demandé en restant dans l'entrée parce que je ne voulais pas mettre les pieds dans la neige vu que j'étais en chaussettes.

— Rentre, McKenna. Tu fais sortir toute la chaleur dans la rue, a dit ma mère en arrivant devant la maison.

— Je te ferai signe plus tard, McKenna, m'a lancé Henry, qui savait que le cours de yoga allait bientôt commencer et qui ne voulait pas risquer de rater Shannon et Hailey à la fin du cours.

Ma mère est rentrée avec les policiers. J'ai tout de suite reconnu celui qui portait des lunettes, parce que c'était l'un de ceux qui nous avaient arrêtés, Trey et moi, en novembre. Génial. Pire encore, je me suis rendu compte que le nom gravé dans le badge attaché à son manteau était « Marshall ». Bien sûr, je savais que le père de Dan Marshall, dont le casier était à côté du mien au lycée, était policier, mais apparemment je l'avais totalement oublié, alors que Dan était quasiment le petit ami de Cheryl à présent.

Avant de fermer la porte d'entrée, j'ai remarqué que celle des Emory s'ouvrait. M. et Mme Emory sont sortis avec Trey, qui portait son énorme sac. Ils l'ont mis dans le coffre de la Hyundai noire. Trey et moi nous sommes regardés, c'est tout. Rien de plus avant qu'il entre dans la voiture. On nous avait enlevé la possibilité de nous dire au revoir. On s'est regardés jusqu'à ce que la Hyundai disparaisse au bout de la rue.

Je ne savais pas ce qui était pire : que Trey soit déjà reparti alors qu'on n'avait pas du tout avancé dans notre enquête pour arrêter Violet, ou qu'on n'ait pas eu une seule seconde à nous. On ne s'était quasiment pas embrassés, et maintenant il faudrait qu'on attende jusqu'à l'été pour se revoir.

Ça, c'était impossible à intégrer. L'idée de ne pas le revoir pendant des semaines, des mois même, m'était insupportable.

Ma mère a interrompu ma rêverie :

— McKenna, tu laisses rentrer le froid !

Je suis revenue au présent. Deux policiers se tenaient au beau milieu du séjour.

— Où est la voiture ? lui ai-je demandé.

Ma mère a enlevé son manteau et l'a accroché dans l'entrée.

— Asseyez-vous, a-t-elle proposé aux policiers en leur indiquant le petit canapé sur lequel Henry s'était assis un instant plus tôt. Elle bougeait lentement, comme si elle était en état de choc.

— Tout va bien, m'a-t-elle répondu tandis que les agents s'installaient au bord du canapé, pour ne pas se mettre trop à l'aise.

Ils ont regardé autour d'eux, comme pour enregistrer chaque détail du séjour : le sapin de Noël dans le coin, mes couvertures sur le sofa, les portraits d'école de moi et Jennie accrochés au-dessus de la télé.

Maude est entrée dans la pièce en remuant la queue pour renifler les visiteurs inconnus, comme toujours. Elle a passé le museau au niveau des genoux de l'agent Morris et de l'agent Marshall. M. Marshall lui a caressé la tête.

Ma mère s'est tournée vers moi :

— J'ai eu un petit accident au centre commercial. Et je ne comprends toujours pas ce qui a bien pu se passer.

Je me suis enfoncée dans le sofa avec une sensation affreuse et grandissante dans le ventre.

— Madame, vous avez expliqué que, lorsque vous avez tenté de freiner, il ne s'est rien passé, a vérifié M. Morris en regardant ses notes dans un petit carnet qu'il venait de sortir de la poche de sa chemise.

— C'est ça, a confirmé ma mère tout en déplaçant une des chaises de la cuisine américaine pour s'asseoir en face des policiers. J'ai démarré et je suis sortie de ma place de stationnement. Je suis arrivée à la sortie du parking pour tourner à gauche dans la rue State, et, lorsque j'ai voulu freiner au panneau stop, ma pédale de frein n'a tout simplement pas fonctionné…

Pile à ce moment-là, mon téléphone a vibré. Mischa venait de m'envoyer un texto.

MISCHA 11:06
OMG ! Appelle tout de suite !

— Avez-vous déjà eu des problèmes de freins ? a demandé M. Marshall.

Ma mère a secoué la tête pour indiquer que non avant qu'il continue :

— Votre voiture a l'air plutôt neuve.

— Je l'ai achetée l'année dernière. Je n'ai jamais eu de problèmes avant. Les seuls trajets que je fais sont pour aller travailler à l'université, à Sheboygan, a expliqué ma mère d'une voix un peu tremblante.

Elle avait l'air d'avoir peur, comme si elle craignait que les policiers l'arrêtent.

— Maman, tu as eu un accident ? ai-je demandé, consciente que ma voix était beaucoup plus aiguë que ce que je voulais.

— Quelqu'un m'est rentré dedans.

— La voiture de votre mère a été frappée par un véhicule qui entrait dans le parking. L'impact s'est fait du côté conducteur. Votre mère a de la chance de s'en être sortie indemne. Si l'autre véhicule l'avait frappée une seconde plus tôt, ça n'aurait pas été joli-joli, a expliqué M. Marshall.

Mon téléphone a de nouveau vibré.

MISCHA 11:07

McKenna ! Ça va, ta mère ?

J'ai essayé d'ignorer son texto, même si je me demandais bien comment Mischa pouvait déjà savoir qu'il était arrivé quelque chose à ma mère.

— C'est entièrement ma faute, a murmuré ma mère. J'ai foncé hors du parking et dans la rue. Les freins ont lâché.

— La vache, maman ! ai-je lancé.

J'avais le corps entièrement frigorifié. Est-ce que c'était une coïncidence ? Ou est-ce que c'étaient les esprits qui m'envoyaient un avertissement sérieux pour que j'arrête de m'occuper de Violet ?

— Et vous n'avez pas remarqué que les freins ne fonctionnaient pas correctement en allant au centre commercial ? La voiture vous semblait marcher normalement ? a demandé M. Morris.

Soudain je me suis rendu compte que M. Morris était l'oncle d'Emily Morris, l'ancienne amie d'Olivia, la fille aux cheveux blond vénitien qui avait déménagé à Chicago l'été précédent.

— Je n'ai rien remarqué d'extraordinaire, a dit ma mère. Mais je m'en veux terriblement pour Elena. Elle a dû croire que je m'étais endormie au volant.

Il m'a fallu une seconde pour comprendre ce que ma mère venait de dire. Elena ? ! Elena conduisait la voiture qui avait touché celle de ma mère ? Il n'y avait qu'une seule Elena en ville d'après mes souvenirs…

Elena Portnoy. La mère de Mischa.

Est-ce que c'était un hasard que ma mère et celle de Mischa se retrouvent dans un accident complètement improbable, dans lequel elles auraient pu être gravement blessées, voire tuées ?

Je me suis excusée alors que les policiers demandaient à ma mère si elle était sûre de ne pas vouloir qu'ils l'emmènent à l'hôpital pour faire des examens et je me suis dépêchée d'aller dans ma chambre, agrippée à mon téléphone.

— Mischa. Ta mère vient de rentrer ?

— Oui, a répondu Mischa, complètement essoufflée.

Elle avait répondu instantanément à son portable.

— Tu te rends compte, McKenna ? Tu crois que c'était juste un accident ? Ou est-ce qu'ils en ont après nous ?

J'ai fait les cent pas entre mon lit et mes fenêtres, toute tremblotante.

— J'en sais rien, ai-je répondu. La ville est petite. C'était peut-être juste un accident. C'est fréquent, les accidents de voiture.

— Ma mère m'a dit que ta mère était complètement abasourdie. Apparemment, les freins n'ont pas fonctionné du tout. Alors qu'ils marchaient deux minutes plus tôt.

Mischa parlait à voix basse, sans doute depuis sa chambre. Elle est restée silencieuse un long moment avant d'ajouter :

— C'était encore un avertissement. Ils veulent qu'on arrête.

— Mais, Mischa, ai-je dit prudemment, tu sais ce qui se passera si on arrête.

— Oui, je sais, a-t-elle répondu, la voix cassée par un sanglot. Mais c'est moi qui ai choisi de jouer avec Violet comme une débile. Je mérite de mourir. Alors que ma mère n'a rien fait. S'il lui arrive quoi que ce soit, ce sera ma faute. Je veux pas qu'ils lui fassent du mal, je préfère encore que la prédiction se réalise.

J'ai pris un moment pour réfléchir aux deux options suivantes : je pouvais retourner à Dearborn le 3 janvier, me concentrer sur mes notes et espérer que le juge Roberts réduise ma peine afin que je sois transférée dans un lycée plus proche de la maison pour mon année de terminale ; ou alors, je pouvais rester à Dearborn jusqu'en juin, puis retrouver Trey pour qu'on s'enfuie ensemble. Il aurait dix-huit ans d'ici là, et peut-être qu'on trouverait un endroit où travailler sans que la police nous espionne. Je ne savais pas du tout s'il existait des États où on pourrait légalement vivre ensemble ou si le Canada était une option, mais j'aurais le temps de faire des recherches et de planifier tout ça. Ma vie pourrait reprendre. La vie de ma mère ne serait pas en danger.

Mais, si je choisissais de faire ça, alors Mischa mourrait, bientôt. Et toutes les autres filles que Violet avait manipulées pour qu'elles jouent au jeu mourraient elles aussi. Et, pendant le restant de mes jours, j'entendrais toujours des bouts d'histoires de gens de ma ville qui raconteraient la mort totalement inattendue de personnes de mon passé, et je ne pourrais jamais ignorer le fait que j'aurais pu tenter de les sauver.

C'était ça, le problème.

Je portais déjà le poids d'une fille, dans mon passé, que j'aurais pu tenter de sauver.

— On ne peut pas s'arrêter maintenant, Mischa. C'est pas possible. Si toi tu sens que tu dois t'arrêter, je comprends. Mais moi, je ne peux pas.

Mischa m'a dit qu'elle allait devoir y réfléchir. Je me suis assise sur mon lit. J'avais l'impression d'être une coquille vide, complètement fragilisée. Combien de temps et de travail faudrait-il pour mettre un terme à tout ça ? Sans doute devrais-je encore mentir à ma mère, m'enfuir de mon lycée et trouver le moyen de me rendre dans le Michigan. Il faudrait que j'arrive à forcer Violet à jouer au jeu, alors que, si ça se trouvait, il fallait plus de deux participants pour que ça marche. Donc j'aurais sans doute besoin de l'aide de Mischa, ou de quelqu'un d'autre, pour être sûre que le jeu fonctionne. Et puis, il y avait cette maison qui reliait Violet aux esprits, donc, même si j'arrivais à inverser le sort, il fallait aussi trouver un moyen de détruire le manoir. Est-ce que j'avais vraiment l'énergie nécessaire pour réussir ?

Et même si, par miracle, j'arrivais à faire tout ça, qu'est-ce qui m'arriverait à moi ? Je serais condamnée pour avoir à nouveau agressé Violet. Je serais jetée en prison pour toutes sortes de crimes, y compris incendie criminel si je mettais le feu à la maison des Simmons. Et il était probable que je ne reverrais pas Trey avant très, très longtemps. Ni ma mère d'ailleurs. Sauf lors des visites en prison.

Est-ce que ma vie vaudrait la peine d'être sauvée si j'arrivais à empêcher que Mischa meure ?

C'est à ce moment-là que j'ai remarqué un bout de papier qui dépassait de sous mon lit. C'était une feuille A4 quadrillée, qui avait été arrachée d'un cahier. Je l'ai dépliée pour la lire et j'ai souri avant même de voir la signature en bas.

McKenna, je leur ai demandé si je pouvais te voir avant de partir, mais Walter voulait arriver au lycée avant la nuit tombée. J'espère que tu te sens mieux. Quand tu auras trouvé la prochaine étape de notre plan, appelle mon lycée, dis que tu es ma mère. Ils te demanderont un code pour vérifier que tu es bien elle, parce que je n'ai pas le droit de recevoir d'appels de n'importe qui. Je ne le connais pas, mais essaie « Svensson », c'est son nom de jeune fille. Si c'est pas ça, essaie « turquoise », c'est sa couleur préférée. S'il te plaît, ne pars pas dans le Michigan sans moi. Quoi qu'il arrive là-bas, je veux y être avec toi quand ça arrivera. Gros bisous, Trey.

Mon cœur s'est rempli de joie. Trey avait probablement glissé la lettre par la fente de la fenêtre avant de partir, c'est comme ça qu'elle aurait atterri presque sous mon lit. Il ne serait jamais parti sans me laisser un mot avant, sans me dire au revoir. J'ai ressenti une chaleur me traverser le corps. Je trouverais la force de mettre un terme à tout ça, mais uniquement si Trey était avec moi.

On allait donc se battre. J'ai envoyé un texto à Henry pour lui dire de faire très attention en rentrant chez lui en voiture. Il se passait trop de choses en même temps. La situation devenait incontrôlable. Et le pire dans tout ça, c'est que j'avais encore un mal de chien à la gorge et à la tête.

***

— Salut, ça y est, j'ai un scoop, m'a annoncé Henry lorsqu'il m'a téléphoné plus tard dans la journée.

J'avais l'impression qu'il m'appelait depuis sa voiture, ce qui m'a agacée parce que je lui avais pourtant dit de faire gaffe en conduisant. Donc je lui ai dit de me rappeler en arrivant chez lui.

— J'ai quatre trucs à te dire, a-t-il repris quelques minutes plus tard, une fois rentré. Voyons voir. J'ai pris des notes, mais seulement après, quand j'étais de retour dans ma voiture, pour ne pas avoir l'air complètement taré. Pour Tracy, l'histoire c'est qu'elle aura une crise cardiaque dans son sommeil. Shannon et Hailey avaient l'air de dire que Violet avait raconté sa mort comme si ça se passait quand elle serait vieille, mais aucune n'a pu se souvenir si elle avait vraiment précisé ça. Ensuite, comme nous l'a dit Tracy, Violet a fait une prédiction pour Stephani de Milo au sujet d'une leçon de ski avec un instructeur hyper sexy, du genre qu'elle ne faisait pas attention parce qu'elle était trop occupée à flirter. Dans l'histoire, elle tourne accidentellement alors qu'elle est lancée sur une pente à cause de quelque chose qui la distrait, elle n'arrive pas à se souvenir de ce que l'instructeur lui a expliqué pour s'arrêter et elle tombe de la falaise. Mais il faut plusieurs jours avant qu'on retrouve son corps.

J'ai réfléchi à ce qu'il me disait :

— Ça pourrait carrément avoir lieu dans le Michigan dans deux semaines.

— Et, pour terminer, elle a fait des prédictions pour Hailey West et Abby Johanssen. D'abord, elle a dit qu'Hailey mourrait dans un accident impliquant un incendie en rentrant de vacances sympas passées avec des amis. Ça pourrait être le voyage de retour du Michigan, non ? Dans l'histoire, les pompiers ressortent le corps méconnaissable de l'épave calcinée d'un véhicule. Et puis, apparemment, tous ceux qui étaient à la fête ont flippé parce que Violet a raconté une histoire similaire pour Abby Johanssen. Il y a quelques différences, par exemple le copain d'Abby est avec elle au moment de l'accident. Mais, en gros, la fin est la même. Un pneu du véhicule crève, le véhicule se renverse, il y a des survivants, mais Abby meurt sur le coup.

— Henry, ai-je murmuré, la peur au ventre. Le car va se renverser sur le trajet du retour du voyage au ski.

Abby sortait avec Steve Frye depuis la quatrième. Lui aussi était en première, et il avait participé à la levée de fonds pour financer son voyage.

Je n'avais pas besoin de dire ce qui était évident, à savoir que, si tout ce qui était censé arriver se passait sur le retour du voyage au ski, alors Mischa et Tracy mourraient sans doute avant.

— Du coup, ai-je repris faiblement en espérant qu'Henry serait toujours d'accord pour nous aider, je vais te demander un service énorme.

— Aller dans le Michigan ? T'inquiète, je suis plus que partant, m'a-t-il rassurée.

— C'est pas tout, ai-je dit en hésitant. J'aurai peut-être besoin que tu nous conduises d'abord dans le Nord pour qu'on récupère Trey.

Il y a eu un temps mort.

— OK, a répondu Henry.

J'ai repensé à ma mère qui avait passé tout l'après-midi au téléphone avec la compagnie d'assurance, et j'ai ajouté :

— Ah, et encore une chose, en fait. Il faut qu'on trouve un moyen de communiquer avec Olivia et Candace. Et vite.

Chapitre 21

On était de nouveau sur la route pour aller au nord de Chicago. Mischa avait trouvé une librairie spécialisée en sciences occultes située là-bas, en faisant une recherche en ligne. Des centaines de commentaires de femmes qui se disaient sorcières insistaient sur le fait que la marchandise de la boutique était de loin la meilleure pour lancer des sorts et protéger du Mal.

— Si Morgan F. dit que c'est la boutique qui dégage les vibrations les plus mystiques, alors c'est forcément là qu'il faut aller ! avait dit Mischa en blaguant à moitié.

— Et voilà Evanston, a marmonné Henry en dépassant la sortie d'autoroute qui menait à la banlieue dans laquelle se trouvait l'université Northwestern, qu'il fréquentait jusqu'à la mort d'Olivia, lorsqu'elle nous avait exposé son idée.

Mischa et moi sommes restées silencieuses. Ça ne servait à rien d'imaginer ce qu'aurait été la vie d'Henry si Olivia n'était pas morte. Il se serait sans doute conduit comme un gros naze et serait allé à toutes les fêtes. Mais ça n'avait plus d'importance. Rien de ce qu'on aurait dû faire de nos vies n'avait plus d'importance.

J'étais restée sur le qui-vive, tendue, pendant tout le voyage avec Mischa et Henry dans le pick-up de ce dernier. Ça avait été tout un drame de convaincre ma mère de me laisser sortir de la maison après le départ des policiers. Même si les risques augmentaient d'à peu près un million du fait qu'on voyageait en groupe, j'avais bien vu que mon cœur s'était mis à battre un peu plus vite lorsque j'avais vu

Henry ce matin, et j'étais soulagée que Mischa soit de la partie. Le fait que je trouve Henry mignon, même si je l'admettais du bout des lèvres et que je le gardais pour moi, me donnait l'impression de trahir Trey, et je ne voulais pas penser à ce qui pourrait arriver si je restais en tête à tête avec Henry pendant plusieurs heures.

Non pas que je voulais qu'il se passe quoi que ce soit. Mais le fait que l'idée m'ait traversé l'esprit m'avait fait culpabiliser suffisamment pour que je dise à Mischa de venir avec nous. En repensant à cette journée de novembre, devant le gymnase du lycée, quand j'avais été soudain aveuglée par une attirance physique irrésistible pour Trey, je me rendais compte que les esprits de Violet essayaient peut-être de m'encourager à faire quelque chose que je regretterais terriblement.

J'ai remarqué qu'on se rapprochait sans doute du but lorsqu'on a commencé à dépasser de plus en plus de bars et de cafés. Les vitrines de boutiques hors de prix et de librairies portaient encore leurs décorations de Noël, et beaucoup annonçaient des soldes.

— C'est forcément par ici, a annoncé Mischa, qui regardait la carte sur son téléphone.

— Je vais rigoler pour me garer, a marmonné Henry.

Heureusement, on a trouvé un parking à l'air plutôt fréquentable et on a laissé le pick-up au voiturier. Avant de nous aventurer dans le froid et de parcourir les quatre pâtés de maison pour arriver au magasin, on a enfilé nos bonnets et nos écharpes.

Une fois devant, nous sommes restés dehors un instant pour nous donner du courage. Plusieurs exemplaires d'un livre relié intitulé *La Sorcellerie de tous les jours* étaient disposés dans la vitrine, ainsi qu'un poster écrit à la main qui indiquait « 25 % sur toutes les herbes médicinales et les bougies ».

Malgré toute l'activité paranormale à laquelle j'avais été confrontée ces derniers mois, j'étais intimidée à l'idée d'avoir à interagir avec des personnes en chair et en os qui affirmaient savoir comment gérer les fantômes et le Mal.

— Je le sens pas, ai-je admis, en remarquant qu'une jeune fille derrière le comptoir dans la boutique nous regardait. Soit ils vont croire qu'on est des amateurs paumés, soit ils vont nous prendre pour des fous.

Une clochette a tinté lorsqu'on a poussé la porte grinçante du magasin, et je me suis sentie mieux dès que j'ai entendu qu'une radio passait *A Forest* du groupe The Cure. Deux employés étaient affairés dans la section des herbes médicinales et autres produits séchés à l'arrière du magasin, et la jeune fille en cardigan jaune derrière la caisse nous a accueillis sans un sourire :

— Je peux vous aider ? a-t-elle demandé.

Elle avait sans doute le même âge qu'Henry, et pourtant elle avait l'air clairement dégoûtée de voir trois adolescents qui ne ressemblaient pas du tout à des sorciers dans son magasin. Ses cheveux lui tombaient aux épaules, ils étaient teints en rouge pompier et elle portait des lunettes papillons noires avec des strass.

— J'espère bien, a répondu Mischa fermement, en se dirigeant vers le comptoir, sur lequel une vieille caisse rétro avait été installée.

Derrière le comptoir en verre étaient présentés toutes sortes de bagues et de colliers. J'ai jeté un rapide coup d'œil et j'ai remarqué, à la fois amusée et déçue, que la plupart étaient des répliques de bijoux portés par des personnages connus de films fantastiques, avec, à côté, des cartes sur lesquelles les acteurs ou actrices les portaient. L'une d'entre elles était titrée « Collier d'Arwen, seigneur des Anneaux », et le collier était parmi les plus chers.

Les autres produits qu'on trouvait sur les étagères étaient précisément du genre de ce qu'on pouvait attendre d'un magasin occulte : il y avait des bagues à tête de dragon avec des rubis pour les yeux, des bagues à tête de mort en fonte avec des poignards enfoncés dans les orbites. Incapable de se contrôler, Henry m'a donné un coup de coude en me montrant discrètement une bague en forme de tête de mort avec des crocs.

— On se demandait si vous auriez ici quelque chose de spécifique pour briser les sorts maléfiques. Par exemple, si quelqu'un vous jetait un sort et que vous vouliez le retourner contre cette personne, a expliqué Mischa en posant les coudes sur le comptoir, l'air de rien.

La jeune femme a remonté les manches de son cardigan, révélant ainsi des tatouages de toutes les couleurs. Elle a levé un sourcil et répondu d'une voix pleine d'humour noir :

— On ne vend du matériel de sorcellerie qu'à des gens qui savent ce qu'ils font. Si vous voulez sérieusement déjouer un sort, j'ai besoin de savoir exactement de quel type de sort il s'agit, qui l'a jeté et pourquoi. C'est très sérieux, nous ne renvoyons pas de simples amateurs chez eux avec des outils magiques puissants.

— Vous connaissez le jeu « Léger comme une plume, raide comme la mort » ? ai-je poursuivi pour ne pas rentrer dans la polémique étant donné que cette femme nous prenait manifestement pour des imbéciles, alors qu'en réalité on avait sans doute eu plus d'expériences directes avec des forces maléfiques qu'elle. Vous savez, ce jeu où quelqu'un prédit votre mort et tout le monde se met à déclamer…

— Et un démon soulève le corps de la personne dont on vient de prédire la mort ? Oui, je connais ce jeu. Il est très ancien, il remonte à l'épidémie de peste du XVIIe siècle en Europe, sans doute même à la première propagation de la peste, qui a tué près de la moitié de la population du continent. Ne me dites pas que vous avez été assez bêtes pour y jouer ? a demandé la jeune fille d'un ton condescendant.

— Si, a répliqué Mischa d'un ton sec. Si. Et, ces quatre derniers mois, deux de nos amies sont mortes exactement comme dans la prédiction. Donc j'imagine que vous pouvez comprendre pourquoi nous aimerions trouver un sort qui inverserait ce qui se passe pendant ce jeu, ou quelque chose qui pourrait protéger des idiots comme nous.

L'expression sur le visage de la jeune fille a un peu changé. Elle a levé un doigt pour nous dire d'attendre tandis qu'un des employés revenait de l'arrière de la boutique avec des bâtons de sauge purificateurs et une bougie arc-en-ciel dans un pot de verre. J'ai profité d'un client qui réglait ses achats pour jeter un coup d'œil dans le magasin. C'était un peu ironique de voir que la caisse rétro sur le comptoir n'était qu'une décoration : la caissière a tapé sa vente dans un iPad. Les étagères sur le mur proposaient des livres qui allaient du végétarisme à la gestion du temps pour les professionnels de la sorcellerie. Toute une étagère était dédiée aux fantômes, soit sur le fait de vivre avec eux, soit sur la façon de s'en débarrasser.

— Regarde un peu ça, a dit Henry, qui avait l'air impressionné par le livre qu'il venait de sortir de son rayon pour que Mischa et moi le voyions.

Le titre du livre était *Les Esprits les plus petits : comment s'occuper des fantômes d'enfants*. J'ai pris l'ouvrage des mains d'Henry et je l'ai retourné pour lire le bla-bla au dos. Comme le suggérait le titre, il s'agissait d'un manuel pour contacter des fantômes d'enfants dans les endroits hantés et s'en occuper.

— Sérieux, je vais vomir, a murmuré Mischa. C'est trop flippant, je veux même pas y penser.

Le client qui venait de régler sa facture a quitté le magasin, et la fille au cardigan jaune s'est retournée vers nous.

— Donc, vous avez joué à ce jeu et on dirait que ça a fonctionné.

— C'est ça. La nuit où on y a joué, on a pu soulever les corps des joueurs, et ensuite une de nos amies est morte dans un accident de voiture à peine une semaine après, exactement comme la mort décrite pendant le jeu. Il y avait bien trop de similitudes pour que ce soit une coïncidence, ai-je expliqué.

— C'était ma sœur, a ajouté Henry.

La jeune fille derrière le comptoir a étudié le visage d'Henry. Ce qu'il venait de dire l'avait surprise, et j'ai vu qu'elle commençait à nous regarder avec plus de sympathie.

— Ouah, a-t-elle enfin répondu. Quelle horreur.

Elle s'est tournée vers Mischa :

— Tu as dit que deux de vos amies étaient mortes après avoir joué au jeu ?

— Oui, Candace s'est noyée à Hawaii environ un mois plus tard, exactement de la même manière que dans la prédiction, a répondu Mischa.

— On croyait qu'on avait mis un terme au sort, parce que la fille qui a raconté l'histoire portait toujours un pendentif. On s'est dit qu'il la reliait à sa grand-mère morte parce qu'un prêtre nous avait dit que les esprits communiquaient avec les vivants à travers un objet servant de canal de communication. On pensait que la grand-mère aurait pu être l'esprit qui avait donné à Violet des idées pour les histoires de mort qu'elle avait racontées pendant cette soirée, ai-je poursuivi. Mais maintenant, on est quasiment sûrs qu'on s'est trompés. Elle essaie toujours de convaincre les gens au lycée de jouer au jeu, et je crois que sa connexion au monde des esprits passe par la maison de sa famille.

La jeune fille a hoché la tête en croisant les bras :

— Niveau sorcellerie, ça rigole pas ce que vous me racontez là, vous savez ?

Elle a regardé Mischa longuement avant d'ajouter :

— J'ai envie de fermer pour le déjeuner. Un instant.

Elle s'est penchée par-dessus le comptoir et a appelé une femme d'une quarantaine d'années, au fond de la boutique, qui remplissait son sac d'herbes séchées.

— Excusez-moi ? Je vais bientôt fermer pour la pause déjeuner. En avez-vous encore pour longtemps ?

La femme s'est excusée de traîner et a rapidement réglé ses emplettes. Dès qu'elle est sortie du magasin, la caissière a verrouillé la porte et a retourné la pancarte « Ouvert » sur la porte d'entrée pour indiquer la mention « Fermé ».

— Mais, ça va pas vous poser de problème de fermer en pleine journée ? a demandé Henry.

— Ma chef est à Londres pendant les fêtes, a expliqué la jeune fille. Et puis, si elle était ici, maintenant, elle me dirait de faire exactement ce que je suis en train de faire, c'est-à-dire fermer et vous aider. Quatre-vingts pour cent des gens qui viennent ici sont des loseurs qui veulent faire genre. Ils s'achètent plein de trucs débiles pour les essayer chez eux, dans l'espoir que quelqu'un tombe amoureux d'eux. C'est triste, franchement. Mais vous, vous avez un vrai souci paranormal. Ma chef sera dégoûtée d'avoir loupé ça. Venez, on va dans l'arrière-boutique.

J'ai hésité une seconde, je n'aimais pas l'idée d'une « arrière-boutique », mais ensuite j'ai compris qu'elle ne faisait que nous amener vers l'arrière du magasin, du côté des étagères d'herbes médicinales. Des chaises étaient disposées autour de petites tables sur lesquelles étaient disposés des livres qu'on pouvait feuilleter. Elle s'est assise et nous a invités à en faire autant.

— Au fait, moi c'est Laura, a-t-elle dit en guise de présentation.

On lui a donné nos noms.

— Henry, a-t-elle répété après qu'Henry s'est présenté.

J'avais bien l'impression qu'elle le draguait. J'ai aussi remarqué qu'elle n'arrêtait pas de regarder Mischa, ou plutôt qu'elle regardait *autour* d'elle, comme si Mischa avait une deuxième tête qui lui sortait des épaules.

— Vous le savez sans doute mais, à l'origine, la façon dont on jouait à « Léger comme une plume, raide comme la mort » ressemblait déjà à ce qu'on fait aujourd'hui. On allongeait un joueur au sol, tous les autres plaçaient un doigt sous son corps, quelqu'un racontait la façon dont cette personne allait mourir, puis tout le monde se mettait à déclamer : *Voici un corps, froid comme le marbre, raide comme la mort. Soulève-toi, élève-toi, comme le Seigneur.* On trouve des traces historiques de ce jeu, qui aurait été répandu dans toute l'Europe et dans toutes sortes de langues.

Laura a remarqué que Mischa et moi avions échangé des regards en gigotant sur nos sièges lorsqu'elle avait prononcé les mots « froid comme le marbre ».

— Quoi ? a-t-elle demandé. Qu'est-ce que j'ai dit ?

— Ben… ai-je commencé, un peu gênée de raconter à une parfaite inconnue les moindres détails de tous les trucs chelous qu'on avait faits ces derniers mois, depuis ce jeu stupide auquel on avait joué dans la cave des Richmond jusqu'à notre veille de Noël passée dans une voiture avec un fantôme. On est partis à la recherche d'un fantôme la semaine dernière pour essayer d'obtenir des réponses. Le fantôme nous a dit qu'il fallait qu'on rejoue au jeu avec Violet, mais que cette fois on devait dire *Léger comme une plume, froid comme le marbre.*

Le sourire de Laura était immense et a illuminé son visage au point de la rendre très belle malgré la couleur pétante de ses cheveux.

— Attends un peu. Tu es en train de me dire que vous êtes partis à la recherche d'un fantôme *et que vous en avez trouvé un* ?

Même Henry a eu l'air un peu surpris, alors que je lui en avais déjà parlé.

— Tu m'avais dit que vous étiez partis chercher un fantôme, mais vous l'avez trouvé ? Et vous avez pu lui parler ? m'a-t-il demandé.

— Oui, a admis Mischa. On savait précisément où le trouver. Tout le monde connaît l'histoire d'Heather la Sanglante sur la Route 32.

Laura s'est mise à applaudir de joie.

— C'est juste génial ! Bougez pas.

Elle s'est levée et s'est dirigée vers le comptoir. Avec une clé qu'elle portait au bout d'une chaîne autour du cou, elle a déverrouillé le comptoir en verre et a attrapé quelque chose. Puis, elle a pris son sac à main et en a sorti ce qui ressemblait à un briquet. Ensuite, elle a pris une poignée de bâtons de sauge sur l'étagère à herbes médicinales tout au fond du magasin. Elle m'a regardée droit dans les yeux en revenant à la table :

— S'il te plaît, tiens ça.

J'ai ouvert la main et elle m'a donné une chaîne avec, au bout, un pendentif en laiton de forme rectangulaire. Il pesait plus lourd qu'on aurait pu le penser.

— Qu'est-ce que tu veux que je fasse ?

— Rien, contente-toi de le tenir. Ne t'inquiète pas, c'est juste un pendule. Les sorciers utilisent souvent ce genre d'objets pour contacter le monde des esprits et poser des questions. Je veux simplement qu'il prenne un peu de ton énergie, a expliqué Laura.

Je me demandais pourquoi c'était moi qu'elle avait choisie, mais elle a recommencé à poser des questions sur Heather la Sanglante :

— Donc vous avez réussi à trouver un fantôme sorti de nulle part, et il vous a dit de jouer à « Léger comme une plume, froid comme le marbre ». Il existe plusieurs versions du même jeu, mais en gros l'idée reste la même. Vous vous rendez compte que certains groupes religieux considèrent que jouer à ce jeu est passible d'anathème ?

Du coin de l'œil, j'ai lancé un regard à Mischa, qui me regardait. Ni elle ni moi ne connaissions ce mot.

— Ça veut dire qu'on peut vous excommunier si on apprend que vous y avez joué, est intervenu Henry.

— Oh, sérieux ? s'est exclamée Mischa. Je savais pas que c'était à ce point. Mes parents me tueraient si j'étais excommuniée. Ils passent leur vie à l'église.

— Si tu as joué à ce jeu avec une personne capable de communiquer avec des démons, alors c'est pas le fait que tes parents te tuent qui devrait t'inquiéter, a répondu Laura, sans savoir à quel point ses mots nous terrifiaient tous, et surtout Mischa.

Avant de voir la réaction de cette dernière, Laura s'est tournée vers moi :

— Tiens la chaîne et laisse retomber le pendule.

J'ai suivi ses instructions. J'ai tenu la chaîne entre deux doigts et j'ai laissé pendouiller le pendule. Laura a allumé un bout de son bâton de sauge purificateur avec son briquet, et de la fumée s'en est dégagée. Le magasin s'est rempli d'une odeur forte, comme une pizza très sophistiquée avec beaucoup de basilic. Henry a pointé du doigt un détecteur de fumée :

— Ça va pas poser de problème ?

— Oh, ça ? Non, on ne met pas de piles dedans… Précisément pour cette raison, a expliqué Laura.

Elle s'est levée et a fait des mouvements circulaires avec la sauge dans ma direction tout en murmurant le Notre Père aussi vite que possible. Je commençais officiellement à flipper.

— Désolée, mais tu fais quoi, au juste ? a demandé Mischa pour moi.

— … sur la terre comme au ciel, a fini Laura avant de lui répondre. Avant d'utiliser un pendule ou de remplir n'importe quelle tâche impliquant de la sorcellerie, je préfère purifier l'espace et créer un écran de sécurité spirituelle. Rien de folichon, mais bon. La sécurité avant tout.

Elle s'est rassise et m'a souri en joignant les mains, enthousiaste.

— Maintenant, McKenna, comme c'est toi qui tiens le pendule, c'est à toi d'établir les règles avec lui. D'abord, il faut lui demander à quoi ressemble « oui ».

J'ai regardé Henry et Mischa d'un air sceptique, je me sentais totalement mal à l'aise face à tout ça. On s'était mis d'accord sur le fait qu'on ne prendrait pas de risques pendant qu'on était en voiture, et pourtant je me retrouvais sur le point de sauter tête la première dans un rituel pour entrer en contact avec des démons.

— Euh, ça me plaît pas trop, ai-je avoué.

— T'inquiète pas, m'a expliqué Laura. Ce magasin est très sûr et fiable. Si on ressent des ondes bizarres de quiconque, on ne lui vend rien. Ma chef est une sorcière bienveillante. On purifie cet espace tous les jours avant d'ouvrir et au moment de la fermeture. Tu es bien plus en sécurité ici que lorsque tu as joué à « Léger comme une plume, raide comme la mort ». Crois-moi.

Chapitre 22

J'ai pris une longue inspiration, j'ai invoqué Jennie en silence pour lui demander de me protéger au cas où je ferais quelque chose qui me mettrait encore plus dans le pétrin.

— À quoi ressemble « oui » ? ai-je demandé tout haut, même si j'avais vraiment l'air débile.

Sans que je fasse le moindre mouvement de la main, le pendule s'est mis à se balancer et, lentement, il a entamé un mouvement circulaire dans le sens des aiguilles d'une montre.

— C'est pas vrai, ai-je gémi.

Le mouvement a pris de la vitesse et le pendule a décrit des cercles plus larges.

— C'est incroyable ! s'est exclamée Laura en secouant la tête, manifestement ravie de la réaction du pendule. Tu es médium, tu le savais ? Je n'ai jamais vu un pendule bouger comme ça auparavant, sauf avec ma chef. Attends deux secondes…

Elle est retournée une fois de plus au comptoir.

— McKenna ? Médium ? Ça veut dire quoi ? a demandé Henry.

— Juste que, pour une raison ou pour une autre, elle est plus sensible aux énergies et aux messages du monde des esprits que les autres, a répondu Laura en revenant vers nous avec son téléphone pour faire une vidéo du pendule qui continuait à faire des cercles.

Médium ? me suis-je dit. *Mais je ne veux pas être médium. Je ne veux rien avoir à faire avec le monde des esprits.*

— Ce n'est pas une mauvaise chose, a expliqué Laura, qui avait deviné la terreur sur mon visage. La vache, moi je changerais de place avec toi tout de suite, si je pouvais ! Je prends des cours pour essayer de développer mes pouvoirs de communication, mais toi, tu les as naturellement. C'est trop injuste.

— On fait quoi, maintenant ? C'est flippant, ce truc, a lancé Mischa, les yeux rivés sur le pendule.

— Demande-lui quelque chose, m'a dit Laura. Pose une question qui exige une réponse par oui ou par non.

J'ai regardé Henry et Mischa, nerveuse.

— Demande si on est censés rejouer au jeu avec Violet pour inverser le sort, a suggéré Mischa.

Je me suis mouillé les lèvres, et de ma voix rauque j'ai demandé :

— Pendule, si on joue à « Léger comme une plume, froid comme le marbre » avec Violet et qu'on prédit sa mort, est-ce que ça inversera le sort ?

J'avais à peine respiré que la trajectoire du pendule est devenue incertaine, puis les balancements ont ralenti avant que le pendule se remette à bouger dans le sens inverse.

— Ça veut dire quoi ? Ça veut dire non, ça ? ai-je demandé à Laura, paniquée.

— Peut-être que ça veut dire que le sort ne peut pas être inversé. Demande si ça *brisera* le sort initial.

J'ai inspiré à nouveau :

— Si on joue à « Léger comme une plume, froid comme le marbre » avec Violet et qu'on prédit sa mort, est-ce que ça brisera le sort qu'elle a jeté sur nous ?

Cette fois, le pendule a ralenti, a changé de direction à nouveau pour reprendre ses cercles dans le sens des aiguilles d'une montre.

— C'est oui. C'est ça qu'il faut que vous fassiez.

— Est-ce que c'est dans le Michigan qu'on jouera ? ai-je demandé au pendule.

Il a continué à tourner et a pris de la vitesse.

— Qui doit jouer au jeu pour que ça marche ? ai-je demandé, mais le pendule a ralenti puis s'est arrêté.

— Tu l'as désorienté. Il ne faut poser que des questions qui exigent un oui ou un non en réponse, m'a rappelé Laura.

Je me suis demandé comment poser la question différemment pour ne pas aborder le sujet de la mort imminente de Mischa. Je me demandais bien comment on allait se rapprocher du mont Farthington, et comment on ferait pour retrouver mes anciens camarades une fois qu'ils seraient installés au chalet Fitzgerald.

— Est-ce que Cheryl Guthries jouera avec nous dans le Michigan ?

Les cercles ont repris dans le sens des aiguilles d'une montre. Cheryl serait avec nous dans le Michigan et elle jouerait au jeu, à en croire le pendule.

— Je crois que j'en ai assez vu. Ça me fiche la trouille, ce truc, ai-je annoncé en rendant le pendule à Laura, qui l'a refusé :

— Garde-le. Il fonctionne bien avec ton énergie et, maintenant que tu l'as utilisé, il ne marchera jamais parfaitement avec quelqu'un d'autre.

— Mais je n'ai pas d'argent, ai-je lâché, parce que je ne voulais pas vraiment ramener chez moi un objet ensorcelé.

— Je vais l'acheter, a proposé Henry. Ça pourrait nous être utile. On devrait le garder, au cas où.

— Et Violet ? a demandé Mischa à Laura. Est-ce que tu as quelque chose qui pourrait nous aider à mieux comprendre cet arrangement avec les esprits qui l'aident à prédire des morts ?

Laura a parcouru le magasin du regard en frappant la table de ses doigts :

— Hmmm… Est-ce que vous avez quelque chose qui lui appartient avec vous ? Ce serait plus simple si vous aviez un objet à elle pour le partager avec le monde des esprits.

Mischa et moi nous sommes regardées en haussant les épaules. Je ne me souvenais pas d'avoir reçu quelque chose de la part de Violet, à part le cupcake que j'avais mangé chez elle une fois et son pendentif que je lui avais arraché du cou. Mais ce pendentif était à présent au fond d'un lac, irrécupérable.

— Alors, une photo ? a suggéré Henry. J'en ai une dans mon portable.

— C'est pas idéal, a dit Laura, mais on peut toujours essayer.

Henry a posé son téléphone sur la table et a cherché dans ses photos jusqu'à ce qu'il en trouve une de nous cinq autour de la Prius rouge d'Olivia dans l'allée des Richmond, le matin de ses seize ans. J'avais oublié que Charlie, l'ami d'Henry qui était venu passer le week-end chez les Richmond, nous avait demandé de faire une photo de groupe en pyjama. Mischa et moi avons observé la photo en silence. On avait l'air si jeunes. Ça faisait des semaines que je n'avais pas vu le visage de Candace, que je n'avais pas entendu sa voix rauque et que je ne l'avais pas regardée en train de flirter à tout bout de champ. Ça faisait encore plus longtemps que je n'avais pas vu le visage d'Olivia, si beau. Et juste à côté d'Olivia se tenait Violet, l'architecte de notre malheur, souriant d'un air faussement timide.

— Là, c'est ma sœur, la première à mourir, a expliqué Henry en tournant son téléphone pour que Laura puisse voir, le doigt sur le visage d'Olivia. Et ça, c'est Candace, la deuxième à mourir. Et ici, juste à côté d'Olivia, c'est Violet.

Laura s'est mordu la lèvre en étudiant la photo avant d'annoncer :

— OK. On va tenter quelque chose. Mais, pour que ça marche, il faut que je récupère plusieurs objets.

Elle est revenue à la table avec une grande bougie épaisse et blanche et deux miroirs ronds qu'on aurait pu prendre pour de simples miroirs de décoration. Elle a placé la bougie devant le téléphone d'Henry et l'a allumée. Puis elle a pris son bâton de sauge purificateur du plat dans lequel elle l'avait déposé et l'a agité autour de la bougie.

— C'est pour sécuriser l'espace ? a demandé Mischa.

— Oui, c'est un petit coup de pouce, a répondu Laura.

— Mais, dis-moi, y aurait pas autre chose que tu puisses faire pour nous mettre en sécurité ? Ces esprits auxquels on a affaire… c'est pas de la blague, a expliqué Henry.

Laura nous a regardés tous les trois :

— Oui, si, bien sûr. Si vous me promettez de pas commencer à flipper.

Elle a pris une craie parmi une pile disposée sur l'étagère des herbes médicinales et s'est penchée pour dessiner un grand pentagramme sur le sol autour de notre table.

— Rapproche-toi, a-t-elle lancé à Mischa pour que sa chaise rentre dans le dessin.

On avait à présent une vraie frontière dessinée autour de nous pour nous protéger. J'ai vérifié que les pieds de ma chaise étaient bien à l'intérieur du cercle. Même si le pentagramme était à peine visible sur le parquet, l'arrangement étrange d'étagères et de tables dans le magasin commençait à prendre son sens. Je soupçonnais que ce n'était pas la première fois qu'un pentagramme était dessiné sur le sol de cette table, et que ce ne serait pas la dernière.

— Voilà, a lancé Laura en se rasseyant.

Le haut de la bougie avait commencé à fondre et une fine goutte de cire liquéfiée a coulé. Laura a donné un des miroirs à Mischa et lui a demandé de le tenir à hauteur d'épaule.

— Comme ça ? a demandé Mischa en tenant le miroir en face de Laura.

Puis, de la main gauche, Laura a saisi le second miroir et l'a placé devant la flamme pour qu'on puisse voir nos visages dedans, et elle a pris le temps de l'orienter selon un angle qui lui permettait de voir le miroir qu'elle tenait dans celui qui était entre les mains de Mischa.

— Ceci est un sort de vérité, qui va nous permettre de connaître la vérité sur le passé de cette fille. Donc, si ça marche… il suffit de regarder le miroir, nous a-t-elle expliqué, aussi naturellement que si elle nous donnait une recette de gâteau.

Laura a ensuite fermé les yeux tout en tenant fermement son miroir, en disant d'une voix claire :

— Afin qu'éclate la vérité, que son chemin soit révélé, vous êtes instamment prié de nous montrer sa vérité.

Puis Laura a soufflé lentement sur la bougie, ce qui a eu pour effet d'en dégager une fumée d'une intensité étonnante. Enfin, directement dans la fumée, elle a énoncé d'une voix grave :

— Violet.

Henry, Mischa et moi nous sommes penchés pour nous rapprocher du miroir de Laura. Lorsque la fumée s'est dissipée, nous avons tous les trois poussé des cris de surprise. Dans le miroir se reflétait l'image floue d'une fille un peu plus jeune que nous avec des cheveux courts, qui tombait en arrière avant de disparaître pour être remplacée par une autre fille rousse, qui elle aussi est tombée en arrière. Son image a été remplacée par celle d'un adolescent, plus ou moins du même âge que nous, qui clignait des yeux, surpris, avant de disparaître lui aussi de la même façon. Puis une autre fille est apparue. Elle nous regardait comme si elle pouvait nous voir, ce qui était très surprenant. Elle a battu des cils et a plissé les yeux comme pour tenter de mieux nous voir.

— C'est Rebecca Shermer ! s'est exclamée Mischa.

— Ne bouge pas, lui a rappelé Laura.

Laura voyait tout comme nous dans le reflet du miroir de Mischa. Elle avait les yeux rivés dessus, comme envoûtée.

Rebecca, elle aussi, est tombée en arrière, et l'expression sur son visage a changé lorsqu'elle s'est rendu compte qu'elle tombait. A suivi un autre adolescent, puis Henry a eu le souffle coupé, comme si on lui avait mis un coup de poing dans l'estomac.

— Oh non. Olivia, a-t-il gémi.

Olivia nous regardait droit dans les yeux depuis le miroir. Elle semblait regarder son frère, comme si elle tentait de lui dire quelque chose, mais son image dans le miroir était trop floue et instable pour qu'on puisse distinguer ce qu'elle disait.

— Qu'est-ce qu'il y a, Olivia ? Je ne t'entends pas, a dit Henry au miroir, mais Olivia est tombée en arrière, comme les autres.

Ensuite il y a eu Candace, qui a eu l'air surprise de nous voir, et qui a cligné des yeux comme si elle n'arrivait pas à croire ce qu'elle voyait, puis elle aussi a disparu.

Ce qu'on a vu ensuite nous a tous fait sursauter : la mère de Violet est apparue de l'endroit où tous les autres étaient tombés. Contrairement aux adolescents dont Violet avait pris les vies, Vanessa Simmons n'avait pas l'air de nous voir de l'autre côté du miroir. Son reflet s'est précisé, puis on a remarqué un magasin à l'arrière-plan. C'était comme si elle était dans l'épicerie de Willow et qu'on la regardait faire ses emplettes.

— C'est… c'est la mère de Violet, là, genre en direct ? a demandé Mischa.

— On dirait bien que oui, a répondu Henry. On dirait qu'on est en train de voir ce qu'elle fait en ce moment même.

Laura a secoué la tête :

— Ça n'a pas de sens. On a demandé la vérité sur Violet, pas sur sa mère.

L'image s'est ensuite brouillée, et Laura a posé le miroir sur la table.

— Qu'est-ce que ça peut bien vouloir dire ?

— Peut-être que la vérité sur Violet, c'est en fait la vérité sur sa mère ? a suggéré Mischa. Après tout, ce sort ne peut pas mentir, si ?

— Peut-être, ai-je répondu, en prenant le commentaire de Mischa au sérieux. On s'est toujours dit que Violet prédisait des morts pour survivre. Mais peut-être que… Si ça se trouve, c'est la mère de Violet qui a échangé sa propre vie pour avoir Violet et peut-être que cette dernière prend toutes ces vies pour que sa mère ne meure pas ?

— Vous avez reconnu toutes les personnes qui sont apparues ? a demandé Laura.

— Ce sont toutes les personnes que Violet a tuées jusqu'ici, ai-je expliqué d'une voix lugubre.

On n'avait pas raconté la suite de l'histoire à Laura, sur le fait que Mischa était la prochaine sur la liste. Mais je savais que, si on restait plus longtemps dans le magasin, on finirait forcément par dire quelque chose qu'on ne pourrait pas retirer, et on serait obligés de raconter le problème de Mischa.

Laura a tripoté son téléphone.

— Si ça vous dérange pas, j'aimerais envoyer la vidéo de McKenna avec le pendule à ma chef à Londres, pour voir si elle aurait des conseils pour vous. Je peux avoir vos coordonnées pour rester en contact ? Vous êtes du coin ?

— On habite dans le Wisconsin, a répondu Henry.

— Oh, c'est dommage, a lancé Laura, ce qui m'a confirmé qu'elle draguait bien Henry.

J'ai senti que mes lèvres formaient une ligne de mécontentement. Ça n'aurait pas dû me déranger qu'une fille le drague. J'avais un copain et, certes, Henry était mignon, mais en théorie il n'y avait rien entre nous. Et puis, sans doute que plein de filles le draguaient.

Mais ça me dérangeait quand même.

Je n'étais pas sûre de vouloir que cette vidéo de moi avec le pendule soit regardée par quiconque. Ça ne m'arrangerait franchement pas que la vidéo finisse entre les mains d'un producteur de programmes télévisés sur les activités paranormales, par exemple. Malgré tout ce qui m'était déjà arrivé, je n'avais pas encore perdu espoir qu'un jour, même lointain, je pourrais à nouveau vivre une vie normale. Et devenir une médium connue ne m'aiderait certainement pas dans ce sens.

Laura a retourné la pancarte de la porte d'entrée pour rouvrir le magasin et a noté nos adresses mail pour nous envoyer les suggestions de sa chef. J'avais la désagréable intuition qu'Henry serait le premier à avoir de ses nouvelles et je me suis tout de suite fait des reproches : il n'y avait rien qui clochait chez Laura, et Henry méritait de se trouver une copine sympa avec un job sympa.

Je sentais le poids du pendule dans la poche de mon manteau tandis qu'Henry tendait sa carte bancaire à Laura pour le régler. Au moment où il tapait son code, Laura a plissé les yeux vers Mischa :

— Je vais te donner quelque chose.

Elle a pris une des bougies couleur arc-en-ciel dans un des bocaux alignés sur les étagères et l'a déposée sur le comptoir.

— Prends-la. C'est un cadeau. C'est une bougie à sept jours. Tu vois ? Il y a sept couleurs. Ce soir, avant de te coucher, assieds-toi sur le sol et allume la mèche. Mets tes mains de part et d'autre de la bougie, comme ceci, et, en observant la flamme, pense à ta vie et à ton avenir. Et à la survie. Fais ça pendant au moins dix minutes. Quand tu auras fini, ne souffle pas sur la bougie, place-la à un endroit dans ta chambre où il n'y a pas de courants d'air et où elle ne risque pas d'être renversée. Laisse-la brûler sept jours d'affilée.

— Sept jours d'affilée ? Sérieux ? a demandé Mischa. Mais, si je laisse une bougie allumée dans ma chambre pendant que je vais à l'école, mes parents vont devenir fous.

— Aie confiance, a répondu Laura d'une voix douce en souriant tristement à Mischa.

Henry a tenu la porte ouverte pour qu'on sorte. J'ai remarqué l'éventail de dépliants et de pubs accrochés près de la porte pour les apprentis sorciers. Qui aurait cru qu'il y avait tant de gens intéressés par les pratiques occultes au nord de Chicago ? Il y avait les coordonnées d'astrologues, des pubs pour des lectures de tarot, des purificateurs spirituels…

— Eh, McKenna ?

Je me suis retournée, hésitante, alors que Mischa et Henry étaient déjà dans la rue.

— Je peux te parler deux secondes ?

L'intonation de Laura m'a surprise. Elle avait exactement la même voix qu'Olivia quand elle m'avait dit qu'elle trouvait mon sac mignon le jour de la rentrée.

— Bien sûr, ai-je répondu.

— Ce que je t'ai dit sur le fait que tu es médium, a-t-elle repris en souriant timidement, c'est vrai. Tu sais, il existe des cours pour développer ton pouvoir. Tu as sans doute vécu des choses bizarres sans trop comprendre ce qui se passait, non ?

Je n'avais pas envie de raconter à une parfaite inconnue que ma chambre était hantée par Olivia, et peut-être aussi par Candace, alors que Mischa non. Laura a arraché un des dépliants accrochés sur le mur qui proposait des cours pour apprendre à avoir des expériences de sortie hors du corps.

— Le mec qui donne ces cours, Brian, pourrait vraiment t'aider à développer ton don si ça t'intéresse. Bon, il parle de sorties hors du corps parce que c'est vendeur, les gens sont toujours hyper intéressés par les pouvoirs paranormaux, mais c'est souvent que du vent. Je crois vraiment qu'il serait ravi de te rencontrer.

Je l'ai remerciée et j'ai mis le dépliant dans ma poche, avec le pendule.

— Et… McKenna ? a ajouté Laura en me regardant d'un air désolé. Mischa n'a plus beaucoup de temps. C'est elle, la prochaine, non ?

J'étais trop choquée pour répondre. Comment est-ce qu'elle avait deviné ? On ne lui avait pas raconté la prédiction de Violet sur Mischa.

— Je peux lire les auras, a expliqué Laura en haussant les épaules. C'est la seule chose paranormale que j'arrive à contrôler. La tienne a une couleur violette hallucinante, hyper intense. J'ai jamais rien vu de tel.

— Et celle de Mischa, elle ressemble à quoi ? me suis-je risquée à demander.

— Elle n'en a pas. C'est comme ça que je sais qu'elle a joué au jeu et que c'est elle la prochaine à mourir. Elle est condamnée.

Chapitre 23

Henry m'a déposée devant chez moi après avoir ramené Mischa à l'entrée du complexe sécurisé dans lequel elle habitait. Je me suis demandé à nouveau s'il regrettait d'avoir abandonné son année universitaire pour revenir à Willow. Sans aucun doute, le poids qu'il portait sur les épaules était énorme. Il aurait pu être à l'université Northwestern en ce moment même, en train de profiter de ses vacances avec de nouveaux amis. Mais à la place, il se retrouvait coincé avec les amis de sa sœur morte, à les trimballer dans des magasins occultes par un temps à ne pas mettre un chien dehors.

On est restés dans mon allée un moment.

— Mes parents ont un genre de tradition familiale pour le Nouvel An. Ma mère prépare un déjeuner de fête le jour du réveillon et on prend des résolutions en famille. C'est un truc suédois, apparemment. Vu qu'Olivia ne sera pas là cette année, elle serait vraiment heureuse si toi et Mischa veniez demain.

— Je demanderai à ma mère, ai-je répondu, mais il faudra que je sois de retour pour le dîner parce qu'elle a prévu quelque chose.

Ma mère avait invité Glenn pour la soirée du réveillon, vu que j'avais loupé le dîner auquel il était initialement prévu que je le rencontre.

— Et on doit préparer notre plan pour le Michigan, a-t-il ajouté, gêné. Si tu es toujours partante, bien sûr.

Mon estomac s'est mis à grogner. Bien sûr que j'étais toujours partante. Je ne supportais pas l'idée que tant de gens que je connaissais depuis le primaire meurent dans un accident de car alors qu'on pouvait l'éviter.

Je me suis souvenue du pendule pendant que j'enfilais mon pyjama ce soir-là. J'ai hésité avant d'éteindre la lumière, le doigt sur l'interrupteur à côté de ma porte. Je repensais à ce que Laura m'avait dit plus tôt : *Tu as sans doute vécu des choses bizarres sans trop comprendre ce qui se passait, non ?* Une des choses positives, sans doute la seule d'ailleurs, qui ressortait de devoir retourner à Dearborn était que je ne serais pas hantée là-bas, sans doute parce que même les esprits maléfiques ne voulaient pas avoir à en découdre avec Alecia.

Pour éviter d'avoir des visiteurs intempestifs pendant la nuit, j'ai remis toutes mes boîtes à musique dans le carton que j'avais utilisé pour les ranger bien avant d'être envoyée à Dearborn. J'ai ensuite déposé tous mes CD sur le sol pour éviter d'être réveillée si quelqu'un les faisait tomber de l'étagère. J'ai jeté un regard circulaire dans la pièce, je me suis dit que ça ne servait à rien de décrocher des murs mes posters encadrés, puisque de toute façon j'aurais besoin de ma mère pour faire ça. Mais je me suis sentie un peu mieux, une fois au lit, parce que j'avais été un peu proactive. J'ai choisi de laisser la lumière allumée.

Il m'a fallu du temps pour m'endormir, pourtant j'ai ouvert les yeux quelques heures plus tard. *Pourquoi est-ce que je suis réveillée ?* me suis-je demandé, confuse, avant de me rendre compte que c'était un bruit qui m'avait sortie de mon sommeil. J'ai refermé les yeux et je me suis cachée sous ma couette, bien consciente de ce que la chute de température voulait dire. J'étais à présent bel et bien réveillée, et j'étais convaincue que ce que j'entendais était le bruit de mon tiroir de bureau qui se fermait lentement.

Non, non, non, me suis-je dit. Pourquoi est-ce que j'avais eu la débilité de garder le pendule chez moi, dans ma chambre ?

C'est à ce moment-là que je me suis rendu compte que ma chambre était plongée dans le noir alors que j'avais fait exprès de laisser la lumière allumée avant de me mettre au lit.

J'ai gardé les yeux fermés, et je me suis mentalement préparée à ce qui allait forcément arriver d'une minute à l'autre, à savoir quelque chose de froid et de métallique qui allait me toucher le front, vu que c'était la seule partie de mon corps qui n'était pas recouverte par ma couette. Mon cœur battait à toute vitesse… mais une minute au moins a passé, et rien.

J'ai ouvert un œil, à peine. La chambre était dans la pénombre, et rien n'avait l'air d'avoir été dérangé sur mon bureau.

Et pile à ce moment-là…

À droite de mon lit, à même pas un mètre de ma tête, j'ai entendu la porte de mon placard s'ouvrir.

Cestpasvrai-cestpasvrai-cestpasvrai. J'ai refermé les yeux, j'ai fermé la bouche de toutes mes forces et j'ai retenu ma respiration.

Qu'est-ce qui se passait dans mon placard ? Quelque chose essayait d'y entrer ou bien d'en sortir ? Je n'ai rien entendu d'autre, et l'attente me tuait.

Puis j'ai entendu une musique, et une autre, tandis que mes boîtes à musique, que j'avais mises dans mon placard, se mettaient lentement à jouer toutes seules depuis le carton dans lequel je les avais rangées. Est-ce que c'était Olivia ou autre chose qui tentait de se faire passer pour Olivia ? Si c'était Olivia, alors c'était sans doute qu'elle voulait que je me dépêche d'agir pour sauver Mischa. Mais j'avais la forte impression qu'Olivia savait parfaitement que j'avais saisi le message et qu'elle n'avait plus besoin de m'embêter. On allait aussi vite que possible, elle le savait forcément.

Je savais que la seule chose à faire pour arrêter tout ça, c'était de sauter hors de mon lit et d'allumer la lumière. Mais c'était facile à dire : il fallait déjà que j'ouvre les yeux, or j'étais trop paralysée par la peur pour le faire. J'ai passé en revue toutes les choses dans mon placard que les esprits maléfiques pouvaient utiliser : mes vêtements, les cintres, mes chaussures, la valise que j'emportais à Dearborn, le carton de mes anciens costumes de danse, ma mallette d'arts plastiques, remplie de marqueurs, de peinture à l'eau, de tubes de paillettes et de crayons. Je ne l'avais pas ouverte depuis des mois, depuis le soir où j'avais préparé mes affiches de campagne pour le poste de trésorière de la promo de première.

Les minutes ont passé. À force de me mordre la lèvre, j'avais le goût salé du sang dans la bouche. Enfin, la porte de mon placard s'est fermée. Soit l'esprit qui me tourmentait avait fini de faire ce qu'il avait à faire, soit il s'était enfermé là-dedans pour me coller une crise cardiaque la prochaine fois que j'ouvrirais la porte.

Je n'ai plus fermé l'œil de la nuit, jusqu'à ce que les premières lueurs roses de l'aube dans le ciel me rassurent un peu. Mais, même avec les premiers rayons de soleil, je n'étais pas complètement remise de mes émotions lorsque je me suis levée pour vérifier que le pendule était toujours dans le tiroir de mon bureau, là où je l'avais déposé. Évidemment, il n'y était plus, ce qui suggérait que c'était bien à cause de lui que j'avais reçu de la visite.

Dans mon dressing, l'ampoule a grillé au moment où j'ai tiré sur la ficelle pour allumer la lumière.

PAF !

Tous les lacets de mes chaussures avaient été lacés de sorte à créer une boule de nœuds. Chacun de mes vêtements, y compris ma robe couleur lavande, que j'avais portée au gala d'automne, avait l'air d'avoir été lacéré par des griffes.

— Qu'est-ce que c'est que… ai-je marmonné.

J'ai sorti quelques vêtements du placard, un jean, ma veste d'automne, un pantalon en velours côtelé deux fois trop grand pour moi désormais, et tous étaient déchiquetés de la même manière.

Toutes mes boîtes à musique étaient cassées. La minuscule ballerine en porcelaine qui dansait au son de la *Danse de la fée Dragée* de *Casse-Noisette* avait été brisée en deux, au niveau du torse. La Minnie Mouse en céramique qui faisait des cercles au son de *It's a Small World After All*, la chanson de l'attraction de Disneyland, avait été décapitée.

— Alors comme ça, ça t'amuse d'être violent ? ai-je lancé tout haut.

Tout au fond du carton dans lequel j'avais disposé mes boîtes à musique, j'ai trouvé non seulement la tête de Minnie Mouse et le corps brisé de la ballerine, mais aussi mon pendule. Sa chaîne en or s'était transformée en un nœud complexe.

Après l'avoir démêlée avec effort, je l'ai placée autour de mon index pour que le pendule se mette à bouger. J'avais envie de lui demander qui l'avait sorti de mon tiroir pour le placer dans mon placard, mais je n'avais pas de sauge pour purifier la pièce. Ça ne valait pas la peine que je prenne des risques.

***

— Pourquoi est-ce que tu as détruit un jean parfaitement valable ? a demandé ma mère depuis la cuisine où elle préparait déjà le festin de ce soir.

C'était plusieurs heures plus tard, et j'attendais dans le séjour qu'Henry passe me prendre, avec mon jean lacéré. J'avais hâte de sortir de la maison et de partager ce que je venais de vivre avec quelqu'un qui comprendrait.

— C'est la mode, ai-je menti. Tout le monde porte des jeans troués, maintenant.

— Peut-être, mais il fait moins dix dehors, m'a rappelé ma mère. Tu ne serais pas à la mode si tu enfilais un legging en dessous ?

Le pick-up d'Henry est apparu dans l'allée, et un coup de klaxon a retenti.

— Je dois y aller, maman. C'est Henry.

— Tu passes beaucoup de temps avec Henry Richmond depuis que tu es rentrée, a fait remarquer ma mère d'un ton qui en suggérait bien plus.

— Alors là, rien à voir, ai-je répondu pour qu'elle arrête de s'imaginer, ou même d'espérer, que Trey ne me plaisait plus.

Pourtant, au début de l'année, c'était elle qui insistait pour que je m'intéresse à ce dernier.

— C'est juste que Mischa et moi voulons passer du temps avec lui parce que Olivia lui manque beaucoup.

— Si tu le dis, a répliqué ma mère d'un ton joueur. Mais on dirait que tu lui plais, et il est vraiment *hyper* sexy.

— MAMAN ! Arrête, enfin ! ai-je crié d'un ton cassant.

Je ne voulais surtout pas m'asseoir à quelques centimètres d'Henry avec dans la tête les mots de ma mère quasiment sénile qui le décrivait comme sexy.

— Sois de retour pour 18 heures ! a-t-elle lancé en rigolant à l'idée d'avoir réussi à m'embarrasser, quand j'ai passé le pas de la porte.

— Ça va ? a demandé Henry en souriant tandis que je grimpais dans le pick-up.

Évidemment, je n'ai pas pu m'empêcher de me demander pourquoi il avait choisi de passer me prendre en premier alors que Mischa vivait plus près de chez lui. Peut-être que ma mère avait raison. Peut-être que je plaisais effectivement à Henry alors qu'il savait bien que j'étais amoureuse de Trey.

— Oh, pas grand-chose. J'ai juste passé la matinée à réparer les dégâts des esprits maléfiques dans ma chambre, ai-je grogné.

— De quoi tu parles ? a-t-il demandé en faisant marche arrière pour sortir de l'allée.

— Tu te souviens que Laura a dit que j'étais médium hier ? ai-je commencé prudemment. Eh bien, il se passe des trucs chelous dans ma chambre la nuit depuis le début de l'automne. Du genre, des trucs qui bougent tout seuls, des dessins qui apparaissent sur ma fenêtre. Je te jure que je suis pas folle : Trey l'a vu, lui aussi.

Je me suis interrompue quand Henry a détourné les yeux de la route pour me regarder, confus. Ce que je venais de dire suggérait qu'on était allés bien plus loin avec Trey que la réalité, or ce n'était pas le cas :

— Enfin, je voulais dire que Trey a commencé à venir la nuit chez moi à cause de tous ces trucs bizarres qui se passent. Rien de plus.

— Pas besoin de te justifier, a répondu Henry d'une voix neutre, même si je détectais quelque chose dans sa voix malgré sa tentative de rester calme. Trey a la chance d'habiter juste à côté, après tout...

Il fallait que je change de sujet, et vite.

— Ça a commencé à devenir dangereux. Une nuit, quelque chose a allumé les plaques de cuisson dans la cuisine. Parfois, au moins au début, c'était Olivia qui essayait d'attirer notre attention et de nous prévenir pour Candace. Mais les trucs plus dangereux ? J'en sais rien. On a utilisé une planche Ouija pour essayer d'y comprendre quelque chose, seulement, quand on utilise ce truc, on sait jamais ce qui risque de se passer.

— Mais c'est hallucinant ! En gros, ça fait des mois que des fantômes hantent ta chambre ? a demandé Henry, sincèrement inquiet.

— Oui. C'est possible qu'ils hantent Mischa aussi. Mais peut-être qu'elle ne se rend pas compte qu'ils essaient d'attirer son attention.

— Mais Trey peut les voir, lui aussi, a remarqué Henry.

J'y ai réfléchi un moment. Henry venait de toucher du doigt précisément ce que je craignais le plus, à savoir que, si la capacité de Trey à communiquer avec les morts était suffisamment proche de celle de Violet, il finirait par être un danger pour nous.

— Oui, c'est vrai.

Les Richmond avaient une vraie salle à manger, avec un chandelier authentique, du coup je me suis sentie obligée de faire attention à chacun de mes mouvements pendant tout le repas. Mme Richmond était parfaitement maquillée et portait une chemise couleur crème. Ses invités n'étaient que deux adolescentes sans importance, et pourtant Mme Richmond avait pris la peine de décorer la table avec des bouquets d'étoiles de Noël.

Henry ne plaisantait pas quand il avait dit que sa mère allait préparer une tonne de plats : la plupart étaient à base de fruits de mer, selon la tradition suédoise. Il y avait un plat de crevettes, du cabillaud au citron cuit au four, un plateau de petits-fours au saumon fumé et à la crème, le tout parfumé à l'aneth, et un saladier de salade aux fruits de mer, aux champignons et aux petits pois que Mme Richmond a présenté sous le nom de Västkustsallad.

— Alors, Mischa. Henry nous a raconté que tu allais participer aux championnats régionaux de gymnastique à Eau Claire dans quelques semaines ? a demandé M. Richmond.

— Oui, moi et ma sœur. On s'entraîne depuis des mois. Si on obtient une médaille, on ira aux jeux Panaméricains en juin. Ils ont lieu en Californie.

Ça faisait longtemps que je n'avais pas entendu Mischa parler de ses compétitions de gymnastique.

Je me suis concentrée sur mon assiette pour ne pas penser au fait que juin me semblait atrocement loin. Si Mischa recevait une médaille en février et qu'elle allait en Californie en juin, ça relèverait du miracle, et je ne faisais pas référence à son talent de gymnaste.

Quand Henry nous a raccompagnées, on était silencieux, perdus dans nos pensées, et on faisait semblant d'écouter le rap qui passait à la radio. On avait déjà parlé en long et en large de notre plan pour nous rendre dans le Michigan. J'avais donné des informations à Henry sur mon lycée et je lui avais montré où me retrouver exactement le 8 janvier sur Google Maps. Je ne savais toujours pas comment j'allais faire pour passer devant les gardiens de Dearborn et sortir de l'enceinte de l'école, mais il allait falloir que je me débrouille pour trouver une solution une fois de retour là-bas. C'était frustrant d'élaborer tous ces plans alors que tout dépendait de circonstances que je ne pourrais pas gérer tant que je ne serais pas sur place.

On s'est garés devant la grille métallique de la propriété des Simmons. On ne pouvait pas voir la maison depuis la route, mais, dès qu'Henry avait tourné à gauche dans la rue State au lieu de prendre à droite, Mischa et moi avions compris où il nous emmenait, et on n'avait rien dit. Quatre ballons argentés étaient accrochés sur les grilles avec de longs rubans.

— On dirait que quelqu'un fête le Nouvel An, a commenté Mischa.

De l'autre côté du portail, des voitures étaient garées tout au long de la route privée qui menait jusqu'au manoir, loin de la route de campagne. Une des voitures garées appartenait à Michael Walton, je la reconnaissais à cause de sa plaque d'immatriculation ridicule, WALT1.

— Elle ne va jamais s'arrêter, ai-je murmuré.

Devant la maison des Portnoy, j'ai été brève et distante en disant au revoir à Mischa, pour éviter de me mettre à paniquer parce qu'il nous restait très peu de temps pour lui sauver la vie. Le pick-up est resté stationné derrière la voiture d'Amanda pendant un long moment avant que Mischa ouvre la porte.

— À plus, ai-je lancé, l'air de rien, lorsqu'elle a glissé hors de son siège.

— Yes, a-t-elle répondu.

Si tout se passait comme prévu, je la reverrais dans neuf jours, un jour avant que les élèves de mon ancienne promo arrivent au mont Farthington.

Je l'ai regardée rentrer chez elle dans son manteau de ski violet, le cœur lourd à l'idée que je la voyais peut-être pour la dernière fois. J'espérais vraiment que Mischa avait écouté les conseils de Laura et qu'elle avait allumé la bougie, quelque part, dans cette grande maison.

Lorsque Henry s'est arrêté dans mon allée, je lui ai donné le pendule que j'avais trimballé dans ma poche tout l'après-midi.

— Garde ça, tu veux bien ? Je ferais mieux de ne pas le conserver avec moi et, de toute façon, on en aura besoin dans le Michigan.

— Mais je ne sais pas l'utiliser, ce truc, a-t-il protesté. En plus, il est à toi, tu devrais le garder.

— Non, Henry, vraiment, ai-je insisté alors qu'il essayait de me le rendre. Il va falloir que tu l'apportes quand tu viendras me chercher au lycée. Moi, on me le prendra si je l'emmène à Dearborn.

— Ça marche, a répondu Henry en hochant la tête.

Je suis sortie du pick-up en me demandant si je le reverrais effectivement à Dearborn.

— Oh, Henry… N'oublie pas le portable prépayé. Il faut l'acheter ici, en ville, pour que le numéro ait le bon code téléphonique régional, lui ai-je rappelé.

C'était particulièrement important pour que notre plan fonctionne.

Henry a souri et m'a répondu sur le ton de la blague :

— Ça va, c'est bon, madame Casse-Pieds. Je n'oublierai pas.

— Merci de m'avoir ramenée, ai-je lancé avant d'ajouter : Et merci pour tout.

— Fais attention à toi, McKenna, a-t-il répliqué d'un ton étonnamment doux.

Je l'ai regardé partir, debout dans l'allée gelée derrière une vieille voiture qui appartenait sans doute à Glenn. Sur ma droite, comme d'habitude, toutes les fenêtres des Emory étaient allumées. Je voyais la silhouette de Walter Emory, assis sur le sofa devant la télé. Depuis la rue, je voyais les lumières du sapin de Noël dans notre salon, et mon cœur a fait un bond lorsque j'ai vu Maude sauter sur le sofa en frétillant de la queue pour me faire la fête. C'était comme si j'étais plongée dans une scène de mon enfance qui appartenait déjà au passé.

Ma maison. C'était si simple de se retrouver sans rien.

Chapitre 24

— Attention aux plis, mesdemoiselles. Pas de linge froissé.

Mme Robinson, la gardienne de Dearborn qui nous surveillait pendant qu'on était de corvée de linge, se tenait à l'entrée de la buanderie dans les caves du bâtiment Huron, la résidence dans laquelle se trouvait ma chambre. On avait deux grandes résidences à Dearborn pour séparer les plus jeunes des plus âgées, mais leur stratégie aurait été plus efficace s'ils nous avaient plutôt séparées entre plus dangereuses et moins dangereuses.

J'évitais certaines des plus jeunes, qui étaient dans le bâtiment Mackinac, encore plus que celles de mon âge.

Être de corvée de linge pile le 8 janvier était particulièrement naze pour mon plan d'évasion. Il était presque 18 heures et, dans une demi-heure, Henry, Mischa et Trey m'attendraient à un kilomètre d'ici, sur la route qui encerclait mon lycée. Il fallait que je commence à partir, mais j'étais coincée sous la surveillance de la gardienne la plus coriace du campus.

Je stressais comme une malade en sortant les vêtements de sport brûlants du sèche-linge sous l'œil de Robinson. La soirée n'était pas censée se dérouler comme ça. J'aurais dû être de corvée à la cafétéria. Si j'avais été là-bas, en train de préparer le dîner, j'aurais eu mon manteau d'hiver avec moi pour traverser la cour entre ma résidence et la cafétéria. J'aurais facilement pu me glisser par la porte de derrière, devant laquelle se garaient les camions qui livraient d'énormes caisses de légumes et de blocs de fromage américain. J'aurais rejoint la route et tout simplement attendu que les autres viennent me chercher.

À la place, pour une raison obscure, on m'avait collée à la buanderie sur la liste de la semaine. Je m'étais demandé si ça valait la peine de demander à Mme Freemantle, la responsable des affectations aux tâches quotidiennes, de changer de liste, mais j'avais décidé que ce serait sans doute mieux de ne pas attirer l'attention sur moi. Sans doute que les esprits de Violet avaient quelque chose à voir avec ma réaffectation soudaine, puisque, depuis que j'étais à Dearborn, je travaillais toujours à la cafétéria. Mais quelle que soit la raison de ce changement improbable, je paniquais. Il ne me restait que quelques minutes pour trouver un moyen de me sortir de ce pétrin, et aucune des idées que j'avais eues de toute la semaine n'était réaliste.

Je savais déjà qu'à la fin de notre corvée on empilerait le linge propre dans des caddies, qui seraient montés par l'équipe des filles responsables de la distribution du linge dans les chambres de la résidence. Quant à nous, on nous demanderait de former deux files de neuf, Robinson nous compterait, et on nous enverrait à la queue leu leu dans nos chambres pour qu'on se prépare pour le dîner. Là, je serais obligée de parler un peu à Alecia, de prendre mon manteau, et on ressortirait dans le couloir, devant notre porte, au garde-à-vous, jusqu'à ce que Mme Carlitos, la gardienne responsable de notre résidence jusqu'à 21 heures les soirs de semaine, souffle dans son sifflet. Les filles du premier étage de Huron la suivraient à travers la cour gelée jusqu'à la cafétéria et, après un dîner atroce de chili avec du riz ou de sandwich au poulet, on devrait retraverser la cour et regagner nos chambres où on ferait nos devoirs jusqu'à l'extinction des feux à 22 heures.

Si je n'arrivais pas à m'enfuir avant qu'on nous renvoie dans nos chambres juste après les corvées, je n'aurais aucune chance de partir ni vue ni connue. Il n'y avait aucun moyen de quitter la file pendant qu'on traversait la cour pour nous rendre à la cafétéria. Si une fille me voyait, elle me dénoncerait immédiatement. Il y avait un certain sens de la camaraderie à Dearborn, mais il ne s'appliquait certainement pas à moi.

Le pire, c'est que je n'avais aucun moyen de contacter Henry et Mischa pour les prévenir si je n'arrivais pas à m'évader. Ils resteraient là, à attendre, sans la moindre idée de ce qui pouvait bien se passer. Tout notre plan avait été construit autour de notre problème de communication. Henry ne pouvait pas m'appeler à l'école. La seule chose qu'il pouvait faire, c'était laisser un message pour moi au bureau du proviseur, ce qui était loin d'être idéal. J'avais fait semblant d'être Mme Emory et j'avais appelé l'école de Trey à partir du téléphone prépayé qu'Henry avait acheté le matin du 3 janvier, avant que ma mère me ramène à Dearborn, pour demander qu'on accorde à Trey une permission de sortir de l'école pour le week-end. Évidemment, ils m'avaient demandé mon code et, heureusement, « turquoise » avait eu l'air de marcher. J'avais été dans tous mes états pendant la durée de la conversation avec le responsable à l'autre bout du fil, tout en essayant de faire passer ma voix pour celle d'une mère de quarante ans.

Ce qui me stressait le plus dans cette buanderie humide et surchauffée, c'était que, quoi qu'il arrive, le fait que Trey et moi fuguions de nos écoles aurait des conséquences irréversibles. Or il était absolument essentiel qu'on se rende dans le Michigan sans soucis, parce que, si on ne réussissait pas à inverser le sort ce coup-ci, on n'aurait pas d'autre chance. Les juges seraient beaucoup plus sévères envers nous cette fois, qu'on parvienne à se rendre dans le Michigan ou non. Je ne savais pas comment Mischa se portait, ni même si elle était toujours en vie. À chaque jour qui passait, j'étais de plus en plus paniquée pour elle, parce que je savais que, si elle mourait étouffée, ses parents ne penseraient sans doute pas à prévenir ma mère, et, si Henry était mis au courant, il n'aurait aucun moyen de me joindre ici, à Dearborn. Ça faisait sept jours qu'on s'était dit au revoir d'un ton joyeux au téléphone, sans mentionner le fait que c'était peut-être la dernière fois qu'on se parlait.

Le car qui conduirait les élèves jusqu'à la montagne partait du lycée le lendemain matin.

J'ai bien aligné les manches du haut que je pliais, perdue dans mes pensées. Il allait falloir que je quitte le rang au moment de retourner dans nos chambres. Le bâtiment des résidences était vieux et mal fichu, et je ne savais absolument pas si les portes des caves qui étaient tout près de la buanderie menaient vers l'extérieur. Mais je n'avais pas le choix, je devais prendre le risque, même si ça voulait dire courir dans le froid par moins six sans manteau.

Winnie, la foldingue qui avait physiquement menacé sa dernière mère d'accueil, était avec moi de corvée de linge. Elle se tenait de l'autre côté de la table, en face de moi, et elle sortait des vêtements d'un des sèche-linge alignés derrière elle.

— Eh, meuf, m'a-t-elle lancé fermement, ce qui m'a arraché à ma rêverie, t'aurais pas du gloss à lèvres ?

J'étais trop ahurie pour répondre tout de suite. Elle ne m'avait jamais directement adressé la parole auparavant et je n'avais pas la moindre idée d'où elle pouvait sortir que moi, ou quiconque, avait du gloss.

— Euuuh, non, ai-je répondu, avant de rebaisser les yeux sur la pile de hauts que j'étais en train de plier.

— Vas-y, meuf, je sais que t'en as. Chuis sûre que c'est toi qui avais les lèvres gercées et qui as reçu un stick à lèvres spécial du médecin, a insisté Winnie en me regardant fixement.

Du coin de l'œil, j'ai regardé la gardienne, Mme Robinson. Évidemment, elle avait entendu Winnie, et elle voyait ce qui se passait, mais naturellement elle ne dirait rien à cette fille si elle pouvait l'éviter. Même les gardiennes avaient peur de Winnie, elle était immense et complètement tarée.

— C'était pas moi, ai-je répondu.

Après avoir jeté un coup d'œil à la gardienne, Winnie a déposé la paire de chaussettes qu'elle mettait en boule et a fait le tour de la table pour rejoindre mon côté. Elle m'a pris le poignet et m'a fait une clé de bras.

— Dis pas de conneries. Je sais que c'était toi. Je t'ai vu en mettre et je le veux, a-t-elle grogné.

Les autres filles autour de nous continuaient à plier, sans dire un mot ni même regarder dans ma direction. Ma main était coincée entre mes omoplates et j'ai dû me pencher en avant de douleur, pleine de haine envers Winnie. De tous les jours que j'avais passés à Dearborn, il fallait qu'elle choisisse celui-ci pour me harceler. J'ai regardé droit devant moi, en direction du carrelage jaune hideux derrière les sèche-linge, espérant que Winnie tombe raide morte. J'ai gardé les lèvres pincées, trop consciente que cette fille était parfaitement capable de me casser le bras si l'envie lui prenait.

— Vas-y, meuf, je sais que tu l'as sur toi.

J'ai senti la main de Winnie chercher dans les poches de ma jupe d'uniforme, pour l'en ressortir chaque fois bredouille.

— Qu'est-ce qui se passe ici ? a fini par s'enquérir la gardienne avec une indifférence à peine cachée.

Elle a à peine bougé un cil, alors qu'elle voyait forcément que Winnie me maintenait le bras. Les gardiennes de Dearborn ignoraient les problèmes, et donc les généraient. Pour leur défense, elles n'étaient sans doute pas payées suffisamment pour mettre leur vie en péril à cause de quelques filles violentes qui méritaient d'être calmées.

— Cette nana a du gloss ! Je l'ai vue en mettre. Faut le lui prendre, elle a pas le droit d'en avoir, c'est contre les règles ! a menti Winnie sans sourciller mais sans me relâcher, alors même que la gardienne la regardait directement à présent.

Je n'ai pas cherché Mme Robinson des yeux pour demander de l'aide. J'ai continué à regarder ce mur jaune, pétrifiée à l'idée qu'on m'envoie à l'isolement si je disais un seul mot pour me défendre. J'ai senti Winnie lâcher prise, et j'ai vu les chaussures noires orthopédiques immondes de la gardienne à côté des miennes, mais je ne me suis pas détendue pour autant : à Dearborn, un contact avec une personne détentrice de l'autorité ne voulait pas dire qu'on était en sécurité.

— Laisse-la tranquille, a dit Robinson à Winnie.

Même une fois mon bras libéré, j'ai pris mon temps pour me redresser et j'ai regardé le sol plutôt que la gardienne.

— Est-ce que mademoiselle Wilson dit vrai ? Vous avez du gloss ?

— Je n'en ai pas, ai-je répondu en choisissant mes mots avec précaution pour ne pas sous-entendre que Winnie avait menti.

— Pourtant, Winnie dit qu'elle vous a vue en mettre, a insisté Robinson pour me forcer à me confronter à mon adversaire.

J'ai relevé la tête pour que la gardienne aux épaules larges voie mes lèvres, qui, ironie du sort, étaient sèches et craquelées depuis qu'on s'était amusés à se balader dans un cimetière gelé une semaine plus tôt.

— Je ne porte pas de gloss.

Voyant que je disais la vérité, mais effrayée à l'idée de mettre Winnie hors d'elle, Robinson m'a répondu en colère, les mains sur les hanches :

— Montez voir Mme Carlitos, je vous colle à l'isolement jusqu'à l'extinction des feux.

— Vous n'allez pas vérifier ses poches ? a demandé Winnie tandis que je baissais la tête et que je me mettais en marche.

J'avais du mal à garder une cadence normale alors que tout ce que je voulais faire c'était me mettre à courir à toute vitesse avant que Mme Robinson ne change d'avis ou qu'elle ne demande à quelqu'un de m'accompagner.

— Retournez au travail, Wilson, a ordonné la gardienne.

Dès que je suis sortie de la salle dans le couloir, j'ai regardé dans tous les sens. Sans le savoir, Winnie venait de me donner l'occasion parfaite de disparaître. Il faudrait près de vingt minutes avant qu'on mette les filles de l'étage en rang pour le dîner. Si j'avais de la chance, il leur en faudrait dix de plus pour se rendre compte que je n'étais pas allée au bureau de Mme Carlitos et qu'à la place je m'étais fait la malle. Ce qui me laissait presque une demi-heure pour sortir de l'école et retrouver Henry. Je lui avais expliqué un million de fois combien il était important qu'il soit à l'heure.

J'ai ouvert la porte la plus proche à toute vitesse, elle menait à la salle des chaudières. Il y faisait sombre. On y trouvait les ballons d'eau et des tableaux électriques, mais pas de porte menant à l'extérieur. J'ai tenté de visualiser les bâtiments au rez-de-chaussée et de repenser aux portes par rapport à l'endroit où je me trouvais dans la cave, mais impossible. J'étais bien trop stressée, mon cœur tapait contre ma poitrine et je voyais flou. Je suis retournée dans le couloir et me suis dirigée dans la direction opposée à l'escalier, qui pourtant m'aurait permis de regagner le couloir au rez-de-chaussée et toutes ses portes menant peut-être à la sortie.

J'ai trouvé une porte ouverte par une femme de ménage qui me tournait le dos, occupée à vider son seau dans un lavabo. Je me suis penchée en avançant dès que je l'ai remarquée. J'ai entendu l'écho de pas derrière moi dans les escaliers en ciment. La personne qui était en train de descendre me verrait dès qu'elle serait arrivée en bas et elle comprendrait tout de suite qu'il se passait quelque chose de louche. La porte suivante affichait « Réservé au personnel ». J'ai essayé d'actionner la poignée pour voir c'était verrouillé. La porte s'est ouverte. Sans perdre une seule seconde, je me suis glissée à l'intérieur de la salle et j'ai refermé derrière moi.

J'ai décidé d'allumer la lumière, incapable de gérer l'idée d'avoir à passer ne serait-ce que quelques minutes dans le noir. L'ampoule qui pendouillait du plafond a éclairé la pièce, qui était une petite salle de stockage de produits de manutention. Les rangées d'étagères métalliques étaient remplies de déboucheurs de canalisations, de détergents en poudre, de produits pour le linge, d'ampoules et de cire pour le sol. Dans un coin, des uniformes étaient pendus à un portemanteau, et des seaux avaient été alignés le long d'une série d'échelles et d'escabeaux de toutes les tailles. D'un coup, je me suis dit que la personne qui descendait pouvait bien avoir pour intention de venir dans cette pièce, donc je me suis dépêchée d'atteindre la première rangée d'étagères et j'ai tourné à droite. Il y avait quatre rangées supplémentaires, et derrière la dernière, contre un mur gris foncé, se trouvait un vieil ordinateur posé sur un bureau miteux et de mauvaise qualité.

Je suis repassée au hasard au niveau de la troisième rangée, entre les bidons de peinture et une étagère entière de pièges à souris, de spray anti-fourmis et anti-cafards, de tubes de mastic et d'enduit, juste au moment où une clé tournait dans la poignée métallique.

La porte a grincé en s'ouvrant et quelqu'un est entré en sifflotant. À travers les pots de peinture, je voyais qu'une personne en uniforme beige prenait des ampoules empilées sur l'étagère de la première rangée. Puis elle a longé l'allée et a tourné à droite, l'air distrait. Il fallait que je bouge si je ne voulais pas qu'on m'attrape, j'ai donc contourné la troisième rangée sur la pointe des pieds. Pour qu'on ne me repère pas, cachée derrières les énormes sacs de sel industriel, je me suis accroupie en me tenant à une des étagères pour garder l'équilibre. J'ai retenu ma respiration et j'ai jeté un œil en direction de la femme. Elle regardait les bidons de peinture. Puis elle a déposé toutes ses ampoules dans un bac à peinture, elle y a ajouté un rouleau et a saisi un bidon de peinture.

Je n'étais toujours pas en sécurité, alors je suis passée entre la deuxième et la troisième rangée tandis que la femme tournait dans la quatrième allée et qu'elle posait le bidon de peinture sur le bureau. Elle a fait bouger la souris de l'ordinateur, ce qui a allumé l'écran, et elle s'est mise à taper sur le clavier. Mon cœur battait si fort que j'étais étonnée qu'elle ne l'entende pas. Je me suis décalée pour mieux voir entre les boîtes de pièges à souris, et j'ai remarqué avec un soulagement intense qu'elle portait de gros écouteurs et qu'elle bougeait la tête en rythme. Elle écoutait de la musique. Quand elle a enfin terminé ce qu'elle fabriquait à l'ordinateur, je me suis placée tout au fond de la deuxième allée pour me cacher tandis qu'elle repassait dans le sens inverse, et j'ai cru m'évanouir de bonheur lorsqu'elle a éteint la lumière et que la porte s'est refermée sur elle.

J'ai attendu plusieurs minutes, à me demander si je ferais mieux de mettre un de ces uniformes de travail beiges pour sortir dans le froid, mais j'ai finalement décidé de ne pas le faire. Ils étaient trop larges, trop encombrants, et ne feraient que m'empêcher de courir si j'en arrivais là. Le comble de la chance, ça aurait été que les manutentionnaires utilisent aussi cette pièce pour déposer leurs manteaux d'hiver, mais ce n'était pas le cas. Lorsque j'ai été prête à jeter un coup d'œil dehors pour voir si la voie était libre, j'ai pris une profonde inspiration au moment de tourner la poignée. C'est là que je me suis rendu compte de l'horreur suprême.

J'étais enfermée.

C'est pas possible, me suis-je répété à moi-même, encore et encore. *Je suis en train de rêver.*

Je ne savais absolument pas combien de temps il faudrait attendre avant que quelqu'un d'autre vienne dans ce placard à balais. Sans doute pas avant la fin du dîner, c'est-à-dire après 20 heures. Henry ne m'attendrait jamais pendant une heure et demie au bord de la route. Il se dirait que j'avais un souci et changerait le plan.

J'ai regardé comme une maniaque autour de moi. Je suis allée au bureau pour chercher des clés dans le tiroir du haut. Il y avait bien un trousseau, mais la plupart des clés étaient étiquetées et ouvraient des espaces comme l'établi du tracteur-tondeuse ou la cabane des équipements sportifs. J'ai gardé le trousseau à la main pendant que j'inspectais les autres tiroirs, mais je n'ai rien trouvé de mieux qu'un chewing-gum antique dur comme la pierre et un fouillis de fournitures de bureau inutiles.

De retour à la porte, j'ai essayé chacune des clés dans la serrure, mais toutes étaient trop grandes et ne passaient pas dans le trou. J'ai regardé autour de moi tout en prononçant tous les gros mots de mon vocabulaire. Cette fois, j'ai remarqué un long cordon de clés qui pendait derrière le portemanteau. Je l'ai pris pour examiner les clés. Elles aussi étaient étiquetées : entrée Huron, entrée Mackinac. Ça n'allait pas m'aider à sortir de là, mais, en voyant les clés pendues au cordon, lui-même accroché à mon doigt, j'ai eu une idée terrible.

— Pendule, à quoi ressemble « oui » ? ai-je demandé d'une voix rauque mais ferme.

Contrairement à mon pendule, le cordon s'est mis à se balancer d'avant en arrière de façon linéaire. J'étais tellement heureuse de le voir répondre que j'ai failli en pleurer.

— Pendule, est-ce que je vais sortir de cet endroit à temps pour retrouver Henry de l'autre côté de la route ? ai-je demandé, terrorisée par la réponse à venir.

Il a continué à se balancer d'avant en arrière. *Oui.*

Encouragée, j'ai demandé :

— Pendule, peux-tu m'aider à sortir d'ici ?

Le cordon a changé de direction et s'est mis à se balancer, toujours d'avant en arrière, en direction de la porte. Je me suis lentement rapprochée de la porte et le balancement s'est intensifié. *Je fais quoi maintenant ?* me suis-je demandé.

J'ai attrapé les clés et je les ai regardées, les unes après les autres. Toutes me paraissaient trop grandes pour le trou de la serrure, tout comme les clés du trousseau. Mais, pour m'assurer que je n'inventais rien, j'ai tenu la poignée de la main gauche et j'ai tenté d'insérer une des clés de la main droite. Rien. Comme je le craignais, les clés étaient trop grandes.

— Pendule, est-ce que la personne qui te fait bouger peut m'aider à ouvrir cette porte ? Olivia ? Candace ? N'importe qui ?

Et d'un coup, comme ça, j'ai entendu la serrure faire un bruit.

J'hallucine, me suis-je dit. J'ai tourné la poignée jusqu'au bout et, miracle total, la porte s'est ouverte. Peut-être que Laura avait raison quand elle avait dit que j'étais médium, finalement !

— Merci, pendule, ai-je dit en déposant le cordon sur une des étagères de la première rangée, parce que je ne voulais pas risquer de lâcher la poignée.

J'ai entrouvert la porte et j'ai pointé le nez dehors. Je m'apprêtais à sortir dans le couloir quand j'ai entendu la grosse voix de Mme Robinson résonner depuis la buanderie :

— Deux rangées, mesdemoiselles. Pas de tentatives louches ce soir. Tourte à la dinde au menu, je ne voudrais pas que vous en soyez privées.

J'ai grincé des dents et je me suis recachée dans la pièce, en maintenant la poignée de la porte tournée tout à gauche pour que la porte ne se referme pas. Il était déjà 18 h 15 ! Il ne me restait que quinze minutes pour arriver à la route, or Henry était peut-être déjà là, ce qui voulait dire qu'il allait forcer Mischa et Trey à supporter son rap jusqu'à ce que je sorte de l'école à toute allure.

J'ai attendu une éternité que les bruits de pas lourds disparaissent dans les escaliers. Une fois que mes camarades ont enfin été remontées, je suis sortie de la pièce et, après une petite hésitation, j'ai repris le cordon que j'avais déposé sur l'étagère et je l'ai empoché avant de refermer la porte derrière moi. Au bout du couloir, j'ai trouvé une porte sur la gauche, ainsi qu'une autre à droite avec un autocollant métallique indiquant « B ». Celle de droite devait correspondre à l'escalier B, l'escalier de secours. J'avais eu suffisamment de surprises pour la soirée, donc j'ai sorti le cordon de ma poche, je l'ai mis autour de mon index et j'ai demandé, après m'être placée devant celle de gauche :

— Pendule, est-ce que je pourrai sortir du bâtiment par cette porte ?

Il s'est mis à se balancer d'avant en arrière, alors je l'ai ouverte. Celle-ci donnait sur un autre couloir. Les lumières fluorescentes vacillaient et bourdonnaient, et je sentais que j'approchais de la sortie parce qu'il faisait de plus en plus froid. Le couloir faisait un coude, au bout duquel est apparue une porte grise indiquant un panneau rouge avec l'inscription « Sortie ». Pour l'ouvrir, il fallait pousser une barre horizontale qui se situait juste en dessous d'un verrou.

— Pendule, est-ce qu'une alarme va se déclencher si j'ouvre la porte ? ai-je demandé.

Le cordon s'est mis à bouger de gauche à droite. *Non, il n'y aura pas d'alarme.*

— Tout ça pour ça, ai-je marmonné en tournant le bouton du verrou pour l'ouvrir avant de pousser la barre.

La porte s'est ouverte sur un escalier extérieur qui menait au rez-de-chaussée. À mon grand soulagement, aucune alarme n'a sonné.

En haut, la neige m'attendait. *Pourquoi est-ce que j'avais choisi précisément aujourd'hui pour ne pas mettre de collants ?* Je râlais tout en escaladant la neige épaisse qui recouvrait les marches.

Je n'avais plus d'autre choix que de continuer, j'ai donc rapidement fait le tour de mon bâtiment, j'ai vérifié que la voie était libre, puis j'ai couru jusqu'à l'arrière de la résidence Mackinac. Ensuite, j'ai attendu. Derrière la cafétéria, il y avait un parking, sans doute utilisé par le personnel de cuisine. Les dames de la cafétéria étaient bien plus gentilles que les gardiennes ou les enseignantes de Dearborn, mais, pour autant, je ne pouvais pas me permettre de risquer qu'elles me voient si elles sortaient pour leur pause cigarette. Personne ne choisirait de m'aider au risque de perdre son boulot.

Quand je me suis assurée qu'il n'y avait personne dehors, j'ai sillonné le parking entre les voitures garées en restant penchée. Au moins, le parking avait été dégagé, ce qui voulait dire que je n'avais pas besoin de me traîner dans la neige. Les bruits de vaisselle et d'eau qui venaient de la cuisine m'ont fait prendre conscience qu'il fallait que je me dépêche. Une fois de l'autre côté du parking, je me suis appuyée contre le mur de brique du bâtiment pour reprendre mon souffle. C'est là que j'ai senti le froid mordant transpercer mon cardigan et mon polo, au point de me donner mal au dos. Mon souffle formait une fumée blanche en sortant de ma bouche. Le fait de rester sans bouger plus de cinq secondes me transformait en glaçon, donc je me suis remise en mouvement. J'ai repris ma course dans la neige pour passer à l'arrière du gymnase, où se situaient également la plupart de nos salles de classe.

C'est au-delà de ce bâtiment que commençait le long chemin pentu vers le petit groupe de sapins qui séparaient l'école de la route où m'attendrait Henry. Je savais que j'y étais presque, ce qui a un peu apaisé la sensation de brûlure de la neige contre ma peau nue, mais j'avais déjà tellement froid que je me suis dit, furieuse, que, si Henry ne m'attendait pas comme prévu, alors je retournerais à l'école et me rendrais.

Le chemin qui descendait le long de la colline était la partie la plus visible de mon périple. Il faudrait que je marche à découvert sur un peu moins de quarante mètres avant de pouvoir me cacher parmi les arbres. Même s'il commençait déjà à faire noir parce que c'était l'hiver, la partie de l'école qui était exposée à la route était éclairée par des projecteurs. De là où je me tenais, je voyais les voitures passer, et j'espérais qu'aucun des conducteurs ne remarquerait une jeune fille dans la neige en train de s'enfuir de son internat.

J'ai descendu la colline aussi rapidement que me le permettaient mes jambes. J'ai perdu ma chaussure droite quelques pas seulement après avoir entamé ma descente, mais je n'ai pas pris la peine de la ramasser. J'ai perdu la gauche dans la neige tandis que j'approchais des arbres. Je n'ai pas tenté de la récupérer non plus. Je tremblais violemment à cause du froid et j'ai mis quelques secondes à reprendre mes esprits. À travers la cime des arbres, j'ai aperçu un croissant de lune dans le ciel. On ne pouvait pas vraiment appeler ces arbres qui bordaient la propriété de l'école une forêt, pourtant j'étais étonnée du silence environnant. Les seules choses que j'entendais étaient le bruit des voitures qui passaient et le son de ma respiration rauque dans la nuit glaciale.

J'ai continué à marcher. Avant même de remarquer le pick-up d'Henry, j'ai vu la fumée du pot d'échappement et j'ai crié de joie. Dès que je suis sortie du petit bosquet, Henry m'a vue et a ouvert la portière côté passager, là où il se tenait en m'attendant. Mon cœur a presque explosé de joie parce que j'avais réussi, et lui aussi, on allait pouvoir continuer et sa voiture me réchaufferait dès que je m'installerais. Notre première étape pour vaincre Violet était un succès.

— Tu es là ! s'est exclamé Henry. J'arrive pas à y croire !

Il m'a prise dans ses bras et m'a soulevée.

— Où sont passées tes chaussures ?

— Je te raconterai. Allez, ne perdons pas de temps, il vaut mieux qu'on parte d'ici, ai-je répondu en entrant dans la voiture.

Et puis je me suis retournée vers lui, perdue. Le pick-up était vide. Pas de Mischa. Pas de Trey.

— Où sont passés les autres ? ai-je demandé, les larmes aux yeux.

Mischa n'était pas là. J'imaginais déjà le pire et j'ai scruté le visage d'Henry pour obtenir la confirmation de ce que je craignais.

— Monte, a insisté Henry. Tout va bien. C'est juste qu'on a dû légèrement modifier le plan.

Je me suis donc installée dans la voiture. Il y faisait incroyablement chaud. C'était si agréable que mes jambes se sont mises à picoter et que j'ai eu du mal à garder les yeux ouverts.

— Mais, et Mischa ? ai-je insisté. Elle va bien ? Elle est en vie ?

— Oui, elle est bien vivante, m'a rassurée Henry une fois sa portière refermée.

Après avoir fait marche arrière, on s'est éloignés de l'école pour rejoindre la route qui nous permettrait de contourner Dearborn et de gagner l'autoroute. Henry a augmenté le chauffage sur le tableau de bord, c'était merveilleux de sentir l'air chaud sur mes genoux.

— Mais, quand je l'ai récupérée à St. Patrick ce matin, a-t-il poursuivi, elle m'a demandé de la conduire à Green Bay pour que, de là-bas, elle récupère un car pour Chicago. Elle m'a demandé de te dire pardon, elle pense qu'il vaut mieux qu'elle attende que tout soit résolu au magasin occulte. Laura est d'accord, elle pense pouvoir créer un bouclier de protection pour Mischa si elle accepte de rester sur place.

Je grelottais si fort que j'avais du mal à mettre ma ceinture de sécurité. Bien sûr, le plan de Mischa était parfaitement logique. C'était la bonne chose à faire et j'étais heureuse pour elle, mais j'étais terrifiée à l'idée de devoir affronter Violet sans elle. Mischa avait toujours été ma porte-parole et elle n'avait jamais peur de dire des choses que je n'oserais jamais prononcer.

— Bon, ai-je réussi à articuler à travers mes lèvres gelées. C'est bien.

— Je t'ai apporté ça, a dit Henry en quittant la route des yeux le temps de me donner un gobelet en carton de Starbucks. C'est un chocolat chaud. Je me suis dit que tu serais gelée.

— Henry, tu sais que je t'aime ? ai-je répondu en prenant le gobelet.

Ce n'est qu'après avoir avalé une gorgée de boisson brûlante que je me suis rendu compte de ce que je venais de dire.

— Enfin, je... T'as compris ce que je voulais dire. Merci, c'est vraiment super gentil de ta part.

— J'avais l'intention de prendre à manger aussi mais je ne sais pas ce qui te plaît, donc je me suis dit qu'on pourrait s'arrêter sur une aire de repos.

J'ai continué à boire mon chocolat lentement avant de demander :

— Et Trey, alors ?

— Petit changement de plan, a annoncé Henry. Je n'aimais pas l'idée que Mischa se retrouve dans un car seule jusqu'à Chicago, donc je l'ai conduite là-bas. Du coup, je n'ai pas eu le temps de le récupérer avant de venir ici à temps pour notre rendez-vous.

— Ah, ai-je répondu, engourdie.

Je ne savais pas comment lui dire sans le blesser qu'il n'était pas question que j'aille au mont Farthington sans Trey. Je ne serais tout simplement pas capable de faire ce qu'il y avait à faire toute seule.

— Du coup, Mischa a appelé le lycée de Trey en faisant semblant d'être Mme Emory. Elle leur a dit qu'elle avait eu un souci de voiture et qu'elle le récupérerait demain matin.

— OK, ai-je lancé, immédiatement soulagée.

Mais, très vite, la réalité de la situation m'est revenue : on allait devoir conduire jusqu'à l'école de Trey.

— Mais c'est hyper loin ! me suis-je exclamée.

— Il va nous falloir onze heures, a répondu Henry d'une voix neutre. Et il ne faut que sept heures pour retourner à Willow. Du coup, on rentre à Willow ce soir, on dort chez mes parents histoire d'avoir une bonne nuit de sommeil, et on part récupérer Trey demain matin.

Quand on s'est arrêtés à une station-service, j'ai repris la conversation :

— Je ne sais pas si c'est une bonne idée de retourner à Willow. Les gens à Dearborn vont commencer à se demander où je suis d'ici une heure. Ils vont appeler ma mère à tous les coups. Et elle va forcément penser à toi.

— Oui, je sais, c'est pas génial, a admis Henry. Mais j'y ai pensé. C'est pour ça que je pense que c'est idéal de retourner chez nous : mes parents vont voir que je suis à la maison, et ils vont dire à ta mère que je n'ai rien à voir avec ta disparition. Quand on arrivera à la maison, il va falloir qu'on change ton apparence au cas où la police de Dearborn appellerait le commissariat de Willow. Ils pourraient faire le lien et comprendre que tu veux suivre la promo de première pendant leur voyage au ski.

— Bon, d'accord, ai-je répondu, en supposant qu'il voulait sans doute que je me coupe les cheveux au niveau des épaules et que je me mette plus de maquillage.

— Trey aussi, a ajouté Henry. Ce serait mieux si vous deveniez méconnaissables, pour qu'on n'ait pas besoin de prendre trois mille précautions une fois au mont Farthington.

— Bon sang, ai-je marmonné.

Notre plan pourtant préparé avec minutie me paraissait totalement immature et ridicule maintenant qu'on avait mis les choses en route. Ça serait facile pour n'importe qui de nous repérer. Comment est-ce qu'on allait faire pour rester en liberté assez longtemps pour se rapprocher de Violet ?

— Ne t'inquiète pas, a lancé Henry comme s'il lisait dans mon esprit au moment de se garer dans le parking de l'aire de repos.

Les enseignes illuminées de divers fast-foods m'ont donné faim : McDonald's ! Pizza Hut ! KFC !

— Je pense que la police se souciera plus de la disparition d'une jolie petite gymnaste que d'une ado rebelle qui a fugué de son internat.

Il m'a fait un clin d'œil et je me suis rendu compte qu'il avait raison. Si Mischa était partie se cacher sans prévenir ses parents, il était probable qu'une chasse à l'homme avait lieu en ce moment précis dans tout l'État du Wisconsin. Sa photo de l'album de promo serait diffusée aux infos le soir même.

— Alors, qu'est-ce que ça sera pour la demoiselle ? Un burger ? Une pizza ?

J'ai regardé mes chaussettes trempées.

— J'ai perdu mes chaussures dans la neige, ai-je annoncé, comme si je venais juste de m'en rendre compte.

— Je sais, m'a fait remarquer Henry. Mais, de toute façon, tu ne sors pas d'ici. Les gens risquent de remarquer une fille qui se balade pieds nus en uniforme dans une aire de repos en compagnie d'un homme mûr beau à tomber.

— T'es fou, Henry, ai-je lancé en souriant pour la première fois depuis que ma mère m'avait déposée à Dearborn, six jours plus tôt. Une pizza, si ça te dérange pas trop.

— Une pizza pour la demoiselle aux pieds nus, une !

Chapitre 25

Toutes les maisons de Cabot Drive étaient paisibles et prêtes pour la nuit lorsqu'on s'est engagés dans la rue des Richmond. Beaucoup de façades portaient encore des illuminations de Noël, certaines maisons avaient même encore des sapins décorés qu'on remarquait par les fenêtres alors que ça faisait déjà une semaine qu'on avait fêté le Nouvel An. C'était une sensation étrange de me retrouver dans ma ville avec l'impression d'être une voleuse. J'étais tellement parano que je me suis demandé s'il ne fallait pas que je glisse plus bas dans mon siège pour que d'improbables promeneurs ne me remarquent pas dans le pick-up depuis le trottoir.

— Attends-moi, je vais revenir te chercher, m'a indiqué Henry une fois garé, pendant qu'il éteignait le moteur.

Les fenêtres de la maison des Richmond étaient noires, ce qui n'était pas surprenant vu qu'il était 1 heure du matin.

— Tu crois que tes parents sont encore debout ? ai-je demandé, inquiète.

Je ne connaissais pas particulièrement Randy et Beth Richmond, mais, s'ils ressemblaient un tant soit peu à ma mère, il n'y avait aucune chance qu'ils acceptent qu'Henry invite une fille qu'il venait d'aider à s'enfuir de son internat pour qu'elle passe la nuit chez eux.

— Sans doute que non, mais avec ma mère, va savoir, a répondu Henry. Je vais juste entrer pour ouvrir la porte de derrière qui donne sur la buanderie. Et je ferais mieux de prendre une paire de chaussures d'Olivia, non ?

J'ai regardé mes chaussettes humides et j'ai hoché la tête ; l'idée de devoir traverser la neige épaisse pour atteindre la maison des Richmond sans chaussures ne me ravissait pas. Henry m'a jeté un sourire rapide avant de sortir du pick-up en fermant la portière le plus silencieusement possible. Il s'est avancé sur le petit chemin qui menait aux deux marches et au perron, a déverrouillé la porte d'entrée et a disparu à l'intérieur.

Je me suis donc trouvée totalement seule dans la voiture qui se refroidissait à toute allure. La rue était terriblement silencieuse, pas une voiture ne passait. Je me suis demandé si les parents d'Henry s'étaient inquiétés de ne pas le voir rentrer lorsqu'ils s'étaient couchés, ou bien s'ils ne se souciaient plus de ses allées et venues depuis qu'il était à l'université. Mais même sans heure limite, il y avait peu d'endroits à Willow où un jeune de dix-huit ans pouvait traîner au-delà de 22 heures, et tous ses amis de lycée étaient repartis dans leurs universités respectives. J'étais tellement prise par mes soucis à Dearborn et par mon enquête pour découvrir autant de détails que possible sur Violet avant le voyage au ski que je n'avais pas pensé une seule fois à lui demander comment il allait, ce qui se passait dans sa vie et s'il avait l'intention de reprendre ses études à Northwestern.

Plus de deux minutes plus tard, toujours rien. Je frissonnais dans la voiture et je me demandais si Mischa était profondément endormie au magasin, à des kilomètres, ou si elle s'inquiétait de savoir si on progressait. À cette heure-ci, le plus probable était que et les Portnoy et ma mère avaient été alertés de notre absence par les autorités. Ma mère avait sans doute commencé à creuser une tranchée dans le sol de la maison à force de faire les cent pas, enragée et blessée que je lui aie menti pendant les vacances sur mon intention de rentrer dans le droit chemin. On avait sans doute également informé mon père que j'étais en fuite. Il était probablement déjà en train de faire des reproches à ma mère, faisant tout pour qu'elle s'en veuille parce qu'elle ne s'était pas rendu compte que je planifiais ma fugue depuis un certain temps déjà.

J'ai commencé à me sentir mal. Mes parents n'étaient pas idiots. Dès qu'ils seraient mis au courant de mon absence par Dearborn, ma mère appellerait celle de Trey, supposant que lui et moi avions l'intention de fuguer ensemble. Et si Mme Emory avait appelé le lycée de Trey pour leur dire de le surveiller de près, alors notre entourloupe pour le faire sortir serait dévoilée. Si Henry et moi partions dans le Michigan le lendemain matin pour récupérer Trey à 9 heures comme prévu, on se jetterait directement dans la gueule du loup. Je ne serais pas surprise de voir non seulement la police locale mais aussi la police d'État à notre arrivée, ainsi que des journalistes. Vu l'ampleur qu'avait prise notre course-poursuite en novembre, il fallait s'attendre au pire.

J'ai grogné. J'étais soulagée que Mischa soit sans doute plus en sécurité pour le moment, mais le fait de changer le timing de notre plan nous mettait tous en danger. On allait devoir penser à un autre moyen de récupérer Trey.

Enfin, j'ai vu une ombre sur le côté de la maison. Lorsqu'elle a atteint l'allée, j'ai reconnu Henry, qui se retournait nerveusement vers chez lui. Il a fait le tour de la voiture pour m'ouvrir la porte, une paire d'après-skis noirs entre les mains.

— Désolé, a-t-il murmuré, comme si quelqu'un nous écoutait. Ma mère est dans la cuisine. J'ai dû créer une diversion.

J'ai enfilé une botte.

— C'est la bonne taille ? a-t-il demandé.

— C'est parfait, oui, ai-je répondu.

Je n'avais pas été suffisamment proche d'Olivia pour connaître sa pointure, mais j'aurais cru que ses pieds étaient plus petits que les miens. Je me suis dépêchée de lacer les après-skis, puis je suis descendue du pick-up.

— Quelle diversion ? ai-je demandé.

— Le linge sale, a répondu Henry. J'ai fait une machine. Ça couvrira les bruits qu'on va faire en entrant.

On s'est dirigés vers l'arrière de la maison, en direction des marches de ciment qui menaient à la buanderie, au niveau de la cave. Une fois à l'intérieur, dans la pièce surchauffée et humide, je me suis mise à grelotter de façon incontrôlable à cause de l'écart avec le froid glacial du dehors.

— Écoute, Henry, ai-je commencé, ravie que le bruit de la machine couvre ma voix, je crois qu'on ne va pas pouvoir aller à l'école de Trey pour le récupérer. Si mon internat a compris que je m'étais enfuie, et je suis sûre que c'est le cas vu qu'ils vérifient toujours les chambres avant l'extinction des feux, ma mère saura que la première chose que je ferai c'est tenter d'entrer en contact avec Trey. Donc, si on va à son lycée demain, ils s'y attendront.

Henry s'est mordu la lèvre.

— T'as sans doute raison. On va devoir trouver un autre moyen de le sortir de là.

J'ai soupiré et je me suis adossée à la machine, en tentant de retenir mes larmes.

— On aurait dû prévoir que ce serait la cata. Qu'est-ce qu'on va faire si on n'arrive pas à faire sortir Trey ? Qu'est-ce qu'on va faire si on n'arrive pas à aller jusque dans le Michigan ?

Ça voudrait dire la mort de Mischa et le début pour moi d'une incarcération longue, ce qui permettrait à Violet de continuer son jeu morbide aussi longtemps qu'elle voulait.

— Il ne faut pas penser comme ça, McKenna, regarde ce qu'on a déjà réussi à faire. On a fait un tiers du travail, m'a encouragée Henry. Je pense qu'il faut qu'on avance le plus possible ce soir sur ce qu'on peut régler et qu'on attende demain avant de s'inquiéter des éventuels imprévus.

Il s'est approché d'une étagère près du lavabo à côté de la machine à laver, et a attrapé un sac en plastique avec deux boîtes à l'intérieur.

— Écoute, tu vas m'en vouloir, mais je crois que tu ferais mieux de changer ton apparence avant demain. Perso, j'adore tes cheveux, mais je ne sais pas où on peut acheter des perruques dans le coin.

J'ai regardé dans le sac, curieuse malgré ma mauvaise humeur. Henry avait acheté deux boîtes de teinture pour cheveux de luxe, le genre qu'on appliquait simplement en faisant mousser le liquide sur les cheveux. J'ai regardé la première boîte appelée « Neige argentée », qui proposait une teinte de blond platine, et je me suis demandé s'il avait passé beaucoup de temps à choisir les couleurs.

— Il y en a une autre qui fait plutôt un effet doré, a-t-il lancé. Malibu… oui, voilà, c'est celle-là.

J'ai pris l'autre boîte, qui proposait une teinte de blond plus chaleureuse qu'ils appelaient « Soleil de Malibu ».

— Je me suis dit que tu pourrais choisir ce qui te plaisait le plus et que Trey prendrait l'autre boîte. Vous serez tous les deux méconnaissables avec les cheveux plus clairs, a dit Henry avec un haussement d'épaules. Mais c'est comme tu veux. Si on veut être à son école demain matin, il faut qu'on parte à 5 heures du matin. Il fera encore nuit. Mon père se lève à 6 heures pour aller à la salle de sport, donc, si on voulait partir plus tard, ça serait risqué parce qu'il pourrait te trouver là.

— Comment ça il pourrait me trouver là ? ai-je demandé en haussant les sourcils.

— Je veux dire ici, dans la cave, a-t-il expliqué. J'ai descendu des couvertures pour que tu puisses dormir sur le sofa.

J'ai frissonné en me rappelant la dernière fois que j'avais passé la nuit dans la cave des Richmond. C'était le soir de la fête d'anniversaire d'Olivia, la nuit où Violet avait raconté les histoires qui, au fur et à mesure, s'étaient révélées vraies.

— Ça ne me plaît pas vraiment, ai-je dit. Tu te souviens que Laura a dit qu'on devrait brûler de la sauge dès qu'on invoque l'aide d'esprits ? Violet a joué à son jeu ici et on a rien purifié du tout. Si ça se trouve, il y a toutes sortes d'esprits et de fantômes maléfiques par ici.

— Je doute qu'il y ait des fantômes dans la cave, McKenna, a répondu Henry avec un sourire rassurant. Des jeux de plateau auxquels j'aimerais jouer sauf que personne d'autre n'est intéressé ? Oui. Des preuves évidentes des goûts musicaux pourris de mon père sous la forme de vinyles ? Oui. Mais des fantômes ? !

Il a ouvert la porte qui menait à la pièce en question. Heureusement, les lumières étaient déjà allumées. La télé était exactement au même endroit que la dernière fois, et Henry avait placé pour moi un oreiller et deux couvertures sur le sofa où Candace avait dormi. Il y avait également déposé un pyjama à boutons, sans doute un pyjama d'Olivia. J'ai jeté un rapide coup d'œil à la cheminée, dans laquelle j'avais été la seule à remarquer des flammes surgir soudain alors que le feu était déjà presque éteint, au moment où Violet s'était mise à raconter ses histoires. La protection de verre était placée devant le foyer et la cheminée était vide. On aurait dit qu'elle n'avait pas été utilisée depuis des mois.

Et pourtant, ce trou béant et sombre dans le mur entouré de briques me mettait mal à l'aise. J'avais l'impression que c'était un genre de portail par lequel Violet avait invité ses esprits à nous rejoindre le soir de la fête.

— Tu vas t'en sortir ? Moi, ça me dérangerait pas de dormir ici aussi, mais ma mère risque de se douter de quelque chose si elle ne m'entend pas traverser le couloir pour me rendre dans ma chambre, a expliqué Henry, qui avait l'air de s'inquiéter pour moi. Tu peux laisser la télé allumée et éteindre le son si ça peut te rassurer.

— Oui, c'est vrai… ai-je réagi d'une voix peu convaincante.

Ça ne me plaisait pas d'avoir à passer la nuit seule dans cet endroit.

— C'est quoi le plan pour demain ?

— Je vais mettre mon réveil à 4 h 30 et je viendrai te réveiller à 5 heures. Désolé, je n'ai pas pensé à apporter un réveil ici.

— Je vais me débrouiller.

Je savais déjà que j'aurais du mal à m'endormir, et rien que l'idée d'avoir à me réveiller moins de quatre heures plus tard me décourageait.

— OK, a ajouté Henry, rassuré. Sinon, il y a des serviettes en rab dans la buanderie si tu en veux pour ton... relooking. Et demain matin je t'apporterai des vêtements pour que tu puisses te choisir une tenue.

— D'accord, ai-je acquiescé en me vautrant dans le sofa.

Je n'avais pas le courage de lui dire qu'emprunter les vêtements de sa sœur morte me faisait complètement flipper.

Henry est retourné dans la buanderie pour placer ses vêtements propres dans le sèche-linge, puis il est repassé dans la pièce pour me saluer avant de monter dans sa chambre.

— Tu es sûre que ça va aller ? a-t-il demandé, à quelques centimètres de moi.

— Oui, oui, c'est juste que... j'ai peur, ai-je avoué. Je n'aime pas l'idée de dormir seule la nuit. Dearborn est complètement naze, mais d'une certaine manière c'est plutôt cool d'avoir une camarade de chambre, même si elle peut être horrible.

— Désolé, McKenna. Je dormirais volontiers ici ce soir, mais...

Ses yeux se sont attardés sur moi. J'ai senti un magnétisme entre nous que je ne devais surtout pas ressentir, je savais que c'était mal. On allait récupérer mon copain le lendemain matin. Le copain dont j'étais amoureuse. J'étais vraiment la dernière des nulles, ici, dans la cave des Richmond, à espérer qu'Henry ait pitié de moi et qu'il dorme sur l'autre sofa de la cave, mais aussi qu'il m'embrasse une bonne fois pour toutes. Et pourtant, je n'arrivais pas à détacher les yeux de son visage, surtout de ses lèvres. Puis j'ai senti les miennes s'entrouvrir...

— C'est pas une bonne idée, a-t-il ajouté en finissant sa pensée.

Il m'a tapoté l'épaule et s'est dirigé vers l'escalier.

— On se revoit dans quelques heures à peine.

Il s'est dépêché de monter dans la cuisine, à tel point que je me suis demandé si je ne venais pas de rêver cet instant d'attraction intense ou s'il l'avait ressenti, lui aussi. Après tout, c'est lui qui m'avait invitée à aller au gala d'automne avec lui, mais c'était quelques mois plus tôt, avant qu'on se connaisse vraiment. Beaucoup de choses avaient changé depuis l'époque où me faire inviter à un gala était ma principale préoccupation. Est-ce que je lui plaisais vraiment ? Si ma mère avait raison, la réponse était oui, et je me suis sentie rougir alors qu'il n'y avait personne autour pour le remarquer.

Chapitre 26

Je suis restée assise, stoïque, pendant plusieurs minutes, avant de prendre une profonde inspiration et de me lever. Henry avait raison. À ce stade, je ne pouvais rien faire pour changer ce qu'on aurait à gérer le lendemain matin, en revanche je pouvais changer mon apparence pour qu'au moins on ne me reconnaisse pas dans le Michigan si ma mère et/ou la police décidaient de publier ma photo d'école aux nouvelles.

Il n'y avait pas de miroir dans la buanderie, donc j'ai fait comme je pouvais avec la teinture. J'ai serré le tube pour en sortir le mélange mousseux et je me suis massé la tête après avoir mis les gants qui étaient dans la boîte. Puis j'ai repoussé mes cheveux vers le haut, pas certaine d'avoir réussi à badigeonner le liquide partout. Je ne voulais pas avoir l'air d'un épouvantail avec des mèches marron dans les cheveux. Puis je me suis installée sur le sofa le temps que la teinture prenne.

J'ai suivi les conseils d'Henry et j'ai allumé la télévision en baissant le volume très bas. J'ai zappé pour voir si une chaîne ne passait pas les infos de la nuit. Une fois les vingt-cinq minutes préconisées sur la boîte écoulées, je me suis rincé les cheveux dans le lavabo de la buanderie en utilisant la rallonge, un tuyau noir en caoutchouc, pour atteindre ma nuque. J'ai commencé à me sécher les cheveux avec une serviette en me faisant la remarque que ce serait sympa de voir ce que ça donnait dans un miroir, et c'est à ce moment-là que je me suis rendu compte que j'avais besoin d'aller aux toilettes. Or, je savais que je n'arriverais pas à m'endormir si je ne me vidais pas la vessie. Je n'avais pas le choix, j'allais devoir monter au rez-de-chaussée pour utiliser la salle d'eau aussi discrètement que possible.

J'ai enfilé le pyjama d'Olivia et j'ai grimpé les marches sur la pointe des pieds pour éviter de faire grincer les lattes. En haut, j'ai tourné la poignée de la porte lentement, bien consciente que les esprits maléfiques qui protégeaient Violet me piégeraient dès qu'ils en auraient l'occasion. Lorsque la poignée a fonctionné et que j'ai compris que je n'étais donc pas enfermée dans la cave, mon cœur s'est arrêté de battre quelques secondes tellement j'étais habituée à être contrariée par des événements paranormaux. La cuisine se trouvait à l'arrière de la maison et il faisait sombre, mais je me souvenais qu'Henry avait dit que sa mère était dans la cuisine quand on était arrivés. Je ne voulais pas être surprise par quelqu'un dans la pénombre.

Je suis donc restée sur place pendant plusieurs minutes sans bouger, sur le pas de la porte de la cave. La cuisine avait l'air vide, je me suis donc avancée prudemment après avoir refermé la porte derrière moi pour que les esprits ne viennent pas me coller une crise cardiaque ou claquer la porte pendant que j'étais aux toilettes, histoire de me faire repérer. Je me suis dirigée le long du couloir vers la salle de bains. Je me souvenais que la dernière fois que j'avais pris ce même chemin de nuit, j'avais remarqué la Prius rouge d'Olivia dans l'allée, qui attendait patiemment que cette dernière la découvre le lendemain matin pour son anniversaire.

Je n'ai pas complètement fermé la porte des toilettes, et je suis restée dans le noir. Puis je n'ai pas pu résister à la tentation de découvrir mes cheveux, j'ai donc attendu de voir s'il y avait du bruit dans les escaliers et, comme je n'entendais toujours rien, j'ai allumé la lumière.

Ma respiration s'est coincée dans ma gorge lorsque j'ai vu mon reflet. Ce n'est pas tellement que j'étais méconnaissable en « Neige argentée », puisque je reconnaissais mes yeux marron et le nez de mon père, mais ce qui était flippant, sous certains angles, c'est que je ressemblais à Olivia. Ses cheveux étaient plus longs, son visage était plus fin, mais c'était presque grisant de me dire qu'on aurait peut-être pu me prendre pour elle. J'étais si absorbée dans mon observation des similitudes entre nous deux que je ne me suis pas rendu compte que je laissais la lumière allumée plus longtemps que prévu. Je n'ai pas non plus entendu les pas descendant les marches depuis le premier étage.

Lorsque la porte s'est ouverte et qu'une main est entrée dans la pièce pour éteindre la lumière, j'ai poussé un cri de surprise. Suffisamment fort pour que la personne qui avait éteint m'entende. Après un long moment d'angoisse terrible, la porte s'est ouverte en grand et je me suis retrouvée nez à nez avec Mme Richmond.

Cette fois, c'est elle qui a poussé un cri de surprise. En me voyant, elle a réprimé un hurlement et a pressé sa main contre sa bouche. Ses yeux terrifiés étaient énormes et elle secouait la tête, refusant d'en croire ses yeux. Elle portait une robe de chambre en tissu-éponge et elle avait les cheveux tout plats. Je ne l'avais jamais vue sans maquillage auparavant, et son visage était plus ridé que dans mon souvenir.

— Madame Richmond, je suis vraiment désolée. Je vais vous expliquer, ai-je commencé dans un murmure pour ne pas réveiller M. Richmond, qui était à l'étage.

Je voyais mon reflet dans les énormes pupilles de ses yeux. La pauvre femme hyperventilait et sa respiration était sifflante derrière ses mains, qu'elle gardait sur sa bouche en me fixant du regard. C'est là que j'ai compris pourquoi elle réagissait aussi violemment : elle croyait qu'elle était en présence du fantôme de sa fille.

— C'est moi, McKenna Brady, ai-je poursuivi en plaçant mes mains sur ses bras pour qu'elle sente mon toucher. Je suis désolée.

Mme Richmond a cligné des yeux et elle s'est remise à respirer normalement. Elle a déplacé ses mains sur sa poitrine, comme pour maintenir son cœur en place.

— Oh mon Dieu, McKenna, tu m'as fait une peur bleue, a-t-elle dit à voix basse. Mon Dieu.

Après un instant de réflexion, elle m'a prise dans ses bras pour m'embrasser.

— Qu'est-ce que tu fais ici, dans notre maison, à cette heure-ci ?

Sa question toute simple m'a complètement désarçonnée. Je n'avais aucune excuse valable, vu que j'étais censée être dans un autre État, dans une maison de redressement, et que Mme Richmond était tout à fait au courant.

— Je… Henry… ai-je commencé, sans vouloir impliquer Henry, sauf que je ne voyais pas d'autre moyen d'expliquer comment j'étais entrée dans la maison.

Mme Richmond a étudié mon visage en croisant ses bras sur sa poitrine.

— Viens t'asseoir. Je m'apprêtais à faire du thé.

Je me suis assise à la table du séjour qui menait à la cuisine, celle autour de laquelle, quatre mois plus tôt, j'avais chanté *Joyeux Anniversaire* à Olivia tandis que sa mère coupait un gâteau glacé. Mme Richmond circulait à présent sans bruit dans la cuisine. Elle a mis la bouilloire à chauffer, a fouillé dans ses placards pour en sortir deux tasses et y a placé des filtres qu'elle a remplis de thé en vrac. Puis elle est venue s'asseoir en face de moi tandis que l'eau bouillait. Pendant que je l'attendais, je m'étais convaincue qu'elle allait appeler la police et qu'ils viendraient me chercher pour me renvoyer à Dearborn. C'était la fin, je m'étais fait prendre.

— Pourquoi est-ce que tu ne m'expliques pas ce que vous fabriquez, Henry et toi ? m'a-t-elle demandé calmement.

— Je ne vois pas ce que vous voulez dire, ai-je répondu en faisant l'imbécile.

Ce qui me dérangeait le plus, c'était qu'elle me demandait ce que je fabriquais avec Henry alors qu'on s'était quasiment embrassés dans la cave un moment plus tôt. Mme Richmond s'est mise à tapoter la table en chêne de ses doigts en s'appuyant sur le dossier de sa chaise.

— McKenna, tu sais que M. Richmond et moi avons entendu les rumeurs qui circulent au lycée. Tanya Lehrer m'a appelée, peu après la mort d'Olivia, pour me parler de ce jeu auquel vous auriez joué le soir de son anniversaire.

Il m'a fallu une seconde pour comprendre qu'elle parlait de la mère de Candace. Pour moi, c'était toujours resté Mme Cotton, la mère de Candace Cotton, alors qu'elle avait divorcé et s'était remariée depuis longtemps.

— Je dois avouer qu'au début, lorsqu'elle m'en a parlé, j'étais dans un état de détresse tel que je n'ai rien voulu entendre. Pour moi, ce n'étaient que des gamineries, comme quand on se met à faire des incantations devant le miroir de la salle de bains, lumières éteintes, en cherchant des fantômes dans le miroir. Mais, après l'accident de Candace à Hawaii, j'y ai repensé, a-t-elle expliqué en me regardant fixement, avant de préciser : ça a commencé à me tracasser.

— On a effectivement joué à un jeu, ai-je expliqué prudemment, car j'avais l'impression qu'elle voulait des détails même si elle n'en avait pas demandé explicitement. La nouvelle, Violet, celle qui vient de l'Illinois, a prédit nos morts à toutes. Enfin, pas à moi, mais en tout cas elle a prédit celles d'Olivia, de Candace et de Mischa.

— Quel est le principe de ce jeu ?

C'est là que je me suis confiée. J'ai raconté à Mme Richmond tout ce qui s'était passé depuis la mort d'Olivia en septembre. Elle m'a posé toutes sortes de questions sensées, sincèrement intéressée par mon point de vue, et j'ai compris qu'elle avait aussi désespérément besoin d'entendre ce que j'avais à raconter que moi de me confier à quelqu'un. C'était un soulagement indescriptible de pouvoir enfin dire tous ces mots que je gardais entassés au fond de moi-même depuis des mois, pressée que quelqu'un me croie, des mots que j'avais empilés au point qu'ils me sortaient pêle-mêle par la bouche.

Mme Richmond n'a jamais secoué la tête en me jugeant, elle n'a jamais mis en doute ce que je disais. Elle m'écoutait comme si j'étais une adulte mature et parfaitement rationnelle, son égale, qui lui fournissait une explication à la souffrance qu'elle endurait depuis l'automne. Elle ne m'a interrompue qu'une seule fois, lorsque la bouilloire s'est mise à siffler, pour remplir les tasses et annoncer :

— On va laisser infuser quelques minutes.

Je lui ai parlé de Laura, la caissière du magasin occulte, du fait qu'elle m'avait révélé que j'étais médium, je lui ai raconté les messages qu'Olivia m'avait laissés dans ma chambre. Je lui ai expliqué qu'Henry avait proposé de nous conduire à Lake Forest pour trouver les tombes, qu'un bloc de glace avait brisé le pare-brise de la Mercedes comme si quelque chose de paranormal avait causé l'incident volontairement. Elle m'écoutait avec attention tandis que je racontais ce qu'on avait vécu dans le columbarium du cimetière, gelés et inquiets. J'ai décrit comment Violet avait nié avoir joué un rôle dans la mort de mes amies et combien elle avait insisté pour rejouer à ce jeu cet automne, avec toutes les personnes du lycée qu'elle arrivait à convaincre.

— Et maintenant ? m'a-t-elle demandé. Où en est Mischa ?

— En fait, c'est pour ça que je suis ici, ai-je avoué. Mischa est la prochaine. Violet a dit qu'elle allait mourir étouffée. Je ne me souviens plus des détails. J'étais tellement paniquée par les histoires de Violet à ce stade que, lorsqu'elle a commencé à raconter la mort de Mischa, je ne faisais plus vraiment attention. Mais je pense que c'est elle la prochaine, et Henry et moi voulons tenter d'arrêter Violet et de briser le sort avant que…

Je n'ai pas pu finir ma phrase, je ne voulais pas utiliser le verbe mourir devant Mme Richmond.

— Et qu'est-ce que vous comptez faire pour l'arrêter ? a-t-elle demandé. J'ai bien l'impression que Violet est dangereuse. Tu m'excuseras de parler comme… une mère. Mais je m'inquiète pour vous.

— La promo de première a prévu un voyage au ski. Ils partent demain après-midi. Henry et moi, et Trey Emory, nous voulons aller dans le Michigan pour essayer de coincer Violet. On pense que, si on peut la forcer à rejouer au jeu et inverser le sort, on pourrait mettre un terme à tout ça et… sauver Mischa, ai-je expliqué, bien consciente que je devais avoir l'air ridicule.

J'avais du mal à m'imaginer avoir une conversation aussi ouverte et franche sur les événements de ces derniers mois avec ma propre mère, et je m'en voulais un peu.

— Je me doutais bien qu'il se passait quelque chose. Henry est très secret depuis quelque temps. Ça ne lui ressemble pas de disparaître des jours entiers comme il le fait depuis Noël. Je n'ai jamais réussi à obtenir une réponse sur la raison pour laquelle la Mercedes s'était retrouvée dans un garage à Chicago. Mon mari s'inquiète tellement pour moi, j'ai l'impression que plus personne ne me prend au sérieux. C'était ma fille, j'ai le droit de savoir, a répondu Mme Richmond calmement, entre deux gorgées de thé.

Puis elle m'a prise complètement par surprise avec sa question :

— Comment est-ce que je peux vous aider ?

***

À 5 heures du matin, Mme Richmond m'a caressé le bras.

— McKenna, c'est l'heure de se réveiller.

Elle m'avait permis de dormir dans le séjour, ce qui était bien plus confortable que si j'avais passé la nuit seule dans la cave. Je ne savais pas si elle était partie se coucher cette nuit-là, mais en tout cas elle m'a réveillée à l'heure prévue, comme promis. Puisque je n'avais plus besoin de me cacher, j'ai pris mon temps sous la douche. J'ai ensuite enfilé le jean et le pull qu'elle m'avait apportés. Même si les vêtements appartenaient sans doute à Olivia, je ne les reconnaissais pas.

Quand Henry est arrivé en bas des escaliers qu'il avait descendus sur la pointe des pieds, habillé pour l'hiver en jean et chemise à carreaux, il m'a trouvée attablée dans le séjour avec sa mère, en train d'engloutir un bol de céréales.

— Qu'est-ce qui se passe ici ? a-t-il demandé en nous regardant, moi puis sa mère.

— J'ai tout raconté à ta mère, ai-je avoué avec un pincement quand son visage a exprimé un mélange de frustration et de confusion.

— Tout va bien, chéri, l'a rassuré Mme Richmond. Mais tu devrais vraiment manger quelque chose avant que vous partiez. Prends du café.

Henry a pris sa place, un peu sonné, et Mme Richmond est partie dans la cuisine pour lui préparer une tasse de café. Il m'a regardée avec un air de dire : « Pourquoi ? » J'ai haussé les épaules. Je ne pouvais pas vraiment lui dire que sa mère se baladait dans la maison en plein milieu de la nuit et qu'elle m'avait trouvée dans la salle de bains quelques heures plus tôt.

— Donc vous partez dans le Nord avant d'aller dans le Michigan ? a demandé Mme Richmond.

— Euh, oui, a répondu Henry, clairement mal à l'aise. On doit récupérer quelqu'un qui est dans un internat. Sauf que…

Henry a hésité. Il savait que notre plan initial était sérieusement compromis. Il s'est repris :

— Sauf que c'est peut-être pas la meilleure idée. Est-ce qu'on devrait pas tout simplement aller dans le Michigan sans lui ?

On pouvait laisser Trey et partir sans lui, et peut-être d'ailleurs que c'était la chose la plus raisonnable à faire. J'avais tout raconté à Mme Richmond sur Violet et son rôle dans la mort d'Olivia et de Candace, mais je n'avais rien dit sur la relation entre Trey et Violet. Demander à Trey de venir avec nous pour faire du mal à sa demi-sœur, c'était peut-être trop exiger… Et si on devait vraiment lui faire du mal, ou pire encore… Est-ce que Trey réussirait à participer ?

Mais je n'arrivais pas à imaginer sa colère si on le laissait tomber. Il se sentait sans doute déjà inutile et coincé, surtout si on l'avait interrogé au sujet de ma disparition soudaine. Après tout, c'était Violet qui l'avait placé derrière le volant dans l'accident qui avait tué Olivia. C'était elle qui l'avait fait participer à la scène finale de la vie d'Olivia.

Non, il était hors de question de laisser Trey dans son internat. Il ne me le pardonnerait jamais.

— Non, c'est hors de question, ai-je répondu fermement. Il faut trouver un moyen de le sortir de là pour qu'il vienne avec nous.

— Ce qu'il faut faire, a lancé Mme Richmond en se rasseyant avec nous, une tasse de café à la main, c'est créer une diversion. Détourner l'attention de lui pour qu'il puisse s'échapper. McKenna a raison. Ils vont sans doute garder l'œil sur lui s'ils s'attendent à ce que vous passiez le récupérer ce matin.

Henry a souri à sa mère, incrédule.

— Maman, pourquoi tu nous aides ? Désolé, mais c'est hyper chelou !

— Tu ne me dis jamais ce qui se passe pour toi, a-t-elle répondu. Si vous voulez sérieusement tenter d'arrêter cette fille qui a tué Olivia, je ne vois pas comment je pourrais ne pas vous soutenir.

Puis elle s'est tournée vers moi avant de continuer :

— Tout ce que je demande, c'est que tu ne laisses pas Henry se mettre en danger, a-t-elle poursuivi en plaçant sa main sur celle d'Henry et en lui souriant. Tu comprends, il ne me reste plus que lui. Si je devais le perdre…

J'ai entendu le bruit familier d'un réveil sonner depuis le premier étage. Henry et Mme Richmond ont échangé des regards inquiets. M. Richmond appuierait sur le bouton snooze une fois, mais ensuite il descendrait en jogging et baskets. Il était temps de passer à l'action.

On s'est dirigés vers la sortie, armés de boîtes de barres de céréales, de sacs de voyage remplis de vêtements propres, de la boîte de teinture de cheveux pour Trey, de bonnets et de gants de rechange. Mme Richmond a donné à Henry sa carte American Express.

— Au cas où, a-t-elle expliqué. Appelle-moi si tu as besoin que j'approuve un paiement ou que j'augmente le plafond de la carte. Mais appelle-moi sur mon portable, pas sur le fixe.

— Maman, a protesté Henry en refusant la carte. T'inquiète, j'ai ma propre carte de crédit.

— La limite sur ta carte est de mille dollars, lui a rappelé Mme Richmond. Vous allez bien loger quelque part, une fois dans le Michigan, non ? Les hôtels là-bas ne sont pas bon marché. Prends-la.

Henry a mis la carte de sa mère dans son portefeuille et on s'est dépêchés de regagner le pick-up. Pendant qu'il faisait chauffer le moteur quelques secondes avant de faire sa marche arrière, Mme Richmond s'est attardée sur le perron pour nous regarder.

— Tu sais, ma mère n'a pas toute sa tête, en ce moment, m'a informée Henry. Pourquoi est-ce que tu lui as raconté tout ça ?

— Elle m'a demandé de lui parler du jeu auquel on a joué avec Violet, et ça faisait du bien de pouvoir en parler à quelqu'un, ai-je avoué. Elle m'avait l'air plutôt lucide. Et puis, ça peut pas faire de mal d'avoir un adulte dans notre camp. Honnêtement, on pourrait vraiment se retrouver dans la panade bien plus tôt qu'on ne le pense.

On a atteint le bout de la rue et Henry a mis son clignotant gauche tandis qu'on attendait qu'un camion au loin passe avant de s'insérer sur la route. Il faisait encore nuit noire à 5 h 30.

— J'espère juste qu'elle ne dira rien à mon père. Il flippe totalement parce qu'elle ne dort plus la nuit et qu'elle ne mange pas. Plusieurs fois, il a parlé de l'envoyer parler à quelqu'un à Ortonville et potentiellement de la mettre sous traitement pour l'aider à dépasser tout ça, m'a expliqué Henry.

J'avais grandi avec un père psychiatre et le fait de parler à un thérapeute ou même de prendre des antidépresseurs m'était si normal que j'oubliais souvent que, pour beaucoup, le concept était hyper étrange. Pour des familles comme les Richmond, demander une assistance psychiatrique revenait à une reconnaissance de folie totale.

Je n'ai pas répondu, convaincue que Mme Richmond resterait cool. Après tout, elle avait eu tout le temps d'appeler ma mère ou la police locale quand elle m'avait trouvée dans la salle de bains, et pourtant elle ne l'avait pas fait.

Le voyage allait être long et pas particulièrement pittoresque. Les routes de campagne étaient traîtres avec la neige qui fondait, or on n'avait pas l'intention de passer par de grandes villes hormis Eau Claire. Henry est resté pensif pendant la première demi-heure, avant que le soleil se lève. Il changeait les stations de radio nerveusement, à la recherche de nouvelles concernant une adolescente ayant fugué d'une maison de redressement du Michigan.

Après s'être arrêtés aux abords d'Eau Claire pour faire une pause pipi et prendre un café, on s'est mis au travail. Le ciel s'éclaircissait pour laisser apparaître des nuages de neige plutôt que du soleil. Mischa avait gardé notre téléphone prépayé avec elle à Chicago. Henry lui a envoyé un texto pour lui dire de demander à Laura de se débarrasser du téléphone, afin que l'appel que Mischa avait passé à l'école de Trey en se faisant passer pour sa mère ne puisse pas être tracé. On ne savait pas si elle vérifierait ses messages sur ce portable, ni même si elle avait de quoi le recharger. Après tout, elle avait laissé son propre téléphone chez elle lorsqu'elle était partie pour Chicago justement pour que ses parents ne puissent pas la retrouver en localisant son portable.

On n'avait aucun moyen d'entrer en contact avec Trey vu qu'il n'avait pas accès à Internet et qu'il n'avait pas le droit d'utiliser de téléphone dans son lycée.

— Comment est-ce qu'on va faire pour lui faire comprendre qu'on arrive et pour lui expliquer où nous retrouver ? me suis-je demandé tout haut quand on a repris la route.

— On va lui envoyer des signaux de fumée, a répondu Henry pour blaguer.

— Ne t'imagine pas que je n'ai pas pensé aux trucs les plus fous, du genre lancer une alerte à la bombe ou déclencher une alarme incendie, ai-je rétorqué. Ta mère a raison. Il va falloir créer une diversion qui perturbera suffisamment l'organisation du lycée pour qu'on fasse sortir Trey de là sans que ça se voie.

— C'est de la folie, a avoué Henry. On ne connaît même pas l'agencement de l'établissement ni ses dispositifs de sécurité. Comment est-ce qu'on va réussir à faire diversion ?

On s'éloignait d'Eau Claire et le paysage était moins vallonné. Le ciel et la neige s'étendaient à perte de vue sur la plaine.

— Tu sais que tu lui ressembles étrangement avec ta nouvelle couleur, a commenté Henry.

Il n'avait pas prononcé le nom d'Olivia, mais il n'avait pas besoin de le faire. J'avais compris de qui il parlait.

— Je sais. Mais en fait, pas tant que ça. C'est juste si on me voit de loin, ai-je répondu.

En septembre, j'aurais adoré ressembler à Olivia Richmond, bien plus qu'à présent, en cette froide journée de janvier. Je portais son jean, son pull en cachemire, ses après-skis et son épais manteau de ski, et, lorsque j'ai jeté un bref coup d'œil dans le rétroviseur extérieur, je me suis demandé si j'étais aussi condamnée qu'elle l'avait été.

Chapitre 27

L'académie militaire de Trey, la Northern Reserve, se situait sur la Route 53, au nord-ouest du Wisconsin, entre deux parcs nationaux qui paraissaient identiques depuis la route de campagne sur laquelle on conduisait. Il était 10 heures du matin et le soleil nous aveuglait pendant que nous faisions deux fois le tour du complexe d'énormes bâtiments de brique pour observer la situation. La Northern Reserve était comme Dearborn : elle se trouvait dans un lieu isolé et suffisamment loin des routes principales ou des centres commerciaux pour décourager toute tentative d'évasion. L'académie avait une grande piste d'athlétisme, comme le lycée Weeping Willow, sauf que, contrairement à celle de mon ancien lycée, la piste devant nous était entourée d'un grillage de plus de deux mètres de haut avec des barbelés au-dessus. Dearborn était naze, mais la Northern Reserve ressemblait beaucoup plus à une prison.

On s'était dit qu'on allait tâter le terrain, qu'on allait organiser un plan. Mais, tandis qu'on tournait autour du complexe pour la deuxième fois, j'ai compris qu'en réalité on paniquait. Mes yeux scannaient les fenêtres des trois étages de l'école. Je me suis imaginé que je pourrais entrevoir Trey en train de rêvasser devant une de ces fenêtres et que, en me voyant, il comprendrait qu'il était temps qu'il s'évade en courant par une des aires de chargement non surveillées de la cafétéria pour nous retrouver dehors. Mais la route qui entourait la propriété était trop loin des bâtiments, et on ne distinguait rien de ce qui pouvait se passer à l'intérieur.

On a ralenti lors de notre troisième tour et on a remarqué deux files de garçons qui traversaient la cour sans manteau pour passer d'un bâtiment à l'autre. À l'avant et à l'arrière des rangs se tenaient des gardiens en uniforme et en gros manteau d'hiver. Pendant une seconde, les battements de mon cœur se sont accélérés. Ça aurait été parfait si Trey avait été dans ce groupe de garçons et qu'il avait vu notre voiture, mais aucun de ces garçons, qui portaient tous une chemisette blanche à manches courtes bien repassée et dont la tête était rasée, n'était Trey. En voyant les camarades de ce dernier pour la première fois, j'ai eu un peu peur pour lui. Il ne m'avait pas dit être intimidé par ses camarades d'infortune, mais certains avaient deux fois sa taille au moins. J'avais du mal à croire que tous ces jeunes avaient moins de dix-huit ans. Pour moi, ils avaient plutôt l'air d'adultes.

— On devrait se garer et prendre une décision, a lancé Henry en tournant à gauche pour nous ramener sur l'autoroute plutôt que de nous faire faire un quatrième tour. Si on continue à tourner autour de l'académie alors que les routes sont désertes, on va finir par nous remarquer.

On s'est garés dans le parking d'un McDonald's à dix minutes de là, dans la petite ville de Superior, et on a pris un café en silence, conscients que le temps passait rapidement. Dans quelques heures, ce serait la fin des cours à Weeping Willow et les premières monteraient à bord des cars loués pour le voyage au ski. On ne pouvait pas se permettre de perdre du temps à développer un plan élaboré pour sortir Trey de son école, mais on ne pouvait pas non plus partir dans le Michigan sans lui.

— Je ne vois pas comment attirer son attention depuis l'extérieur du lycée, ai-je enfin dit. À moins qu'on lance effectivement une alerte à la bombe ou un truc du genre, mais c'est forcément illégal, et c'est tellement improbable qu'il ne comprendra peut-être pas que ça vient de nous.

— Oui, a acquiescé Henry. Pas d'alerte à la bombe. Si la police s'en mêle, ce sera la cata. On pourrait peut-être demander à quelqu'un d'entrer et de lui dire qu'on l'attend ? Du genre un électricien ou un livreur, par exemple. Ou un manutentionnaire ! Il y a forcément des manutentionnaires qui travaillent là la nuit, non ? On pourrait attendre jusqu'à ce soir ?

J'étais d'accord sur l'idée d'envoyer quelqu'un de l'extérieur dans l'académie avec un message, mais il y avait des défauts à ce plan.

— Il faudrait qu'on le paie. Personne ne va aider gratuitement deux gamins qui traînent devant une académie militaire à transmettre un message à quelqu'un qui est enfermé. Et puis, même si on trouve quelqu'un qui accepte de prendre notre argent, il n'aurait aucun moyen de savoir qui est Trey, à moins que ce ne soit quelqu'un qui côtoie les élèves tous les jours. Si on dit que c'est un jeune Blanc, fin, d'un mètre quatre-vingts, avec les yeux bleus et les cheveux rasés, il y en a sans doute une centaine qui ressemblent à ça là-dedans.

Comme à Dearborn, chaque bâtiment avait des portes de service, mais ça aurait été naïf de croire que ces portes étaient déverrouillées. Le pire dans ce complexe, c'est que le lycée tout entier était entouré d'une grille haute, et que l'entrée du parking principal était surveillée par des gardiens. Le seul endroit qui paraissait potentiellement accessible était la piste, qui n'était pas surveillée parce qu'elle était recouverte d'une couche de neige d'un mètre. Mais de toute façon elle était entourée de son grillage et, même si les barbelés étaient un moyen de surveillance primaire, c'était efficace. Je n'avais certainement pas l'intention de risquer de me couper en tentant d'escalader la grille pour atteindre les doubles portes du bâtiment qui menaient sans doute au gymnase.

— T'as raison, t'as raison, a répondu Henry, qui réfléchissait toujours à un moyen de soudoyer quelqu'un.

Comme il y avait un poste de gardiens à l'entrée du parking, on n'avait aucun moyen d'arrêter quelqu'un qui s'approcherait du lycée sans se faire remarquer. Le parking qui se situait derrière la cafétéria n'était séparé de la route que par une barrière. Mais le seul moyen de faire entrer un véhicule par là serait de franchir d'abord la grille principale, de passer devant les gardiens, puis d'emprunter les petites routes qui s'enchevêtraient entre les bâtiments de l'école.

— Quel bazar, ai-je marmonné.

— Est-ce que Trey t'a déjà dit à quelle heure il traverse la cour pour se rendre d'un bâtiment à l'autre, ou bien est-ce qu'il t'a déjà parlé des horaires de récré ou genre ?

— Oui, mais c'était avant qu'il se mette à faire froid, ai-je répondu.

Si on n'avait pas été en plein hiver, ça aurait été bien plus simple. Trey aurait passé trente minutes à l'extérieur après le déjeuner, puis probablement une heure dans le stade à faire des tours de piste pendant son cours de gym. Mais bien sûr, on était en plein hiver et, si les garçons de l'académie ne sortaient pas à l'extérieur à un moment, alors…

— Henry, tu as pris le pendule ? ai-je soudain demandé.

Il a acquiescé en me montrant la boîte à gants.

— Ce truc me fait un peu flipper, je t'avoue.

J'ai ouvert le compartiment et j'en ai sorti le pendule que Laura nous avait vendu. Il m'a fallu quelques secondes pour dénouer la chaîne métallique, puis je l'ai laissé pendre, avec la chaîne entre mon pouce et mon index. J'ai jeté un coup d'œil à Henry avant de demander :

— Pendule, est-ce qu'Henry pourra entrer dans l'école de Trey sans se faire remarquer ?

— Eh, attends ! a prévenu Henry.

Mais, malgré sa réticence, le pendule s'est mis à former des cercles dans le sens des aiguilles d'une montre, ce qui voulait dire qu'il pourrait entrer dans l'académie sans soucis.

— Si on m'attrape alors que je suis entré illégalement dans l'enceinte d'une académie militaire, je pourrais avoir des soucis aussi graves que si je lançais une alerte à la bombe, McKenna.

Je l'ai ignoré et j'ai poursuivi mes questions :

— Pendule, est-ce qu'Henry pourra ressortir du lycée avec Trey sans que ni l'un ni l'autre se fassent attraper ?

Le pendule a continué à dessiner des cercles, sans vaciller, sans ralentir.

— Oh non mais, franchement, McKenna, a grogné Henry, qui n'était clairement pas d'accord avec mon idée. Il est nul, ton plan !

— Le pendule a l'air de dire que ça tient la route, me suis-je justifiée. Allez, Henry, je sais que ce n'est pas tout à fait ton fantasme d'entrer par effraction dans une académie militaire pour garçons mais, si on ne peut pas attendre que Trey sorte, alors il faut que l'un de nous rentre le chercher, et je ne crois pas qu'une fille aux cheveux « Neige argentée » passe inaperçue dans le coin.

— Et comment veux-tu que je passe inaperçu, au juste ? a demandé Henry.

Vingt minutes plus tard, on était dans l'allée d'un centre commercial qui passait de la musique de variété, dont l'atroce et kitschissime chanson *Here and Now* de Luther Vandross. Henry cherchait parmi un rayon de chemisettes à manches courtes blanches pour trouver une taille « L » qui irait à ses épaules larges. Il n'avait pas cessé de râler et de répéter qu'il devait *forcément* y avoir un autre moyen, mais je savais qu'il remplirait quand même sa mission. Dans une autre allée, il a pris une série de tee-shirts blancs, et enfin je l'ai suivi dans le rayon des pantalons noirs.

— Je porterai tout ça, mais je n'aurai pas les badges et autres insignes du lycée, a lancé Henry. Honnêtement, je vais faire tache quoi que je fasse.

Le fait qu'Henry n'ait pas de badge avec son nom dessus m'inquiétait moins qu'un autre point, qui le ferait ressortir parmi les garçons de l'académie : Henry avait d'épais cheveux auburn, aussi épais que ceux d'Olivia mais plus ondulés, comme ceux de son père. Je détestais l'idée que ses cheveux se retrouvent dans une corbeille à papiers, mais il a bien fallu que je le prévienne :

— Henry, je crois qu'on va devoir te couper les cheveux.

— Merci, j'avais deviné, a-t-il accepté de mauvaise grâce. Je ne vais pas entrer dans ce lycée sans me raser la tête. Je n'ai vraiment pas envie de finir en prison, McKenna. Comment te dire ? Commencer ma première année universitaire à Northwestern et la terminer dans une prison ne serait pas cool du tout, mais alors pas du tout.

On s'est approchés des caisses désertées avec la nouvelle tenue d'Henry, un rasoir électrique et un énorme paquet de cookies au caramel.

— Pas de commentaires, m'a prévenue Henry en faisant référence aux cookies, tandis que la caissière, qui avait l'air épuisée, scannait nos produits. S'il y a le moindre risque que je me retrouve dans une cellule de prison d'ici la fin de la journée, j'ai besoin de cookies.

— Ça vous fera cent dix-neuf dollars et cinquante-neuf cents, a annoncé la caissière.

Henry a sorti la carte American Express de sa mère et j'ai grimacé quand je l'ai vue dans les mains de la caissière. N'importe qui d'attentif aurait demandé une pièce d'identité à Henry, dans la mesure où il ne s'appelait sans doute pas *Elizabeth Richmond*. J'ai retenu ma respiration, priant pour qu'elle nous encaisse sans faire d'histoires.

— Vous savez, a commencé la caissière en attendant que le reçu s'imprime, vous ressemblez un peu à cette fille, là.

Mon cœur s'est en gros arrêté de battre.

— Quelle fille ? ai-je demandé en rougissant, flippée à l'idée que j'avais fait la une des nouvelles du soir.

— Cette fille, aux infos, a poursuivi la femme, confirmant ce que je craignais. La fille de cette fameuse école qui a disparu.

J'ai gloussé nerveusement, regrettant qu'Henry ait fait une blague deux secondes plus tôt sur le fait qu'il serait en prison avant la fin de la journée.

— Ah oui, ai-je continué. C'est terrible, ce qui lui est arrivé.

— La police pense qu'elle s'est enfuie pour aller dans le Michigan et qu'elle pourrait avoir été prise en stop, a ajouté la caissière en étudiant le visage d'Henry qui imitait la signature de sa mère sur le reçu de sa carte de crédit. On dirait qu'elle a de sérieux problèmes, cette fille. Apparemment, elle s'est mise dans un pétrin pas croyable près de Suamico, l'automne passé.

— Oui, je viens d'entendre qu'ils avaient retrouvé son corps, ai-je répondu, complètement terrorisée à l'idée de mentir sur ma propre mort. Ils soupçonnent un de ses profs.

Henry a remercié la femme sceptique avec un sourire plein d'assurance, avant de me pousser dans le parking avec nos emplettes.

— Eh ben, on a eu chaud, a-t-il commenté en démarrant rapidement. Donc on parle de ton évasion aux nouvelles.

— Oui, ai-je répondu, rêveuse.

Je ne voulais pas réfléchir à ce qu'impliquait le fait que mon nom et ma photo soient diffusés aux nouvelles dans le pays tout entier. J'espérais vraiment que ma mère n'était pas en train de péter un câble. J'aurais voulu trouver un moyen de lui dire que j'allais bien. Mais il n'y en avait aucun. Si je lui envoyais un mail, la police localiserait l'adresse IP de l'ordinateur et, si je l'appelais, ils traceraient mon appel.

Ça ne va durer que quelques jours, me suis-je promis. *Tout rentrera dans l'ordre dans deux ou trois jours.*

Chapitre 28

On est retournés au McDonald's et j'ai accepté de rester dans le pick-up tandis qu'Henry se rendait dans les toilettes pour hommes en espérant qu'il y trouverait une prise électrique pour se raser les cheveux. J'écoutais nerveusement les nouvelles à la radio, parano à l'idée d'entendre une brève sur ma propre disparition ou des sirènes approcher dans le parking. Il était presque midi et j'étais déjà épuisée de m'être levée si tôt. Il nous faudrait conduire encore dix heures après avoir récupéré Trey pour arriver à l'hôtel où nos camarades de première se trouveraient. Je m'inquiétais de ne pas savoir où on en serait à la nuit tombée, ni où on dormirait cette nuit-là.

— Pas de commentaires, a lancé Henry d'une voix autoritaire en rentrant dans la voiture.

Il s'est jeté sur la boîte de cookies. Même si Henry paraissait de mauvaise humeur, je savais qu'il ne l'était pas vraiment. Je me demandais d'ailleurs s'il était capable de sombrer, d'avoir le genre de moments de doute qui assaillaient Trey si souvent lorsqu'il parlait de son père ou des rêves qui le tourmentaient depuis son enfance.

Henry n'avait pas totalement rasé sa tête, il avait laissé quelques millimètres de cheveux. Il avait aussi rasé le duvet qu'il avait sur le menton pour paraître plus jeune, mais ça n'enlevait rien au fait qu'il avait l'air d'avoir bien plus que ses dix-huit ans avec la boule à zéro. Henry s'était transformé en une tout autre personne, il avait l'air plus dur, plus dangereux. J'ai souri en le voyant. J'étais la seule à voir un côté d'Henry Richmond, notre star de tennis au lycée, que personne d'autre n'avait vu à Willow. Le sourire que je tentais de cacher s'est étendu à tout mon visage. Jamais je n'aurais cru me retrouver un jour à remplir une mission secrète, incognito, avec le bel Henry Richmond, le tombeur de Weeping Willow.

On a fait le plein dans une station proche en revenant vers l'académie.

— Bon, alors j'entre comment ? s'est demandé Henry tout haut.

— Tu escalades la grille ? ai-je suggéré, à moitié convaincue.

Je ne pensais pas vraiment qu'Henry réussirait à passer par-dessus la grille avant qu'un gardien le remarque.

— Honnêtement, ça me dit rien, a répondu Henry. Tu devrais peut-être demander au pendule.

Le problème du pendule, c'est qu'il ne répondait que par oui ou par non. Si je lui posais des questions plus complexes, ça l'embrouillerait. J'ai passé en revue les portes des bâtiments que j'avais repérées lorsqu'on avait roulé autour du lycée.

— Pendule, est-ce qu'Henry arrivera à entrer dans l'école par la porte qui se situe à côté de la cafétéria ?

Le pendule s'est mis à tourner dans le sens opposé aux aiguilles d'une montre.

— C'est un non, ai-je annoncé à Henry. Pendule, est-ce qu'Henry pourra accéder aux dortoirs par les portes arrière des bâtiments ?

Le pendule a continué à faire des cercles dans le même sens.

— Alors peut-être que je devrais tout simplement passer par l'entrée principale, a blagué Henry. Genre, j'arrive devant le gardien du parking et je lui dis, eh, laisse-moi rentrer. Je sais pas comment j'ai atterri dehors, mais je dois rentrer.

J'ai haussé les épaules, puis j'ai posé la question :

— Pendule, est-ce qu'on laissera Henry entrer dans le lycée s'il demande au gardien qu'il le laisse passer ?

Le pendule a cessé de bouger.

— Je sais pas ce que ça veut dire, ai-je admis.

— Peut-être qu'il veut que tu continues à poser des questions, parce que, même si j'arrive à passer par la porte d'entrée, ce qui est sûr, c'est que ce n'est pas par là que je ressortirai, a expliqué Henry.

Je trouvais qu'il se reposait beaucoup sur les qualités stratégiques du pendule mais, après tout, je n'en savais rien. Peut-être qu'Henry avait raison et que le pendule voulait nous protéger.

On était arrivés, mais, comme on n'avait toujours pas de plan finalisé, on a dépassé le lycée et on a continué à conduire. Je commençais à me sentir découragée.

— Pendule, est-ce qu'il y a des endroits dans la grille qui auraient déjà été découpés pour qu'on passe à travers ?

J'ai retenu mon souffle tandis que le pendule se remettait à bouger, dans le sens des aiguilles d'une montre.

— C'est pas vrai ! Pendule, pourrais-tu nous monter exactement par où Henry pourra entrer et ressortir ?

Oui.

On a donc fait le tour du complexe une fois de plus, lentement, pour laisser au pendule le temps de nous pointer la bonne direction. En s'approchant, on a remarqué deux autres files de garçons sans manteau se diriger vers la cafétéria. C'était l'heure du déjeuner, sans doute le meilleur moment de la journée pour qu'un garçon qui n'était pas inscrit à l'académie entre et se mélange à la foule sans se faire remarquer.

— Qu'est-ce qu'il dit ? a demandé Henry, qui essayait de garder les yeux sur la route glissante à cause de la glace fondue.

Le pendule se balançait d'avant en arrière, pointant en direction de la piste du lycée.

— Je crois qu'il nous montre la piste qui se trouve de l'autre côté. Pendule, est-ce que la brèche est près de la piste ?

Le pendule a repris ses cercles dans le sens des aiguilles d'une montre. *Oui.*

On commençait vraiment à se transformer en vautours à force de tourner autour du lycée.

— Pendule, peux-tu me monter où se trouve la brèche ?

J'ai posé la question une fois de plus pour m'assurer qu'il comprenait ce que je voulais savoir. Il s'est remis à se balancer d'avant en arrière, ce qui confirmait que la brèche était de l'autre côté de la piste, à l'endroit le plus éloigné des bâtiments.

— Là ? ai-je demandé lorsqu'on s'est quasiment arrêtés.

Le pendule s'est mis à se balancer de plus en plus fort.

— Génial, a râlé Henry. C'est complètement exposé, n'importe qui pourrait me voir par les fenêtres.

Il avait raison. Si l'accès avait été plus proche des bâtiments, personne dans les étages n'aurait pu le voir passer. Mais, s'il y avait effectivement un trou là où le pendule semblait le suggérer, Henry devrait traverser le stade de football américain tout entier afin d'accéder au premier bâtiment, ce qui le rendrait extrêmement visible, surtout dans la neige blanche.

— Tu crois que je devrais sortir juste pour vérifier que la brèche est bien là ? ai-je demandé.

Henry a froncé les sourcils en scrutant l'école par la vitre de mon côté de la voiture.

— J'en sais rien, ça me paraît risqué. On pourrait être en train de nous regarder en ce moment même, a-t-il répondu en appuyant sur l'accélérateur pour qu'on poursuive notre route. On aurait peut-être dû acheter quelque chose pour découper le grillage quand on était au centre commercial. On devrait peut-être y retourner.

— Non, je crois que ce serait totalement débile, on risquerait de recroiser la caissière. On ferait mieux de chercher une quincaillerie ou un truc du genre.

De retour sur la route de campagne, Henry s'est arrêté sur l'accotement pour regarder où se trouvait la quincaillerie la plus proche.

— Ça me dit que la plus proche est à Duluth. C'est à vingt minutes d'ici.

J'ai soupiré bruyamment. C'était déjà l'heure du déjeuner, et on ne savait pas combien de temps durait la pause du midi, pendant laquelle les gardiens seraient distraits par la surveillance du repas.

— J'en sais rien, Henry. Je crois qu'on va devoir passer à l'action maintenant.

— T'es sûre ? Tu peux demander au pendule ? a-t-il demandé.

J'ai repris le pendule, qui s'était réchauffé dans la paume de ma main.

— Pendule, est-ce qu'Henry aura besoin de quelque chose pour couper le grillage ?

Le pendule nous a assuré que non.

— OK.

Henry n'avait pas l'air convaincu. Il s'est retourné pour regarder le lycée, au-delà des arbres enneigés qui bordaient la route.

— Je pense que tu devrais rester ici avec le moteur allumé, tu sais ? Au cas où on aurait besoin de partir en vitesse, ou si la police arrive et te demande de bouger.

— Bon, d'accord, ai-je acquiescé, loin d'être ravie de devoir potentiellement conduire l'immense pick-up d'Henry. Alors, on y va ?

— Souhaite-moi bonne chance, m'a lancé Henry avec un sourire.

Il a enlevé son manteau d'hiver avant de sauter hors du véhicule et de claquer la porte derrière lui. Je suis passée du côté conducteur et je l'ai vu rapetisser dans le rétroviseur. Il courait dans son faux uniforme en direction du chemin qui menait à l'entrée du lycée. De la main droite, j'ai doucement déposé le pendule dans la poche du manteau de ski d'Olivia, puis j'ai regardé par le pare-brise. Le lycée de Trey était tout près du lac Supérieur, et il faisait terriblement froid, bien plus qu'à Willow.

Les minutes passaient et j'ai commencé à flipper. Qu'est-ce qu'on était en train de faire ? Toute cette histoire, aller dans le Michigan, sans doute pour nous mettre encore plus dans le pétrin, était totalement débile. Seule dans la voiture, et sans Henry pour me tenir compagnie, j'ai commencé à paniquer. Ça faisait un moment que les esprits n'essayaient plus de nous arrêter ou de nous envoyer des avertissements sévères. Même si Henry et Trey réussissaient à sortir de l'académie (ce qui me paraissait de moins en moins probable au fur et à mesure que le temps passait), les esprits feraient tout pour nous empêcher d'atteindre notre destination, à tous les coups.

D'ailleurs, j'étais sans doute en danger, ici, seule dans la voiture. En repensant à tous les avertissements auxquels j'avais déjà dû faire face, je m'inquiétais du vieil arbre couvert de neige près duquel Henry s'était garé. Chaque fois que le vent soufflait, je voyais de minuscules flocons se détacher de ses branches, et je me suis rendu compte que s'il tombait, il écraserait la voiture et moi avec.

J'ai enclenché la vitesse et j'ai légèrement appuyé sur l'accélérateur pour avancer d'un mètre. Près de quarante minutes s'étaient écoulées depuis qu'Henry était sorti. Je n'avais pas de raison de garder le moteur allumé, à part pour chauffer la voiture. Je dépensais de l'essence inutilement alors qu'elle nous était précieuse, donc j'ai éteint le moteur. J'ai hésité à demander au pendule ce qui se passait, et si Henry et Trey allaient bien. C'est alors que j'ai remarqué une voiture de police dans mon rétroviseur qui se garait juste derrière moi sur l'accotement de la route entièrement vide.

— Merde, ai-je marmonné. Merde, merde, merde.

Je n'avais pas ma carte d'identité ni mon permis, et, même si j'avais eu une pièce d'identité, elle aurait indiqué mon nom, McKenna Brady, nom que chaque policier du Midwest connaissait sans doute par cœur depuis que je m'étais échappée. Mon cœur s'est mis à battre à toute vitesse et j'ai dû me contrôler pour ne pas redémarrer, appuyer à fond sur l'accélérateur et partir le plus rapidement possible. Sauf que je ne pouvais pas m'enfuir... Qu'est-ce qui se passerait si Henry et Trey arrivaient sur la route sans manteau et que je n'étais pas là pour eux ? C'était la vie de Mischa qui était en jeu. Ce n'était pas le moment de les abandonner.

Je suis donc restée rationnelle. Dans le rétroviseur, j'ai vu le policier sortir de son véhicule et s'approcher de moi. Ma respiration était irrégulière et nerveuse. *Calme-toi, calme-toi*, me suis-je répété. *Sois naturelle.* Le policier a longé le côté conducteur du pick-up. Quand j'ai baissé ma vitre, une rafale de vent m'a frappée en pleine face.

— Il y a un problème, ma p'tite dame ? a demandé l'officier en enlevant ses lunettes de soleil d'aviateur pour mieux me regarder.

Je lui ai montré le portable d'Henry en prétendant être complètement frustrée :

— Je crois que je me suis perdue, ai-je menti en tentant de me convaincre qu'il ne s'était arrêté que parce que j'étais stationnée au bord d'une route.

Il voulait simplement s'assurer que tout allait bien, rien de plus.

— Je croyais que j'étais en direction de Duluth, mais j'ai dû tourner au mauvais endroit.

J'espérais qu'il ne remarquerait pas la photo d'écran du téléphone d'Henry, parce que je ne connaissais pas son code pin. Du coup, si le policier décidait de me donner des précisions en utilisant le GPS du portable, j'étais mal. Le policier m'a observée de près. Je lui aurais donné la trentaine, peut-être un peu moins. Il portait une barbe rousse de quelques jours et avait une moustache. Mes yeux se sont tournés vers le rétroviseur parce que je voulais voir s'il y avait un policier sur le siège passager de la voiture de police. Heureusement, il n'y en avait pas, mais j'ai fait un bruit bizarre quand j'ai aperçu les silhouettes sveltes des deux garçons sur la route qui encerclait l'école, au loin.

J'ai fait semblant de tousser pour cacher mon cri de surprise et j'ai souri de façon aussi innocente et perdue que possible au policier.

— Et mon téléphone n'a presque plus de batterie, ai-je ajouté pour éviter qu'il ne propose d'utiliser le portable.

Fuyez, les garçons, fuyez ! ai-je tenté de les prévenir par télépathie. Ils avaient forcément vu la voiture de police garée derrière le véhicule d'Henry. Ils savaient forcément que ça ferait tache si un policier remarquait deux jeunes en uniforme fuyant leur école militaire au pas de course dans la neige. Je n'ai pas osé jeter d'autre coup d'œil au rétroviseur de peur de donner au policier une raison de regarder en direction de sa propre voiture, où il les apercevrait à tous les coups s'ils ne s'étaient pas encore cachés derrière les arbres.

— Eh bien, c'est sûr que vous avez tourné au mauvais endroit pour atterrir ici. Ce qu'il faut faire, c'est avancer jusqu'au coin, là, puis tourner à droite dans la rue Belknap, puis continuer tout droit jusqu'à l'Autoroute 53 et tourner à gauche, m'a expliqué l'homme en montrant de la main comment tourner.

— D'accord, je tourne à droite dans la rue Belknap, puis à gauche, ai-je répété en remarquant que ma voix tremblait de stress. Bien compris. Vraiment, merci.

— Vous ne devriez pas traîner ici, a ajouté le policier. Il y a une académie militaire juste derrière ces massifs. Les jeunes qui y vont sont très dangereux. De temps à autre, l'un d'entre eux décide de s'évader. Vous m'avez l'air maligne, donc je n'ai probablement pas besoin de le préciser, mais si vous remarquez quiconque en train de faire du stop dans le coin, ne vous arrêtez pas. Gardez vos portes verrouillées. Ce n'est pas un endroit sûr pour une jolie jeune fille comme vous, en train de conduire toute seule.

— Oh, je ne savais pas ! ai-je répondu en ouvrant les yeux en grand pour bien montrer que j'étais terrorisée par ce qu'il venait de dire. Ouah, je ne savais pas. Je vais faire très attention.

Le policier m'a fait un signe de la tête en penchant sa casquette bleu marine avant de repartir vers sa voiture. J'ai refermé ma vitre et j'ai regardé droit devant moi en reprenant mon souffle. J'ai allumé le moteur et j'ai longuement regardé dans le rétroviseur, espérant de tout mon cœur ne pas y voir Henry ou Trey. Ils n'étaient pas visibles, mais j'ai eu la nette impression que le policier resterait garé derrière moi jusqu'à ce que je reprenne la route en direction de Duluth.

J'ai mis mon clignotant pour regagner la route. Je me suis dit que ça ne pouvait pas faire de mal de montrer que j'étais une conductrice prudente et courtoise, vu qu'un policier me surveillait et qu'il n'aurait aucun moyen de savoir qu'on m'avait retiré mon permis pour conduite dangereuse si je faisais attention. J'ai conduit jusqu'au tournant, comme il m'avait indiqué, et j'ai remarqué que le policier me suivait.

— Et bien sûr, tu vas me suivre, ai-je marmonné dans ma barbe tout en signalant que j'allais tourner à droite.

J'ai tourné dans la rue Belknap en suivant les instructions de l'officier, et j'ai commencé ma traversée de Superior, dépassant les maisons et magasins qu'Henry et moi avions déjà vus plusieurs fois ce jour-là.

Sur ma droite, j'ai vu une boutique de bagels. J'ai prié le ciel que le policier s'y arrête pour déjeuner. Mais non. Il a continué à me suivre, et j'ai tout fait pour ne pas me mettre à pleurer quand j'ai compris qu'il était parfaitement possible qu'il m'oblige à conduire jusqu'à Duluth, c'est-à-dire un trajet de vingt minutes, avant de pouvoir repartir dans le sens inverse pour récupérer Henry et Trey. Ce qui voulait dire qu'ils resteraient dans le froid sans manteau pendant plus de quarante minutes. Il faisait moins dix dehors. Ils ne pourraient pas supporter le froid si longtemps.

J'ai dépassé un petit centre commercial, j'ai attendu à un feu, j'ai dépassé un Domino's, une église et une voie de chemin de fer. J'avais l'impression d'effectuer une odyssée de banlieue interminable, m'éloignant de plus en plus de l'endroit où je devais impérativement retourner. Enfin, la voiture de police s'est arrêtée dans une station-service derrière moi. J'étais si soulagée que j'ai poussé un petit cri de victoire. J'ai fait le tour du pâté pour être sûre de ne plus croiser le chemin de ce policier et pour éviter qu'il se demande pourquoi je retournais dans la direction de l'académie militaire.

Lorsque j'ai atteint la route de campagne sur laquelle j'avais aperçu Henry et Trey, j'ai ralenti à peu près au niveau où le policier m'avait interpellée. Aucun signe de Trey ou d'Henry. J'ai freiné totalement, même si j'étais totalement flippée à l'idée que le policier m'ait suivie. Un vent léger soufflait sur les branches enneigées, et la neige s'envolait comme de la poussière magique, brillante, contrastant avec les pins sombres.

— Allez, les garçons, ai-je lancé d'une voix rauque, en me demandant s'ils pensaient que je les avais abandonnés.

Peut-être qu'ils étaient retournés dans l'académie, vaincus par le froid. Peut-être que j'allais devoir me rendre dans le Michigan toute seule. Je me suis mordu la lèvre. Ça n'allait pas du tout. Henry et moi avions déjà tant risqué… et dire que c'était un fichu policier qui, voulant bien faire, avait tout gâché…

Puis, soudain, j'ai vu quelque chose bouger dans les arbres à l'est de la route. Deux chemises blanches ont émergé des arbres noirs. Henry et Trey se sont dirigés vers la route, morts de froid, en se frottant vigoureusement les bras. J'étais tellement heureuse de les voir que j'ai garé la voiture et que j'ai bondi à l'extérieur.

Ça faisait à peine deux semaines que j'avais été séparée de Trey, et pourtant j'avais l'impression que ça faisait des années. Quand nos yeux se sont croisés, j'ai su qu'après ce voyage dans le Michigan on ne pourrait plus se quitter. Si ça voulait dire qu'on devait fuguer, on s'organiserait après s'être occupés de Violet. Trey s'est mis à courir sur la route gelée, il m'a prise dans ses bras et m'a embrassée avant même que j'aie eu le temps de dire ouf.

— Non mais pas de souci, hein, allez-y, chopez-vous pile devant moi, je dirai rien. Faites comme si je n'étais pas là, surtout, a lancé Henry tandis que Trey plaçait ses deux mains autour de mon visage et qu'il continuait à m'embrasser comme si j'étais l'oxygène dont il avait besoin pour vivre.

Chapitre 29

Henry avait réussi à s'introduire dans l'académie en passant par la brèche dans la grille. Il était entré dans la cafétéria, les épaules avachies et l'air renfrogné. Puis il avait pris un plateau et s'était mis dans la queue comme s'il faisait partie des élèves de la Northern Reserve. Le gardien qui se tenait à l'entrée de la salle lui avait lancé un regard mauvais quand il avait débarqué, les chaussures couvertes de neige, mais il était trop occupé à regarder son compte Facebook sur son téléphone pour se demander comment un élève s'était débrouillé pour arriver au déjeuner vingt minutes après tout le monde.

— Et ensuite j'ai vu ce mec, assis à table en train de manger ses pâtes, et quand je me suis assis en face de lui il a même pas levé les yeux, a rigolé Henry en jetant un coup d'œil à Trey. J'ai dû lui lancer un coup de pied sous la table pour attirer son attention.

J'ai donné un petit coup dans les côtes de Trey pour le taquiner, et j'ai entraperçu le début d'un sourire sur ses lèvres. Henry Richmond était sans doute la dernière personne qu'il attendait, ou qu'il espérait voir en face de lui à la cantine de l'académie.

— Je ne savais pas exactement ce qui allait se passer, a avoué Trey. J'aurais peut-être dû m'en douter, mais je n'avais pas compris qu'il était entré dans l'école. Pendant une seconde, j'ai cru qu'il s'était peut-être fait arrêter, comme moi. Tout ce que je savais, c'est que le plan de départ avait foiré, parce que j'avais reçu une note dans mon casier au dortoir qui disait que ma mère avait annulé mon rendez-vous chez le docteur. Je ne savais pas du tout ce que vous aviez prévu.

— J'avoue, mec, a lancé Henry, qui avait l'air de très bonne humeur, je sais pas comment tu fais pour supporter la nourriture là-bas. Tu ferais aussi bien de manger du papier toilette et de la craie.

J'ai senti que Trey résistait à la tentation de devenir ami avec Henry, et ça m'a amusée de voir que le mur entre eux semblait enfin se briser. Henry se montrait bien plus mature que ses dix-huit ans et il semblait comprendre combien il était important de mettre un terme à cette compétition silencieuse qui existait entre eux.

***

Mes paupières étaient lourdes et la fatigue physique se faisait sentir. Les kilomètres sans fin de paysage enneigé et plat qui s'étendaient de chaque côté de la route rendaient ma vision floue. Le voyage monotone et hivernal entre le nord du Wisconsin et le mont Farthington ressemblait à une berceuse. J'ai posé ma tête contre l'épaule de Trey et j'ai sombré dans un sommeil léger et agité.

Vers 15 heures, une fois qu'Henry a eu décidé qu'on s'était suffisamment éloignés de l'académie Northern Reserve, on s'est arrêtés dans un fast-food pour déjeuner. Trey a emmené sa boîte de « Soleil de Malibu » aux toilettes sans broncher, après nous avoir demandé de lui commander un hamburger à la dinde avec des frites. Il avait beau n'avoir que quelques millimètres de cheveux sur la tête et ne pas être enthousiaste à l'idée de devenir blond, il savait que ce serait dans l'intérêt de tout le monde qu'il transforme son apparence.

J'ai laissé Henry à la caisse et j'ai pris les gobelets en carton ciré qu'on nous avait donnés pour les remplir au distributeur automatique de boissons. Le restaurant était vide à cette heure-ci. Seul un homme d'un certain âge qui portait une casquette de base-ball des Brewers était assis dans un coin, seul. Il mastiquait en rythme tandis que ses yeux étaient rivés sur l'écran de télévision qui pendait du plafond. Le discours qui en sortait suggérait que la chaîne passait un programme de téléréalité judiciaire pseudo-réaliste plutôt que les nouvelles locales, ce qui était un petit miracle.

Henry et moi nous sommes assis et on s'est souri en silence. Trey est sorti des toilettes et nous a rejoints. Ses cheveux étaient jaunes à présent, ce qui faisait ressortir ses sourcils et ses cils sombres. Il s'est assis à côté de moi et m'a attrapé la main, ce qui confirmait ce que je savais déjà, à savoir qu'à partir de maintenant on trouverait un moyen de rester ensemble.

— On en est où ? a demandé Trey après avoir pris une énorme bouchée de son hamburger en faisant tomber la salade et les rondelles de tomate.

Henry a activé l'appli de son téléphone pour nous montrer la ligne bleue sur la carte, qui représentait le chemin à parcourir pour arriver au mont Farthington.

— Vous voyez ce petit truc rouge ? C'est nous. Il nous reste encore à peu près huit heures de route.

Huit heures de route. En ce moment même, les élèves de la promo de première étaient probablement dans le gymnase, à écouter le discours du proviseur qui leur indiquait comment se conduire comme des jeunes gens bien élevés, précisant qu'ils devaient représenter le lycée Weeping Willow avec dignité durant ce voyage. J'imaginais Matt Galanis, le copain de Mischa, imitant M. Nylander, la tête penchée d'un côté puis de l'autre, et la bouche ouverte ou fermée comme un robot, pour amuser Kevin Pawelczyk et Oliver Buras. Sans doute que la mère de Jason Arkadian était accompagnatrice : tout le monde l'adorait parce qu'elle conduisait une Mustang et qu'elle avait des mèches ambre dans les cheveux, comme une star de cinéma. Hailey West et Abby Johanssen étaient sans doute assises sur les gradins avec leurs sacs Kate Spade à leurs pieds, en train de lever les yeux au ciel et de chuchoter entre elles leurs commentaires sur le fait que tout le monde était stupide ou ennuyeux. Et puis je me suis rappelé que la mère de Tracy Hartford était toujours accompagnatrice de voyages scolaires, et je me suis rendu compte que j'avais à peine pensé à Tracy depuis que j'avais quitté Willow pour retourner à Dearborn.

— Henry, est-ce que tu as eu des nouvelles de Tracy ? ai-je demandé.

Henry a baissé les yeux et s'est mis à tapoter son gobelet nerveusement.

— Oui. Par quoi je commence ? a-t-il répondu d'un ton qui m'a inquiétée avant même qu'il en dise plus. Elle est toujours dans le coma. Les médecins ont déjà prévenu ses parents qu'à ce stade ils devaient se préparer à ce qu'elle ait des lésions cérébrales. Si elle se réveille un jour de son coma, bien sûr.

— Est-ce qu'ils ont parlé de la débrancher ? a demandé Trey entre deux bouchées de hamburger.

Il exprimait mes pensées à haute voix, comme s'il lisait dans mon esprit. Henry avait l'air navré.

— Oui, les médecins l'ont suggéré.

— Oh, la vache ! ai-je lancé un peu fort.

Le vieil homme à la casquette s'est retourné dans notre direction.

— Mais du coup, qu'est-ce que ça veut dire, pour Mischa ? ai-je poursuivi.

— Bon, pas la peine de se mettre à paniquer. Tu sais comment est la mère de Tracy, a répondu Henry en essayant d'être rationnel.

Henry avait raison : Mme Hartford était très croyante et ferait tout pour que Tracy reste en vie aussi longtemps que le permettrait la science, dans l'idée que si elle débranchait sa fille ce serait une sorte de meurtre. Mais M. Hartford, qui parlait peu (ma mère disait souvent pour se moquer que Mme Hartford parlait suffisamment pour eux deux), semblait être quelqu'un de très sensé. Il dirigeait le service de la propreté du comté depuis aussi longtemps que je me souvienne. D'ailleurs, au lycée la blague qui circulait c'est que les ordures étaient une histoire de famille chez les Hartford, vu que la spécialité de Tracy était d'être ordurière.

Ma gorge s'est serrée quand j'ai pensé à Mischa, cachée dans le magasin occulte, sans aucune nouvelle de nous ou de nos avancées pour briser le sort. Elle savait sans doute, même si elle tentait de se distraire, que sa vie était de plus en plus en danger à chaque heure qui passait.

— Allez, on y va, a brusquement lancé Henry, ce qui m'a sortie de ma rêverie.

Il a pris son plateau et s'est levé en gardant la tête baissée. J'ai suivi le regard de Trey en direction de l'écran, sur lequel une pub annonçait la une des nouvelles qui seraient abordées dans le journal télévisé qui allait commencer.

Deux jeunes s'évadent de deux internats locaux. La police affirme qu'ils sont en fuite, et qu'ils sont probablement dangereux. Tous les détails à 17 heures, a annoncé une femme très attirante d'une voix chantante.

L'écran a ensuite diffusé des photos de moi et de Trey prises par le photographe chauve et bizarre qui venait avec tout son équipement une fois par an au lycée nous prendre en photo, juste à côté du bureau du proviseur, pour nos cartes d'étudiant.

Le revêtement en vinyle du siège avant du pick-up était si froid que je me suis mise à grelotter quand on est rentrés dans la voiture. Le froid transperçait le jean que Mme Richmond m'avait prêté, et mes dents claquaient sans que je puisse me contrôler. Il a fallu un temps interminable pour que le chauffage, qui soufflait directement sur nous, me réchauffe un peu.

Le paysage hivernal lugubre qui nous encerclait s'est mis à me taper sur le système au bout d'une heure de route. On parlait de temps à autre pour débattre de la meilleure façon d'attirer Violet loin des autres pour la faire jouer à « Léger comme une plume, froid comme le marbre », mais, chaque fois que l'un de nous faisait une suggestion, on aboutissait à la même conclusion : ça ne servait à rien de planifier. On était obligés d'attendre d'arriver au mont Farthington avant d'en savoir plus.

Peu après 16 heures, le ciel a commencé à s'assombrir. Certes, la tombée de la nuit apportait un changement bienvenu après les bancs de nuages monotones et la neige grise qui se mélangeaient sur l'horizon, mais j'étais de plus en plus pressée d'arriver à destination et de quitter la route. Je souhaitais désespérément m'allonger et m'endormir, paisiblement, même si je savais que je ne dormirais plus correctement tant qu'on n'aurait pas affronté Violet.

Avec qui est-ce qu'elle allait partager sa chambre d'hôtel ?

Est-ce qu'elle tenterait de prédire la mort d'autres personnes pendant ce voyage ?

Est-ce qu'un jour, elle s'arrêterait ?

Enfin, une fois la nuit tombée, il y a eu une trouée dans la forêt qui nous entourait alors qu'on traversait la péninsule supérieure du Michigan depuis plusieurs heures. Henry nous avait saoulés avec son rap et avait insisté pour nous faire écouter les paroles qu'il avait mémorisées, avant d'abandonner et de nous laisser mettre une chaîne de radio qui passait les hits du moment. Il était presque 19 heures lorsqu'on est arrivés au niveau de l'aire de repos de St. Ignace, dans le Michigan. Devant nous, on voyait les bornes de péage au-delà desquelles on atteindrait le pont Mackinac, un pont suspendu incroyablement long qui nous permettrait de traverser les eaux gelées du lac Michigan pour arriver dans la péninsule inférieure, notre destination.

— La vache, il me plaît pas du tout, ce pont.

Henry a ralenti sur quelques mètres avant d'arriver devant le péage, l'air consterné.

— Pourquoi ? ai-je demandé, et, quand Henry a secoué la tête sans dire un mot, j'ai deviné la réponse à ma propre question.

Ça faisait un moment que les esprits maléfiques de Violet ne nous avaient pas embêtés, mais il était évident qu'on serait vulnérables pendant la traversée de ce pont de huit kilomètres, juste au-dessus de l'endroit où les eaux profondes des lacs Huron et Michigan se rejoignent. Dans le noir. Avec le vent qui soufflait... et très peu de circulation à cette heure tardive. Les esprits avaient déjà prouvé qu'il leur était extrêmement facile de vider les batteries de nos téléphones et de bloquer le réseau. Si quoi que ce soit arrivait au milieu du pont, on serait perdus jusqu'à ce qu'un autre véhicule croise notre chemin.

— Quatre dollars, a annoncé l'opérateur à Henry lorsque celui-ci a baissé sa vitre.

La chaleur du pick-up s'est dissipée dès que le froid glacial s'est engouffré à l'intérieur.

Henry a fouillé dans son portefeuille pour donner la monnaie. Je regardais le pont interminable, bordé de part et d'autre de lampadaires qui grésillaient dans la nuit noire. Je distinguais la première tour du pont, bien illuminée par des éclairages dorés et rassurants qui invitaient à se rapprocher. La lumière se reflétait à la surface de l'eau sur les côtés du pont, ce qui générait des lueurs ambre permettant d'y voir quelque chose dans un paysage essentiellement noir. L'eau brillante paraissait étrangement accueillante, jusqu'à ce que je me rappelle les cauchemars que Trey avait décrits. Ce qui avait rempli sa tête de scénarios atroces l'encourageant à se tuer avait réussi à rendre la mort attirante. C'est lorsqu'on a passé la borne de péage et qu'on s'est trouvés sur le point de traverser le pont que j'ai su que les esprits allaient nous rendre une petite visite.

— Henry, attends, ai-je dit.

On était le seul véhicule à rouler en direction du sud, vers la péninsule inférieure. Certes, il commençait à se faire tard, on était un vendredi soir et il faisait particulièrement froid, mais rien que ça me paraissait totalement anormal.

— Vous trouvez pas qu'il se passe quelque chose de louche ? ai-je demandé.

Trey, sur ma droite, fixait les tours par la vitre, le visage inexpressif. À ma gauche, Henry a légèrement froncé les sourcils.

— Oh non, McKenna. Commence pas à me faire flipper, a répondu Henry doucement.

— Quoi ? C'est toi qui viens de dire que le pont te plaisait pas, lui ai-je rappelé.

— Je sais, a-t-il admis, mais on n'a pas d'autre moyen d'arriver au mont Farthington d'ici, à moins de faire tout le tour du lac Michigan par en bas. Ce qui prendrait au moins un jour et demi. Je n'aime pas conduire sur des ponts, de manière générale. Mais alors celui-ci, c'est carrément… La vache ça fait beaucoup d'eau des deux côtés.

Il n'avait pas besoin de préciser ce que voulait dire un jour et demi supplémentaire : Violet avait prédit que Stephani, Hailey et Abby mourraient pendant le voyage… donc, logiquement, Mischa et Tracy mourraient avant même qu'on atteigne le mont Farthington.

— Est-ce qu'on devrait pas demander à ton truc si on doit traverser ? a demandé Henry.

Cette dernière remarque a attiré l'attention de Trey :

— Quel truc ? a-t-il demandé.

Je n'avais pas eu le temps de lui parler de notre visite dans le magasin occulte près de Chicago, ni de Laura et de ce qu'elle m'avait dit sur mes aptitudes. Si j'avais évoqué ça au cours de la dernière conversation téléphonique supervisée qu'on avait eue avant que je parte de Dearborn, ça aurait alerté son internat. J'ai répondu brièvement, sans entrer dans les détails :

— C'est un pendule. On l'a acheté dans une boutique qui vend des objets occultes.

Je voulais repousser l'explication détaillée sur le fait que j'étais médium à une autre fois, après que nos problèmes avec Violet seraient réglés, si ce jour arrivait enfin.

— Tu ne devrais pas jouer avec ce genre de trucs, a-t-il lancé d'une voix dure.

J'ai immédiatement eu honte qu'Henry l'ait mentionné.

— Honnêtement, a-t-il poursuivi, après tout ce qu'on a déjà vécu, pourquoi est-ce que vous voudriez attirer leur attention ?

Quand Trey disait « leur » attention, il parlait d'eux, des esprits de Violet. Il avait raison. Je me suis enfoncée dans mon siège, entre Trey et Henry. J'espérais de tout cœur qu'Henry ne mentionnerait pas le fait que j'avais déjà utilisé le pendule à l'intérieur de la voiture sans brûler de sauge pour purifier et protéger l'espace, ce qui m'apparaissait maintenant comme terriblement irresponsable.

— En plus, a-t-il continué d'une voix plus douce, il ne peut pas nous aider. Je peux déjà vous dire ce qui va se passer sur ce pont. J'en ai rêvé la nuit dernière, simplement je n'avais pas compris ce que c'était que ce rêve avant de voir le pont illuminé comme ça.

Gênée, j'ai attendu que Trey poursuive. Il n'aimait pas parler de ses rêves, et je pense que c'était en partie parce qu'il croyait qu'en en parlant il les validait, il les rendait plus vrais.

— Vas-y alors, il se passe quoi ? a demandé Henry.

— C'est le verglas, a répondu Trey. Le pont est recouvert de verglas et aucun camion n'est passé pour saler les voies depuis un bout de temps. C'était ça le rêve, un camion qui déversait du sel sur les voies.

— Le verglas, ai-je répété.

Bien sûr. Terriblement glissant et invisible la nuit.

— Génial, a soupiré Henry. Alors on fait quoi ? On retourne dans la dernière ville qu'on a traversée et on essaie de trouver du sel ?

— Ça changera rien, ai-je marmonné en essayant de distinguer la seconde tour du pont, au loin. Le pont est bien trop long. On ne pourrait pas saler une voie entière, le pont fait huit kilomètres de long.

— Alors on va aller tout doucement, a rétorqué Trey d'une voix ferme. Mais vraiment hyper lentement. Tiens-toi prêt à freiner.

Henry s'est remis à conduire, et je l'ai entendu marmonner :

— Peut-être bien que c'est lui qui devrait se mettre au volant.

Mais je savais qu'il ne le pensait pas vraiment. Il savait forcément que Trey était incapable de conduire. Il refusait de s'y remettre depuis l'accident.

Une fois sur le pont, à environ dix mètres du péage, on distinguait l'eau de chaque côté. C'est là que mon cœur s'est mis à battre si fort que c'en était inquiétant. Les rambardes sur les côtés du pont étaient très basses. Si je me tenais debout à côté d'elles, elles m'arriveraient aux hanches. On conduisait à la vitesse d'un escargot, avec les feux de route allumés. Chaque centimètre de route enneigée représentait un danger et cachait peut-être du verglas. À la vitesse à laquelle on allait, j'avais l'impression qu'il nous faudrait une heure pour traverser le pont, un exercice traître, une vraie torture. On allait devoir s'armer de courage et de patience.

À trente mètres de la première tour, on a tous les trois levé le nez en même temps lorsqu'on a remarqué les phares d'une voiture s'approcher dans l'autre sens.

— Enfin un peu de compagnie, a lancé Henry.

En revanche, contrairement à nous, le véhicule roulait à une vitesse normale, c'est-à-dire un million de fois plus vite que nous. Nous avons continué à avancer sur notre voie, mais, lorsque la voiture s'est rapprochée de nous, quelque chose m'a gênée, une sensation de déjà-vu très perturbante. Il n'y avait rien d'extraordinaire, mais j'ai fini par remarquer, au-delà du halo de ses phares, qu'il s'agissait d'une petite voiture noire, peut-être une Ford Focus.

— Je connais cette voiture, ai-je dit, tout à fait mal à l'aise. Elle me dit quelque chose.

Trey s'est penché en avant pour mieux la voir :

— C'est la voiture qui nous a envoyés valser dans les champs la veille de Noël sur la Route 32.

Chapitre 30

Il avait parfaitement raison. Une voiture nous avait forcés à quitter la route ce soir-là, alors qu'on était partis à la recherche d'Heather la Sanglante. C'était une petite voiture noire conduite par un homme dans la cinquantaine… une voiture exactement comme celle-ci, qui traversait maintenant le pont au même moment que nous. Ça n'avait aucun sens que cet homme soit dans cette voiture précisément maintenant.

— Vous me faites flipper, les gars, a lancé Henry.

Au moment où il prononçait ces mots, la voiture noire est passée sur une plaque de verglas, à une dizaine de mètres de nous. J'ai hurlé quand je l'ai vue accélérer, changer de direction, faire un tête-à-queue puis glisser droit vers nous.

— Merde ! a crié Henry en se penchant sur le volant.

L'arrière de la voiture a frappé l'avant du pick-up d'Henry, ce qui a provoqué un impact violent à l'intérieur de l'habitacle. On a tous les trois plongé en avant et les ceintures de sécurité nous ont comprimé la poitrine. Dans une série d'événements successifs bien trop rapides pour qu'on ait le temps d'imprimer, la violence du choc a fait tourner le pick-up d'Henry de quelques degrés. Puis la voiture noire a repris sa route et a embouti la rambarde de sécurité. On pouvait voir les mains du conducteur manier le volant de façon totalement paniquée, faire des gestes brusques dans tous les sens. Ses derniers gestes n'ont fait aucune différence. La vitesse à laquelle il conduisait lorsqu'il avait glissé sur le verglas était telle que la voiture avait détruit la fragile barrière de métal.

— Non !! ai-je hurlé tandis qu'on assistait à la chute de la voiture noire.

Les deux moitiés désarticulées de la rambarde détruite pendaient au-dessus du vide, marquant l'endroit de l'impact. Sans cet énorme trou, on aurait facilement pu se convaincre qu'on avait imaginé toute la scène. La voiture n'a pas fait de bruit en plongeant dans l'eau, ou en tout cas, si elle en a fait, elle n'a pas touché l'eau avec suffisamment de puissance pour qu'on distingue l'écume depuis le pont. Le vent soufflait fort, au point de provoquer un petit balancement du pick-up.

— C'était quoi, ce truc ? a lancé Henry.

— Tu crois qu'on devrait voir si on peut faire quelque chose ? ai-je demandé, même si j'étais flippée à l'idée qu'un coup de vent m'envoie moi aussi par-dessus bord si je sortais de la voiture.

Trey a eu un sourire lugubre :

— Non mais c'est fini, là. L'eau est complètement gelée.

On est restés silencieux. J'étais tentée de lui répondre qu'il n'y avait rien de drôle à assister à la mort d'un homme, mais il avait raison. Même si l'homme réussissait à se sortir de sa voiture submergée, l'eau était si froide que la surface des deux lacs était majoritairement gelée.

— Bon, a commencé Henry après s'être calmé, il y a forcément des caméras sur ce pont. Donc les opérateurs du péage vont appeler à l'aide, et ça va vraiment faire tache si on reste ici comme des idiots après avoir été témoins de la mort de quelqu'un.

Il a pris une profonde inspiration avant d'ajouter :

— Je vais aller jeter un coup d'œil. McKenna, passe derrière le volant. Tu ne t'approches même pas de l'accélérateur.

Trey et moi avons hoché la tête et Henry est sorti du véhicule. Dans la lueur des phares, il s'est dirigé d'un pas mal assuré vers la rambarde tout en restant à une certaine distance de l'endroit où elle avait été détruite, parce qu'il lui aurait été facile de tomber à son tour. Un moment plus tard, après s'être penché et avoir tendu le cou pour mieux voir l'eau, il s'est retourné vers nous en haussant les épaules.

— Rien, a-t-il annoncé en revenant. La voiture a dû couler tout de suite.

— Du coup, on fait quoi ? a demandé Trey. Je crois qu'on ferait mieux de poursuivre notre route. Je n'aime pas rester ici au beau milieu de ce pont.

C'était bien ça le problème… On en était à peine à la moitié. Ce serait atrocement flippant de continuer, mais tout aussi horrible de revenir en arrière. Trey n'avait même pas de manteau d'hiver, donc on ne pouvait pas se permettre d'abandonner le pick-up pour se mettre en sécurité.

Et, pendant ce temps, les heures passaient.

— Ça ne me plaît pas du tout, mais je crois qu'on devrait filer, a répondu Henry. Si on reste ici et que les flics arrivent, ils auront sans doute des questions, ils voudront qu'on aille au commissariat et qu'on fasse un genre de déposition.

Trey et moi nous sommes regardés, inquiets. Il n'y avait pas moyen qu'on aille dans un commissariat. C'était vraiment prendre un risque immense étant donné l'importance de la mission qui nous attendait.

Au moment où Henry démarrait, on a entendu des sirènes au loin et on a vu le faible reflet de phares sur le verglas devant nous.

— Vous allez devoir vous cacher, a ordonné Henry, qui avait compris que la police arrivait.

Trey et moi avons détaché nos ceintures. Il n'y avait que peu d'espace sous le tableau de bord, donc Trey s'est agenouillé là, et je me suis allongée sur la banquette avant, tandis que Trey plaçait le manteau d'hiver d'Olivia sur moi pour me dissimuler. Afin d'éviter d'attirer l'attention de la police, Henry n'a plus prononcé un seul mot pendant la traversée. À la place, il a allumé la radio et a marmonné les paroles d'un rap qui pour la plupart étaient fausses.

Les sirènes s'intensifiaient. Il était difficile de respirer avec le manteau au-dessus de ma tête, et j'avais mal à la hanche à force de rester immobile dans cette position étrange. L'humidité de ma propre respiration formait un film mouillé sur ma peau, ce qui était très désagréable. J'ai soulevé le manteau pour avoir un peu d'air frais et Henry m'a dit, d'une voix silencieuse mais très fermement :

— Arrête ça.

Je me suis rendu compte que le pick-up ralentissait puis s'arrêtait, et j'ai entendu la vitre se baisser.

— Bonsoir, monsieur l'agent, a dit Henry.

J'avais tellement peur qu'on me remarque que j'ai retenu ma respiration. Pourquoi est-ce qu'il s'était arrêté pour papoter ?

— L'opérateur du péage a signalé un accident sur le pont.

Le policier avait une voix profonde et rauque, le genre de voix qui rythmait mes cauchemars de course-poursuite autour du lac White Ridge depuis ce jour atroce de novembre où Trey et moi avions été arrêtés. Une voix d'homme dure.

— Ah oui ? a répondu Henry, qui tentait d'avoir l'air surpris. Effectivement, la rambarde est salement amochée.

J'entendais d'autres sirènes au loin. Au moins deux autres voitures de police arrivaient, et je me suis mise à flipper quand j'ai entendu un hélicoptère.

— Est-ce que vous avez vu le véhicule qui a plongé ? a demandé le policier.

L'opérateur avait forcément vu sur ses écrans que la voiture qui avait chuté était passée à moins de dix mètres du pick-up d'Henry. L'accident avait eu lieu à peine quelques minutes auparavant, ça ne servait à rien qu'Henry nie avoir vu quelque chose. Je me suis mise à prier pour qu'Henry ne se mette pas à mentir…

— Désolé, monsieur, s'est excusé Henry. J'ai vu la voiture approcher dans le sens inverse, mais je n'ai pas fait attention. Le verglas est vraiment dangereux. J'ai gardé les yeux sur la route jusqu'à ce que je remarque que la voiture déviait.

J'ai soupiré de soulagement, espérant que Trey entendait tout aussi clairement que moi. Pendant une demi-seconde, j'ai cru que le policier allait laisser partir Henry. Malheureusement, il a repris la parole :

— De toute façon, nous avons noté votre numéro de plaque d'immatriculation. Pourrais-je avoir votre numéro de téléphone au cas où nous aurions des questions supplémentaires à vous poser, une fois que nous aurons visionné les vidéos de l'accident ?

Henry a hésité un moment, sans doute conscient du risque qu'il prenait en donnant une preuve écrite qu'il se situait entre le pensionnat de Trey et le mont Farthington.

— Bien sûr, a-t-il répondu avant de donner son numéro.

Au moment où je pensais que le policier allait enfin souhaiter une bonne nuit à Henry et le laisser partir, il a posé la question que je craignais le plus :

— Pourrais-je voir votre permis, jeune homme ?

Henry a attrapé son portefeuille et a présenté son permis à l'officier.

— Aaaah… Willow, Wisconsin ? Vous n'auriez pas entendu parler de ces jeunes qui viennent de fuguer de leurs pensionnats ? Les Bonnie et Clyde des temps modernes ?

Pendant une fraction de seconde, j'ai cru que le policier savait qu'on était dans la voiture. C'était comme s'il avait des lasers à la place des yeux qui pouvaient me voir, cachée comme une mauviette, à travers le manteau d'Olivia. Des pensées brûlantes de colère me venaient, du genre *Pourquoi est-ce qu'on a joué à ce jeu débile ? Pourquoi est-ce que je n'y ai pas mis un terme ? Je savais que Violet était cheloue. J'aurais tout simplement pu dire que je ne voulais pas jouer : j'aurais sauvé tout le monde avant même qu'on commence…*

— Des élèves de pensionnat ? Non, je n'en avais même pas entendu parler, a menti Henry. Je pars rejoindre des copains de ma fraternité pour quelques jours de ski.

Après ses questions interminables, le policier a enfin conseillé à Henry de conduire prudemment, et nous avons poursuivi notre route à la vitesse d'un escargot. Trey et moi ne bougions toujours pas, de crainte que la police nous remarque. Les minutes, interminables, ont passé. Ma jambe droite fourmillait et menaçait de perdre toute sensation. Je n'entendais rien d'autre que le rap d'Henry, mais je supposais qu'on devait bien être en train de nous rapprocher de l'autre bout du pont.

— Restez cachés, a lancé Henry, qui sentait sans doute qu'on commençait à se tortiller. Il y a une voiture de police juste derrière moi. Je ne serais pas étonné qu'on me demande de m'arrêter une fois que j'aurai terminé de traverser le pont.

Mais la voiture qui le suivait ne l'a pas arrêté.

— Bien joué, mon vieux, a grogné Trey. Maintenant que tu as dit aux flics que tu partais skier, ils sauront exactement où te trouver quand ils auront vu la vidéo et qu'ils remarqueront qu'on était avec toi.

— Et qu'est-ce que tu voulais que je fasse, Einstein ? l'a coupé Henry. Le mec m'a demandé mon permis !

— Tu as fait ce qu'il fallait et on est en sécurité pour le moment, ai-je rétorqué après un lourd silence. Allez, continue à conduire.

On a continué le voyage en direction de Traverse City, la dernière vraie ville avant d'arriver au mont Farthington avec ses prix démesurés. Avec toute cette histoire, on était épuisés. On a donc décidé de s'arrêter quelques heures sur une aire en attendant l'aube.

***

Le lendemain matin, on a quitté l'autoroute au niveau de Traverse City pour un arrêt repas, le premier de la journée. Au moment de passer un panneau vert qui indiquait « Bienvenue à Traverse City », j'ai eu une sensation affreuse, un mélange d'impatience et d'effroi. On se rapprochait de Violet. Probablement que ses esprits allaient intensifier leurs menaces pour nous freiner.

Henry s'est garé dans le parking d'un fast-food. C'était risqué de nous montrer en public, mais Trey et moi avions besoin d'utiliser les toilettes, donc on s'est dépêchés d'y aller. Je voulais tellement passer dans les toilettes pour femmes sans me faire remarquer que je n'en ai pas cru mes oreilles quand j'ai entendu une voix de fille dire :

— Je crois que je reconnais cette fille. C'est McKenna Brady !

Et bien sûr, c'était Stephani de Milo, une des pom-pom girls de Weeping Willow. Ses longues boucles châtains étaient disposées sur un pull à col roulé de ski en tricot torsadé, et elle me fixait du regard. Elle était assise à une table, non loin, devant un hamburger à moitié mangé, et elle était en train de se lever, un grand sourire aux lèvres.

Dix milliards de réflexes me sont venus en même temps. Regarder ailleurs, faire comme si je ne l'avais pas entendue, poursuivre mon trajet vers les toilettes, tout nier. Mais, au lieu de ça, je suis restée immobile, comme une débile, tandis que Trey disparaissait dans les toilettes pour hommes après avoir regardé Stephani droit dans les yeux. Au départ, c'est Stephani que je regardais. Puis mon attention s'est dirigée sur son compagnon de table, un homme incroyablement beau qui avait probablement cinq ans de plus que nous, un homme à la mâchoire ciselée et à la barbe taillée. Il portait un polaire bleu, et tout, dans son allure, suggérait qu'il était moniteur de ski.

Il faut plusieurs jours avant qu'on retrouve son corps. C'était comme ça qu'Henry m'avait décrit la façon dont Violet avait prédit que Stephani mourrait. Sa mort suivrait celle de Mischa et Tracy, et, vu la tournure des événements, elle tombait en plein dans la prédiction sans le savoir. Exactement comme le voulait Violet.

Chapitre 31

— Stephani ! me suis-je exclamée, un peu inquiète en m'approchant d'elle pour éviter qu'elle fasse une scène. Salut ! Qu'est-ce que tu fais ici ?

— Ce que moi, je fais là ? Ben c'est plutôt à toi de me dire ce que tu fais ici ! a répondu Stephani en souriant.

Elle avait l'air curieusement heureuse de me voir, c'était déjà ça. J'ai réfléchi à un plan pour la suite. Je voulais l'empêcher de me poser d'autres questions, et surtout il fallait qu'elle arrête de prononcer mon nom dans le restaurant bondé, vu que tout le monde dans le Michigan savait qui était McKenna Brady. Je me suis donc assise à côté d'elle sur la banquette pour qu'elle n'ait pas à élever la voix.

— En fait, ai-je commencé tout en réfléchissant à la version de la vérité que j'allais lui raconter, c'est moi et Trey. On part au Canada. À Toronto, pour être précise.

Je me suis dit que la meilleure façon d'obtenir le silence d'une fille de mon âge était d'invoquer une romance. Une fille comme Stephani, qui adorait les potins et qui se soumettait volontiers à l'autorité, irait probablement tout raconter aux accompagnateurs du voyage, ou peut-être même qu'elle appellerait la police dès que j'aurais le dos tourné, à moins que je ne lui raconte une histoire d'amour, auquel cas elle ne voudrait surtout pas gâcher une histoire passionnée. Et puis, elle avait tout l'air d'enfreindre le règlement, puisqu'elle avait quitté le chalet Fitzgerald avec un adulte.

Les yeux de Stephani se sont mis à briller d'enthousiasme.

— J'en étais sûre !

Elle a donné un coup de coude à l'homme qui était à côté d'elle et a fait un mouvement de la tête dans ma direction.

— Tu sais ! C'est cette fille dont tout le monde parle aux infos, celle qui s'est enfuie de sa maison de redressement et qui est censée être armée et dangereuse. C'est elle !

L'homme avait l'air mal à l'aise. Il affichait un sourire amusé, mais ses yeux révélaient sa peur.

— Elle plaisante, j'espère ? m'a-t-il demandé.

Derrière eux, j'ai vu que Trey ressortait des toilettes. Il me regardait avec curiosité.

Mon expression n'a pas changé. D'un simple coup d'œil, je lui ai fait signe de retourner à la voiture. Si je me faisais attraper parce qu'on avait eu faim et qu'on avait eu le malheur de mettre les pieds dans le seul restaurant de Traverse City où une fille de mon ancien lycée et qui était en mesure de me reconnaître prenait son déjeuner, alors j'allais avoir besoin que Trey et Henry poursuivent la mission sans moi. Trey m'a comprise et est sorti du restaurant sans que personne le remarque.

— Euh, non, elle ne plaisante pas, ai-je avoué en essayant d'afficher de la timidité et du remords. Il fallait que je sorte de ce pensionnat. Il s'y passe des trucs affreux. Je t'assure, Stephani…

Ses yeux étaient grands comme des soucoupes. Elle s'imaginait sans doute toutes sortes d'atrocités, et je n'allais certainement pas préciser quoi que ce soit. Je m'en voulais déjà assez comme ça d'avoir sous-entendu qu'on m'avait fait du mal à Dearborn, parce que rien de tout ça n'était vrai.

— Je ne sais pas si j'aurais tenu le coup si j'y étais restée toute l'année.

— Oh mon Dieu, McKenna, c'est affreux ! a lancé Stephani d'une voix tremblante, avant de tendre le bras et de poser ses mains sur les miennes.

Puis, comme elle ne m'avait pas présenté son ami, elle s'est redressée et a ajouté :

— Je manque à tous mes devoirs. Voici RJ. RJ ? Je te présente...

Elle a fait une pause pour bien me faire comprendre qu'elle était consciente de ma situation, avant d'ajouter en murmurant :

— McKenna Brady.

RJ a hoché la tête sans sourire, et sans jamais me quitter du regard.

— Enchanté.

Il n'avait sans doute jamais vu de fugitif auparavant et, à ce moment précis, je me suis rendu compte que c'était précisément ce que j'étais. *Une fugitive.* J'étais une hors-la-loi. Je ne savais pas combien d'années d'écart il y avait entre RJ et Stephani, mais, s'il était bien moniteur de ski au chalet Fitzgerald, alors il avait au moins vingt-quatre ou vingt-cinq ans. J'aurais parié qu'au même moment il se faisait la même remarque que moi, mais qu'il se disait aussi que, si la police apprenait qu'ils m'avaient vue au Burger King et qu'ils n'avaient pas alerté les autorités, il se retrouverait dans un sale pétrin.

— Je ferais mieux d'y aller, ai-je lancé en remarquant qu'Henry se dirigeait vers la sortie, les bras chargés de sacs de nourriture et de sodas.

Il ne m'avait pas remarquée et se mettrait sans doute à paniquer dès qu'il arriverait à la voiture et que Trey lui expliquerait que j'avais été reconnue par une fille de Weeping Willow.

— Profite du voyage ! ai-je ajouté en glissant de la banquette. Et faites attention sur les pistes.

— Eh, a lancé Stephani au moment où je m'apprêtais à pousser la porte de sortie, si par hasard tu cherchais Violet...

Sa voix s'est éteinte, comme si elle espérait ne pas me vexer en prononçant son nom.

J'ai secoué la tête pour indiquer que ce n'était certainement pas le cas, mais il était sans doute évident, malgré mon histoire de Toronto, que j'étais ici pour cette raison.

— Tu ne la trouveras probablement pas. Elle est allée à l'hôpital ce matin avec Mlle Kirkovic. Elle a attrapé un genre de bronchite assez costaud.

Je suis restée sur place, pétrifiée, pas sûre d'avoir bien compris. Une bronchite. *Évidemment.* Les esprits ne nous avaient pas posé de problèmes après le pont parce qu'ils étaient occupés à éloigner Violet. J'ai repensé au bureau de Mme Lindvall et à ce document que Cheryl et moi avions trouvé dans le dossier de Violet concernant sa DBP et ses soucis de bronchites récurrentes. Comment la coincer si elle était à l'hôpital, entourée de médecins ? Comment faire pour ne serait-ce que trouver l'hôpital dans lequel elle avait été emmenée ?

— Je suis désolée de l'apprendre, mais je ne la cherche pas, ai-je menti. Cette fille m'a déjà suffisamment gâché la vie comme ça.

Tandis que je traversais le parking, mon pouls faisait des bruits de tonnerre. J'avais l'impression que chacun de mes pas dans la neige fondue lançait des vibrations dans mon corps tandis que je me rapprochais de la voiture. Trey, qui me regardait depuis la banquette, a glissé hors du pick-up pour me laisser rentrer. Il a tout de suite remarqué que ça n'allait pas.

— Qu'est-ce qui se passe ? a-t-il demandé lorsque j'ai atteint la voiture.

— C'est Violet, ai-je répondu en tournant la tête vers Henry, qui mangeait son cheeseburger derrière le volant. Elle n'est plus à Fitzgerald. Stephani m'a expliqué qu'elle avait chopé une bronchite et qu'elle avait dû partir à l'hôpital ce matin.

— Quoi ? s'est exclamé Henry. On a fait tout ce chemin pour rien ?

— Pas pour rien, a interrompu Trey.

Il m'a fait signe de rentrer, et j'ai compris que Stephani était sans doute en train de nous observer depuis une des baies vitrées du Burger King. Si elle reconnaissait le pick-up d'Henry et qu'elle prenait une photo pour l'envoyer à la police, on serait mal. Je me suis installée sur la banquette, au milieu, et Trey s'est installé à côté de moi, tandis qu'Henry démarrait, son burger sur les cuisses.

— On ne sait pas si Stephani nous dit la vérité. Elle est pote avec Violet, non ? Peut-être qu'elle t'a dit ça pour te mettre sur une fausse piste, a ajouté Trey qui essayait de rationaliser ce qu'on venait d'apprendre tandis qu'Henry longeait la route pour se garer dans le parking d'une laverie automatique afin qu'on finisse de manger. Si ça se trouve, Violet est de retour au chalet Fitzgerald avec ses antibiotiques, et elle est dans le foyer en train de boire un chocolat chaud.

— Mais je sais que Violet attrape régulièrement des bronchites, probablement tous les ans, ai-je précisé. Je ne crois pas que Stephani mentait. Et puis, les prédictions de Violet peuvent se réaliser qu'elle soit sur place ou non. Du coup, on fait quoi ? On reste et on essaie d'empêcher que l'accident ait lieu, ou on tente de la trouver et d'inverser le sort ?

— Bon, réfléchissons, a rétorqué Henry fermement. Mêmc si Violet a été emmenée à l'hôpital ce matin, elle est toujours dans le coin, non ? C'est pas comme si ses parents avaient eu le temps de faire le trajet entre ce matin et maintenant. Il n'est même pas midi. Il faudrait au moins cinq ou six heures pour arriver ici depuis Willow par beau temps, et là, les routes sont difficilement praticables. Donc, elle est forcément toujours ici.

On a réfléchi à ce qu'Henry venait de dire. Il avait raison, Mlle Kirkovic n'aurait pas proposé de reconduire Violet jusqu'à Willow même si Violet était effectivement malade. Violet était sans doute dans les parages, et on aurait plus de chances de la trouver ici que si on rentrait à Willow, où on se ferait probablement arrêter par la police. Or, se faire arrêter par la police près de Willow ne nous arrangerait pas du tout.

— Alors, on fait quoi ? ai-je demandé.

— Je crois qu'on doit aller au chalet et essayer de trouver quelqu'un qui en sait plus sur l'état de Violet.

— Oui, ai-je acquiescé. Mais on va faire comment ? Ils vont tous nous reconnaître.

La solution d'Henry s'est présentée à nous dans le supermarché du coin. Des masques de ski. On ressemblerait à n'importe quel autre groupe de jeunes sur les pistes du mont Farthington avec ces masques sur la tête. On en a profité pour acheter un manteau d'hiver à Trey, ainsi que des après-skis pour lui et Henry, vu que depuis le début de notre escapade ils portaient des chaussures en cuir. Une fois parés pour le ski, on est repartis en direction du chalet Fitzgerald pour entamer notre mission.

Chapitre 32

— Le forfait journée coûte quatre-vingt-dix-huit dollars, nous a informé la femme aux cheveux bouclés qui se tenait à l'accueil, à l'entrée du chalet.

J'évitais son regard et je jetais des regards furtifs autour de moi, dans l'espoir que personne de Weeping Willow ne descendrait le grand escalier tant qu'on était en bas. Un feu brûlait dans une cheminée de brique monumentale. Des sofas en cuir étaient disposés dans l'immense salon, décorés de coussins en tissu écossais. Sur une table, on voyait une partie d'échecs abandonnée, à côté de dépliants sur les boutiques du coin.

Le chalet Fitzgerald était bien plus classe que n'importe quel hôtel dans lequel j'avais pu séjourner avec mes parents. J'ai refoulé une pointe de jalousie à l'idée que je ne faisais pas officiellement partie du voyage au ski avec mes anciens camarades. Quelles que soient les prestations offertes par le chalet, je n'y aurais pas droit.

— Pas de problème, a lancé Henry en sortant l'American Express de sa mère.

— Vous comprenez, il est presque 14 heures et les remontées mécaniques ferment à 16 heures. Nous souhaitons nous assurer qu'il n'y a plus personne sur les pistes à la nuit tombée, a expliqué la femme tout en effectuant le prélèvement pour trois forfaits journée.

— Bien sûr, je comprends, l'a rassurée Henry. C'est juste que mes amis et moi souhaiterions descendre une piste avant la fin de la journée, c'est tout. On conduit depuis ce matin.

— Tout à fait, a répondu la femme avant de jeter un coup d'œil à la carte. Euh, je vais avoir besoin de vous demander votre carte d'identité, s'il vous plaît.

Henry a sorti son permis de conduire de son portefeuille avant de dire, comme s'il venait seulement de s'en souvenir :

— Oh, c'est la carte de crédit de ma mère. Elle sait qu'on va s'en servir pour skier aujourd'hui.

La femme a grimacé en rendant la carte à Henry.

— On aurait besoin de sa signature pour procéder au paiement. Je suis navrée, mais c'est le règlement.

Du coin de l'œil, j'ai vu Trey changer de position et j'ai senti la frustration grandir en lui.

— Oh bien sûr, a répondu Henry, qui voulait se montrer coopératif. Vous pouvez l'appeler, évidemment. Elle pourrait sans doute vous envoyer un mail ou un fax avec les justificatifs nécessaires.

Tandis qu'Henry et l'hôtesse réglaient les détails du règlement pour nos forfaits, Trey et moi avons traversé le hall pour nous asseoir sur un des sofas. Je me suis enfoncée dans les coussins et mes muscles m'ont fait savoir à quel point ils étaient fatigués et malmenés à force d'être confrontés au froid. S'endormir ici, entourée du parfum des bougies à la groseille, aurait été merveilleux.

— C'est plutôt sympa comme endroit, a commenté Trey. Je m'y connais pas des masses en ski, mais j'ai l'impression que c'est haut de gamme.

— Ta promo est allée au ski quand tu étais en première ? ai-je demandé, incapable de repenser à l'année précédente, quand j'étais moi-même en seconde.

Ma vie maintenant était totalement différente de celle que je menais à l'âge de quinze ans. À l'époque, je me faisais discrète en cours et je ne répondais aux questions que lorsqu'elles m'étaient directement adressées pour ne pas me faire remarquer. Je déjeunais avec Cheryl, Erica et Kelly, soit à la cafétéria, soit dans la salle de la fanfare, quand elle était ouverte, pour éviter les vannes sur notre physique lancées régulièrement par les idiots de première et de terminale.

— Non, c'était une excursion à Chicago, a répondu Trey. Ils sont partis deux jours, ils ont visité la Hull House et l'Art Institute et ont dû écrire un compte-rendu de leur voyage. Moi, je n'y suis pas allé. À la place, j'enchaînais les heures de colle, parce que je m'étais amusé à faire des dérapages contrôlés dans le parking de l'école de conduite.

J'ai levé les yeux au ciel en souriant. Lui aussi souriait, mais il regardait le sol pour que je ne remarque pas à quel point ce souvenir l'amusait, le fait de conduire comme un fou dans la Ford Taurus marron qui avait servi à l'apprentissage de la conduite de tous les jeunes de Willow sous les strictes instructions de M. Bobek.

— Typique, ai-je blagué.

— Mais j'ai quand même dû écrire un compte-rendu, a-t-il prétendu, avant de s'allonger sur le sofa en face de moi et d'étaler ses bras tout du long en prenant une longue inspiration. Ce serait sympa de revenir ici un jour, tu trouves pas ? En vacances, ce coup-ci.

Je me suis demandé si Trey pensait souvent à la fortune des Simmons, s'il se disait qu'il avait droit à un pourcentage de cette richesse. Si la vie était juste, Trey aurait droit à des vacances luxueuses, tout comme Violet et ses parents.

Henry a traversé le hall avec trois pass, qu'il nous a remis.

— Oh, quelle plaie ! a-t-il lancé en référence à la discussion qu'il venait d'avoir avec l'hôtesse.

— C'est bon, ta mère t'a donné le feu vert ? a demandé Trey

— Ben… on lui a tout raconté, ai-je avoué à Trey. Elle est de notre côté.

Trey a eu un regard surpris.

— Mais mon père, pas vraiment. Ma mère ne dira rien, mais, si mon père apprend où on est et ce qu'on fabrique, je vous raconte pas le drame, a ajouté Henry.

— Allez, ne perdons pas de temps, ai-je lancé en me levant, mon bonnet de ski déjà à la main. En route pour les pistes.

— Eh ! s'est exclamé Henry. Regardez !

Il pointait du doigt un bouquet de fleurs séchées pendu à un mur. J'ai plissé les yeux pour voir de quoi il parlait et j'ai remarqué qu'au milieu de ces fleurs se trouvait de la sauge séchée.

— On devrait en prendre un peu, histoire que tu puisses utiliser ton pendule.

J'ai vérifié en direction de l'accueil et, quand j'ai été sûre que personne ne nous verrait faire, j'ai arraché une poignée de sauge du bouquet. Les tiges se sont détachées si facilement que je suis restée un instant à regarder ma main, incrédule, tandis que quelques fleurs séchées, des chardons et une marguerite jaune vif tombaient au sol.

— Monsieur, s'il vous plaît ?

La voix de l'hôtelier nous a effrayés au moment où on se dirigeait vers un panneau indiquant « Remontée mécanique ». Mon sang n'a fait qu'un tour lorsque je me suis rendu compte de l'horreur qui nous attendait : *Ça y est, on est repérés, la carte de crédit a été refusée, quelqu'un du lycée nous a reconnus et lui a dit d'appeler la police.*

— La boutique de location de skis, a-t-il ajouté d'une voix amicale en montant la direction opposée à la nôtre. Si vous n'avez pas le matériel nécessaire, ils ont tout ce qu'il vous faut. C'est par là.

— Ah, bien sûr ! a répondu Henry. Merci.

Nous avons suivi Henry en silence.

— On ne nous aurait sans doute pas laissés accéder aux remontées mécaniques sans skis ou snowboards, a ajouté Henry à voix basse tandis qu'on traversait le couloir orné de tapis en direction de la boutique de location.

Trey et moi étions tellement ignorants en matière de skis – on ne savait ni quelle sorte de chaussures de ski prendre ni quelle marque de skis on voulait – que les deux employés qui portaient des polaires au logo du chalet Fitzgerald par-dessus des tee-shirts ornés du même logo nous ont chaleureusement conseillé de prendre le forfait tout inclus.

— On ne va pas avoir le temps pour ça aujourd'hui, ai-je répondu en déclinant leur proposition. On va simplement monter pour voir comment c'est. Demain on pourra prendre des leçons.

On a enfin réussi à les convaincre qu'on ne voulait louer le matériel que pour l'heure et demie de ski qui restait pour la journée, et on est ressortis avec notre équipement et nos masques de ski sur la tête. Sans surprise, un petit groupe de gens attendaient au niveau des remontées mécaniques, le genre de personnes qui n'ont toujours pas leur compte après sept heures de ski et qui veulent absolument faire une dernière descente avant le coucher du soleil. La remontée ne ressemblait pas du tout à ce que j'imaginais. Je m'attendais à une série de bancs pour deux personnes suspendus à un câble, avec une barre qu'on abaisserait sur les cuisses pour se protéger une fois assis. Mais ce qui est apparu devant nous ressemblait plus à un téléphérique.

Tandis que les gens devant nous montaient dans la cabine, ils enlevaient leurs bonnets et leurs masques, et je me suis tout de suite demandé si on n'allait pas attirer l'attention sur nous si on n'enlevait pas les nôtres.

— C'est parti mon kiki, a marmonné Henry en s'avançant.

C'est à ce moment-là que j'ai reconnu deux manteaux d'hiver au loin. Deux filles qui portaient leurs skis en direction de l'entrée de l'hôtel menant directement à son restaurant.

— Cheryl ! ai-je lancé.

Au bout d'un moment, la fille en manteau vert citron m'a saluée après m'avoir reconnue malgré mon masque et tout le reste. J'ai soupiré de soulagement.

— Venez, ai-je ajouté à Henry et à Trey. Allons voir où se cache Violet.

Chapitre 33

— Vous êtes là !

Cheryl a eu l'intelligence de ne pas hurler mon nom tandis qu'on avançait dans la neige épaisse pour nous rapprocher d'elle et de Kelly.

— C'est de la folie ! s'est exclamée Cheryl quand on les a rejointes.

Kelly, que je connaissais comme Cheryl depuis la maternelle, avait l'air d'avoir peur ne serait-ce que de me regarder. Ça n'avait rien d'étonnant. Kelly et Cheryl étaient des filles sérieuses, le genre de filles qui n'hésitaient pas à rapporter si elles pensaient que c'était dans l'intérêt du fautif de prévenir un représentant de l'autorité. J'étais comme ça, moi aussi, il n'y avait pas si longtemps que ça. Je cherchais l'approbation des adultes avant même celle de mes amis, or je nous avais mis dans un pétrin tel que les adultes ne comprendraient jamais pourquoi on avait fait ce qu'on avait fait.

— Oui on est venus, ai-je répondu, mais pour des raisons évidentes on ne peut pas rester longtemps. Écoute, Cheryl… Est-ce que par hasard tu sais dans quel hôpital Violet a été conduite ce matin ?

Cheryl et Kelly ont échangé un regard incrédule, mais leurs yeux me disaient tout le reste : elles savaient où elle était, ou en tout cas elles en avaient une idée.

Kelly a hésité avant de répondre :

— Je ne sais pas si on devrait vous dire quoi que ce soit sur Violet Simmons. Vous êtes vraiment dans de sales draps. La police…

— La police se trompe, l'a interrompue Henry.

Kelly a placé ses mains sur ses hanches en signe de mécontentement. Peut-être que si elle réussissait à parler si fermement à un garçon qui était pourtant en terminale moins d'un an plus tôt et qui plus est à un terminale pas particulièrement sympathique, c'était parce qu'elle savait que toutes les forces de police et tous les parents du lycée se rangeraient de son côté à elle :

— J'ai vu aux nouvelles ce matin que la police de trois États vous recherche. McKenna et Trey sont présumés armés et dangereux, d'après la police locale.

J'ai donné un coup de coude à Trey lorsqu'il a éclaté de rire. Certes, c'était drôle d'apprendre que la police nous pensait armés, mais ça le devenait nettement moins s'ils avaient l'intention de sortir leurs pistolets en nous voyant. Je ne trouvais absolument pas hilarant l'idée que des policiers puissent pointer leurs armes chargées sur moi.

— Écoute, on n'a pas l'intention de mettre qui que ce soit dans le pétrin, ai-je repris pour tenter de désamorcer la situation. On essaie juste de savoir si Violet est toujours ici, dans le Michigan, ou si quelqu'un est déjà venu pour la ramener dans le Wisconsin.

Après un long silence tendu et plusieurs échanges de regards entre Cheryl et Kelly, Cheryl a fini par répondre :

— On ne sait pas. J'ai vu Mlle Kirkovic boire un chocolat chaud dans le salon de l'hôtel juste avant qu'on aille skier. Mais ça ne veut pas dire grand-chose, à part qu'elle a laissé Violet à l'hôpital.

Tout l'espoir qui avait grandi en moi depuis qu'Henry était venu me récupérer à Dearborn s'est dissipé par mes narines puis tout autour de nous. Cheryl avait raison. Je ne pouvais pas lui demander d'entrer dans le chalet et d'aller poser toutes sortes de questions louches à Mlle Kirkovic quant à l'endroit où se trouvait Violet Simmons. Mlle Kirkovic était une des profs cool de Weeping Willow. Elle vivait dans un appartement à Green Bay, et parfois ses peintures étaient exposées dans des galeries d'art à Milwaukee et à Chicago.

Elle avait une vraie vie d'adulte, et ça ne m'aurait pas surprise qu'elle s'arrête un jour d'enseigner parce qu'elle avait enfin percé en tant qu'artiste.

— L'un de nous va devoir trouver Mlle Kirkovic, ai-je dit à Henry en me retournant vers lui.

Évidemment, dès que j'ai prononcé ces mots, Kelly a repris son chemin vers l'entrée du chalet. Pour la première fois depuis notre arrivée au mont Farthington, j'ai senti qu'on n'était pas en sécurité. Le chalet avait sans doute son propre système privé de sécurité, ainsi qu'une télé dans chaque pièce commune, de sorte que tous les clients voyaient nos photos diffusées aux nouvelles, et, pire que tout, il n'y avait que deux moyens de quitter le chalet : par la route principale, au-delà du parking, ou en longeant la base de la montagne enneigée.

— Il va falloir que je m'y colle, a rétorqué Henry.

Du coin de l'œil, j'ai vu que Cheryl me saluait tandis qu'elle et Kelly rejoignaient le chalet. J'ai décidé de ne pas crier pour la remercier, mais j'ai fait une petite prière pour que Cheryl convainque Kelly de ne pas nous dénoncer au premier adulte qu'elle croiserait.

— Elle va pas trouver ça bizarre que tu sois ici alors que tu n'es plus au lycée ? a demandé Trey.

Il n'y avait pas d'autre moyen… même si j'étais une des élèves préférées de Mlle Kirkovic, je ne me voyais pas débarquer dans le salon pour l'y trouver en train de boire son chocolat chaud ou carrément taper aux portes des chambres en espérant la trouver dans la sienne. Même si elle était encore dans les parties communes en train de papoter avec quelqu'un, si j'y allais, je serais forcément repérée par au moins dix élèves, qui seraient tous ravis de me dénoncer à un prof moins sympathique qu'elle. Surtout maintenant que la station fermait pour la nuit et que tous les élèves allaient rentrer d'une minute à l'autre. Il ne fallait pas rester ici, et Trey et moi ne pouvions pas retourner dans l'hôtel, c'était bien trop risqué.

On a regagné le parking et Trey et moi avons enlevé nos skis et nos chaussures de ski pour qu'Henry puisse les rendre à la boutique de location et récupérer nos bottes à nous. On n'avait pas d'autre choix que de l'attendre dans le pick-up, ce qui me mettait totalement sur les nerfs.

— Euh, on fait quoi si la police arrive dans le parking pour nous arrêter ? a demandé Trey en disant tout haut ce que je pensais tout bas. On est censés s'enfuir en chaussettes dans la neige ?

Vu le temps que Trey avait passé la veille à se balader sans manteau, je ne pouvais pas lui en vouloir de se plaindre.

Henry lui a lancé les clés.

— Ben, faudra que tu conduises, lui a-t-il rétorqué.

J'étais très tendue en attendant qu'Henry revienne. Je ne voulais pas dépenser d'essence inutilement, donc on n'a pas allumé le moteur. Du coup, on est restés là en tremblotant. Il commençait déjà à faire nuit dehors, et je me suis mise dans une colère noire contre l'hiver. Des journées courtes, un froid mordant et une neige épaisse. Tout pour nous compliquer la tâche.

Étrangement, alors que je n'avais cessé à Dearborn de regarder l'heure et de me demander ce qui se passait à Weeping Willow, je n'avais pas une seule fois pensé au lycée Dearborn depuis que je m'étais enfuie. Je m'en fichais complètement. Plus je passais de temps hors de cet endroit, plus il me paraissait impossible d'y retourner. Pourtant, il y avait bien un lit vide là-bas qui était le mien et, si on faisait la moindre erreur, je me retrouverais à regarder à travers les barreaux des fenêtres du lycée jusqu'à mes dix-huit ans.

— Génial, ai-je grogné au bout de presque une demi-heure.

— Qu'est-ce que tu penses de Vancouver ? m'a demandé Trey en changeant de sujet. Une fois que toute cette histoire sera terminée ? Après tout, c'est au Canada, et il y fait bien plus chaud qu'ici. C'est sans doute une ville suffisamment grande pour qu'on trouve des petits boulots dans des restaurants ou des magasins sans avoir besoin de montrer des papiers d'identité. Un des mecs de mon école a l'intention d'y aller. Il espère trouver du travail dans le bâtiment.

— Bien sûr, ai-je répondu pour lui faire plaisir.

Mais, en réalité, mes pensées étaient à dix mille lieues de notre avenir. J'avais une sensation grandissante de danger imminent. On se rapprochait, et Violet nous filait entre les doigts. Si elle savait qu'on venait, elle menait le jeu, sans aucun doute, or elle se doutait forcément de quelque chose si elle avait vu les nouvelles et qu'elle avait appris qu'on avait fugué. Tout ce qu'elle avait à faire, c'était de nous faire tourner en rond jusqu'à ce que la police nous attrape. Mon cœur battait la chamade, comme si on était pourchassés même dans ce parking enneigé, tandis que la couleur du ciel passait du bleu pervenche au bleu nuit.

— Je me demande ce qui se passe, ai-je murmuré. Qu'est-ce qu'on fait si Violet est partie ? On rentre à Willow cette nuit ?

— J'en sais rien, a répondu Trey en haussant les épaules. Si elle est partie, je ne vois pas l'intérêt de conduire toute la nuit rien que pour la rattraper. Je crois qu'on est tous un peu trop nazes pour réfléchir clairement. Ça ne nous ferait pas de mal de dormir un peu.

Mais, le lendemain, les premières prendraient place dans les cars pour rentrer à Willow. D'après les prédictions de Violet, un pneu allait crever et Hailey West et Abby Johanssen mourraient dans l'accident. Violet semblait avoir tout planifié pour nous forcer à faire un choix terrible entre la poursuivre elle afin de briser le sort avant l'accident et rester sur place pour empêcher que l'accident n'ait lieu.

Une idée s'est formée dans ma tête si clairement que, pendant une seconde, j'ai cru que Trey l'avait entendue. *Demande au pendule.* L'appel dans ma tête était si fort que ma main s'est glissée dans la poche de mon manteau pour que je sente l'aspect rassurant de la chaîne métallique froide sans même m'arrêter pour réfléchir à quelle question lui poser. Rester à Fitzgerald pour la nuit ? Se dépêcher de retourner à Willow ?

— Peut-être que… me suis-je entendue dire, comme si quelqu'un d'autre avait pris le contrôle de mes lèvres et s'exprimait à travers ma bouche. Peut-être qu'on devrait demander au pendule.

— Lui demander quoi ? a demandé Trey en se retournant vers moi, l'air inquiet. Ne touche pas à ce truc.

— Mais on a de la sauge, ai-je rappelé en repensant à la poignée de tiges sèches que j'avais arrachée du bouquet de fleurs dans le chalet. On peut donc purifier l'espace.

— On a peut-être de la sauge, mais on n'a pas d'allumettes.

J'ai avancé la main vers la boîte à gants. Il y avait forcément des allumettes ou un briquet là-dedans.

Trey a placé ses mains sur mes épaules et m'a secouée doucement.

— McKenna, eh, oh ! Y a quelqu'un ici ? On n'a rien besoin de demander pour l'instant. Je sais déjà ce qui va se passer. Je ne sais pas si Violet est ici ou pas, mais je sais qu'il va bientôt se mettre à neiger et qu'Henry ne va pas vouloir conduire ce soir.

Ses mots m'ont tellement surprise que j'ai relâché le pendule que j'avais déjà empoigné dans ma poche.

— Comment tu sais ça ?

Trey a haussé les épaules.

— J'ai rêvé qu'il neigeait hier soir. Et je crois que ce qui se passe ici, a-t-il poursuivi en se tapotant la tête, est plus précis que tout ce avec quoi on a pu travailler jusqu'à présent.

J'ai regardé par le pare-brise en direction du chalet pour voir si par hasard Henry revenait, et j'ai remarqué que la nuit était si belle qu'on voyait les étoiles. J'arrivais à distinguer celles qui formaient les Pléiades parfaitement. Il n'y avait pas un seul nuage en vue. On n'avait pas de portable pour vérifier la météo, mais il était peu probable qu'il neige suffisamment pour rendre la conduite difficile cette nuit-là.

— Désolé de vous avoir fait attendre, s'est excusé Henry trente minutes plus tard en rentrant dans le pick-up.

Trey, qui se retrouvait entre lui et moi, lui a donné les clés en échange de nos après-skis.

— Un mec flirtait avec Mlle Kirkovic dans le hall et j'ai dû m'imposer petit à petit.

L'arrivée d'Henry dans la voiture m'a fait oublier mon inquiétude concernant le pendule. Je me suis mise à imaginer un geek du chalet en train de tenir la jambe à Mlle Kirkovic, une jeune femme aux longs cheveux roux considérée par la plupart des garçons du lycée comme la seule prof potable du lot.

— Apparemment, Violet est en train de retourner à Willow. Si ça se trouve, elle y est même déjà, a poursuivi Henry d'un ton lugubre.

Il a démarré le moteur pour allumer le chauffage.

— Comment est-ce que tu as fait pour que Mlle Kirkovic te dise tout ça ? ai-je demandé.

Henry s'est frotté les mains et a soufflé dessus pour les réchauffer. Puis il a ouvert sa vitre pour faire disparaître du pare-brise la buée que notre respiration avait créée pendant l'heure qu'on avait passée à l'attendre.

— J'ai expliqué que j'étais ici avec des amis de l'université pour un séjour de ski. J'ai ajouté que j'avais entendu dire qu'il y avait eu un souci plus tôt dans la journée et qu'un des élèves avait été envoyé à l'hôpital. Et là, elle a tout déballé. Elle m'a raconté que Violet avait passé toute la journée d'hier et ce matin à tousser comme une folle. Les autres profs avaient décidé qu'il fallait la conduire à l'hôpital. Les parents de Violet ont été appelés et ils se sont mis en route tout de suite. À l'hôpital, on lui a donné des antibiotiques et on l'a renvoyée chez elle avec ses parents pour qu'elle se repose.

J'étais complètement abattue. On avait fait tout ce voyage pour rien. Une perte de temps, d'essence, et sans doute qu'on allait tous les trois tomber malades à force d'avoir été exposés au froid.

— Alors on devrait probablement rentrer, ai-je rétorqué, sachant pertinemment que plus on se rapprochait de chez nous, plus on avait de chances de se faire arrêter.

Je faisais de mon mieux pour ne pas pleurer.

— Bon sang, a marmonné Trey, on a fait tout ça pour rien.

— Non, pas pour rien, a lancé Henry d'une voix calme.

Au loin, j'entendais la sirène d'une ambulance et le son caractéristique d'un hélicoptère.

— Parce qu'en plein milieu de notre conversation, M. Dean est arrivé et nous a interrompus. Il avait l'air très inquiet. Apparemment, lorsqu'ils ont fait l'appel au dîner, il manquait quelqu'un. Stephani de Milo a disparu.

Pendant une seconde, Trey et moi n'avons pas réagi parce qu'on l'avait vue quelques heures plus tôt dans le fast-food. Elle était sans doute encore en train de faire la maligne avec ce moniteur de ski. Je ne la connaissais vraiment pas assez pour deviner si elle aurait le culot de rester avec un mono aussi tard, au risque que les profs remarquent son absence. Quand on était au collège, elle faisait plutôt partie des élèves disciplinés, jusqu'à ce qu'elle devienne populaire au lycée. Son père était dans la politique à un niveau relativement élevé, et elle vivait dans le même complexe sécurisé que les Portnoy.

— Et, a ajouté Henry en remarquant que ma première réaction était de ne pas croire qu'il s'agissait de Stephani, tous les profs sont complètement paniqués parce que Stephani a loué des skis à 15 heures, après nous, et qu'ils n'ont toujours pas été rendus.

Ça, c'était une bonne raison de s'inquiéter, parce que Stephani n'aurait pas gardé ses skis pour se balader. Si elle les avait loués à 15 heures, ça voulait forcément dire qu'elle était revenue du Burger King, et le fait qu'elle ne les ait pas rendus suggérait très fortement qu'elle n'était pas repartie en ville.

— Elle est peut-être encore sur les pistes avec ce mec, ai-je tenté d'une voix peu convaincante.

Quel était son nom déjà ? AJ ? RJ ?

Henry a pointé le toit du pick-up en direction de l'hélicoptère.

— Ils ont entamé une mission de sauvetage, a répondu Henry. Crois-moi, je mourais d'envie de leur dire que j'avais vu Stephani en ville un peu plus tôt. Après tout, si elle est là-haut quelque part, en vie, ce sera ma faute si personne ne la trouve ce soir.

Les derniers mots d'Henry ont flotté autour de nous. On n'avait pas entendu la prédiction que Violet avait faite pour Stephani de nos propres oreilles, et il y avait une immense différence entre quelqu'un qui tombe d'une falaise et meurt sur le coup et quelqu'un qui tombe et passe plusieurs heures ou jours à l'agonie en espérant que les secours arrivent.

Mais plus inquiétant encore que le danger que courait Stephani en ce moment précis était l'état de Mischa et de Tracy. Si Stephani avait eu un accident, est-ce que les prédictions concernant ces dernières s'étaient déjà réalisées ?

— Ça ne sert à rien de s'en vouloir, a expliqué Trey à Henry. Si elle a chuté d'une falaise, c'est fini. On ne peut plus rien pour elle.

On, ou plutôt moi, aurait pu et dû l'avertir au Burger King, mais on ne l'avait pas fait.

Juste à ce moment-là, tandis qu'on était dans le parking à se demander si on devait quitter le chalet ou si on pouvait en apprendre plus sur la situation de Stephani, un minuscule et parfait flocon de neige est tombé du ciel et s'est déposé pile au centre du pare-brise d'Henry, où on a pu observer sa forme délicate jusqu'à ce qu'il fonde et se transforme en goutte d'eau sous nos yeux. De lourds nuages emplissaient le ciel et cachaient les groupes d'étoiles que j'avais observés plus tôt.

— *Il faut plusieurs jours avant qu'on retrouve son corps*, a murmuré Henry. Bien sûr. Il va neiger ce soir et ils ne vont pas réussir à la trouver.

Chapitre 34

Puisque la police et les équipes de secours partaient à la recherche de Stephani, le plus raisonnable était de rebrousser chemin. Le temps qu'on arrive aux restaurants et aux bars de la ville pour prendre une pizza, la neige tombait dru, en flocons épais et mouillés. On a commandé de la tarte alors qu'aucun de nous n'avait faim. On a longuement débattu sur la meilleure façon d'apprendre si Mischa et Tracy étaient encore en vie.

Au final, c'est Henry qui a trouvé la solution. Il a cherché le site Internet du funérarium Gundarsson depuis son téléphone, puis il nous a montré son écran, qui indiquait qu'une veillée était prévue pour Tracy Hartford lundi après-midi. Les lycéens qui participaient au voyage au ski n'avaient probablement pas entendu la nouvelle. Leur secrétaire de promo avait sans doute succombé aux complications de sa maladie plus tôt dans l'après-midi. Sans Tracy pour répandre les potins, sa propre mort était advenue sans fanfare.

— C'est pas vrai, a lancé Trey en détournant les yeux du téléphone.

Heureusement, le restaurant était presque vide à cause de la neige dehors. L'appli météo d'Henry prévoyait la chute d'au moins trente centimètres de neige d'ici au lendemain matin, et Henry penchait pour qu'on passe la nuit dans le Michigan plutôt que d'entamer le voyage sur des routes non dégagées.

— Qu'est-ce qu'on ferait si on se retrouvait coincés quelque part et qu'on devait appeler un dépanneur ? On serait vraiment mal.

Mais ses mots tombaient à plat. Trey et moi pensions tous les deux au fait que, si Tracy était morte, alors Mischa aussi, forcément. Je me sentais tout aussi responsable du destin des autres dont Violet avait prédit la mort, mais je m'inquiétais bien moins de ce qui pouvait leur arriver que de la sécurité de Mischa. Leurs morts étaient de leur faute, parce qu'elles ne nous avaient pas écoutés et qu'elles avaient continué à fréquenter Violet. Je savais que c'était horrible de dire ça, mais j'avais déjà gâché ma propre vie à tenter de les sauver et personne ne montrait la moindre reconnaissance. Ça ne m'aurait pas surprise si Violet avait convaincu les filles avec qui elle avait partagé une chambre au chalet la première nuit de jouer au jeu avec elle.

Nous n'avons pas protesté lorsque Henry s'est garé dans le parking d'un petit motel situé au bord de la route. Il est sorti et a traversé la cour enneigée pour entrer et réserver une chambre, puis il nous a fait signe de le suivre en nous montrant sa clé. Le motel était typique du genre, en forme de L et à un étage. Toutes les chambres donnaient sur le parking. La nôtre était dans le coin, au premier étage, et on entendait vaguement le bruit des émissions télé à travers les portes qu'on dépassait.

Notre chambre n'aurait pas pu être plus différente du hall du chalet Fitzgerald. Il n'y avait pas de bouquets de fleurs, pas de petites tables en bois vernis proposant des magazines sur papier glacé, pas de musique douce ni de magnifiques vues de la montagne comme celle qu'on avait admirée depuis la fenêtre lorsque Trey et moi avions tiré les rideaux dans le salon du chalet. À la place, on avait droit à deux lits doubles recouverts d'un affreux dessus-de-lit à fleurs roses et bleues, à une peinture de mer dont le cadre de mauvais goût était accroché entre les deux lits et à des lampes de chevet dépareillées posées sur des tables de nuit également dépareillées. J'ai trouvé une bible écornée dans le tiroir de la table de nuit que j'ai ouvert par curiosité, déposée sur un bottin datant de 2005. Henry a allumé la télé et s'est mis à zapper pour essayer de voir si les nouvelles locales parlaient de la disparition de Stephani.

Lorsque j'ai enfin pris mon courage à deux mains pour aller dans la salle de bains, j'ai été atterrée d'y trouver, au fond des toilettes, une eau d'un jaune pipi soutenu.

— Sérieux ? ai-je marmonné en tirant la chasse avant d'utiliser les toilettes.

J'ai regardé dans le miroir en repensant à l'étrangeté des événements de la journée et j'ai soudain été envahie par la certitude que, si Mlle Kirkovic avait parlé si librement à Henry, c'est parce qu'elle pensait qu'il la draguait et qu'elle avait été charmée. La jalousie s'est emparée de moi sans que je puisse me contrôler. *Pourquoi est-ce que ça me dérange qu'elle ait cru qu'il la draguait, même si c'était vrai ?* Henry n'avait sans doute que cinq ans de moins qu'elle, et il était très beau garçon. Elle avait pu se sentir flattée que le plus beau garçon du lycée Weeping Willow depuis des années ait cherché à discuter avec elle dans le hall.

Je devrais demander au pendule s'il s'intéresse à elle.

J'ai senti mon bras se diriger vers ma hanche, comme si je portais encore le manteau d'Olivia, que j'avais heureusement eu la sagesse d'enlever dans la chambre et d'accrocher sur un cintre dans le placard. Je commençais à être agacée par mon obsession à toujours vouloir poser des questions au pendule. Ce n'était pas nécessaire. Rien, dans tout l'univers, ne pouvait à cette heure-ci nous dire quoi que ce soit qui rendrait notre mission plus claire.

Je pourrais lui demander si Mischa est toujours en vie.

J'ai aspergé mon visage d'eau froide pour tenter de me débarrasser de ce désir de poser des questions au pendule. Ma gorge s'est serrée quand j'ai pensé au fait que, si Tracy était morte, alors il était tout à fait probable que Mischa s'était étouffée.

Arrête ça ! me suis-je commandé tout en me regardant dans le miroir.

Lorsque j'ai atteint le bouton de porte de la salle de bains et que je l'ai actionné, il a bougé, tourné… mais la porte ne s'est pas ouverte.

— Oh, c'est pas vrai, ai-je marmonné à l'idée d'avoir à appeler le gérant de l'hôtel et peut-être même un serrurier pour me sortir de là.

J'ai tourné le bouton à gauche, puis à droite, violemment. Je n'étais pas en train de délirer : la poignée était bien cassée, et le verrou bloqué. J'étais enfermée dans la salle de bains.

— Les garçons ! ai-je appelé en tapant à la porte. Je crois que je suis enfermée !

Une seconde plus tard, Henry et Trey étaient de l'autre côté de la porte en train d'essayer de la débloquer.

— Tu as fermé le verrou quand tu es entrée ? a demandé Henry.

Je ne voulais pas l'admettre, parce que ça aurait suggéré que je ne faisais pas confiance à mes camarades, mais j'étais à peu près certaine d'avoir verrouillé la porte, par habitude.

— Je crois bien, mais je ne me souviens plus, ai-je répondu.

— J'ai une boîte à outils dans le pick-up, ai-je entendu Henry dire à Trey d'une voix étouffée. On peut tout simplement dévisser le verrou entier.

— Tu as entendu, McKenna ? Henry va chercher sa boîte à outils dans la voiture, a lancé Trey.

J'ai posé mon front contre la porte en repensant au columbarium et au fait qu'on aurait pu y mourir lorsque les esprits de Violet nous y avaient enfermés. J'aurais dû me souvenir que les verrous, la buée et les instruments électriques semblaient leur plaire tout particulièrement, parce qu'ils étaient faciles à manipuler.

Au moment où je me faisais cette réflexion, j'ai levé les yeux. Un genre d'insecte mort, peut-être un papillon de nuit, était coincé dans la lumière fixée au-dessus du lavabo. C'est là que la lampe a éclaté.

J'ai poussé un cri de surprise.

— McKenna ? a demandé Trey, qui voyait sans doute que la salle de bains avait été plongée dans la pénombre puisque le rai de lumière ne passait plus sous la porte.

— Trey, ils sont là, ai-je murmuré.

Je sentais une présence dans la salle de bains, même si, contrairement à ce qui se passait dans ma chambre, je n'entendais pas de respiration. La température de la pièce s'est mise à chuter lentement, sans équivoque.

Trey a commencé à se lancer contre la porte. Chaque fois qu'il la frappait avec son épaule, elle sursautait dans ses gonds.

— Arrête, l'ai-je averti, sans vouloir en dire trop dans le noir. Si les gens t'entendent depuis les autres chambres, ils vont débarquer pour voir ce qui se passe.

Il s'est donc arrêté et s'est remis à tourner le bouton de porte de toutes ses forces pour tenter de débloquer le verrou. C'est là que j'ai senti quelque chose dans mon dos, au niveau de mon omoplate droite.

Quelque chose de pointu. Pas une aiguille, mais plutôt un doigt. Suffisamment pointu pour que je comprenne que la pression appliquée sur mon dos était intentionnelle, censée attirer mon attention. La pression s'est mise à bouger légèrement sur la gauche, avant de descendre le long de ma colonne vertébrale.

Je ne respirais plus, j'étais terrifiée. Je ne me souvenais plus d'avoir vu quoi que ce soit dans la salle de bains qui aurait pu être utilisé comme une arme contre moi, mais avec eux, impossible de savoir ce qui allait se passer. Même les toilettes et le sèche-cheveux auraient pu devenir une arme si les esprits s'y connaissaient en électricité.

Puis j'ai compris que le doigt dessinait une lettre dans mon dos. Il formait la lettre « S ». Jennie et moi jouions souvent à un jeu la nuit où on s'écrivait des messages sur le dos. On avait une patience infinie à ce jeu, parfois on s'écrivait des histoires entières en utilisant cette méthode. Je me souvenais qu'une fois nos parents nous avaient laissées camper dans le salon, et elle m'avait raconté toute l'histoire de Blanche-Neige et Rose-Rouge en l'écrivant dans mon dos, lettre après lettre, du mieux qu'elle pouvait. Après sa mort, j'avais tenté d'enseigner la technique à mon cousin, mais il était trop vieux et n'avait pas la patience.

S-T-O…

— Stop, ai-je dit tout haut, pour faire comprendre à celui qui m'envoyait ce message que j'avais saisi.

J'avais tendance à croire que l'esprit en question était Jennie, à cause du moyen de communication choisi, mais Jennie ne m'aurait sans doute pas enfermée dans la salle de bains et n'aurait pas fait griller les ampoules pour me filer une peur bleue.

— Stop ? McKenna, qu'est-ce qui se passe là-dedans ? Tout va bien ?

— Quelque chose essaie de me transmettre un message, ai-je dit rapidement pour pouvoir me concentrer sur ce qui allait suivre.

C-E.

— Elle est toujours là ?

J'ai été déconcentrée par Henry, qui était revenu dans la chambre.

— Il y a quelque chose avec elle, mec. Grouille, ai-je entendu Trey dire.

J'ai senti comme une caresse, le symbole qu'on utilisait pour marquer la fin d'un mot.

C-A-R.

— On doit arrêter le car ! ai-je lancé à travers la porte et, dès que j'ai prononcé ces mots, le verrou s'est décoincé.

Henry a ouvert la porte doucement et m'a trouvée dans la salle de bains, debout dans le noir, agrippée au lavabo.

— Mais comment on va faire pour arrêter un car tout entier ? a demandé Trey, une fois qu'on a été face à face.

J'ai haussé les épaules.

— J'en sais rien, mais je crois que c'était Jennie. Peut-être qu'en arrêtant le car on arrivera à rompre le sort, ou au moins à le bloquer.

— Attends. Tu *crois* que c'était Jennie, ou tu *sais* ? a demandé Henry, sceptique.

— Je ne suis pas sûre, mais je crois que c'était elle.

On s'est mis d'accord pour ne plus fermer la porte de la salle de bains et on s'est assis au bord des deux lits pour réfléchir à ce qu'on pouvait faire. Il y avait soixante-seize élèves dans la promo de première puisque je n'y étais plus, que Tracy était probablement morte et que Violet était repartie. Presque tout le monde avait prévu de participer au voyage selon Matt, le copain de Mischa. Il y avait vingt-quatre banquettes dans un car scolaire et deux élèves pouvaient occuper une banquette. Par conséquent, demain matin, au moins deux cars se présenteraient devant le chalet pour les ramener à Willow.

Donc il ne fallait pas qu'on arrête un car, mais deux.

— J'ai vu un film dans lequel des gangsters mettaient du sucre dans le réservoir à essence pour détruire les bagnoles, a suggéré Trey. Je ne sais pas si ça marcherait avec des cars, mais à mon avis ça pourrait le faire.

Son idée était plutôt bonne, tout comme celle de crever les pneus des cars, ce qui retarderait pas mal le voyage, le temps qu'ils attendent qu'on leur en envoie de nouveaux. Mais le problème de ces deux idées était qu'on pourrait potentiellement devenir les responsables de l'accident que Violet avait prédit. L'idéal pour empêcher l'accident aurait été de convaincre les profs, les parents accompagnateurs ou les chauffeurs des cars que le voyage était dangereux avant leur départ. Mais, évidemment, c'était l'approche la plus compliquée vu qu'aucun de nous ne pouvait aller dire ce genre de chose sans qu'on prévienne la police.

— On pourrait appeler l'école en se faisant passer pour les parents de Stephani et insister sur le fait que tous les accompagnateurs devraient rester à Fitzgerald jusqu'à ce qu'elle soit retrouvée, ai-je proposé au hasard.

— Oui, mais tous les autres parents sont sans doute en train de paniquer si un jeune a disparu, a rétorqué Trey. Ils sont probablement tous en train d'appeler le proviseur et d'exiger que leurs enfants reviennent à Willow au plus vite.

— C'est vrai, a acquiescé Henry.

À 22 heures, nous étions complètement lessivés. Sans faire aucune annonce officielle sur qui dormait où, Trey a enlevé ses bottes, s'est déshabillé pour se retrouver en tee-shirt et boxer, et il s'est installé dans le lit sur lequel nous étions assis, lui et moi. J'ai évité le regard d'Henry, j'ai enlevé mes après-skis, puis mon jean. Je me suis allongée à côté de Trey et je me suis enfouie sous les couvertures, terriblement consciente du fait qu'Henry nous voyait, couchés l'un à côté de l'autre, comme si c'était normal (ce qui était exactement le cas pour nous deux).

— Henry, ai-je lancé, déjà à moitié endormie, tu veux bien me rendre un service ? Regarde dans la poche du manteau d'Olivia et cache le pendule quelque part dans la pièce. Je n'arrête pas d'avoir des envies soudaines de lui poser des questions. Je crois que ce sont les esprits de Violet qui essaient de l'utiliser comme un genre de GPS pour nous retrouver.

— OK, a-t-il répondu.

J'ai fermé les yeux et je l'ai entendu se déplacer dans la pièce avant d'éteindre sa lampe. La chambre a été plongée dans le noir.

Plusieurs heures plus tard, les bruits des chasse-neige qui dégageaient la route de l'autre côté du parking du motel m'ont sortie d'un sommeil lourd émaillé de rêves colorés sans aucun rapport avec quoi que ce soit. J'ai regardé la pièce, me demandant pendant un instant où j'étais, puis j'ai senti le bras de Trey autour de ma taille et je me suis souvenue de tout. J'entendais Henry qui ronflait légèrement, et je sentais la respiration de Trey dans mon cou.

Et puis, dans un sursaut d'horreur, je me suis rendu compte que je tenais le pendule dans ma main droite. Je l'avais gardé serré dans la main pendant que je dormais.

Chapitre 35

Je me suis assise d'un coup sur le lit.

J'étais à Traverse City, dans le Michigan, loin de chez moi et du dortoir embué de Dearborn auquel j'avais bien dû m'habituer malgré moi.

Comment est-ce que ce pendule avait atterri dans ma main ? Henry et Trey étaient endormis. Mes muscles étaient encore engourdis de sommeil, et l'endroit dans le lit où j'avais dormi était encore chaud. Il était peu probable que je me sois levée dans la nuit pour saccager la pièce à la recherche du pendule qu'Henry avait caché.

J'ai doucement posé le pendule sur la table de nuit. Sa chaîne s'est placée en rond tout autour de lui. Plus terrifiant encore que le fait d'avoir retrouvé le pendule dans ma main était ma crainte d'avoir pu lui poser des questions dans mon sommeil. Je n'avais pas besoin de Laura, la caissière du magasin occulte près de Chicago, pour comprendre que le pendule me donnerait des réponses même si je ne formulais les questions que dans ma tête, sans prononcer de mots. En le regardant là, avec sa chaîne enroulée autour de lui comme un serpent… je savais ce que j'avais fait dans mon sommeil.

Mais qu'est-ce que j'avais bien pu lui demander ? Je me suis penchée pour tirer les rideaux de la fenêtre et regarder dehors. Sans surprise, il neigeait. C'était loin d'être une tempête, mais les flocons étaient gros et lents. Et, vu l'épaisse couche blanche qui recouvrait le parking, cette neige était tenace.

Je me suis rallongée avec la sensation très claire qu'il y avait quelque chose dans la pièce. Ça me donnait la chair de poule. Je n'osais pas regarder autour de moi, mais j'avais la nette impression que, qui que ce soit, cet esprit voulait que je regarde dans le miroir qui se tenait à côté du placard. Pour m'empêcher de regarder dans sa direction dans le noir, j'ai fixé le pendule des yeux en tentant de ne pas bouger. Une question s'est formée dans mon esprit, claire comme de l'eau de roche :

Est-ce que j'arriverai à arrêter les cars ?

Mes doigts résistaient péniblement au désir d'attraper le pendule, de sentir son poids et de voir comment il répondrait à la question que j'étais à présent convaincue d'avoir posée dans mes rêves.

— McKenna.

J'ai entendu la voix d'une fille, mais je ne me suis pas retournée... J'ai continué à regarder le pendule.

— McKenna !

Cette fois, j'ai senti une main sur mes épaules, et c'était Trey qui m'appelait, pas un esprit maléfique.

— Qu'est-ce que tu fabriques ?

J'ai entendu le clic de l'interrupteur sur lequel Trey appuyait pour allumer la lampe de chevet. C'était comme si quelqu'un m'avait collé une gifle en plein visage, ce qui a eu pour effet de me réveiller complètement.

— J'en sais rien, ai-je bégayé, parce que je ne voulais pas qu'il pense que je m'étais levée dans l'intention d'utiliser le pendule au risque de nous mettre tous en danger. Je me suis réveillée et ce truc était dans ma main, et j'avais l'impression que quelque chose de maléfique nous observait dans ce miroir.

— Comment est-ce qu'il est arrivé dans ta main ? a demandé Trey, impatient. Henry l'a caché quand tu lui as demandé de le faire. Je l'ai vu. Il l'a mis dans le petit coffre-fort et a composé un code à quatre chiffres pour le verrouiller.

J'ai frissonné.

— Écoute, je ne sais pas si c'est un esprit ou le pendule lui-même, mais ce qui est sûr, c'est que quelque chose veut que je pose une question. Si je continue à refouler ce besoin, je vais de toute façon me retrouver à faire tout ce que cette chose veut que je fasse.

Les yeux bleus de Trey brillaient d'une lueur encore plus profonde dans la pénombre, éclairés seulement par la lampe de chevet et le petit rayon de lumière des éclairages publics qui passait par les rideaux entrouverts. Il avait l'air perturbé, comme s'il était en train de se demander si j'étais suffisamment saine d'esprit pour qu'il puisse me faire confiance.

— Je sais pas, McKenna. Ça m'a l'air vraiment risqué. Je n'aime pas l'idée que ce truc de métal bas de gamme détermine nos mouvements. Tu ne crois pas que c'est… trop facile ?

Je savais ce que j'allais dire avant même que les mots sortent de ma bouche, et je m'en voulais atrocement, parce que Trey verrait forcément ça comme une prise de position du côté d'Henry. Mais je savais aussi que je n'arriverais pas à me rendormir. Même si on ouvrait la porte de notre chambre et qu'on lançait le pendule dans la neige, il se retrouverait dans ma main avant que le soleil se lève. Il fallait qu'on décide quoi faire pour éviter l'accident, et le pendule était notre seul espoir.

— Je crois qu'on ferait bien de réveiller Henry, ai-je suggéré. Pour qu'on vote.

Mon instinct ne m'avait pas trompée. J'ai lu dans les yeux de Trey de la colère et de la peine. Il se sentait trahi. Mais il ne pouvait pas savoir, il n'était pas dans la librairie occulte avec nous la première fois que j'avais utilisé le pendule. Il ne comprenait pas à quel point c'était naturel pour moi de sentir son énergie me traverser le bras et à quel point je me sentais attirée par l'objet, à quel point j'avais besoin de sentir son poids entre mes doigts.

— D'accord, a-t-il accepté.

J'ai allumé la lampe de la pièce et Trey a secoué Henry pour le réveiller.

— Qu'est-ce qui se passe ? a demandé Henry, qui n'avait pas l'air d'avoir dormi bien profondément.

— On doit purifier la chambre, ai-je lancé d'une voix grave. Quelque chose insiste pour que je pose des questions au pendule.

Henry a cligné des yeux plusieurs fois, le temps de digérer ce que je venais de dire, puis il s'est redressé dans son lit.

— OK. Je vais le sortir du coffre-fort.

— C'est déjà fait, mec, a précisé Trey en s'asseyant au bord du lit.

— Comment c'est possible ? a demandé Henry en se frottant les yeux. Je l'ai verrouillé avec un code secret.

Il a levé les yeux pour me regarder, l'air terrorisé.

— Tu n'as pas… deviné la combinaison.

— Non, je te jure, ai-je insisté.

De fait, le petit coffre-fort était toujours verrouillé.

Henry a tapé son code :

— Zéro, neuf, un, huit. Le 18 septembre, l'anniversaire d'Olivia, a-t-il expliqué en appuyant sur les chiffres.

La porte du coffre-fort s'est ouverte, un peu comme celle d'un micro-ondes, et, évidemment, l'intérieur était vide puisque le pendule était déjà posé innocemment sur la table de nuit.

— C'est impossible, a lancé Henry d'un ton ferme. Ce pendule n'a pas pu sortir du coffre-fort verrouillé comme par magie.

Juste à ce moment-là, une cacophonie improbable de klaxons s'est fait entendre à l'extérieur. C'était comme si tous les klaxons et les alarmes des véhicules du parking s'étaient mis en marche au même moment.

— Qu'est-ce que c'est que ce bordel ! a hurlé Henry en sautant sur ses pieds.

Trey s'est rué vers la fenêtre et a ouvert les rideaux, tandis qu'Henry enfilait déjà son jean.

— Éloigne-toi de la fenêtre !

Trey a refermé les rideaux. On a entendu des pas sur la galerie à l'extérieur de notre chambre qui descendaient à la hâte dans le parking, puis on a distingué des cris depuis le parking tandis que d'autres clients du motel tentaient de se faire entendre par-dessus le boucan. J'avais la sensation horrible de tomber directement dans un piège tendu par les esprits de Violet. La coïncidence était trop parfaite : dès que j'avais posé une question au pendule, ça avait déclenché quelque chose.

Henry a enfilé ses après-skis et a empoché les clés de son pick-up.

— Vous deux, restez ici et ne sortez sous aucun prétexte !

— On doit partir, ai-je rétorqué en paniquant totalement. Maintenant. Je crois que les esprits veulent que la police nous trouve ici.

— Ce sont juste des alarmes de voiture, McKenna. N'importe quoi pourrait les avoir déclenchées. Même une petite stalactite de glace qui serait tombée.

Henry est sorti de la chambre en enfilant son manteau.

— Il a raison, a reconnu Trey au bout d'un moment. Je vois pas pourquoi la police débarquerait, tout ça à cause de deux pauvres alarmes de voiture qui sonnent.

Mais, évidemment, il a suffi qu'il dise ça pour que la sirène d'une voiture de police se fasse entendre. Les yeux de Trey se sont écarquillés.

Nous n'avions aucune raison de nous inquiéter… pour l'instant. La police irait probablement parler aux clients, resterait jusqu'à ce que les alarmes s'éteignent, puis elle partirait combattre le crime ailleurs. Mais, chaque fois qu'on entendait une alarme s'éteindre, quelques secondes plus tard une autre se mettait à retentir.

J'ai secoué la tête en m'éloignant de la porte.

— S'ils apprennent qu'Henry vient de Willow, ou si Cheryl ou Kelly ont dit quoi que ce soit à l'hôtel…

Trey a regardé autour de la chambre comme un fou.

— Est-ce qu'on a un autre moyen de sortir d'ici ?

— Juste la fenêtre de la salle de bains. Mais c'est franchement haut : on doit sauter depuis le premier étage, et il est 2 h 30 du matin !

Trey a placé ses mains sur mes épaules pour essayer de nous calmer tous les deux.

— OK, réfléchissons deux secondes… si la police demande à Henry ce qu'il fait ici, il dira la même chose que ce qu'il a dit à Mlle Kirkovic, à savoir qu'il est ici avec des potes. Donc il faut absolument qu'on fasse comme s'il était seul dans cette chambre, juste au cas où il leur viendrait l'idée de le suivre jusqu'ici.

À la vitesse de la lumière, on a lissé les draps froissés du lit dans lequel on avait dormi sans prendre le temps de le refaire correctement. On a fourré nos manteaux et nos après-skis sous le lit, puis Trey a plongé à côté de nos affaires. Au moins une des alarmes de voiture s'était éteinte, mais il était impossible de savoir ce qui se passait au juste à cause du vacarme. J'ai hésité avant de me mettre à genoux. L'espace sous le lit était très restreint, il y avait à peine plus de vingt centimètres de hauteur entre le matelas et le sol.

— Je te préviens, y a de la poussière, m'a avertie Trey, ce qui n'aurait pas dû me surprendre.

Passer l'aspirateur sous les lits à longueur de journée était sans doute perçu comme une perte de temps par les femmes de ménage. Mais l'espace sombre me faisait flipper. S'il y avait de la poussière, il y avait sans doute d'autres choses aussi, comme des insectes morts. Des déchets laissés par des clients précédents.

Au moment où ma peur prenait le dessus et où je m'apprêtais à m'asseoir sur le lit, j'ai entendu la clé tourner dans notre porte…

— C'est… euh…

Henry est entré dans la pièce et des pas ont suivi.

— Il n'y a que moi dans cette chambre.

Je me suis étendue sous le lit à côté de Trey. On a fait de notre mieux pour contrôler notre respiration, à la fois soulagés d'avoir eu la bonne idée de se cacher juste à temps et totalement flippés à l'idée que des policiers qui nous pensaient armés et dangereux se tenaient à quelques centimètres de nous. Le dessus-de-lit était suffisamment long pour tomber presque jusqu'au sol, ce qui nous cachait mais nous empêchait de voir ce qui se passait.

Le matelas au-dessus de nous s'est enfoncé sous le poids de quelqu'un qui s'asseyait. Trey et moi avons vu les ressorts s'abaisser au bord du lit de mon côté.

— Donc, vous disiez que vous êtes ici pour skier avec des amis. Mais je ne vois pas d'amis ici, jeune homme, a prononcé une voix grave.

— Oui, eh bien je suis venu ici pour voir des amis. Mais ils ne sont pas encore arrivés. Ils ont été retardés par la neige, a menti Henry.

— Et ces amis ne seraient pas ces deux jeunes portés disparus dans le Wisconsin, par hasard ? Parce que tous les flics d'ici à Windsor sont à leur recherche.

— Non, non, a insisté Henry. Je retrouve des amis de ma fraternité à Northwestern. Mais ils viennent depuis Chicago et ont pris la route assez tard parce qu'ils avaient cours, et, maintenant qu'il neige, je ne sais pas à quelle heure ils vont arriver ce soir.

— Donc, a commencé une autre voix grave qui était plus proche de la porte, si on les appelle maintenant pour vérifier vos dires, ils répondront ?

— Euh oui, bien sûr, a répondu Henry d'une voix surprise.

Je me suis mordu les lèvres. Il n'avait pas d'amis à Chicago qui comptaient le rejoindre pour aller skier. Il était pris au piège, or, si la police l'emmenait en prison, qu'est-ce qu'on allait bien pouvoir faire ?

— Voilà, vous pouvez appeler mon pote Charlie. Sauf qu'il ne répondra pas forcément s'il conduit.

Après un moment de silence tendu, le second policier a dit :

— Bonjour, vous êtes bien Charlie, l'ami d'Henry ? Oui, c'est l'agent Raymond Mulvaney à l'appareil, de la police de Traverse City. Votre ami Henry me dit que vous avez prévu de vous retrouver pour skier.

Il y a eu une pause, et Trey et moi nous sommes regardés. Après ça, peu importait ce qui allait se passer. Mischa, Violet, la veillée de Tracy Hartford… plus rien n'avait d'importance puisqu'on allait nous menotter et nous faire descendre les escaliers extérieurs menant au parking pour nous enfermer dans la voiture de police qui nous attendait.

Chapitre 36

— La neige. Oui. Bien sûr. Eh bien, faites attention sur la route demain, Charlie. Bonne nuit et désolé de vous avoir dérangé à cette heure tardive, a terminé l'agent Mulvaney.

La déception dans sa voix était palpable. Manifestement, il ne pouvait pas arrêter Henry et l'emmener au commissariat.

Les policiers se sont excusés d'un ton qui suggérait qu'ils ne s'excusaient pas du tout, et ont expliqué à Henry qu'ils devaient s'assurer que tout était en règle. Henry comprenait certainement leur démarche, ont-ils ajouté.

Je n'étais pas sûre d'avoir compris ce qui venait de se passer. Je me souvenais du nom de Charlie, c'était le garçon qu'Henry avait invité chez lui le week-end de l'anniversaire d'Olivia. Mais, si Henry avait eu la présence d'esprit de prévenir Charlie que la police l'appellerait peut-être pour vérifier son histoire de ski à n'importe quelle heure du jour ou de la nuit, alors c'était bien plus un génie que ce que j'aurais pensé.

Le boucan dans le parking s'est enfin apaisé et Henry a remercié la police de sa vigilance. Il a assuré aux agents qu'il les appellerait s'il apprenait quoi que ce soit sur les adolescents de Willow qui avaient fugué. On l'a entendu verrouiller la porte et fermer la chaîne de porte pour plus de sécurité, afin que la police ne nous prenne pas par surprise. Même si la voie était libre, Trey et moi sommes restés sous le lit.

— Restez là, les gars, a murmuré Henry. On va attendre quelques minutes pour s'assurer qu'ils ne sont pas dehors en train d'écouter aux portes.

Du coup, on a attendu. Henry a allumé la télévision. Après une éternité qui n'a sans doute pas duré plus de quinze minutes, on est sortis de dessous le lit. J'étais couverte de poussière.

— Pourquoi est-ce que les policiers se sont mis à te questionner comme ça ? T'avais rien à voir avec le déclenchement des alarmes, en plus, a lancé Trey, énervé.

— Un des policiers était le mec qui m'a arrêté sur le pont. Il a reconnu mon pick-up et ma plaque d'immatriculation du Wisconsin.

— Comment est-ce que Charlie a su quoi leur dire ? ai-je demandé.

— Je lui ai envoyé un message plus tôt au chalet. Je me suis dit que ça vaudrait la peine d'avoir une histoire bien rodée vu que je mens à la police comme un arracheur de dents depuis vingt-quatre heures, a expliqué Henry. On est amis, membres de la même fraternité. Il est censé être là pour moi.

J'avais l'impression que ça faisait des années qu'on avait traversé le pont Mackinac, alors que ça faisait à peine un jour. Je me suis demandé si la police avait retrouvé la voiture du conducteur qui était passée par-dessus le pont pour s'enfoncer dans le lac glacé.

Le tee-shirt d'Olivia que je portais comme pyjama était truffé de taches noires et sans doute de toutes sortes d'allergènes dégueu. Si j'avais eu le choix, je me serais changée avant de me recoucher. Mais Henry insistait pour qu'on éteigne les lumières histoire de faire comme s'il avait l'intention de se rendormir, je me suis donc contentée de rabattre la couverture sur moi et je me suis promis d'ajouter le fait d'avoir dû dormir dans la crasse à ma liste de raisons de me venger de Violet.

Même les yeux fermés, je savais que Trey et Henry étaient loin de s'être rendormis. J'étais agitée et distraite malgré la fatigue. Je regardais le plafond en me demandant si je redormirais un jour dans mon lit à Willow. Je me suis rendu compte pour la première fois depuis que je m'étais enfuie de Dearborn à quel point ma chambre me manquait. Puis, du coin de l'œil, j'ai vu un rayon de lune illuminer le pendule.

— Les garçons ? ai-je murmuré en me dressant sur mes coudes. Qu'est-ce qu'on fait du pendule ?

J'ai entendu un bruit de couvertures. Je savais que j'avais l'attention d'Henry et de Trey.

— On va peut-être en avoir besoin, a répondu Henry, qui pensait sans doute à la multitude de choses folles qu'on allait devoir faire le lendemain.

— Je sais pas, a rétorqué Trey avec appréhension. Je crois que Violet l'utilise pour nous localiser. Je le sens pas.

— Bon, mais alors on est censés faire quoi ? a demandé Henry, qui commençait à s'impatienter. Je peux difficilement ouvrir la porte et le balancer dans le parking. Si la police est encore là, je vais avoir l'air malin, moi.

Trey a passé le bras par-dessus mon épaule pour attraper le pendule sur la table de nuit. Puis il a repoussé les couvertures et est sorti du lit. Je l'ai vu, torse nu, traverser la pièce. L'ombre se concentrait sur ses omoplates et sa colonne vertébrale le long de son dos.

— Je m'en occupe, a-t-il marmonné en entrant dans la salle de bains.

Henry et moi avons échangé un regard dans la pénombre. On a entendu le bruit de la fenêtre de la salle de bains qui s'ouvrait, puis le bruit qu'elle a fait en se refermant. Un moment plus tard, Trey revenait dans la pièce et grimpait dans le lit, les jambes bien plus fraîches que quelques instants plus tôt.

— Si ce truc est de retour dans la chambre avant l'aube, je vous préviens qu'on utilise la carte de crédit de Mme Richmond et qu'on s'achète des billets pour le Vatican pour se faire exorciser.

Le matin suivant, lorsque je me suis réveillée, Trey et Henry dormaient encore. Sans même sortir du lit pour voir s'il neigeait, je savais que c'était le cas à cause de la fraîcheur de l'air à l'intérieur de la chambre. À vue de nez, j'imaginais qu'au moins trente centimètres de neige étaient tombés, les routes devaient être dans un état lamentable. Les événements de la nuit dernière avec le pendule et les alarmes des voitures me sont revenus dans une vague de panique. Puis j'ai vu que le pendule n'était pas dans mes mains, ni dans le coffre-fort. J'étais en sécurité, ou du moins autant que possible étant donné les circonstances.

Ce qui avait été prédit pour la journée à venir se jouait dans ma tête, avec tous les détails lugubres. Hailey West allait mourir dans un incendie lié à l'accident de car, d'après la prédiction de Violet à sa soirée d'Halloween. On tirerait son corps d'une épave calcinée. Abby Johanssen elle aussi mourrait dans un accident de la circulation (ainsi que son petit ami, potentiellement), même si j'avais moins de détails concernant ce qui avait été raconté pour cette dernière. J'ai été prise de nausée quand j'ai repensé à la bêtise de ces filles qui avaient joué au jeu de Violet malgré tout.

— Arrête d'y penser, a murmuré Trey derrière moi.

Je me suis retournée pour le regarder. Ses yeux étaient toujours fermés, mais je voyais maintenant qu'il était réveillé depuis plusieurs minutes sans que je l'aie remarqué.

— J'essaie d'arrêter, ai-je menti.

Mais la vérité, c'est que je n'arrivais pas à m'arrêter. Je n'avais toujours pas trouvé le moyen d'empêcher les cars de partir de Fitzgerald. Quelque part, non loin de notre motel, Hailey et Abby dormaient sans doute paisiblement dans leurs chambres d'hôtel. C'était insupportable de savoir qu'elles allaient mourir aujourd'hui, et que tout ce que j'allais tenter de faire pour changer leur destinée aurait pour conséquence que je ne verrais plus Trey ou ma mère pendant longtemps. En regardant Trey, j'ai eu l'impression que les images qui venaient de défiler dans ma tête apparaissaient à présent à l'intérieur de ses paupières, comme si on imaginait tous les deux la même bande-annonce de film.

— Tu en as rêvé ?

Il m'a attirée vers lui en me caressant les cheveux.

— Oui.

— Tu as vu quoi ? ai-je murmuré, effrayée par ce qu'il allait répondre.

— Ça n'a pas d'importance, a-t-il dit avec un haussement d'épaules, en ouvrant ses yeux merveilleusement bleus. Ça ne va pas se réaliser, je ne les laisserai pas faire.

— Quoi ? ai-je insisté en tapant doucement sur son torse.

La couleur de ses yeux réveillait l'animal en moi. J'aurais voulu qu'Henry ne soit pas juste à côté, parce que c'était sans doute la dernière fois que je voyais le visage de Trey endormi, les paupières lourdes et les joues roses. Quand j'étais à Dearborn et que je pensais à lui, c'était mon image préférée : le matin, quand j'étais la seule à pouvoir l'observer. Il avait l'air tellement différent aujourd'hui en blond, mais son visage restait malgré tout la chose qui m'était la plus familière.

— T'es obligé de me dire, maintenant.

Trey a souri timidement et a fixé du regard un point au-delà de mon visage, en direction de la fenêtre, pour éviter de croiser mes yeux.

— Non, c'est juste…

— Trey, l'ai-je interrompu d'une voix ferme.

Son sourire s'est effacé et il m'a regardée.

— J'ai fait un rêve impossible, du coup ça n'a pas d'importance parce que ça ne peut pas arriver.

— Allez, ai-je insisté.

Rien n'était impossible. Une multitude d'événements en apparence impossibles nous étaient arrivés au cours des six derniers mois. Si des esprits invisibles et inaudibles avaient réussi à briser un pare-brise avec une stalactite de glace, à nous enfermer dans un columbarium gelé et à retirer un pendule d'un coffre-fort de motel verrouillé, alors, clairement, ils pouvaient aussi manipuler les événements d'un dimanche quelconque.

— Sérieux, t'inquiète pas, a répondu Trey, sans doute pour me rassurer. Parfois mes rêves sont totalement à l'ouest.

On a pris des douches rapides, j'ai évité de me sécher les cheveux, parce que je me suis dit que, vu ma chance, jouer avec un sèche-cheveux et l'électricité était sans doute une mauvaise idée, et on a remis nos vêtements salis. Puis on a réfléchi à la manière la plus sûre de régler la note à l'accueil. Henry a insisté pour se rendre seul au pick-up, au cas où la police serait encore dans les parages à surveiller notre chambre. Il est descendu après s'être emmitouflé et est revenu au bout de quelques minutes recouvert d'une fine couche de neige, muni d'une carte froissée qu'il avait dû sortir de sa boîte à gants.

— Il y a une voiture de police à l'entrée du parking. Je ne sais pas s'ils nous surveillent nous ou s'ils attendent juste le chasse-neige, a expliqué Henry. Les routes n'ont pas l'air aussi mauvaises que ce que je pensais. On dirait qu'ils ont passé la nuit à déblayer.

Donc on était coincés. Si on quittait la chambre avec Henry, la police risquait de se rendre compte de ce qui se passait. Mais on ne pouvait pas non plus attendre indéfiniment au motel parce qu'on ne savait pas exactement à quelle heure les cars partiraient du chalet. Il nous faudrait sept heures pour rentrer à Willow, on se disait donc que les cars partiraient sans doute tôt puisqu'on était dimanche, qu'il y avait école le lendemain et qu'ils voudraient sans doute arriver à bon port avant la tombée de la nuit.

— Peut-être que tu pourrais conduire ta voiture à l'arrière du motel et on pourrait sauter de la fenêtre de la salle de bains pour te rejoindre, comme dans les films, a lancé Trey pour rire.

— C'est trop haut ! me suis-je exclamée, de peur que les garçons s'imaginent soudain que c'était une vraie possibilité. Trey, ça fait au moins quatre mètres. On se casserait les jambes !

Henry s'est assis sur la chaise tachée près de la fenêtre. On entendait un chasse-neige travailler juste dehors, nous rappelant qu'il était près de 8 heures du matin. On n'avait plus de temps. Mes anciens camarades étaient sans doute dans le restaurant du chalet, en train de blaguer et de faire les malins autour de leurs pancakes, sans la moindre idée de leur vulnérabilité ni du sort qui les attendait sur la route enneigée. La lame du chasse-neige raclait le trottoir, glissait dessus, et le véhicule émettait un *bip-bip-bip* chaque fois qu'il faisait marche arrière avant de reprendre la même suite de mouvements.

— Une minute ! s'est soudain exclamé Trey en se levant.

Il s'est précipité dans la salle de bains et a ouvert la fenêtre pour jeter un coup d'œil dehors. Le camion s'était déplacé à l'arrière du parking qu'on pouvait voir depuis la fenêtre de la salle de bains. En déblayant le parking, il empilait la neige contre le motel. On a rejoint Trey et on a regardé le travail du chasse-neige, tandis que la neige s'entassait directement sous notre fenêtre.

Les quatre mètres entre notre fenêtre et le sol s'étaient réduits environ deux mètres cinquante. Ça restait extrêmement haut, mais au moins, si on sautait, on tomberait dans de la neige, pas sur du goudron dur comme de l'acier.

— T'en dis quoi ? m'a demandé Trey, qui pensait à la même chose que moi.

Je n'étais toujours pas ravie à l'idée de sauter d'une fenêtre :

— On pourrait tenter.

— Si on sort par ici et qu'on fait attention, on peut ensuite se faufiler dans le pick-up du côté passager sans que la police nous remarque, a expliqué Trey.

— Impossible, a coupé Henry, qui commençait à comprendre ce qu'on manigançait. C'est trop risqué. On fait quoi si l'un de vous se casse une jambe ou un bras ? On ferait mieux d'attendre que la police parte. Ils vont pas rester ici éternellement. Il vaut mieux attendre.

— Mais si on n'arrête pas les cars avant leur départ, on n'arrivera jamais à empêcher l'accident, lui ai-je rappelé.

Après avoir argumenté quelques minutes, Trey et moi avons enfilé nos après-skis et nos manteaux et, sous le regard d'Henry, on a décidé que Trey sauterait en premier. Il est monté sur les toilettes et a ouvert la fenêtre et l'écran anti-moustiques en grand. Avec sa doudoune, il a passé le torse par la fenêtre avec difficulté.

— Tu n'es pas obligé de faire ça si tu penses que tu risques de te blesser, lui ai-je dit pour le rassurer. Vraiment, Trey, ça ne vaut pas la peine.

— Ça va, a-t-il répondu d'une voix distraite. Je crois pas qu'il y ait de manière élégante de faire ça, donc je pense que je vais juste me lancer.

Avec un sourire malicieux, il a ajouté :

— C'est de la folie !

Puis, d'un coup, il a passé la moitié de son corps à travers la fenêtre. Henry et moi nous sommes précipités pour attraper ses jambes, et il a crié :

— Poussez-moi !

Naturellement, aucun de nous ne voulait pousser Trey par la fenêtre, pourtant c'est exactement ce qu'on a fait. J'ai ensuite passé la tête par la fenêtre et j'ai vu Trey faire un salto avant de tomber à plat sur le dos sur l'énorme tas de neige qui venait d'être créé. Pendant un moment, il n'a pas bougé. Il était là, allongé, stupéfait par la chute.

— Ça va ? ai-je lancé, peut-être un peu trop fort.

Ma voix a résonné dans le parking vide.

— Je crois que oui, a-t-il répondu en se retournant sur ses jambes et ses bras.

Puis il s'est mis sur le ventre pour glisser en bas du tas de neige. Mon cœur s'est un peu calmé lorsque je l'ai vu debout, en train de se débarrasser de la neige sur son pantalon.

— Tu veux de l'aide ? m'a demandé Henry maintenant que c'était mon tour.

— Peut-être que tu pourrais m'attraper les jambes jusqu'à ce que je sois prête ? ai-je demandé.

Je ne voulais pas qu'il remarque que je tremblais de peur. Je n'étais pas casse-cou et je n'avais pas grandi avec des frères. Sauter d'une fenêtre était une des dernières choses que j'aurais pensé faire dans ma vie. J'ai grimpé sur les toilettes prudemment, et je me suis haussée à travers le cadre de la fenêtre jusqu'à ce que mon centre de gravité me fasse pencher en direction du tas de neige.

— Laisse-toi tomber, m'a encouragée Trey depuis le bas. C'est moins flippant que ça n'en a l'air.

Mais il faisait un froid de canard, et le tas de neige avait l'air terriblement loin. Je ne savais pas comment Trey avait fait pour se retourner pendant sa chute et éviter de tomber sur la tête. Peut-être qu'il avait pris des leçons de plongeons quand il était enfant, je ne lui avais jamais demandé, mais en tout cas, moi pas. Tandis que je rassemblais mon courage, je sentais Henry qui me tenait fermement les jambes, et je n'arrivais pas à me défaire de l'idée que je m'apprêtais à me casser le cou. Ma respiration s'accélérait de plus en plus, comme si j'avais une crise d'angoisse.

— Tu n'es pas obligée de sauter si tu as peur, McKenna, on va trouver une autre solution, m'a dit Henry avec tendresse.

Je me suis dit, ni pour la première, ni pour la dernière fois, qu'Olivia avait vraiment eu de la chance de l'avoir pour grand frère. Il était toujours protecteur et sensible.

En ce moment même, Hailey West et Abby Johanssen tiraient probablement leurs valises à roulettes dans le hall du chalet, s'imaginant déjà de retour chez elles, dans leurs chambres chauffées, en sécurité, avant la nuit tombée. Je n'avais pas le choix, je devais me laisser tomber dans la neige et tenter de les sauver.

J'ai donc gigoté pour avancer encore un peu, et je me suis sentie chuter comme un sac de plomb. J'étais en bas avant d'avoir eu le temps de ressentir quoi que ce soit, mais j'avais eu tellement peur d'entendre mon cou se briser que mon cœur avait sans doute cessé de battre pendant quelques instants.

Contrairement à Trey, je me trouvais dans une position parfaitement ridicule, la tête dans la neige et les bras écartés. C'était un peu comme si j'avais fait un plat, seulement la neige était plus dure que l'eau, et je sentais l'impact de mon poids contre la neige dans tout le corps. Je n'étais pas très réveillée avant ce saut, mais j'étais à présent plus réveillée que jamais.

— T'as vu ? C'était pas si terrible, m'a taquinée Trey tout en m'aidant à descendre du tas de neige.

Henry nous a conseillé de faire attention tandis qu'il lançait les clés de son pick-up en direction de Trey, puis il a refermé la fenêtre de la salle de bains. On avait l'intention de faire le tour du motel en longeant les murs tout en restant aussi cachés que possible derrière les voitures garées, jusqu'au pick-up d'Henry. Ensuite, on ouvrirait la portière conducteur pour qu'Henry puisse se glisser à l'intérieur et filer après avoir payé le motel sans que moi ni Trey ne soyons repérés.

— C'est parti, a annoncé Trey avant de se lancer.

Chapitre 37

Nous avons longé l'arrière du parking jusqu'au coin du bâtiment. Une fois là, Trey a jeté un rapide coup d'œil au-delà pour vérifier qu'aucune voiture n'arrivait. Au coin suivant, avant de nous déplacer vers le parking principal qui nous séparait de la route, Trey a repéré la voiture de police.

— La police est toujours là, juste à l'entrée du parking. On dirait qu'ils surveillent le motel, pas la route.

J'ai commencé à paniquer. Naturellement, les agents étaient restés dans les parages parce qu'ils n'avaient pas totalement cru à l'histoire d'Henry. C'était tout simplement trop étrange qu'un jeune de Willow, ville dans laquelle deux adolescents à problèmes étaient portés disparus, débarque dans le Michigan, d'autant plus qu'il était impliqué dans un accident de voiture qui avait entraîné une mort.

Heureusement, nous avons pu nous faufiler entre les voitures jusqu'au pick-up d'Henry, comme prévu, et nous glisser à l'intérieur. Je suis restée penchée, la tête sous le pare-brise, et j'ai réussi à ouvrir la portière conducteur quelques secondes à peine avant l'arrivée d'Henry. Trey a attendu qu'Henry referme sa portière pour claquer la sienne exactement en même temps, et on est partis. Une fuite parfaite.

Mon menton reposait sur le genou de Trey étant donné l'espace limité dans lequel on se cachait. On a senti le pick-up reculer, traverser le parking et ralentir avant d'entrer sur la route. J'ai levé les yeux et j'ai vu Henry faire un salut à la police. Ensuite, on a tourné à gauche sur la route principale, et on a pu repartir en direction de Fitzgerald.

— Bon, du coup, c'est quoi le plan ? a demandé Henry lorsque Trey et moi nous sommes extirpés de dessous le pare-brise pour prendre nos places sur la banquette à un feu rouge. Si les cars sont dans le parking du chalet, on fait quoi ? On marche en plein jour jusqu'aux chauffeurs et on leur dit qu'on leur interdit de conduire jusqu'à Willow ?

— Peut-être qu'on devrait leur crever les pneus, a suggéré Trey, qui était tout à fait sérieux.

— Bon, a répondu Henry, moi je veux bien, mais je n'ai pas de couteau sur moi, donc, si on décide vraiment de faire ça, on va devoir s'arrêter quelque part pour en acheter un.

Les mots me manquaient à l'approche du chalet. Au-delà des grands arbres enneigés, un car scolaire jaune a tourné sur notre droite, juste devant nous, pour s'insérer sur la route. Derrière lui, et suivant le même chemin, se tenait un second car scolaire.

— Oh non, a murmuré Henry.

— C'est trop tard, a ajouté Trey.

Henry a ralenti pendant un moment, tandis qu'on regardait les cars s'éloigner. Sans dire un seul mot, il était clair qu'on pensait tous la même chose : ces cars ne partaient pas en direction de Willow, mais vers leur destinée fatale.

J'ai été la première à briser le silence :

— On doit les arrêter.

Henry a appuyé sur l'accélérateur. Après un virage, j'ai pu à nouveau distinguer l'arrière du second car. Je voyais les silhouettes de mes anciens camarades à travers la large vitre arrière du car. Des têtes sautillaient en rythme, sans doute au son d'une chanson, et des mains apparaissaient de temps à autre par-dessus les sièges. Quand nous nous sommes rapprochés, j'ai reconnu Justin MacKenzie, le chanteur de notre groupe de musique à l'école, les Cheeseballs, assis sur une des banquettes arrière avec Roy Needham, un des ratés avec lesquels Trey allait fumer près de la sortie de service de la cafétéria, à côté des poubelles, quand il était encore au lycée. De l'autre côté se trouvaient Michelle Nylander et Cat Warren, qui faisaient partie du groupe de théâtre.

— Rapproche-toi, ai-je lancé à Henry alors qu'on était déjà assez proches pour que les passagers du car reconnaissent la voiture d'Henry.

— C'est dangereux, non ? a-t-il répondu. Je veux dire, si vous croyez vraiment que le car va s'écraser, je préfère ne pas trop me rapprocher, tu comprends ?

— On doit les dépasser, a interrompu Trey, les yeux plissés.

Henry et moi l'avons regardé comme s'il était fou, mais il avait l'air déterminé :

— Si on veut les arrêter, il faut les dépasser et les forcer à freiner. D'ici, tout ce qu'on peut faire c'est attendre et assister à l'accident.

— Mais c'est une route à deux voies ! s'est énervé Henry. Le seul moyen de contourner ces cars, c'est de rouler sur l'autre voie, avec des voitures qui vont dans l'autre sens et qui me foncent dessus.

J'ai entendu la réponse de Trey avant qu'il la prononce, et, même si j'aurais préféré qu'il ne dise rien, je savais qu'il n'y avait pas d'autre solution.

— Quelles voitures ? La route est vide, mec.

J'avais les articulations blanches à force de m'agripper à mon siège. Je savais bien pourquoi Henry hésitait à déboîter dans l'autre voie pour dépasser le car : j'avais dû prendre le même risque quelques mois plus tôt, quand Trey et moi avions foncé en direction du lac White Ridge pour nous débarrasser du médaillon de Violet. Sauf que ce jour-là il ne neigeait pas et que je n'avais dû dépasser qu'un seul camion et non deux cars, et, rien qu'avec ça, j'avais manqué nous tuer, Trey et moi. Henry a serré les mâchoires et a regardé dans son rétroviseur pour vérifier qu'il n'y avait personne derrière nous pour voir la terrible cascade qu'on s'apprêtait à faire. On ne distinguait rien au-delà du car, donc Henry a un peu ralenti pour mettre de la distance entre nous et lui. Puis il a déboîté. La voie opposée était heureusement vide, mais elle était couverte de neige fondue. Les roues arrière ont légèrement patiné tandis qu'Henry accélérait pour tenter de dépasser les cars avant qu'un véhicule n'arrive dans la direction opposée. La vitesse à laquelle on allait me terrifiait et j'ai pincé les lèvres de toutes mes forces pour m'empêcher de crier.

C'est lorsqu'on a dépassé le premier car sur notre droite que je me suis rendu compte que mes camarades dévisageaient Trey par les vitres embuées. Certains lui faisaient des doigts d'honneur. D'autres, comme Josh Taubman, le président de la Société honoraire d'espagnol, lui faisaient un salut de la main. La mauvaise nouvelle, c'est qu'on était dévoilés : le temps qu'on dépasse le premier car, la moitié des jeunes de première à Weeping Willow savaient que Trey et moi étions en fuite et qu'on voyageait avec Henry.

Ce dernier a continué à accélérer jusqu'à ce qu'on soit à une bonne soixantaine de mètres des deux cars. C'est là qu'il a freiné. Les roues arrière du pick-up ont dérapé dans la neige fondue, jusqu'à ce que le véhicule se positionne en travers de la route.

— On y est, a-t-il lancé.

On a tous les trois regardé par sa vitre tandis que le premier car s'arrêtait pour éviter de nous rentrer dedans.

— Vous êtes bien sûrs qu'on veut faire ça ?

Trey et moi avons acquiescé. Je ne savais pas ce qu'on allait raconter aux chauffeurs ou aux accompagnateurs mais, au moins, les cars freinaient. Les accompagnateurs seraient obligés de nous écouter. Trey a ouvert la portière passager et je l'ai suivi dehors.

Le premier car s'est arrêté, et le second car a commencé à décélérer derrière. Henry a éteint son moteur. La première personne à descendre du car, étonnamment, a été M. Dean et non le chauffeur. À une époque, M. Dean m'appréciait suffisamment pour me demander de me présenter au conseil des élèves. De tous les profs à accompagner le voyage au ski, j'aurais pensé qu'il faisait partie de ceux qui seraient prêts à m'écouter.

Mais j'avais tort.

— McKenna Brady ! a-t-il hurlé en posant le pied sur la route enneigée. Vous êtes dans de sales draps, jeune fille. La moitié de la police du Wisconsin est à votre recherche !

— Je sais, monsieur Dean, en me disant qu'être polie ne ferait pas de mal. Vous pouvez appeler la police et lui demander de nous emmener. Mais, s'il vous plaît, écoutez-moi. Ces cars sont en danger. Je ne peux pas vous expliquer comment je sais ça, mais, s'il vous plaît, croyez-moi. Un de ces cars va se retourner et l'autre va prendre feu.

Mlle Kirkovic est sortie du car derrière lui, totalement choquée en nous voyant, Trey et moi. Puis, lorsqu'elle a remarqué Henry derrière son volant, son visage s'est décomposé. Elle se sentait trahie.

— Je pense parler au nom de tous à Weeping Willow en vous disant que tout le monde en a assez de cette histoire, m'a répondu M. Dean d'un ton brutal. Je crois que vous ne prenez pas la mesure de la gravité de votre situation, mademoiselle Brady. Vos parents doivent être malades de peur à l'heure qu'il est.

J'ai vacillé lorsqu'il a parlé de mes parents. J'étais à peu près sûre que ma mère était effectivement malade de peur à mon sujet, mais mon père savait sans doute au fond de lui que, si je perdais le contrôle, je l'appellerais.

— On n'est pas en train de s'amuser, monsieur Dean, a ajouté Trey. Nous pensons vraiment qu'il va se passer quelque chose de grave avec ces cars. Nous vous demandons juste d'être responsable et de penser aux vies de tous ces jeunes à bord.

Par-dessus mon épaule, j'ai vu Henry nous rejoindre tout en enfonçant ses mains dans les poches de son manteau.

— Écoutez-le, a demandé Henry de sa voix grave, si mature et bien plus autoritaire que les nôtres. Il faut appeler les parents et organiser un autre moyen de les ramener chez eux. Ces cars ne sont pas sûrs.

C'est à ce moment-là que le chauffeur de l'autre car et Mme Knutsen, la prof de français, se sont approchés de nous, sur le côté de la route, pour voir ce qu'on fabriquait.

— Qu'est-ce qui se passe ? a demandé le chauffeur, qui essayait de comprendre.

Les occupants du premier car nous pointaient du doigt depuis les vitres pour essayer d'attirer notre attention. Je leur en voulais, mais j'ai fait de mon mieux pour les ignorer. Est-ce qu'ils se rendaient seulement compte que j'essayais de leur sauver la vie ?

Mais M. Dean avait déjà sorti son portable et composait un numéro.

— Je vais vous dire ce qui va se passer. J'appelle la police et je vais demander qu'on vous fasse arrêter et qu'on vous ramène dans vos maisons de redressement, pour que nous puissions conduire nos étudiants chez eux, en sécurité. Vous êtes des menaces pour la société.

Mlle Kirkovic a doucement posé une main sur l'épaule de M. Dean.

— Nous ne sommes pas obligés de faire ça ici, Tim, a-t-elle suggéré. Attendons de rentrer. Ça n'a pas de sens d'impliquer la police du Michigan.

Elle a regardé Henry une fois, comme si elle passait un accord avec lui. Et là, je me suis vraiment mise à paniquer, en me demandant ce qui s'était passé dans le rêve de Trey.

M. Dean a posé son téléphone contre son oreille :

— Oui, allô ? Je souhaite signaler la présence des deux fugitifs du Wisconsin. Je suis sur la Route 31, au nord de la route Five Mile, les deux jeunes sont là. Ils tentent de freiner deux cars remplis d'étudiants en direction de Willow, dans le Wisconsin. Oui, merci.

Trey a attrapé ma main et nous sommes restés, unis, à écouter M. Dean qui exigeait que la police arrive.

— On va devoir y aller, a murmuré Trey.

— Impossible ! On est censés être ici ! lui ai-je rétorqué.

À la fin de son appel, M. Dean a regardé Mlle Kirkovic d'un air satisfait :

— Avec tout le respect que je te dois, Christina, ces jeunes sont dangereux. Il pourrait y avoir des conséquences judiciaires si l'on ne signalait pas leur présence ici, dans le Michigan. Pour ma part, je souhaite faire les choses selon les règles.

Trey a affiché un sourire narquois. *Selon les règles* faisait partie des expressions qu'il haïssait le plus. Tout le monde dans notre petite ville vivait selon le principe qu'il fallait faire les choses *selon les règles*.

— Quant à vous. *Vous*, monsieur Richmond. N'allez pas penser que vous allez vous en tirer comme ça. Il est tout à fait contraire à la loi d'aider deux fugitifs. J'imagine que vos parents seront loin d'être ravis en apprenant que vous accompagnez ces deux-là droit en enfer, en toute illégalité, a ajouté M. Dean à l'intention d'Henry.

Henry nous a regardés, Trey et moi :

— Allons-y. S'ils ne veulent pas entendre ce qu'on a à leur dire, on ne peut rien pour eux.

Il voulait qu'on parte, maintenant, sous leur nez. Il avait sans doute raison. Si on avait grimpé dans son pick-up et qu'on était partis, on aurait sans doute évité la police. Mais au moment où je m'apprêtais à presser la main de Trey pour dire « On y va », j'ai levé les yeux en direction du car et j'ai vu le visage d'Abby Johanssen pressé contre la vitre. Elle me regardait avec beaucoup d'intérêt, et mon cœur s'est mis à battre plus vite. Si on n'arrivait pas à convaincre M. Dean, Abby mourrait. La voir comme ça changeait tout. Je ne pouvais pas fuir et remonter dans la voiture d'Henry.

— S'il vous plaît, monsieur Dean. Vous aviez une bonne opinion de moi avant. Rien n'a changé. Nous n'avons absolument rien à gagner à retarder votre voyage. Nous pensons réellement qu'il va se passer quelque chose de terrible, l'ai-je supplié.

— Nous pensons qu'un des pneus va crever, m'a interrompue Trey.

J'ai vu les lumières rouges et bleues se refléter dans la neige sur les arbres avant même d'entendre les sirènes des voitures de police. On était faits comme des rats, je le savais. Je priais pour que les policiers postés au motel aient fini leur journée et que ceux qui arrivaient ne reconnaissent pas Henry.

C'était le moment qu'on redoutait… le face-à-face avec la police. Si Trey et moi étions enfermés et renvoyés dans nos lycées respectifs, il fallait espérer qu'en empêchant la mort d'Hailey et d'Abby, on mettrait un terme aux sorts jetés par Violet. Sinon, c'était la fin. On n'aurait jamais plus l'occasion de s'approcher de Violet pour empêcher tout ça.

Léger comme une plume, froid comme le marbre, ai-je entendu dans ma tête, très clairement. Et j'ai compris qu'on avait échoué. La veille de Noël, lorsque Jennie nous était apparue à travers Heather la Sanglante, elle nous avait dit ae rejouer au jeu. Je m'étais trompée de priorité dans notre tentative désespérée de conjurer le mauvais sort. Jennie nous avait pourtant dit comment faire, et j'avais tout fait rater en insistant pour sauver Hailey et Abby. Le but de notre voyage dans le Michigan était de coincer Violet et de la forcer à jouer, mais elle nous avait échappé. Si ça se trouvait, sa bronchite n'était qu'un piège.

Les policiers qui se sont avancés devant le car avaient la cinquantaine et les épaules carrées. Comme Trey et moi étions cachés sous le lit dans le motel et qu'on n'avait pas pu voir les visages des agents qui étaient entrés dans notre chambre la veille, je ne pouvais pas savoir s'ils allaient reconnaître Henry ou non.

— Les voilà, a dit le premier agent en nous regardant, Trey et moi.

Il portait des lunettes et aurait sans doute eu l'air sympathique s'il n'avait pas été en uniforme.

— Vous nous avez fait faire des kilomètres !

Trey a serré ma main plus fort et Henry s'est approché de moi.

M. Dean a déblatéré sur notre sujet pendant un moment, et la police a fini par comprendre que M. Dean, Mme Knutsen et Mlle Kirkovic faisaient tous partie du corps enseignant de Weeping Willow, notre lycée à Trey et à moi avant que nous nous fassions arrêter, et que les jeunes à bord des cars étaient nos anciens camarades. Une autre voiture de police est arrivée, et ces policiers-là ont appelé le commissariat de Willow pour prévenir qu'on avait été retrouvés dans le Michigan. D'un moment à l'autre, quelqu'un aurait l'idée de contacter ma mère et de lui dire que je serais de retour dans quelques heures. Mlle Kirkovic a eu beau supplier de nous laisser Trey et moi rentrer à Willow dans le car avec les autres jeunes, étant donné que c'était la direction que les cars allaient prendre de toute façon, les agents ont insisté pour nous y conduire eux-mêmes.

— Désolé, mademoiselle, a répondu le plus jeune et le plus beau des policiers. Ces jeunes sont trop imprévisibles. On ne peut pas prendre le risque qu'ils s'échappent à nouveau.

En revanche, Mlle Kirkovic a joué un rôle clé pour éviter qu'Henry soit arrêté.

— Ce jeune vous a aidés à fuguer ? a demandé l'homme aux lunettes en montrant Henry du pouce.

— Non, ce mec est un enfoiré, a lancé Trey.

J'ai grimacé avant de comprendre qu'il mentait pour sauver la peau d'Henry :

— On l'a croisé par hasard ce matin à Traverse City, il s'apprêtait à nous raccompagner pour qu'on se rende.

— Mais, à ce moment-là, on a vu les cars scolaires et on a voulu les arrêter, ai-je ajouté.

— C'est vrai. J'ai vu Henry au chalet Fitzgerald hier. Il est ici en vacances avec des amis. Son implication dans cette histoire est un pur hasard, a insisté Mlle Kirkovic, qui ignorait tout de la situation.

Finalement Henry a pu partir sans être arrêté, mais on lui a demandé de retourner à Willow immédiatement, au cas où la police aurait des questions. Il nous a regardés, impuissant, tandis qu'on nous faisait grimper à l'arrière d'une des voitures de police.

Ça sentait la cigarette et le café froid. J'avais envie de rire parce que c'était la deuxième fois en moins d'un an que Trey et moi nous retrouvions à l'arrière d'un véhicule de police, sur le point d'être punis. Heureusement, cette fois-ci on ne nous avait pas passé les menottes, mais on savait très bien qu'il faudrait des heures avant d'arriver à Willow, et que le trajet serait une véritable torture vu qu'on ne pourrait rien faire d'autre que repenser à l'échec de notre mission. Les esprits de Violet nous avaient eus. Ils n'avaient même pas eu à se donner du mal : ils nous avaient piégés en utilisant nos bonnes intentions contre nous.

Les cars, qui étaient devant les deux voitures de police, ont allumé leur moteur et se sont remis en route. Le policier au volant de notre véhicule a annoncé dans sa radio que nous étions tous les deux avec lui, et qu'il espérait arriver au commissariat de Willow dans environ six heures et demie.

— Attachez vos ceintures, a-t-il lancé à travers la grille qui séparait l'arrière de la voiture de l'avant. On s'arrêtera dans environ une heure au cas où vous auriez besoin d'aller aux toilettes.

Vu qu'on était déjà sur la route principale, qui était le chemin le plus direct pour repasser de l'autre côté du lac Michigan et rentrer chez nous, on suivrait les cars pendant la majorité du trajet. Les cars allaient bien plus vite que ce matin, sans doute pour rattraper leur retard. Et puis il avait cessé de neiger et, au fil des heures, les espaces entre les nuages laissaient entrevoir des morceaux de ciel bleu vif.

Je n'arrivais pas à me défaire de l'image de nos camarades, leurs visages pressés contre les vitres pour nous fixer quand on les avait dépassés dans le pick-up d'Henry. Quel culot, de se moquer de nous et de nous faire des grimaces alors qu'on avait tant sacrifié pour eux.

Cette fois-ci, lorsque Trey et moi serions séparés et renvoyés dans nos écoles, je n'aurais pas de sentiment de satisfaction. Au contraire, je serais amère à l'idée d'être punie pour avoir tenté de sauver la vie de personnes qui ne montraient aucune reconnaissance.

Et puis il y avait Henry. Sa vie avait déjà été détruite par Violet et son jeu, et maintenant il repartait pour Willow seul, sans avoir pu se venger comme il le méritait. J'avais envie de pleurer en l'imaginant, rentrant chez ses parents et annonçant à sa mère qu'il n'avait pas réussi.

— C'est de ça que tu as rêvé ? ai-je soudain demandé à Trey.

Effectivement, quelques heures plus tôt encore, au motel, il aurait semblé improbable d'imaginer qu'on se rendrait avant la fin de la journée.

— Oui, a-t-il admis. Mais ce n'est pas tout.

Juste à ce moment-là, on a vu l'arrière du second car faire un énorme écart. Ses roues ont dérapé dans la neige fondue et il a quasiment fait un demi-tour, de façon à nous faire face. L'avant avait été défoncé et prenait feu. Le pare-brise était fendu, comme si le chauffeur avait été projeté dedans. C'est là qu'on a compris que le second car était rentré dans le premier, qu'on a vu foncer à toute allure sur le côté de la route puis verser dans le ravin… avant de s'allonger sur le flanc.

Chapitre 38

— Ici l'agent Jagusiak, sur la Route 31, en direction du nord, juste après la sortie Old Dixie. Un car scolaire vient de se retourner, il y a sans doute des blessés.

Trey et moi étions paralysés par la peur et on bouillait de colère. On ne pouvait qu'assister à l'horreur depuis la banquette arrière. L'agent qui conduisait a freiné et annoncé l'accident dans sa radio, tandis que son partenaire bondissait hors de la voiture pour s'avancer près du car.

Mais Trey et moi étions prisonniers. Il n'y avait même pas de poignées sur nos portières. Nous étions enfermés, coincés dans ce cube qui sentait le renfermé et les revêtements de siège en vinyle.

— Voilà ce qui devait se passer, ai-je murmuré, horrifiée. Ils ont fait en sorte qu'on soit obligés de regarder l'accident, sans rien pouvoir faire.

Trey a secoué la tête, les yeux grands comme des soucoupes :

— Il doit y avoir tellement de blessés. Pourquoi est-ce qu'ils ne nous ont pas écoutés ? On a tout fait pour que ça n'arrive pas.

— Vous deux, restez tranquilles, a lancé l'agent Jagusiak avant de nous laisser seuls dans la voiture.

Il était si paniqué qu'il a laissé sa portière ouverte. Le vent glacé est entré dans la voiture et nous a engloutis.

— Il faut qu'on sorte de cette voiture, m'a dit Trey en me serrant la main. Ce car va exploser.

Je n'ai pas répondu. On ne pouvait pas sortir. On n'avait rien pour couper la grille qui nous séparait de l'avant du véhicule. À travers la neige qui s'accumulait sur le pare-brise, j'ai vu, sur le côté du car retourné, des vitres qui faisaient face au ciel s'ouvrir. Le car s'était couché sur le côté droit et sa porte latérale était appuyée contre le sol enneigé, ce qui rendait impossible toute fuite par la sortie la plus évidente. Nos camarades avaient sans doute grimpé sur les épaules les uns des autres pour ouvrir les vitres, parce que ceux qui s'échappaient du car n'y arrivaient qu'avec beaucoup de difficulté.

La grande porte arrière s'est enfin ouverte en grand et les jeunes se sont déversés sur la neige dans un chaos de jambes et de bras. La neige était tachée de rouge. J'ai vu Erica Bloom agripper ses lunettes cassées pour les maintenir à leur place, ignorant le sang qui lui coulait du nez, tandis qu'elle suivait les autres pour remonter la colline et rejoindre la route.

La porte arrière du car en feu s'était elle aussi ouverte, et des jeunes s'extirpaient du car. Ils se couvraient la bouche avec le bras parce que la fumée les étouffait. Étonnamment, Roy Needham se tenait à côté de la porte ouverte et il aidait les autres à sauter de la marche qui était à plus d'un mètre du sol. Quelle ironie du sort qu'un jeune qui détestait le lycée et que ses enseignants n'appréciaient pas du tout soit le seul à mettre en pratique tous les conseils prodigués lors des simulations d'accidents qu'on faisait depuis le primaire. Dans les situations d'urgence, c'était souvent les moins attendus qui devenaient des héros.

Mlle Kirkovic est descendue de ce car-là et a rejoint Roy pour aider les autres à sortir. Oliver Buras est apparu avec une femme d'une cinquantaine d'années, sans doute sa mère qui s'était portée volontaire pour être accompagnatrice. Au moment du choc avec le premier car, elle devait se tenir à l'avant du car, près de Mlle Kirkovic, parce qu'elle avait une longue entaille au visage. Elle semblait sonnée, et du sang lui sortait de l'œil gauche.

J'ai sursauté quand Henry est brusquement entré dans la voiture par le côté conducteur.

— Il faut vous sortir de là.

Je ne voyais pas comment il s'était débrouillé pour dépasser les deux cars, vu qu'il conduisait devant eux depuis plus d'une heure. Mais, en même temps, Trey et moi étions tellement concentrés sur les accidents qu'on ne l'avait sans doute pas remarqué quand il s'était rapproché de notre voiture.

— Henry, si tu nous sors d'ici, la police va t'arrêter quand elle te coincera, l'ai-je prévenu.

Non pas que je me sentais bien dans la voiture, c'est juste que je ne voulais pas qu'Henry se retrouve dans la même situation que Trey et moi.

— T'inquiète, j'y survivrai, a-t-il répondu.

Il a appuyé sur un bouton du tableau de bord et Trey et moi avons entendu un déclic sur chaque portière arrière. Henry est ressorti de la voiture et a ouvert la portière de mon côté pour nous libérer. On s'est donc retrouvés debout dans l'après-midi gelé. On ne savait pas si on devait aider nos camarades ou fuir, puisque, maintenant qu'on était libres, il fallait qu'on trouve Violet et qu'on rejoue au jeu.

J'étais incapable d'intégrer ce qui se passait. J'ai vu Cheryl sortir de l'arrière du car retourné suivie de M. Dean, qui se déplaçait lentement et avec précaution. Puis j'ai remarqué qu'il aidait Jason Arkadian. Jason s'est traîné hors du car et dans la neige, et j'ai vu que sa jambe gauche était tordue de façon horrible. Avec une patience étonnante, M. Dean l'a aidé à se maintenir debout et l'a assisté pour remonter le ravin à cloche-pied, malgré la douleur qui se lisait sur son visage. Certains se tenaient au bord du vide, face à la route, et s'étreignaient en pleurant. D'autres, comme Liam Lapham, un des membres de l'équipe de basket, et Pete, restaient là, sans émotion. Pétrifiés.

Quand j'ai vu Jason et M. Dean rejoindre péniblement la route, j'ai senti un goût de bile me remonter dans la bouche. Le sentiment de déjà-vu était si fort que j'en ai eu la nausée. Ce qui se déroulait devant moi était une mise en action identique à ce qu'Henry nous avait raconté des prédictions de Violet. M. Dean a croisé mon regard et, au lieu de voir de la gratitude dans ses yeux, je n'ai vu que de la confusion et de la peur. Je n'arrivais pas à déterminer s'il se rendait compte qu'il aurait dû nous écouter, ou si son expression suggérait que nous étions responsables de ces accidents.

— Allez ! a lancé Henry en nous faisant signe de le suivre. On doit y aller, grouillez !

On s'est déplacés hâtivement dans la neige fondue pour rejoindre le pick-up d'Henry, qui était abandonné à une bonne trentaine de mètres devant le car en feu. Des flammes sortaient du capot de ce dernier. Elles étaient hautes et crachaient une fumée noire et épaisse telle que je n'arrivais même pas à voir si le chauffeur avait réussi à sortir. J'ai senti le bras de Trey dans mon dos, qui me poussait gentiment à avancer. Ce n'était pas le moment de traîner. Les policiers étaient tournés en direction du ravin pour aider les élèves à évacuer le car retourné, mais, s'ils se mettaient à regarder la route, ils nous verraient, et alors là on serait dans une situation bien pire encore que celle dans laquelle on se trouvait lorsqu'ils nous avaient enfermés dans leur voiture.

Alors qu'on se rapprochait en glissant du véhicule d'Henry…

BOUM !

Une explosion a pulvérisé le capot en aluminium de l'avant du car en feu et l'a envoyé dans l'air juste au-dessus de nos têtes. Trey m'a poussée au sol et m'a protégée avec son propre corps des éclats de verre qui volaient. La neige fondue transperçait mon pantalon et les manches de mon manteau. Un seul regard par-dessus mon épaule m'a suffi pour comprendre que ceux qui étaient encore dans le car au moment de l'explosion n'avaient pas pu survivre. Les flammes léchaient les vitres brisées à l'intérieur du car et traversaient l'endroit où, quelques instants auparavant, le pare-brise se trouvait encore.

— Hailey, ai-je murmuré, parfaitement consciente que cette fille que je connaissais depuis la maternelle venait de mourir exactement comme Violet l'avait prédit.

À ce moment précis, j'ai vu qu'on sortait le corps d'Abby Johanssen du car retourné.

— Allez ! a hurlé Henry à travers la fumée qui s'échappait du car, lorsque j'ai remarqué qu'un des policiers tentait de s'en rapprocher.

D'autres policiers, des pompiers et des urgentistes allaient débarquer d'une minute à l'autre. Il fallait qu'on disparaisse tant qu'il en était encore temps.

Personne n'a rien dit lorsqu'on est rentrés dans le pick-up et qu'on s'est éloignés. Au bout de plusieurs minutes, alors qu'on ne pouvait plus voir de fumée en se retournant et que la seule chose qui restait était une vague odeur de brûlé sur nos vêtements et dans nos cheveux, on aurait pu croire qu'on avait imaginé cet accident.

— Un des pneus a crevé, a dit Henry d'une voix engourdie, les yeux sur la route alors que la neige recommençait à tomber.

Il a mis ses essuie-glaces.

— Un des pneus du premier car, celui qui s'est retourné, a-t-il ajouté.

— Il faut qu'on quitte cette route, l'a interrompu Trey, les mains enfoncées dans les poches de son manteau. Ils vont partir à notre recherche.

Il n'y avait qu'un seul chemin direct pour rentrer à Willow, en passant au-dessus du lac Michigan. C'était celui qu'avaient pris les deux cars. La police pouvait nous rattraper à n'importe quel moment maintenant qu'elle savait où on se dirigeait.

Henry a quitté la route principale et on s'est faufilés à travers les rues d'une petite ville jusqu'à ce qu'on arrive dans un quartier résidentiel tout à fait quelconque, bordé de pins. Là, Henry a éteint le moteur. On est restés en silence devant une maison de brique, à digérer les événements de ce matin et à réaliser l'horreur de ce qui venait de se passer.

— J'avoue que je ne sais plus quoi faire, a enfin admis Henry. La police a pris mes coordonnées sur mon permis de conduire, et tous les agents de police du Michigan vont partir à la recherche d'un pick-up avec une plaque d'immatriculation du Wisconsin. Et, malheureusement, il me reste moins d'un demi-plein, ce qui veut dire qu'avant qu'on arrive au pont Mackinac je vais devoir reprendre de l'essence.

— Tu pourrais siphonner l'essence d'une voiture, a suggéré Trey, mais Henry a froncé les sourcils.

— C'est… C'est de la folie, Trey. On n'a pas de paille ou… ou de je sais pas quoi dont tu aurais besoin pour faire ça. Il faut se rendre à l'évidence. Si on s'arrête à une station-service sur la Route 31, on va se faire prendre. C'est le seul moyen de retourner dans le Wisconsin. On n'a pas le choix, on doit retraverser ce pont.

À moins de trouver une solution, on se ferait rattraper sur le pont, sinon avant. On conduisait comme des fous pour rentrer à Willow, mais pourquoi ? Une fois qu'on y serait, probablement poursuivis par des voitures de police aux sirènes hurlantes, on ferait quoi ? On allait se rendre chez les Simmons et exiger d'entrer ? Même si c'était ça, notre plan, il y avait un mur tout autour de la propriété des Simmons. Avec une grille immense. Et un système de sécurité hyper complexe et un code pour pouvoir entrer en voiture.

— Tu en penses quoi, Henry ? lui ai-je demandé pour avoir son opinion sur la marche à suivre.

On n'avait pas mis un terme au sort. Au moins deux de nos camarades étaient mortes, peut-être plus si d'autres avaient joué au jeu sans qu'on le sache. Et on avait donné à M. Dean et à Mlle Kirkovic toutes les raisons de croire qu'on avait quelque chose à voir avec cet accident, puisqu'on l'avait prédit moins d'une heure avant qu'il ait lieu.

— Je crois, a-t-il commencé d'une voix tremblante, les yeux rivés sur un point enneigé au loin, que ce serait peut-être mieux pour vous qu'on reparte dans le sens inverse tout de suite, qu'on traverse le Michigan et… On pourrait tenter de vous faire passer la frontière au niveau de la rivière Sainte-Claire, près de Sarnia.

Il a fait apparaître une carte sur son téléphone.

Je me suis rapprochée de Trey, paniquée. Le Canada. Ma température corporelle a chuté d'au moins dix degrés. Ce serait la fin de tout, ou du moins de notre tentative d'arrêter Violet. On avait déjà parlé du Canada par le passé, et on avait décidé que ce ne serait pas d'actualité tant que Mischa ne serait pas en sécurité, mais à présent on n'avait aucun moyen de savoir comment elle allait, et on se trouvait dans un pétrin monumental. J'ai croisé le regard de Trey, qui semblait me dire que c'était notre dernière chance. Mon visage s'est figé tandis que j'essayais d'arrêter les larmes.

Si on traversait la frontière, alors on disparaîtrait dans un autre pays, on changerait de nom, on abandonnerait notre ancienne vie pour toujours. Je pourrais appeler ma mère dans quelques jours, depuis une cabine téléphonique, et lui dire que j'allais bien. Bien sûr, on devrait faire attention pendant très très longtemps, car les autorités canadiennes seraient prévenues que deux fugitifs avaient passé la frontière, mais je doutais qu'ils fassent beaucoup d'efforts pour nous retrouver. Je ne connaissais pas vraiment le Canada, mais je me disais que la police canadienne avait probablement mieux à faire que de nous poursuivre.

— Il y a des ferrys, a expliqué Henry au bout d'un moment. Qui traversent la rivière. Vous n'aurez pas besoin de papiers pour partir, mais vous en aurez besoin pour retraverser dans l'autre sens. Je pense qu'il y a moins de risques de se faire prendre dans une station-service si on passe par de petites routes dans cette direction.

— Et toi ? ai-je demandé.

J'avais du mal à imaginer Henry au bord de la rivière Sainte-Claire, en train de nous regarder monter sur un ferry qui nous mènerait vers un endroit plus sûr.

— Ce n'est pas juste qu'on te laisse derrière, comme ça.

— Eh, a-t-il répondu, je ne peux pas partir au Canada. Même si mes parents doivent me rendre visite en prison pendant dix ans, au moins ils pourront me voir. Je ne peux pas leur enlever ça.

— McKenna, a lancé Trey, dont la voix s'est brisée au moment de prononcer mon nom. Je crois que c'est maintenant ou jamais. Si on fuit de nouveau, ils vont continuer à nous poursuivre. On ne sera plus jamais en sécurité.

Je ne savais pas si Trey parlait de la police ou des esprits de Violet, mais peu importait. Les uns et les autres ne cesseraient de nous pourchasser tant qu'on en aurait après Violet.

J'avais l'impression que mon cœur allait se déchirer. Je savais que la situation était désespérée, et pourtant je n'étais pas prête à abandonner. Qu'est-ce qui allait arriver à Mischa ? Et qui allait venger Olivia et Candace ?

— Trey, tu te souviens de ce qu'a dit Jennie ? On doit faire en sorte que Violet rejoue avec nous. De cette façon, on brisera le sort.

Trey a pincé les lèvres en cherchant les bons mots pour me persuader.

— On ne peut pas disparaître sans avoir vérifié que Mischa va bien, ai-je poursuivi.

Ce que je disais n'avait pas l'air de le convaincre. Il secouait la tête. J'ai pris une longue inspiration. Je n'aimais pas ce que je m'apprêtais à dire, mais je savais au fond de moi que c'était la bonne décision.

— Tu devrais y aller, l'ai-je encouragé. On peut traverser l'État histoire de semer la police et t'emmener jusqu'à la frontière. Mais je ne peux pas y aller avec toi. C'est avec moi que tout a commencé, tu comprends ? Je suis responsable. Je dois mettre un terme à tout ça.

Ce n'est que là qu'il m'a regardée.

— Peut-être qu'on ne peut pas la vaincre, McKenna. Peut-être que ce sort est plus… compliqué que ce qu'on croit, et que la seule chose à faire, c'est sauver notre peau. Peut-être qu'on s'est fait des idées pendant tout ce temps, en se disant qu'il y avait un moyen de briser ce sort. Mais ce n'est pas comme s'il y avait des lois contre le Mal, tu sais. Si ça se trouve, une fois qu'un sort a été jeté, on ne peut plus rien faire.

Malgré l'énorme boule qui s'installait dans ma gorge, j'ai demandé à Henry de faire demi-tour et de prendre la route de Sarnia, qui se situait à une heure au nord de Detroit, pour qu'on mette Trey sur un ferry. Je suis restée silencieuse malgré Trey qui continuait à dire que le temps était venu d'être raisonnable, parce que je savais que, si j'ouvrais la bouche, je me mettrais à pleurer toutes les larmes de mon corps. Je ne voulais pas quitter Trey dans un endroit où il serait seul au monde, sans savoir ce qui lui arriverait. Je n'avais pas particulièrement envie de continuer à poursuivre Violet sans lui non plus. Ils avaient les mêmes gènes, les mêmes aptitudes. Il était bien plus à même de la combattre que moi, et j'en étais bien consciente.

Sans broncher, Henry a fait demi-tour et on s'est mis à rouler en direction du sud, vers le chalet Fitzgerald, sauf que cette fois-ci on a emprunté des chemins de traverse pour éviter la route principale. La neige est devenue notre alliée, car elle empêcherait la police de nous poursuivre. Nous avons traversé des petites villes, dépassé des laveries, des pharmacies, des stations de lavage auto, et, chaque fois qu'on s'arrêtait à un feu, on retenait notre souffle. Mes oreilles étaient attentives au moindre bruit, au cas où une sirène se ferait entendre, mais je ne percevais rien.

On était sur une route parallèle à la Route 66 lorsque le tableau de bord nous a indiqué qu'Henry n'avait plus d'essence. Henry a tout de suite remarqué la station-service juste devant nous.

— Tu es sûr que c'est une bonne idée ? ai-je demandé.

Plusieurs voitures faisaient déjà la queue. La petite boutique de la station avait l'air remplie, elle aussi, alors que les clients se mettaient dans la file d'attente pour payer leurs bouteilles d'eau, leurs piles et leurs soupes en conserve. Les nouvelles à la radio prévoyaient que la neige continuerait de tomber toute la journée et toute la nuit.

— On n'a pas le choix, a répondu Henry en tournant à droite pour rejoindre la station. Si on ne s'arrête pas maintenant, on ne pourra pas aller bien loin.

— C'est une mauvaise idée, a rétorqué Trey. Je le sens pas.

Henry s'est garé devant la seule pompe libre qui dispensait de l'essence sans plomb :

— Je vais juste faire le plein, payer, et on repart.

— Attends ! ai-je lancé avant qu'il claque sa portière. Paie en liquide pour qu'il n'y ait pas de trace de notre passage ici.

— Bien vu.

Seule dans le pick-up avec Trey, j'entendais ses pensées comme s'il les énonçait tout haut. Il était furieux que je ne veuille pas le suivre au Canada. Il était convaincu que Violet avait gagné et que tout ce qui nous attendait à Willow serait atroce. Il imaginait un avenir optimiste improbable pour nous de l'autre côté de la frontière, il nous voyait gagnant plein d'argent en servant des cafés, vivant dans un bel appartement moderne.

Le problème, c'est que j'avais peur. Je ne voulais pas partir au Canada et me retrouver dans un squat, sans voir mes parents pendant des années. Contrairement à Trey, qui n'était plus proche des siens depuis longtemps, j'aimais profondément ma mère. Même si, de nous deux, Trey était celui qui portait du noir et qui avait toujours l'air mécontent, c'était moi la sceptique. C'était moi qui savais pertinemment que les choses peuvent toujours empirer.

— Je suis désolée, ai-je réussi à sortir. Je sais ce que tu penses. Ce n'est pas que je n'ai pas envie d'être avec toi, Trey, c'est juste que…

Il regardait la neige tomber par la vitre et il a levé la main pour m'interrompre. J'étais vexée, mais il m'a dit :

— Regarde.

J'ai suivi son regard : là, deux rangées plus loin, se trouvait une Audi blanche. Et, à côté de cette voiture, en train de faire un plein distraitement, se tenait le père de Violet. Même de profil, la ressemblance avec Trey était hallucinante. Ils avaient exactement les mêmes yeux bleus.

Henry nous a fait sursauter en tapant sur le pare-brise pour nous prévenir qu'il partait régler. Trey et moi avons hoché la tête en même temps, pour ne pas lui dire ce qu'on venait de voir et ce qu'on pensait tous les deux déjà. Pour une raison qui nous échappait, on avait rattrapé les Simmons qui reconduisaient Violet chez elle. Comme nous, ils avaient dû passer la nuit dans le Michigan avant de décider de faire demi-tour et de regagner le Wisconsin en contournant le lac par le sud. On a continué à les observer et on a remarqué un tas inanimé sur la banquette arrière qui ne pouvait être que Violet en train de dormir.

Dans la boutique, Henry faisait la queue, les mains dans les poches, la tête baissée. Trey et moi nous sommes redressés en voyant M. Simmons utiliser sa carte de crédit au compteur puis attendre. Un moment plus tard, il regardait la borne, confus, et appuyait sur un bouton. Puis il s'est assis sur le siège avant de l'Audi et, sans fermer sa portière, il a allumé le moteur.

— Il doit aller dans la boutique pour payer, a murmuré Trey. La borne ne fonctionne pas, c'est sans doute à cause de la neige. Aucune borne ne fonctionne, c'est pour ça que tout le monde fait la queue à l'intérieur. Il a juste allumé le moteur pour qu'elle ait du chauffage.

Mes muscles étaient tendus et mon cœur battait à toute allure. Je savais ce qu'on s'apprêtait à faire, mais je ne voyais pas comment trouver le courage de m'y mettre. J'avais des picotements dans la tête, dans la gorge et à l'arrière de la langue. M. Simmons a disparu dans la boutique, comme avalé par la porte, temporairement caché par des posters publicitaires pour les bières Bud Light et Corona.

— Tu sais quoi faire ? ai-je demandé d'une voix solennelle.

Les clés de l'Audi étaient dans le contact de la voiture. N'importe qui aurait pu se mettre à la place du conducteur et démarrer. N'importe qui. Y compris nous.

Dans la boutique, Henry était en train de payer. Il sortait des billets pour régler la borne huit. M. Simmons a pris place derrière une femme en jogging et ses deux enfants. Il n'avait pas du tout remarqué Henry, qu'il avait sans doute pourtant déjà croisé au tribunal pendant les audiences contre Trey et moi, même s'ils n'avaient pas été formellement présentés.

— Ce n'est pas possible, a lancé Trey en secouant la tête. C'est une illusion. Il y a quelque chose de pas net.

— On n'a pas le temps de penser à ce qui est vrai ou faux ! me suis-je exclamée. C'est notre seule chance de coincer Violet et de l'emmener quelque part pour jouer au jeu ! On pourrait briser le sort, tu te rends compte ? On n'aura peut-être même pas besoin de la réveiller si elle est malade. On ne va pas lui faire de mal, Trey. On va juste rejouer au jeu, on la laissera quelque part en sécurité, et ensuite, toi et moi, on ira prendre le ferry ensemble. Je te le promets.

Lorsque j'ai fait cette promesse, c'était de tout mon cœur. Tant qu'on faisait notre possible pour briser le sort, alors je suivrais Trey au bout du monde. Être avec lui était la chose la plus importante pour moi… après le fait de sauver la vie de Mischa et d'assurer notre sécurité. Je pouvais justifier la douleur que j'imposais à mes parents en partant si au moins je faisais en sorte que Mischa survive au destin catastrophique qui avait tué Olivia et Candace. Et Tracy. Et Hailey, Abby et tous les autres qui avaient subi le même sort lorsque Violet habitait dans l'Illinois, avant qu'elle déménage à Willow.

Trey a accepté ma promesse, m'a regardée de ses yeux bleu-vert, puis a ouvert la portière côté passager.

Nous sommes sortis du pick-up et avons couru entre les autres voitures de la station, nos bonnets bien enfoncés sur nos têtes de façon à cacher nos visages. Je posais les doigts sur la poignée de la portière conducteur de l'Audi blanche lorsque Henry est sorti de la boutique. Trey lui a fait signe. Puis, dans une atmosphère de cauchemar où tout se passe d'une façon affreusement lente, et où mes jambes n'arrivent pas à courir assez vite pour éviter le danger, je suis montée derrière le volant. Trey a fait le tour de la voiture et a poussé Henry sur le siège passager, à côté de moi, avant de monter à son tour et de refermer la portière.

— Papa ?

Violet a bougé à l'arrière, et Henry a jeté un rapide coup d'œil au tableau de bord du véhicule. Il a trouvé un bouton sur lequel il a appuyé. Nous avons immédiatement entendu les verrous des quatre portières se fermer. Verrouillage parental. Violet était à présent coincée à l'arrière, tout comme nous l'avions été à l'arrière de la voiture de police le matin même.

— C'est vraiment une mauvaise idée, a commenté Henry. Mais vas-y, fonce.

J'ai appuyé sur l'accélérateur et l'Audi est sortie de la station à toute allure, en projetant de la neige fondue dans tous les sens.

Chapitre 39

— Vous m'emmenez où ? Je vous préviens, quoi que vous fassiez, mon père vous retrouvera.

C'était difficile de se concentrer sur la route avec les menaces fiévreuses et vaines de Violet et ses quintes de toux horribles. Les essuie-glaces dégageaient de petits tas de neige à chaque passage sur le pare-brise. Henry et Trey étaient recroquevillés tous les deux sur le siège passager avant, deux hommes de taille quasiment adulte dans un espace pour une personne. On ne contrôlait plus rien et on était en plein chaos. L'Audi était de loin la voiture la plus luxueuse que j'avais jamais conduite, et son poids me terrifiait. J'avais l'impression d'être au volant d'un navire de guerre et que mes jambes ne seraient pas suffisamment puissantes pour freiner si besoin.

— C'est quoi le plan, McKenna ? m'a demandé Trey d'une voix douce pour ne pas ajouter à mon stress.

On s'approchait d'un carrefour désert. Après avoir vérifié dans les deux sens, j'ai accéléré en grillant le feu rouge. Je n'allais pas prendre le risque que la police ou quiconque nous rattrape. Lorsque j'avais démarré l'Audi de M. Simmons à la station-service, je nous avais rajouté une couche de problèmes hallucinants sur le dos. Je n'étais pas experte en droit, mais je me doutais bien qu'un enlèvement nous placerait en haut du classement en termes de délits. Violet a eu une quinte de toux qui nous a tous fait grincer des dents. On était sur une route sans doute très empruntée lorsqu'il n'y avait pas de tempête, mais nous n'avons pas croisé une seule voiture. Les magasins de la petite ville qu'on traversait avaient l'air d'avoir fermé tôt pour éviter la tempête.

— Henry, tu as le numéro d'Amanda Portnoy ? ai-je demandé.

— Vous entendez ce que je dis ? a lancé Violet depuis le siège arrière d'une voix aiguë et étranglée.

Henry l'a superbement ignorée et a sorti son téléphone.

— Oui, a-t-il répondu, surpris. Oui, j'ai son numéro.

— Appelle-la. Dis-lui qu'on a besoin qu'elle nous donne l'adresse de leur maison de vacances près du lac Supérieur.

Sans poser de questions, Henry a fait ce que je lui demandais. Je n'avais pas besoin de lui pour savoir que notre seule manière d'arriver au nord du Wisconsin de là où on était serait de conduire deux jours sans s'arrêter.

— Vous n'arriverez jamais à m'emmener là-bas sans que la police vous arrête avant, a lancé Violet d'un ton condescendant. Ils sont sans doute déjà à votre poursuite.

— Quand la police commencera à nous chercher, ils chercheront la voiture de ton père, or nous, on ne sera plus dedans. Et, au fait, je me fiche pas mal de l'état dans lequel tu seras quand on y arrivera, ai-je rétorqué d'un ton sec. Tout ce qu'on veut, c'est abandonner ton corps là-bas.

Évidemment, je mentais. Il n'avait jamais été question de tuer Violet. Mais mon histoire a eu le bon goût de la faire taire. Mon cerveau manigançait un plan qui s'établissait à une vitesse folle, au point que j'avais du mal à suivre, je ne voyais que l'étape suivante. La première chose qu'il nous fallait, c'était un endroit dans lequel on pourrait forcer Violet à jouer à « Léger comme une plume, froid comme le marbre » sans être interrompus. De préférence un lieu où on ne mourrait pas de froid, et pas un lieu public où on risquerait d'être surpris par des curieux ou, pire encore, par la police. On serait flippés, pas sûrs de faire les choses correctement, on n'avait aucune idée de ce que les esprits seraient prêts à tenter pour nous arrêter, mais le plus important, c'était qu'après ça on n'aurait plus jamais l'opportunité de rejouer à ce jeu. Il fallait donc qu'on trouve un lieu sûr, et je ne voulais surtout pas que Violet me distraie pendant que j'essayais de réfléchir.

— Amanda veut te parler, m'a dit Henry après lui avoir posé la question.

Lorsqu'il m'a tendu le téléphone, Violet a violemment tapé sur ce dernier à travers l'espace entre les deux sièges avant. Le portable est tombé au sol et j'ai freiné brusquement tandis que le téléphone disparaissait entre les pieds de Trey. Henry s'est immédiatement penché pour le récupérer et Violet a plongé sur lui en plaçant ses deux petites mains pâles autour de son cou. Henry a poussé un cri étranglé tandis que Violet resserrait son étau. L'Audi s'est enfin arrêtée, brutalement, au beau milieu de la route vide et enneigée.

Une rage meurtrière s'est emparée de moi. Heureusement, Trey s'est tourné plus vite que moi et a écarté les doigts de Violet du cou d'Henry en forçant ses pouces à s'ouvrir. D'un mouvement brusque, Trey a désenclenché le verrouillage parental et s'est précipité à l'arrière à côté de Violet, ce qui a permis à Henry de s'installer un peu plus confortablement à l'avant. Les doigts de Violet se sont soudain mis à tâtonner sa portière pour essayer de s'enfuir alors que Trey refermait de son côté à lui, mais j'ai tout de suite réappuyé sur le bouton de verrouillage automatique des portes.

— Amanda ? a vérifié Henry en reprenant son téléphone.

— Ça suffit, a lancé Trey à Violet à l'arrière.

J'ai entendu une claque et j'ai vu dans le rétroviseur que Violet tentait de repousser Trey en bougeant les bras dans tous les sens alors que je redémarrais. Elle avait vraiment l'air mal, elle était pâle, elle transpirait et ses cheveux étaient humides et collés sur son front. Elle a abandonné sa faible tentative de rébellion contre Trey lorsqu'elle a été prise d'une autre quinte de toux. Trey a attrapé ses chevilles pour la maintenir quand j'ai pris le téléphone des mains d'Henry.

— McKenna, où est ma sœur ! a exigé de savoir Amanda dès qu'elle m'a entendue. Et ne me dis pas que vous ne savez pas, parce que je *sais* que c'est pas vrai, et mes parents flippent totalement. Est-ce qu'elle est avec vous ? Par pitié, dis-moi qu'elle est avec vous.

— Elle est en sécurité, ai-je répondu, ce qui était un mensonge parce que je n'avais pas la moindre idée de l'état dans lequel se trouvait Mischa.

Si ça se trouvait, elle était morte depuis deux jours, c'est-à-dire depuis avant la mort de Tracy si on se fiait à l'ordre chronologique des prédictions de Violet.

— Je suis désolée, Amanda, mais il se passe beaucoup de choses et, pour sa propre sécurité, il vaut mieux que je ne t'en dise pas plus sur le lieu où elle se trouve.

— Mischa est morte ! a hurlé Violet depuis son siège.

Trey lui a attaché les poignets derrière le dos avec la ficelle de la capuche de son manteau.

— McKenna ? a demandé Amanda d'une voix inquiète. Qu'est-ce qui se passe ? C'était qui ?

— Ne l'écoute pas, ai-je répondu d'une voix grave. Elle raconte n'importe quoi. J'ai besoin que tu me donnes l'adresse de votre maison de vacances près du lac Supérieur. Surtout, ne dis à personne qu'on s'y rend. Je suis sérieuse, Amanda. C'est une question de vie ou de mort pour Mischa. N'en parle à *personne*, ni à tes parents ni à la police. Personne.

J'ai senti qu'elle hésitait. C'était normal, ce que je lui demandais était parfaitement ridicule. Amanda devait se dire que j'étais complètement tarée après tous les soucis que j'avais eus.

— Personne ne pourra vous faire entrer, a-t-elle fini par répondre. Mon oncle est en Floride, il rend visite à mes grands-parents. La maison est vide.

— T'inquiète, ai-je rétorqué. (*Encore mieux*, me suis-je dit par-devers moi.) On se débrouillera pour entrer.

Amanda m'a donné l'adresse et je l'ai répétée pour qu'Henry la mémorise : *1 400 avenue Ellis, Ashland, Wisconsin.*

Après avoir raccroché, j'ai rendu son téléphone à Henry pour qu'il tape l'adresse dans son appli. À ce moment-là, son portable a sonné. Henry m'a regardée en se mordant les lèvres.

— C'est ma mère, m'a-t-il expliqué.

— Ne réponds pas ! a insisté Trey. Il faut se débarrasser de ce téléphone. Si la police a compris que tu étais avec nous, ils vont finir par nous tracer avec ce truc.

— T'as pas tort, a murmuré Henry en ouvrant sa vitre pour jeter son portable hors de la voiture.

— Attends ! ai-je hurlé, ce qui a eu pour effet de l'arrêter net. On doit passer un appel avant.

On était en janvier, et en plus il neigeait. Du coup, traverser le lac Michigan était un milliard de fois plus compliqué qu'à n'importe quel autre moment de l'année. Pendant les mois les plus chauds, d'immenses ferrys faisaient le voyage entre Ludington, dans le Michigan, et Manitowoc, dans le Wisconsin. C'était plutôt plaisant comme traversée, et on aurait été chez nous en moins de trois heures. Mais, comme on avait pu le voir quand on avait emprunté le pont Mackinac, la majorité du lac était actuellement gelée et les ferrys ne reprendraient du service qu'en avril.

Violet avait raison, on n'arriverait jamais à faire le tour du lac par le sud, en passanat par l'Indiana puis par l'Illinois avant de remonter dans le Wisconsin, sans se faire prendre. La police risquait de nous voir, des conducteurs pourraient nous reconnaître, ou alors on pourrait faire une erreur et Violet en profiterait pour s'échapper. Même si Violet avait vraiment l'air très malade, il ne fallait surtout pas la sous-estimer. Et puis, on était tous parfaitement conscients que le fait même d'avoir Violet avec nous nous mettait très gravement en danger.

C'est pourquoi, quand j'ai appelé Cheryl et qu'elle a accepté de nous rejoindre à Cheboygan le lendemain matin, je n'ai pas trouvé de mots pour exprimer l'étendue de ma gratitude. Je l'avais prévenue qu'on allait se débarrasser du portable d'Henry et, que si elle n'était pas en mesure de nous retrouver, elle n'aurait aucun moyen de nous contacter. Je comptais sur elle. Sa voiture était notre seule chance de réussir à rejouer avec Violet pour mettre un terme au sort. Autrement, on n'arriverait pas à quitter l'État du Michigan sans se faire arrêter. On allait devoir abandonner la voiture de M. Simmons dès qu'il cesserait de neiger et que la route se remplirait, or on ne pouvait pas se permettre de voler une voiture. Si on faisait ça, on risquait d'attirer l'attention et on savait que Violet profiterait de la moindre occasion pour hurler à la mort, donc on n'avait pas le choix.

On est arrivés à Cheboygan en trois heures. À ce stade, il faisait déjà nuit et il neigeait encore. Près d'un mètre était tombé dans la journée et, la plupart du temps, les seuls véhicules qu'on avait croisés étaient des chasse-neige. Heureusement, les conducteurs avaient mieux à faire que de remarquer une Audi remplie d'adolescents en fuite.

On a erré quelque temps, tandis que le réservoir d'essence se vidait, puis un petit miracle s'est produit le long de la rivière Cheboygan, sous la forme d'un petit bâtiment dans le parc Washington qui longeait la rivière, avec des toilettes publiques non chauffées, un petit couloir qui n'était pas éclairé mais qui, lui, était chauffé, et deux distributeurs de sucreries bourdonnant tranquillement.

— T'as intérêt à te grouiller, ai-je lancé à Violet lorsqu'elle est entrée dans les toilettes.

Je ne voulais prendre aucun risque qu'elle ou ses esprits nous enferment, je l'ai donc accompagnée jusqu'à la cabine de toilettes tandis que Trey maintenait la porte de la salle ouverte avec son corps. Henry était resté dans la voiture.

— Même pas en rêve, ai-je prévenu en levant une main pour l'empêcher de fermer et de verrouiller la porte de sa cabine.

— Tu vas quand même pas me regarder ? a répondu Violet en plissant les yeux.

— Je le fais pas par plaisir, je t'assure, ai-je répondu.

— Allez, grouillez ! On se les gèle ici, a lancé Trey, qui frissonnait à l'autre bout de la pièce.

Elle a compris qu'elle n'avait pas le choix si elle ne voulait pas se faire dessus. Elle a défait son jean et j'ai regardé le plafond.

— Euh, tu pourrais pas m'aider ? a-t-elle demandé.

Je me suis rendu compte qu'elle ne pouvait pas défaire son propre jean parce que Trey lui avait attaché les poignets derrière le dos. Comme je ne voulais pas rendre la situation encore plus cheloue qu'elle n'était déjà, je l'ai détachée et je me suis fait la remarque que Trey avait fait un travail exemplaire. Des nœuds marins. Bon boulot.

— Fais pas la maligne, l'ai-je prévenue. Tu n'arriveras pas à nous avoir tous les deux.

Elle a posé sa tête contre le mur froid de la cabine après avoir terminé. Je ne savais pas si elle tentait de se maintenir ou si le fait de marcher jusqu'ici avait suffi à l'épuiser.

— Je me sens vraiment pas bien, a-t-elle expliqué. J'étais censée aller à l'hôpital, tu sais.

— Je m'en fiche, ai-je répondu froidement, même si quelque part, au fond, je n'étais pas indifférente.

Cheryl et moi avions lu le dossier médical de Violet au lycée, on avait vu qu'elle attrapait facilement des bronchites. Elle était suffisamment mal en point pour se retrouver aux urgences la veille, il était donc possible qu'elle meure avant qu'on ait eu le temps de jouer.

— Tu te moquais pas mal d'Olivia et de Candace. Ou de Tracy ou de n'importe laquelle de tes victimes, d'ailleurs. Pourquoi est-ce qu'on devrait se préoccuper de ton sort ?

Ce qui s'est passé ensuite était totalement inattendu. Violet s'est mise à pleurer. Son visage s'est décomposé et est devenu rouge pivoine. Un gémissement atroce est sorti de sa bouche et ses sanglots étaient entrecoupés de toux. Elle est tombée à genoux et est restée là, sur le ciment gelé. Ça me rappelait la fois où on l'avait affrontée sur la piste du lycée. Elle était sur la défensive et nerveuse comme tout. Et, lorsque Mischa, Trey et moi l'avions mise au pied du mur au sujet des jeunes qu'elle avait tués à Lake Forest, elle s'était mise dans tous ses états à l'idée qu'elle aurait pu les sauver.

— Sérieux ? a râlé Trey.

Il a fait un pas en avant lorsque j'ai soupiré bruyamment, l'air de dire *Je suis censée faire quoi, moi ?* Mais j'ai levé les mains pour l'empêcher d'avancer plus.

— Garde la porte bien ouverte, lui ai-je rappelé.

Il était hors de question qu'on se fasse avoir par le cinéma de Violet.

— Vous croyez vraiment que je l'ai fait exprès, a-t-elle enfin réussi à cracher à travers ses larmes. Personne ne veut me croire, et maintenant vous allez me laisser mourir.

J'ai croisé les bras. Même après tout ce qui s'était passé, les funérailles d'Olivia et de Candace, la course-poursuite avec la police, l'arrestation et Dearborn, la tristesse de Violet m'affectait. Des larmes coulaient sur ses joues et sa lèvre supérieure était couverte de morve gluante. Si elle faisait effectivement du cinéma, c'était vraiment une actrice hors pair. Je me suis rappelé que je devais rester forte. Je ne pouvais pas me permettre de tomber dans un de ses pièges.

— C'est quoi, la vérité, Violet ? l'ai-je interrompue. Vas-y, balance. Je t'écoute.

— Ils m'ont dit, a-t-elle bégayé, ils m'ont dit que, si je ne leur donnais pas ce qu'ils voulaient, ils la tueraient.

Elle a tenté de reprendre son souffle et a recommencé à tousser, ce qui faisait tressauter son corps tout entier.

— Ils m'ont montré comment ils la tueraient. Chaque fois que je disais non, ils me menaçaient.

J'ai levé un sourcil en me tournant vers Trey, qui avait l'air aussi intrigué que moi.

— Qui, Violet ? Les voix qui te disent de faire des trucs ? Qui te montrent des choses ?

— Oui ! a-t-elle répondu avec un air de dégoût.

La lumière des toilettes a vacillé.

— Ils sont cinq. Ils sont morts pour que je vive, ou en tout cas… c'est ce qu'ils disent.

Un frisson m'a traversé le corps. J'ai vu le reflet de mon visage dans le miroir au-dessus du lavabo et j'ai été surprise de voir mon expression horrifiée. Cinq. Les cinq filles Simmons mortes, dont on avait vu la tombe à Lake Forest. Les sœurs de Violet, des sœurs qu'elle n'avait jamais connues. Elle avait commencé à nous raconter tout ça à l'automne, sur la piste du lycée, mais Mischa était si furieuse qu'elle n'avait pas laissé Violet terminer son histoire. Elle a fait un geste de la tête en direction de Trey et a ajouté :

— Lui, il sait. Ils m'ont dit qu'il savait, lui aussi.

— Je les ai vus, a dit Trey en haussant les épaules, mais ils ne m'ont jamais demandé de collecter quoi que ce soit.

— Qui, ai-je demandé prudemment, incertaine de vouloir en savoir plus sur cette relation entre Violet et les esprits de ses sœurs mortes, ni pourquoi ils voulaient qu'elle collecte des âmes, qui ont-ils dit qu'ils tueraient ?

Le visage de Violet s'est figé et elle a reniflé pour se calmer :

— Ma mère. Tu ferais quoi à ma place ? J'étais censée faire quoi ?

Les deux poignées métalliques rouillées du lavabo ont grincé et ont tourné toutes seules, versant de l'eau dans la vasque.

— Ils savent qu'on est ici ! a hurlé Violet. Ils savent que vous me voulez du mal !

Trey a soutenu mon regard un moment et, sans rien dire, on s'est mis d'accord. C'était une décision par défaut. C'était de la folie d'avoir cru qu'on survivrait la nuit dans ce parc sans qu'il se passe rien, même si la neige nous permettait de cacher l'Audi blanche.

Cheryl avait accepté de nous retrouver le lendemain matin, mais, quand je lui avais parlé, elle était dans un bus d'urgence mis à disposition pour les lycéens qui n'avaient pas été blessés dans l'accident. Ils venaient tout juste de quitter Traverse City et il leur restait encore sept heures avant d'arriver à bon port. Impossible de savoir combien de temps Cheryl devrait passer avec ses parents avant de pouvoir s'éclipser et nous rejoindre à Cheboygan. Entre-temps, tout pouvait arriver.

Absolument tout.

— On croit savoir comment briser le sort, ai-je fini par dire pour voir sa réaction. Ce serait plus simple si tu acceptais de jouer et que tu cessais de nous résister.

Violet a secoué la tête violemment.

— On n'arrivera pas à briser le sort sans tuer ma mère. Crois-moi. J'ai lu des bouquins, j'ai fait des recherches sur Internet. Peut-être que tu te fiches de moi et de ce qui peut m'arriver. OK. Après tout, l'inverse m'aurait étonné. Mais ma mère est une femme bien. Elle ne mérite pas ce qu'ils ont l'intention de lui faire.

Trey s'est gratté la tête avant de grommeler :

— Tu ferais mieux de tout nous dire. Comment est-ce que ça a commencé ?

Chapitre 40

— Henry, ai-je lancé en passant la tête par la portière conducteur de la voiture.

Il était en train de somnoler, la tête penchée en arrière, sa pomme d'Adam ressortant au-dessus de la fermeture éclair de son manteau. Encore une fois, j'ai été frappée par le fait non seulement qu'on s'était rapprochés, mais qu'on était carrément devenus amis proches ces dernières semaines. C'était à la fois drôle et incroyable. Je me souvenais encore de moi marchant derrière lui dans les couloirs du lycée quand il était la star de tennis, que sa popularité nous plaçait dans deux mondes inexorablement séparés et que je me demandais ce que ça ferait si un garçon comme Henry Richmond ne faisait ne serait-ce que remarquer ma présence.

— Hein ? Oh, coucou, a-t-il répondu en se réveillant.

Trey et moi avions passé presque une demi-heure dans les toilettes avec Violet. Je ne pouvais pas en vouloir à Henry de s'être endormi. Il avait sans doute très peu dormi depuis qu'il m'avait aidée à m'enfuir de Dearborn.

— Viens, on va devoir rejouer au jeu ici. On ne peut pas attendre d'arriver chez les Portnoy.

On a verrouillé la voiture et on a affronté la neige épaisse pour regagner le petit bâtiment où Trey et Violet étaient restés. On avait rattaché les poignets de Violet avant que j'aille chercher Henry et ils nous attendaient dans le noir à l'endroit où je les avais laissés, c'est-à-dire dans le couloir chauffé, près des distributeurs.

Trey était debout contre le mur, les bras croisés, et il surveillait Violet qui était assise au sol. Je me suis installée par terre, moi aussi, parce qu'il était probable qu'il faudrait un certain temps à Violet pour raconter toute son histoire. Henry a pris place à côté de moi, prêt à enfin obtenir des réponses.

— Allez, ai-je commencé. Vas-y, explique-toi.

Elle a pris une longue inspiration, a toussé, et elle nous a regardés l'un après l'autre.

— Ils vont pas être contents, a-t-elle dit d'une voix tremblante. Ils ne vont pas vouloir que je vous raconte.

— À toi de voir si tu as plus peur d'eux que de nous, l'a coupée Trey d'un ton sec.

Violet a hésité un peu avant de reposer l'arrière de sa tête contre le mur.

— La première fois que je les ai vus, c'était le lendemain de la mort de ma grand-mère. C'était le soir et j'étais dans ma chambre à Lake Forest. C'était environ deux ans avant qu'on déménage à Willow. Je croyais que j'avais fait un cauchemar, du genre quand on sait qu'on est en train de rêver mais qu'on a le cœur qui bat, qu'on se réveille en sueur et en gigotant dans tous les sens, et qu'il faut attendre un certain temps avant de comprendre qu'on s'est enfin réveillé.

J'avais moi-même eu toutes sortes de rêves de ce type. J'ai eu un flash, l'image d'une maison en feu et la silhouette de ma sœur à la fenêtre qui me disait au revoir d'un signe de la main.

— Sauf que ce n'était pas un rêve, a poursuivi Violet. Ils sont apparus sous la forme de lumières bleues. Je les ai d'abord vus dans mon miroir, comme s'il s'agissait de reflets, mais ensuite il est devenu clair que ça n'avait rien à voir avec le miroir. Si je plissais les yeux en me concentrant sur les lumières, je distinguais presque des visages, sauf que les détails étaient trop vagues, et chaque fois que j'essayais de voir à quoi ils ressemblaient ils devenaient plus flous.

» Il y en avait cinq et, la première fois qu'ils sont apparus, je ne savais pas ce que c'était. Ils ne me parlaient pas, il n'y avait pas de mots. Je sais pas trop comment décrire ça, mais en tout cas ils m'ont bien fait comprendre qu'ils en voulaient *une*. Une quoi ? Je ne savais pas. Ils ont fait léviter une de mes peluches, juste au-dessus de mon lit, et l'ont déplacée au-dessus de moi. Juste *une*.

» Ça m'a évidemment fait flipper, mais, le lendemain matin, je m'étais convaincue que ce n'était qu'une hallucination. Je n'ai rien dit à mes parents. Ma grand-mère venait de mourir, et mon père était hyper occupé à organiser les funérailles. Ma mère stressait totalement à la suggestion que mon père avait faite de déménager à Willow pour gérer le patrimoine de ma grand-mère. Elle venait de passer associée du cabinet d'avocats dans lequel elle travaillait déjà avant ma naissance, donc forcément elle n'avait pas envie de partir. Moi, je ne voulais pas qu'ils s'imaginent que j'étais en train de devenir folle. Du coup, j'ai continué à suivre la routine. On est allés à Willow pour la veillée mortuaire et l'enterrement. J'avais toujours eu ma propre chambre chez ma grand-mère parce que j'y passais plusieurs semaines chaque été, donc ça n'a pas été bizarre du tout pour moi de me retrouver dans le manoir à cette occasion.

» En gros, j'avais oublié cette histoire de lumières et de peluche. On est rentrées à Lake Forest avec ma mère, et je suis retournée à l'école. Et puis, un jour, dans la salle d'étude, un garçon qui s'appelait Michael est venu avec un jeu de cartes. Il voulait faire une bataille, mais, quand il a coupé le jeu, j'ai eu une sensation étrange. Comme quand les poils se dressent sur la peau mais en positif, un peu comme ce que je ressentais la veille de Noël quand j'étais petite et que je savais que le père Noël allait passer. J'ai compris, rien qu'en regardant les cartes, qu'ils voulaient que je les prenne. Donc je me suis approchée pour ramasser les cartes et j'ai dit : *Vous voulez que je vous montre un truc trop cool ?*

On l'écoutait tous avec intérêt. Le seul bruit à part la voix de Violet était le bourdonnement des machines ; dans l'une d'entre elles une barre de céréales était restée appuyée contre la vitrine, à moitié sortie de sa rangée. Quelqu'un avait dû perdre ses soixante-quinze cents.

— Je ne savais pas ce qui allait se passer, je vous jure. J'avais juste un genre d'instinct qui me disait que, si je le suivais, il allait se produire quelque chose. J'ai posé les cartes devant moi en éventail et… c'était comme si les cartes ne ressemblaient plus à des cartes de jeu. À la place, chacune racontait une histoire, comme des bouts de films de la vie de mes amis, comme des captures d'écrans. Il y en avait une qui montrait Mike Goldsmith sur son vélo, dans le noir. Une autre qui montrait ma meilleure amie, Rebecca, montant dans la voiture de sa mère. Et aussi une qui montrait Keeley, que je ne connaissais pas vraiment, faisant du patin à glace. Et puis une d'Eric, mon… Elle s'est interrompue une seconde, perdue dans ses souvenirs, avant de continuer : je suppose qu'on peut l'appeler mon copain, en train de jouer au basket.

» J'ai demandé si quelqu'un voulait prendre une carte. Pas tout le monde. Juste *une* personne. Je ne savais toujours pas ce qui se passerait si quelqu'un acceptait. Du coup, j'ai battu les cartes et je les ai tendues aux autres pour que quelqu'un se porte volontaire. C'est Rebecca qui s'y est collée. Elle avait l'air contente de jouer. Elle a pris une carte, l'a regardée, et puis, comme je n'étais pas sûre de ce que je devais faire, je lui ai demandé de la replacer dans le tas. Puis j'ai rebattu les cartes, mais il ne s'est rien passé. Tout le monde s'est mis à blaguer à ce moment-là, du genre *Oh, bravo Violet, trop bien ton tour de magie.*

» Mais j'avais toujours cette sensation bizarre que quelque chose était censé se produire. J'ai levé les yeux sur l'horloge de la salle. Il était 1 heure de l'après-midi. *Une* heure. J'ai repris le paquet de cartes et je me rappelle avoir dit *J'ai dû me tromper quelque part*, et juste à ce moment-là une seule carte est sortie du lot. Je savais sans même la regarder que c'était celle que Rebecca avait choisie. Elle l'a sortie du tas et a confirmé ce que je pensais. Elle avait l'air hyper impressionnée que j'aie réussi mon tour de magie.

L'histoire de Violet commençait à me déranger sérieusement. J'avais un mauvais pressentiment. La seule chose qui me consolait, c'était de me dire que Violet était mauvaise et qu'elle contrôlait les choses horribles qu'elle avait faites, mais, avec ce qu'elle racontait, je commençais à avoir l'impression qu'elle-même se demandait d'où tout venait ce mal. Or, si elle non plus ne le savait pas…

— Ensuite, elle m'a montré la carte qu'elle avait choisie. C'était la carte qui racontait son histoire, et cette fois-ci l'histoire s'est mise à défiler. Comme si j'étais témoin. Elle montait dans la voiture de sa mère, et maintenant je remarquais que le véhicule était garé dans le garage de chez elle. Rebecca pleurait comme une folle. J'étais au courant que son beau-père était vraiment méchant avec elle, et j'étais sans doute la seule à savoir qu'elle avait commencé à se scarifier. On était meilleures amies, du coup on se disait tout. Mais je ne m'imaginais pas que les choses se passaient si mal que ça pour elle. J'ai tout vu sur cette carte. Je l'ai vue démarrer la voiture, fermer les yeux et s'endormir…

» Et puis, j'ai entendu la cloche sonner, c'était la fin de l'heure d'étude. J'ai regardé la carte entre mes mains, et c'était redevenu un neuf de trèfle. Ça n'avait aucun sens. J'ai demandé à Eric de regarder, et il m'a dit : *Ben oui, c'est un neuf de trèfle, qu'est-ce qui t'arrive ?* Ce que je venais de voir sur la carte avait l'air si réel. Ça m'a vraiment troublée. Après les cours, dans le bus, j'ai même demandé à Rebecca si tout allait bien chez elle, et elle m'a prise pour une tarée. Elle en a fait tout un plat d'ailleurs, pile devant Keeley et une autre fille qui était dans la classe d'études, Molly. Du coup, pour me défendre, je lui ai dit que j'avais eu une sensation bizarre quand on jouait aux cartes, et ça l'a mise vraiment en colère. Elle m'a répondu de m'occuper de mes fesses.

J'ai regardé Trey. Son visage affichait de la tristesse. On savait tous ce qui était arrivé à Rebecca Shermer. Mischa avait trouvé une page Facebook de commémoration que ses parents avaient créée. On avait aussi vu sa tombe, non loin de celle des sœurs mortes de Violet, à Lake Forest.

— Bref. Après ça, il ne s'est rien passé pendant longtemps. On a passé la majorité de l'été à Lake Forest, avant mon année de seconde. Ma grand-mère m'avait légué sa maison, ce qui a fait tout un drame parce que mon oncle n'était pas d'accord et qu'il voulait qu'un juge revoie la répartition du patrimoine. Avant que je retourne à l'école à l'automne, mes parents passaient leur temps à se disputer au sujet d'un potentiel déménagement à Willow pour gérer les audiences de tribunal qui se tenaient là-bas. J'avais totalement oublié Rebecca et cette histoire de cartes. Mais un lundi, en septembre, elle n'est pas venue en cours. C'était la première élève de l'école à se suicider depuis dix ans. Ça a été la panique totale au lycée. Le proviseur a rassemblé tout le monde et a prononcé un long discours. La mère de Rebecca a appelé la mienne pour demander si Rebecca m'avait dit quoi que ce soit… si elle m'avait donné des raisons de croire qu'elle avait l'intention de se tuer. Bien sûr, Molly et Keeley se sont mises à raconter à tout le monde que j'avais harcelé Rebecca le printemps précédent. Ce n'était pas vrai du tout. Je ne savais vraiment pas ce qui allait arriver. Honnêtement.

J'ai senti Henry bouger et je me suis retournée.

— C'est la fille qu'on a vue dans le miroir du magasin occulte, a-t-il précisé, gêné.

Son commentaire a surpris Violet.

— Vous avez vu Rebecca ? a-t-elle demandé, incrédule.

— On a jeté un sort sur un miroir et on lui a demandé de nous dire la vérité sur toi, lui ai-je expliqué en espérant lui ficher la trouille. Mais, après nous avoir montré tous les gens que tu as tués, il nous a juste montré ta mère en train de faire ses courses au supermarché. On ne savait pas ce que ça voulait dire.

Violet a changé de position.

— En tout cas, c'est comme ça que ça a commencé. Après la mort de Rebecca, les lumières sont revenues. Et, quand elles sont revenues, elles ont dit qu'elles en voulaient *deux*. Là, j'ai tout de suite compris ce que ça voulait dire. Elles voulaient que je trouve deux âmes. J'avais vraiment peur et je leur ai dit que je ne voulais pas le faire. Vous ne me croyez sans doute pas, mais je m'en fiche. Rebecca était mon amie. Les lumières m'ont bien eue. Je croyais que j'avais un genre de pouvoir magique qui me permettait de faire des tours de magie sympas à l'école. Je me rendais pas compte que... Bref, donc forcément j'ai dit non, hors de question. C'est là qu'elles m'ont montré dans le miroir de ma chambre pourquoi il fallait que je fasse ce qu'elles me demandaient.

Elle est devenue silencieuse au point que je pouvais entendre la respiration de Trey.

— Vas-y ! a-t-il ordonné.

Elle a levé les yeux sur lui et a annoncé d'un ton grave :

— Vous n'allez pas aimer ça, surtout pas toi.

Chapitre 41

Trey a décroisé les bras et a plongé les mains dans ses poches. Le logo Coca du distributeur illuminé se reflétait dans le bleu-vert de ses yeux.

— Il y a un jardin dans la maison de ma grand-mère, a repris Violet. Enfin, ma maison maintenant, celle dans laquelle on vit. Je me souviens que, depuis que je suis toute petite, j'y sortais chaque matin pour m'occuper des fleurs quand j'allais lui rendre visite. Le parc est immense, donc elle faisait intervenir des paysagistes, mais il y a une partie du jardin, à l'arrière, juste à l'extérieur, sous la fenêtre de la cuisine, qui était son coin à elle. Je ne me suis jamais vraiment demandé ce qu'elle faisait pousser là-dedans. J'imaginais simplement que s'occuper d'un jardin c'était une activité plutôt naturelle pour une vieille dame. Mais j'avais tort. Ce jardin n'était pas du tout typique, parce qu'elle ne l'utilisait pas du tout de façon normale. Ma grand-mère était herboriste. Elle pensait que la consommation de certaines plantes, à des doses et dans des mélanges spécifiques, pouvait être bénéfique pour la santé. Et…

La voix de Violet s'est estompée et elle m'a regardée avant de poursuivre :

— Elle croyait aussi que certaines plantes pouvaient être utilisées à d'autres fins.

— Comme de la sorcellerie, ai-je laissé échapper.

— Non, non, non, a insisté Violet. Plutôt des choses comme… influencer les décisions. Y voir plus clair. Par exemple, elle avait l'habitude de mettre des sachets de persil séché dans la maison pour favoriser la bonne fortune. Des histoires de grand-mère, quoi. En tout cas, quand mes parents se sont mariés, ma mère venait de finir ses études de droit et elle souhaitait avoir des enfants rapidement pour pouvoir reprendre sa carrière avant d'être trop vieille. Mais elle a fait une fausse couche. Tout ça, c'est elle qui me l'a raconté. Elle était tellement triste qu'elle aurait voulu mourir. Puis elle a fait une autre fausse couche. Elle a quasiment fait une dépression nerveuse et a dû demander un congé à son cabinet pendant quelque temps.

Violet s'est mise à tousser. Son visage devenait rouge à force d'être convulsé, et elle a repoussé Henry lorsqu'il lui a placé la main sur l'épaule. Sa respiration est devenue sifflante, puis elle a pris une longue inspiration avant de reprendre son récit :

— Mon père voulait qu'ils fassent une pause, qu'ils arrêtent d'essayer d'avoir des enfants pour qu'elle se rétablisse, mais les bébés étaient devenus une obsession pour elle. Elle a insisté pour qu'ils aillent voir tous les spécialistes de la fertilité de Chicago. Ils sont même allés voir un expert à Boston. Tous disaient la même chose : il ne semblait pas y avoir de raison physique qui l'empêchait de porter un enfant jusqu'à son terme.

» Ils sont retournés à Willow pour passer le week-end chez ma grand-mère, et cette dernière a dit à ma mère qu'elle allait lui préparer un mélange d'herbes qu'elle devait remporter chez elle pour calmer ses nerfs. Mais ma mère s'est mis en tête que ma grand-mère était une sorcière, et que c'était elle qui lui avait jeté un sort pour qu'elle n'arrive pas à avoir d'enfants.

J'étais de plus en plus flippée au fil de l'histoire de Violet… surtout que j'étais allée dans cette fameuse maison. J'y avais préparé des cupcakes avec Violet, dans la cuisine qui donnait sur le jardin. Les yeux bleu glacier de la grand-mère de Violet m'avaient fixée du regard depuis le tableau de famille des Simmons accroché dans l'entrée.

— Évidemment, c'était ma mère qui était parano. Ma grand-mère était aussi impatiente de devenir grand-mère que ma mère d'avoir un enfant. Mais ma mère n'allait plus trop bien à ce stade, à la fois parce qu'elle était en deuil et parce qu'elle avait peur de ne jamais réussir à concevoir. Elle avait demandé à mon père de lui promettre qu'ils n'iraient plus voir ma grand-mère, et mon père, à contrecœur, avait accepté. À cette époque, ma mère a fait une troisième fausse couche. Le médecin l'a prévenue qu'il fallait vraiment qu'elle laisse son corps se remettre, parce que ça devenait dangereux pour elle de porter un bébé. Tout ce stress autour des bébés a bouleversé la relation entre mes parents. Mon père m'a dit qu'il voulait reprendre des études, obtenir un MBA, un diplôme supérieur de commerce, et enseigner le commerce de façon à promouvoir sa carrière, mais je crois sincèrement que, s'il est retourné à l'université de Chicago à cette époque, c'était surtout pour s'éloigner de ma mère quelques nuits par semaine.

Trey a haussé les épaules. On se rapprochait du moment de l'histoire qui allait parler de lui.

— Je sais déjà ce qui s'est passé entre ton père et ma mère, a-t-il prévenu. Tu m'apprends rien.

Henry s'est retourné vers moi :

— De quoi il parle ?

J'ai regretté de ne pas lui avoir expliqué le lien entre Trey et Violet. Vu que la première personne que cette dernière avait tuée à son arrivée à Willow était la sœur chérie d'Henry, je doutais que la nouvelle lui plaise.

— Attends… Laisse-la raconter son histoire, ai-je proposé.

— Je sais bien que tu sais, a répondu Violet avec un soupir avant de se remettre à tousser. Avant que je commence à aller au lycée Weeping Willow, mon père m'a tout expliqué. Il pensait que les gens de Willow raconteraient des ragots maintenant qu'on était de retour, et il voulait que je l'apprenne de lui. Il m'a fait promettre de ne rien dire à ma mère.

— Comment veux-tu qu'elle ne sache pas ? a demandé Trey d'une voix pleine de sarcasme.

Violet l'a mal pris. Elle a été prise d'une autre quinte de toux et s'est raidie avant de se ressaisir :

— Ma mère ne connaît personne en ville, OK ? Elle travaille à Green Bay et, honnêtement, elle a pas le temps de traîner et de raconter des potins avec les autres mamans autour d'un café au Bobby's.

Elle a craché le nom du seul *diner* de la ville avec dégoût.

— De toute façon, c'est pas ça que j'allais dire.

— Est-ce que quelqu'un va finir par m'expliquer ce qui se passe ? a demandé Henry, qui s'impatientait.

— Mon père, a continué Violet, a donné des cours de commerce à l'université de Chicago à l'époque où il étudiait pour son MBA. Une de ses étudiantes…

— … était ma mère, a fini Trey.

— Oh, a répondu Henry, avant que son expression change lorsqu'il a compris ce que ça impliquait. Attends. OK. Donc ça veut dire que vous êtes…

Violet a acquiescé et a ralenti son débit en choisissant ses mots avec précaution.

— Les gens commettent des erreurs. Quand mon père m'a parlé de toi, a-t-elle repris en s'adressant à Trey, il m'a dit qu'il ne savait plus où en était son mariage à cette période. Il ne reconnaissait presque plus la femme que ma mère était devenue. Il l'aimait toujours, mais il ne supportait plus d'être en sa présence.

— Ha, s'est moqué Trey, offensé, et c'était bien compréhensible, que Violet résume cette aventure à une simple erreur sans importance. On voit bien que ton père a eu tout le temps de peaufiner cette excuse pathétique pour expliquer pourquoi il a trompé sa femme.

Le visage de Violet s'est crispé en réaction aux mots sévères de Trey.

— Bon, tu veux que je raconte la fin de l'histoire ou pas ? Je vais pas te dire que je suis désolée que ta mère n'ait pas vécu un conte de fées avec mon père, Trey, parce que, si elle avait eu ce qu'elle voulait, je ne serais pas là.

Trey a grimacé et a levé les yeux au ciel. Henry et moi nous sommes regardés, inquiets. Ça commençait à devenir méchant, mais il n'y avait sans doute aucun moyen d'éviter la rude vérité sur ce que M. Simmons avait fait, si ça avait un rapport avec le sort que Violet avait jeté sur Mischa.

— C'est ça, oui, l'a défiée Trey. Et si tu n'étais pas née, combien de gens seraient encore en vie aujourd'hui ?

La situation risquait de devenir incontrôlable. Il fallait qu'on revienne à l'origine du sort et à la façon de l'inverser avant que Trey fasse quelque chose d'irrationnel ou que Violet décide de ne plus coopérer.

— Continue, Violet, ai-je exigé, pour éviter qu'une véritable baston ne commence entre elle et Trey. Tu ne m'as toujours pas convaincue que la solution la plus rapide pour briser le sort ne serait pas de te laisser mourir de froid dans la neige.

Pendant une petite seconde, j'ai ressenti de la satisfaction en remarquant la peur dans les yeux de Violet. J'ai repensé à la soirée pendant laquelle on avait joué à « Léger comme une plume, raide comme la mort » dans la cave des Richmond, et je me suis rappelé la jubilation avec laquelle Violet avait raconté les histoires d'Olivia, de Candace et de Mischa. Avoir du pouvoir sur quelqu'un était un véritable plaisir, et le fait d'en prendre conscience m'a fait froid dans le dos.

— La mère de Trey était très jeune à l'époque. Pas beaucoup plus vieille que nous aujourd'hui. Mon père ne pensait pas qu'elle était prête à devenir mère et à abandonner ses études. Et puis, il ne voulait pas délaisser ma mère dans son état. Il savait que ce qu'il avait fait était un véritable gâchis, donc il est parti voir ma grand-mère pour lui demander de l'aide.

— Un véritable gâchis, a répété Trey.

Je voyais bien, vu la tension dans sa voix, qu'il en avait assez de la version idéalisée de la catastrophe qu'avait été son enfance malheureuse à lui. Le son des reniflements de Violet a rempli le couloir jusqu'à ce que Trey prenne la parole :

— Donc tu penses que, si ma mère et moi n'avions pas existé, rien de tout ça ne serait arrivé.

Violet savait que ça ne servait à rien de confirmer ce qu'il venait de dire, même s'il était évident qu'elle pensait, de façon totalement injuste, que tout ceci était de la faute de Trey.

— Je n'ai jamais dit ça. C'est juste que c'est comme ça que c'est arrivé.

— Bon. Mais n'empêche que, même si je n'étais pas né, ta mère aurait très bien pu se contenter d'adopter un enfant. Ou alors, tes parents auraient peut-être divorcé, et rien de tout ça ne serait arrivé non plus, a rétorqué Trey.

— J'en sais rien, moi ! Ça ne sert à rien de se demander ce qui aurait pu se passer. Le fait est qu'on en est là, a répondu Violet, qui avait l'air pitoyable et sincèrement désolée.

— Il a donné de l'argent à ma mère pour qu'elle se fasse avorter. Il te l'a dit, ça ?

Violet a pincé les lèvres un moment, choquée. J'ai vu sa poitrine se soulever et s'affaisser au rythme de ses respirations. Clairement, elle souffrait.

— Non, il ne me l'a pas dit. Mais ça ne me surprend pas. Écoute, je n'essaie pas de dire que mon père est un héros dans cette histoire.

Elle a hésité avant d'ajouter :

— Très clairement, ça n'en est pas un.

Elle est restée silencieuse pendant longtemps à regarder dans le vague. J'ai fini par m'impatienter :

— Allez, Violet, continue !

— Pardon, a-t-elle répondu. À partir de ce moment-là, tout ce que je sais, c'est ce qu'ils m'ont montré. Je veux dire les lumières. Mon père m'a tout raconté jusqu'à son aventure, il m'a dit qu'il s'était mis d'accord avec ma grand-mère pour qu'elle assure l'éducation de Trey d'un point de vue financier.

— Ha ! a lancé Trey d'un ton moqueur. Quel mensonge. Je n'ai jamais eu un sou.

— Sérieux, Trey, l'a averti Henry d'un ton bienveillant, laisse-la finir.

Violet nous a regardés tour à tour comme si elle voulait vérifier qu'on était tous d'accord avant qu'elle continue :

— Les lumières m'ont montré mon père allant chez ma grand-mère pour demander de l'aide. Seulement, il n'avait pas l'air de lui demander quoi que ce soit, on aurait dit qu'il exigeait de l'aide. Il était fou, paniqué, désespéré. Ma mère avait déjà appris qu'il l'avait trompée.

Violet s'est retournée vers Trey et a poursuivi :

— Je suis désolée de te dire ça, mais mon père n'a pas trompé ma mère qu'avec la tienne. En revanche, ça aurait été trop dur pour ma mère d'apprendre qu'il l'avait non seulement trompée avec plusieurs femmes mais qu'une de ces femmes était tombée enceinte, c'est-à-dire qu'il avait donné à une autre la chose qu'elle désirait plus que tout au monde… un bébé. Mon père voulait que ma grand-mère jette un sort pour permettre à ma mère de concevoir.

— Je croyais que tu venais de dire que ta grand-mère ne faisait pas de sorcellerie, l'ai-je interrompue.

— Mais c'est vrai ! a insisté Violet. Ce que les lumières m'ont montré, c'est juste qu'elle était prête à tout pour aider mon père, même si elle l'a prévenu que, quand on essaie de tricher avec la nature pour obtenir une chose, celle-ci demande toujours autre chose en retour.

— Une vie pour une vie, a dit Henry.

Violet a acquiescé :

— Elle a fait des recherches. Elle a essayé de trouver des livres de sorcellerie. Elle a dit à mon père de planter un arbre sur sa propriété pour chaque enfant qu'ils avaient perdu. Et, en plantant chaque arbre, il devait prononcer un genre d'incantation, mais je ne sais pas ce que c'était. Et il fallait que ce soit lui qui plante les arbres, il ne pouvait pas demander au paysagiste de le faire. Et puis, il était censé rapporter à ma mère un cadeau par jour, quelque chose de blanc, jusqu'à ma naissance. Ce qu'il a fait. Je le sais parce que ma mère m'a raconté que, pendant sa grossesse, il apportait des roses blanches tous les jours. Elle trouvait ça romantique.

La voix de Violet a tremblé.

J'ai frissonné. *La sorcellerie, ça n'existe pas*, ai-je tenté de me convaincre, mais tout ce que Violet racontait avait l'air vrai. Je ne pouvais pas m'empêcher de repenser à la première fois que j'avais longé la route privée de la propriété des Simmons avec Violet, et à l'impression que j'avais eue de pénétrer dans un autre monde. Des arbres bordaient l'allée pavée et formaient une voûte d'isolement pour quiconque entrait dans le domaine ou le quittait.

— Mais, ce dont ma grand-mère ne s'est pas rendu compte, c'est qu'elle échangeait la vie de ma mère contre la mienne. Dès que ma grand-mère est morte, ils ont commencé à me pourchasser. Je crois que de son vivant elle me protégeait d'eux, mais, une fois qu'elle n'a plus été là, plus rien ne pouvait les arrêter.

La lumière des distributeurs qui éclairait des sachets poussiéreux de bretzels et de chips fourrés au fromage a vacillé une seconde en faisant un bruit caractéristique qui nous a tous fait tressaillir, y compris Violet.

— Ma grand-mère a fini par comprendre ce qui se passait. Quand elle est morte, elle m'a laissé la maison, mais a aussi exigé qu'on me remette une lettre scellée que moi seule aurait le droit de lire. Vu que mon oncle Edward contestait mon héritage, je n'ai pu lire la lettre que juste avant la reprise des cours, mais en gros elle m'expliquait tout ce que je viens de vous raconter. Ma grand-mère voulait s'assurer que je savais à quoi j'aurais à faire face au cas où elle n'aurait pas la possibilité de m'en parler de son vivant. Elle disait qu'elle avait essayé, encore et encore, d'inverser le sort qu'elle avait jeté, mais qu'elle n'avait rien trouvé qui éviterait à ma mère une mort immédiate. Et elle savait que, si ma mère mourait, mon père ne lui pardonnerait jamais.

Je l'avais écoutée avec attention, et je me suis rendu compte que Violet n'avait jamais précisé ce qu'elle pensait que les lumières représentaient. On avait supposé que les esprits qui l'aidaient depuis tout ce temps étaient ses sœurs mortes.

— À ton avis, ces lumières, c'est qui ? lui ai-je demandé.

Violet a étiré ses pieds en direction de Trey en le désignant de la tête.

— Lui, il sait. Et les lumières savent pour lui. Ils veulent que ma mère soit avec eux. Ils sont convaincus que toute cette histoire, que ma vie en gros, c'est une trahison de la part de ma mère envers eux.

Trey a ricané en baissant les yeux.

— J'arrive pas à croire que vous ne m'ayez pas dit que ces deux-là étaient frère et sœur, a lancé Henry en secouant la tête.

— Et qu'est-ce que ça aurait changé, Henry ? Trey n'a aucun pouvoir magique qui permettrait de mettre un terme à tout ça, ai-je rétorqué en prenant la défense de ce dernier. Il est aussi démuni que nous.

— J'aurais juste voulu savoir, a précisé Henry.

— Bon, moi en tout cas, j'ai pas le choix. Soit je fais ce qu'ils veulent, soit ils prennent la vie de ma mère. C'est trop…

La voix de Violet s'est brisée et, quand elle a repris, des sanglots altéraient ses paroles :

— C'est trop injuste. Ma mère n'a jamais rien voulu de tout ça. Si quelqu'un doit payer, ça devrait être mon père, mais il n'a pas la moindre idée de tout ce qui est en train de se passer.

— Donc, ai-je dit en regardant Henry pour me donner le courage de faire ce qu'on avait prévu depuis le début, sur la base de ce que tu viens de raconter, il me paraît logique d'en conclure que, si tu meurs, le sort sera brisé, une vie pour une vie. Ou alors, peut-être que, si on coupe les arbres en question, les esprits n'auront plus rien à quoi se raccrocher dans notre monde. Ou, si ce que ces esprits veulent réellement c'est ta mère, probablement que sa mort mettrait un terme à toute cette histoire.

Le visage de Violet, humide de transpiration, est devenu plus pâle encore. Elle a secoué la tête.

— McKenna, m'a dit Henry d'une voix douce.

Je savais ce que ça voulait dire : il ne voulait pas qu'on tue qui que ce soit. J'étais terrifiée à l'idée que l'heure avait sonné, mais je savais malgré tout que je serais incapable de tuer qui que ce soit, même si ça pouvait sauver Mischa. Sans compter que, si je me faisais inculper pour meurtre, je n'aurais jamais d'avenir avec Trey… Je ne pouvais tout simplement pas prendre la vie d'un autre. Ni de mes propres mains, ni en simulant un accident atroce, ni en faisant quelque chose de cruel ou de tragique, par exemple accomplir ma menace d'abandonner Violet dehors pour qu'elle meure de froid pendant la nuit.

Tuer Violet aurait peut-être brisé le sort, mais n'aurait pas nécessairement évité que les filles dont Violet avait déjà prédit la mort soient condamnées. On venait de perdre Hailey et Abby, mais je ne savais pas si Violet aurait l'honnêteté de nous dire combien d'autres avaient joué avec elle depuis.

— Je sais, l'ai-je rassuré. Jennie nous a dit qu'on devait rejouer au jeu pour inverser le sort. Donc, je pense que c'est ce qu'on devrait faire.

— Non ! a lancé Violet en secouant la tête et en se remettant sur les genoux. Par pitié, non. Ça ne changera rien. Ils ne vous montreront pas ma mort.

— On n'a peut-être pas besoin qu'ils nous montrent comment tu vas mourir, ai-je rétorqué.

J'aurais tout fait pour appeler l'esprit de Jennie à me venir en aide pendant le jeu. *Je sais tout, je suis toujours avec toi.* C'est ce qu'elle m'avait dit la veille de Noël.

— Tout ce que je sais, ai-je ajouté, c'est qu'on est censés rejouer. Si seulement on avait un miroir ou le pendule.

— On pourrait en fabriquer un, a suggéré Trey. On a juste besoin d'un genre de ficelle et d'un petit objet lourd.

Il avait raison. En plus, j'avais toujours la sauge séchée et Henry avait récupéré une pochette d'allumettes à l'accueil du motel. On a rapidement fait le tour de ce qu'on avait à disposition. Personne, y compris Violet, ne portait de collier.

— Je sais, a soudain lancé Trey en s'agenouillant à côté de Violet pour détacher ses poignets puis me lancer la ficelle de sa capuche qui avait servi à la ligoter dans l'Audi. Tu n'as qu'à nouer les deux extrémités et accrocher quelque chose au bout. Ça te fera un pendule.

J'ai senti le poids de mes clés dans la poche de mon jean. Je les ai sorties. Après tout, un trousseau de clés m'avait déjà bien sorti d'affaire à Dearborn, donc il n'y avait aucune raison que ça ne marche pas cette fois-ci encore. Le cercle métallique sur lequel étaient disposées les clés était absolument parfait. J'ai passé le cordon à travers le cercle, et j'avais un pendule fait maison.

— Qu'est-ce que vous faites ? a demandé Violet.

— McKenna arrive à poser des questions au monde des esprits avec ce genre de truc, a répondu Henry, aussi naturellement que si on parlait de faire des courses.

Même dans son état de faiblesse, Violet a levé les yeux au ciel :

— Vous n'êtes pas sérieux !

J'ai noué les deux bouts du cordon, puis je l'ai placé autour de mon index. Les clés étaient beaucoup plus lourdes que le pendule que m'avait acheté Henry à Chicago, ce qui rendait le maniement de l'objet un peu plus complexe.

— Oh que si, on est tout à fait sérieux, l'ai-je rassurée. Trey, à toi l'honneur.

Je lui ai lancé les allumettes et la sauge.

— Allonge-toi par terre, les mains le long du corps, a-t-il ordonné à Violet en se relevant.

Elle l'a regardé, incrédule.

— Oui, tu m'as bien entendue, a-t-il ajouté sans aucune considération pour sa maladie. On va pas risquer de te laisser t'enfuir alors qu'on en a presque terminé.

Violet a jeté un coup d'œil vers moi et Henry, espérant trouver un allié. Lorsqu'elle a vu qu'elle n'arriverait à rien, elle s'est glissée sur le petit tapis disposé devant les deux distributeurs et s'est allongée. Ses cheveux se sont éparpillés sur le tapis, elle a posé les doigts le long de ses jambes et elle a fermé les yeux, l'air très fiévreux. Une fois qu'elle a été allongée, Trey a gratté une allumette et l'a approchée de la sauge. De la fumée s'est échappée de ses doigts, et l'odeur agréable de la sauge a rempli le couloir étroit.

— Pendule, ai-je commencé, un peu mal à l'aise avec Violet qui m'écoutait, à quoi ressemble « oui » ?

Les clés se sont mises à bouger dans le sens des aiguilles d'une montre, le même mouvement que le pendule que Laura m'avait appris à utiliser.

— Et à quoi ressemble « non » ? ai-je demandé.

Les clés ont changé de direction pour tourner dans le sens inverse des aiguilles d'une montre.

— Cool, ça marche, ai-je annoncé d'un ton joyeux à Trey et à Henry.

— Allez, autant se mettre à jouer maintenant, a proposé Henry. Il est presque 3 heures du matin. Qui sait ce qui va se passer à l'aube, quand les voitures vont commencer à passer devant le parc.

Violet s'est rassise d'un coup :

— Pitié. Pitié, ne jouez pas à ce jeu, vous allez mettre ma mère en danger. Sérieux. Tuez-moi, si vous pensez que ça brisera le sort.

Je ressentais de la pitié pour Violet – personnellement, j'aurais fait n'importe quoi pour sauver ma propre mère –, mais il était hors de question que je la tue.

— Pendule. Si on joue à « Léger comme une plume, froid comme le marbre » avec Violet, est-ce qu'on risque de mettre sa mère en danger ?

Les clés ont commencé à tourner clairement dans le sens inverse des aiguilles d'une montre.

— Tu vois ça, Violet ? Regarde. Il nous dit non. Ta mère n'est pas en danger.

Sa bouche s'est tordue en un rictus affreux et elle a étouffé un sanglot en secouant la tête.

— Ce truc débile ne veut rien dire. Tu le balances avec tes doigts, c'est tout.

— OK, t'as qu'à pas me croire, ai-je répondu. Jennie, es-tu avec nous ?

Le pendule s'est arrêté, puis s'est remis à bouger dans la direction inverse.

— Peut-on lui parler ?

Le pendule a continué à tourner dans le sens des aiguilles d'une montre.

— Jennie, si on joue à « Léger comme une plume, froid comme le marbre », tu veux bien nous servir de guide ?

Le pendule a poursuivi sa course.

— Génial, a murmuré Henry, enthousiaste.

— Bon, ai-je poursuivi, le cœur battant. Vous allez devoir lui maintenir les bras et les jambes pour qu'elle ne tente pas de s'enfuir.

Quand Henry s'est approché des pieds de Violet, elle s'est soudain mise à envoyer des coups. Elle se disait probablement que c'était sa dernière chance de s'enfuir. Elle s'est cabrée et s'est tournée sur le côté pour se relever, avant que Trey passe les bras autour de sa taille pour l'immobiliser.

— On ne bouge pas d'ici, a-t-il hurlé en la plaquant au sol tandis qu'elle se contorsionnait et qu'elle tentait de le frapper.

Sa voix a été absorbée par les murs du couloir et a recouvert le léger sifflement du radiateur.

— Tu ne te sens donc pas du tout responsable de ce que tu as fait ? C'est le moment de faire ce qui est juste, Violet. Il serait temps.

Elle a cessé de bouger et a fermé les yeux. Henry a placé les mains autour de ses chevilles et Trey s'est agenouillé à côté d'elle.

— Pendule, ai-je demandé, anxieuse, est-ce qu'on peut commencer à jouer ?

Contre toute attente, le pendule s'est mis à tourner dans le sens inverse des aiguilles d'une montre.

— Non ? ai-je demandé, incrédule.

J'ai regardé Trey, puis Henry :

— Pourquoi est-ce qu'il ne voudrait plus qu'on joue, maintenant ?

Trey m'a regardée, puis Henry, derrière lui, a lancé :

— Cheryl.

C'était ça. Quand on avait demandé au pendule comment inverser le sort la première fois, à la librairie occulte, on lui avait demandé autant de détails que possible sur les circonstances. Il nous avait répondu, sans équivoque, que Cheryl jouerait avec nous.

— Pendule, est-ce qu'on doit attendre l'arrivée de Cheryl ? ai-je demandé.

J'espérais de tout cœur qu'il nous dise que, finalement, on n'avait pas besoin d'elle.

Le poids des clés s'est déplacé sur ma droite et, presque imperceptiblement, le pendule a changé de direction. Oui. On était censés attendre. Mais quant à savoir combien de temps il faudrait à Cheryl pour arriver de Willow, j'étais incapable de le dire. On ne savait même pas si elle avait entamé son trajet. Ça m'aurait étonnée que Cheryl brise sa promesse, mais il était possible que ses parents l'aient convaincue de rester à la maison un peu plus longtemps ou qu'elle ait eu des soucis en route. Elle allait devoir traverser le pont Mackinac, comme nous, et, si les esprits de Violet savaient qu'elle venait à notre rescousse au beau milieu d'une tempête de neige, elle serait sans défense face aux obstacles qu'ils mettraient sur son chemin.

Il était déjà tard et on avait à peine dormi la veille. Mes yeux me brûlaient. Mon corps tout entier me faisait mal après la chute ridicule que j'avais faite depuis la fenêtre du motel. Je n'étais pas sûre d'arriver à être suffisamment sur mes gardes pour gérer les pièges que les esprits de Violet risquaient de nous lancer si on devait attendre l'arrivée de Cheryl. Il était même possible que la neige recouvrant l'Audi ait fondu d'ici là, auquel cas la police nous trouverait.

Cette histoire ne rimait à rien. Une boule s'est formée dans ma gorge. On avait pris tellement de risques, et tous nos efforts étaient réduits à néant par un cordon en polyester et un trousseau de clés.

— On devrait quand même jouer, a lancé Henry. Qu'est-ce que ça change ?

Pile à ce moment-là, on a entendu le bruit de pneus crisser sur la neige et on a vu des phares illuminer l'Audi. Violet a tenté de s'asseoir, mais Trey l'a plaquée au sol. J'ai poussé un cri de surprise. J'imaginais le pire : M. Simmons avait peut-être un dispositif pour traquer sa voiture et la police nous avait localisés malgré la neige. Je me suis raidie. Je me préparais au pire en entendant un moteur se rapprocher. On ne pouvait fuir nulle part. Trey, Henry et moi n'irions pas loin si on devait s'échapper à pied vu notre état de fatigue.

Mais, alors que je m'apprêtais à suggérer qu'on abandonne Violet et qu'on prenne nos jambes à notre cou, j'ai regardé à travers une des fenêtres du couloir et j'ai remarqué que la voiture qui venait de se garer à côté de l'Audi était une vieille Honda Accord. Mon cœur s'est mis à palpiter. C'était Cheryl. Elle a éteint son moteur et a regardé autour d'elle, confuse, jusqu'à ce qu'elle voie le bâtiment dans lequel nous étions.

— Restez avec Violet, ai-je lancé à l'intention de Trey et d'Henry.

J'étais déjà debout et je courais vers l'extérieur.

Il faisait un froid hallucinant, bien plus que la dernière fois que j'étais sortie pour récupérer Henry. Je me suis dépêchée d'arriver à la voiture de Cheryl. Lorsqu'elle m'a vue, elle a débouclé sa ceinture et a ouvert sa portière. Mais elle est restée près de sa voiture, comme si elle avait besoin qu'on la convainque de rester.

— Oh mon Dieu. Merci d'être venue, ai-je lancé.

Je me suis jetée au cou de mon amie et je l'ai serrée de toutes mes forces.

— Pas de souci, a-t-elle répondu. Mes parents ne savent pas que je suis ici. Ils croient que je suis allée me coucher dès mon retour. La ville tout entière est en mode panique depuis l'accident, McKenna. Il y a des camions de journalistes à tous les coins de rue. Deux élèves mortes. Dix blessés. L'école restera fermée toute la semaine. Je suis passée devant l'église St. Monica, et le panneau devant disait juste « Priez pour nous ». J'ai dû m'arrêter tellement j'avais envie de pleurer. Personne n'a fait d'annonce au sujet de la veillée de Tracy Hartford, parce que c'est déjà de l'histoire ancienne.

Ce qu'elle venait de dire faisait mal : Tracy aurait été furieuse d'apprendre que sa propre mort n'avait pas été le potin du moment.

Or Tracy était proche de Violet. J'aurais pensé que Violet l'appréciait suffisamment pour lui laisser la vedette quelques heures, au moins.

— Cheryl, ai-je repris en mettant mes mains sur ses épaules et en la regardant dans les yeux. Je dois te montrer quelque chose, mais il faut que tu me jures, et là je te parle de me jurer, croix de bois, croix de fer, si je mens, je vais en enfer, que tu ne vas pas te débiner.

Cheryl a levé un sourcil.

— Si je mens je vais en enfer ? C'est chaud, là. Je ne peux pas te promettre ça. Qu'est-ce que vous fichez ici, en pleine nuit ? Si vous avez un corps sans vie là-dedans ou que vous jouez à un truc satanique…

— Y a pas de mort, lui ai-je répondu avec conviction. Je te demanderais jamais de participer à un truc pareil. Bon. Suis-moi.

Sans dire un mot de plus, j'ai tourné les talons et j'ai pris la direction du bâtiment à travers la neige. Je me suis retournée une fois pour m'assurer que Cheryl me suivait bien. En arrivant à la porte du couloir, je l'ai tenue ouverte et j'ai souri faiblement à Trey et à Henry, toujours à leur poste pour maintenir Violet au sol. Cheryl s'est arrêtée nerveusement dans l'encadrement de la porte et a regardé dans le couloir plongé dans la pénombre. Au départ, elle n'a remarqué que les ombres de Trey et d'Henry, éclairés par la lumière des distributeurs, au-dessus de Violet.

— C'est… pas… vrai, a murmuré Cheryl sans bouger. McKenna, si c'est qui je pense, vous êtes… fichus.

— T'inquiète ! ai-je lancé d'un ton qui se voulait assuré.

La réaction de Cheryl ébranlait ma confiance. Elle me rappelait qu'enlever quelqu'un était inacceptable. Monstrueux.

— On a juste besoin de jouer à un jeu avec elle, et après on la libérera. Tout va bien, je te jure.

— Cours, Cheryl ! a hurlé Violet d'une voix rauque. Ils mentent ! Ils vont me tuer et vous irez tous en prison pour meurtre !

Cheryl a secoué la tête, horrifiée, et a fait un pas en arrière.

— Ça ne va pas du tout, au contraire. Comment est-ce qu'elle est arrivée ici ? Elle était à l'hôpital dans le Michigan ce matin même… Où sont ses parents ?

— Cheryl ? a lancé Henry. Cheryl, on a besoin de ton aide. On doit juste jouer à un jeu, et ensuite on la laissera partir. Tu peux même la reconduire toi-même si ça peut te rassurer.

— On y est, Cheryl, ai-je annoncé d'une voix solennelle.

Il fallait absolument convaincre Cheryl de jouer avec nous. Elle avait fait tout ce chemin en pleine nuit pour nous retrouver, il ne fallait surtout pas qu'elle abandonne maintenant. Si elle refusait de jouer, on était dans de sales draps, parce qu'on ne pourrait pas l'empêcher d'aller au commissariat le plus proche. Or, d'après Jennie, on avait besoin d'elle.

J'ai fait une dernière tentative :

— Au fond du fond, je sais que tu me crois. Olivia est morte. Candace est morte. Et maintenant, Tracy, Hailey, Abby… Ce n'est pas une coïncidence. Violet leur a jeté un sort et, si on ne joue pas à ce jeu maintenant, je ne sais pas combien d'autres personnes vont encore mourir.

Chapitre 42

Je voyais bien que Cheryl hésitait. D'un côté, elle me croyait sur le fait que Violet nous avait tous ensorcelés. Mais, de l'autre, elle avait l'impression qu'on ne savait pas ce qu'on faisait et que, potentiellement, on la mettait en danger en l'impliquant dans nos histoires de fantômes et de Mal. Ce que je pouvais comprendre.

— Cheryl, tout va bien se passer. Je te le promets. Si quoi que ce soit devient dangereux, on s'arrêtera.

— N'écoute pas ce qu'elle dit, Cheryl, a repris Violet de l'endroit où Trey la maintenait au sol. Si tu commences à jouer, je vais mourir ! Tu seras une meurtrière ! Tu iras droit en enfer !

Cheryl a regardé Violet longuement avant de se retourner vers moi :

— Ça marche, m'a-t-elle annoncé. Je fais quoi ?

On s'est placés dans le couloir. Nos bottes mouillées formaient des flaques de neige fondue à l'endroit où on s'était agenouillés autour de Violet. Il nous a fallu un effort surhumain pour réussir à enlever le manteau de Violet. Pour jouer, il allait falloir qu'on la touche, comme quand on avait joué à « Léger comme une plume, raide comme la mort » chez les Richmond. On a jeté son manteau sur le côté, et j'ai demandé au pendule si Jennie pouvait me montrer la mort de Violet pour qu'on puisse jouer correctement. Il m'a assuré que oui.

— Cheryl, est-ce que tu as un miroir ? ai-je demandé.

Cheryl a trifouillé dans son sac avant d'en sortir un étui de poudre compacte. Elle l'a ouvert pour faire apparaître un miroir recouvert d'une fine couche de poudre couleur porcelaine.

— Ça fera l'affaire ?

— C'est parfait, lui ai-je répondu. Est-ce que tu pourrais le tenir comme ceci ?

Je me suis agenouillée au niveau de la tête de Violet, mes genoux touchant tout juste ses cheveux. Trey était agenouillé à sa gauche et maintenait son bras gauche. Henry était à ses pieds et lui tenait les chevilles pour l'empêcher de lui lancer des coups. Violet s'est cambrée et a tenté d'attraper le miroir dans les mains de Cheryl.

— Vous n'avez pas le droit de me faire ça ! a hurlé Violet.

Cheryl a calmement placé son miroir dans sa main gauche pour tenir le poignet droit de Violet de sa main droite.

— Pendule, ai-je demandé d'une voix tremblante en regardant mon reflet dans le miroir, le cordon toujours dans la main droite.

J'ai placé ma main gauche sur le front de Violet pour bien la maintenir au sol.

— Peux-tu me montrer la mort de Violet ? ai-je poursuivi.

Le pendule a tourné dans le sens des aiguilles d'une montre, de plus en plus vite et en faisant des cercles de plus en plus larges. J'ai continué à regarder le miroir en ignorant l'exclamation de surprise de Cheryl, mais tout ce que je voyais, c'était mes yeux remplis d'attente.

— Il se passe quoi ? a demandé Trey au bout d'un moment.

— Elle ne voit rien, a coupé Violet en secouant la tête. Ils ne lui laissent rien voir ! Je vous l'avais dit ! Je vous avais dit qu'ils ne vous laisseraient pas faire.

Et là, j'ai compris que ce n'était pas moi que je voyais dans le miroir. C'était Jennie. Elle clignait des yeux alors que les miens étaient grands ouverts. Je me suis penchée pour y voir mieux. Le miroir s'est embué, puis une scène est apparue. Ça avait l'air d'être une salle de consultation. C'était l'après-midi, le soleil entrait à travers les lamelles du store et éblouissait les diplômes encadrés accrochés au mur. Un médecin à la barbe blanche était assis derrière son bureau, les mains croisées. Il hésitait à ouvrir le dossier devant lui. Il parlait à une femme assise en face de lui, une femme aux cheveux courts et gris qui l'écoutait attentivement. J'ai commencé à raconter ce que je voyais, terrifiée à l'idée que je ne serais pas capable de décrire l'histoire correctement si j'attendais trop longtemps.

— C'est l'après-midi, dans une salle de consultation. Un médecin à la barbe blanche, M. Ullman, ai-je commencé après avoir plissé les yeux pour lire le nom du docteur sur un des diplômes, explique à Violet les résultats des tests qu'il vient de recevoir.

Le miroir a changé de point de vue et m'a montré la réaction de Violet. J'ai été surprise par son apparence : c'était elle, sans aucun doute, même si elle avait l'air très vieille. Soixante-dix ou même quatre-vingts ans. Sa peau très maquillée laissait entrevoir de fines rides. Elle était toujours très jolie, et ses yeux bleu cristal ne laissaient aucune place au doute. Elle portait de lourdes boucles d'oreilles en perles et était habillée avec goût d'un pull en cachemire. Elle avait toujours adoré les pulls. Elle avait l'air d'écouter le médecin avec beaucoup d'attention, et j'ai pu lire sur la bouche de ce dernier le mot « cancer » au moment où il l'a prononcé.

— Ça fait plusieurs semaines qu'elle se sent mal et épuisée. Affaiblie. Même lorsqu'elle dort beaucoup, elle ne se sent pas reposée. Le médecin lui confirme sa pire angoisse, à savoir qu'elle est atteinte d'un cancer inopérable. La tumeur est apparue dans son côlon avant de toucher ses ganglions, ce qui réduit considérablement ses chances de survie.

— Tais-toi, McKenna, a lancé Violet amèrement. Arrête de parler.

Mais le miroir continuait à me montrer des choses. C'était l'avenir, et j'étais convaincue qu'il me montrait exactement la façon dont

Violet mourrait. Je l'ai vue réunir un groupe de gens d'une cinquantaine d'années dans le séjour du manoir, tous étaient patiemment assis sur le sofa. Violet leur annonçait la nouvelle, et je supposais que ces personnes étaient ses enfants et leurs conjoints.

— Violet apprend qu'il ne lui reste plus qu'un an à vivre. Son mari étant déjà décédé, elle décide dans le bureau du médecin qu'elle ne veut pas de traitement. Si le temps est venu pour elle de partir, elle veut y faire face courageusement, et ne pas passer les derniers mois de son existence à souffrir de sa chimiothérapie. Après les choses terribles qu'elle a faites plus jeune, elle est prête à accueillir la mort à bras ouverts. Elle rassemble donc ses fils et leurs femmes, et sa fille et son mari, ainsi que tous ses petits-enfants...

— McKenna, arrête ! a hurlé Violet.

— ... et elle leur annonce que son souhait est de profiter de ses derniers mois pour passer le plus de temps possible avec ses petits-enfants, et de mourir chez elle plutôt que dans un hôpital stérile et sans vie. Ses enfants la supplient de faire une chimiothérapie si cela peut rallonger son espérance de vie, mais elle est décidée. Elle leur assure qu'elle a vécu une longue vie heureuse, et elle veut qu'ils gardent en mémoire une femme forte et capable. Elle ne veut pas que leurs souvenirs soient gâchés par une fin où elle dépérirait.

Violet ne bougeait plus et paraissait à présent écouter mon histoire avec attention. Peut-être qu'elle était curieuse d'entendre sa fin inexorable.

— Elle passe les derniers mois de sa vie fragile et amaigrie. Chaque matin, elle va dans son jardin, qui lui rappelle celui de sa grand-mère. Violet veut aller sur la tombe de sa mère à Lake Forest une dernière fois, celle où toutes ses sœurs ont été enterrées avant qu'elle-même vienne au monde, mais elle sait que ça ne sert à rien de gâcher ses derniers moments à faire ce voyage long et fatigant. Elle se console en se disant qu'elle reverra bientôt sa mère, de l'autre côté.

La scène qui m'est apparue alors était si claire que c'était comme si je regardais un film. Je me suis demandé si les lumières de Violet lui avaient montré la mort de mes amies de façon aussi détaillée.

— Violet se réveille en pleine nuit et sent la présence de son infirmière qui ronfle légèrement dans le fauteuil à bascule à côté de son lit. Le moment est venu. Pendant une seconde, elle veut appeler l'infirmière et lui demander d'aller chercher sa fille pour pouvoir lui faire ses adieux, mais elle se ravise. Il vaut mieux sombrer dans le sommeil éternel sans attrister sa fille pour rien. Le lendemain matin, l'infirmière trouve le corps sans vie de Violet. C'est le fils aîné de Violet qui organise les funérailles.

Le miroir me montrait des voitures futuristes en train de se garer devant le funérarium Gundarsson, ce qui m'a fait sourire. C'était plutôt sympa de voir que la maison funéraire de ma ville allait perdurer comme un message d'espoir qui montrait que la vie à Willow continuerait et survivrait à la folie qui nous entourait depuis l'automne.

— Sa veillée a eu lieu chez Gundarsson et…

Je me suis interrompue, surprise par ce que je voyais dans le miroir.

— … des centaines de gens y assistent pour rendre hommage à une des femmes les plus généreuses et admirées de la ville. La vache, même Michael Walton est là, il a pris un vol depuis New York. Selon les dernières volontés de Violet, tous les bouquets de fleurs sont des roses blanches, et son corps est dans son cercueil…

J'ai pris une grande inspiration et j'ai prié de toutes mes forces pour que ça marche et que Mischa ne subisse pas la même fin qu'Olivia et Candace, si toutefois elle était encore vivante.

— … léger comme une plume, froid comme le marbre.

J'ai senti le corps de Violet tressauter, et j'ai levé les yeux. Henry, Trey et Cheryl avaient l'air tétanisés.

— Léger comme une plume, froid comme le marbre, ai-je répété.

Ils ont repris mon incantation :

— Léger comme une plume, froid comme le marbre, léger comme une plume, froid comme le marbre.

Le radiateur sifflait derrière moi et la neige continuait de tomber silencieusement dehors, indifférente à ce qui avait lieu à l'intérieur du bâtiment de brique.

Sous la paume de ma main et à travers les cheveux de Violet, j'ai senti sa température chuter. Elle est devenue froide très vite. Froide de façon inhumaine, comme un bloc de glace, si froide que les os de mes mains me faisaient mal à cause du froid qui pénétrait ma peau. J'ai entendu Henry pousser un cri de surprise et, à travers la lumière tamisée qui éclairait la peau de Violet, j'ai vu que ses avant-bras dénudés devenaient légèrement bleutés, comme si elle se transformait en marbre. Sa poitrine ne bougeait plus au rythme de sa respiration, et un léger film blanc de givre lui couvrait la lèvre inférieure. Elle avait l'air morte, gelée.

Froide comme le marbre.

— Elle est en train de mourir de froid ! a murmuré Cheryl d'une voix hystérique.

Cheryl avait l'air terrorisée, et le miroir dans sa main gauche s'est mis à trembler.

— Ne bouge surtout pas, ai-je commandé. Léger comme une plume, froid comme le marbre.

— Merde, a grogné Trey.

— Léger comme une plume, froid comme le marbre, a réussi à prononcer Henry.

Dans le miroir, j'ai vu la famille de Violet rassemblée au cimetière de St. Monica, une vision qui m'était familière puisque c'était là que Jennie était enterrée. Ils étaient tous vêtus de noir et un jeune prêtre les guidait dans la prière tandis que le cercueil était disposé en terre. C'était une journée de printemps magnifique, sans un seul nuage dans le ciel, et les oiseaux gazouillaient dans les branches des arbres.

Les membres de la famille de Violet ont commencé à se disperser après s'être serrés dans les bras les uns des autres. Ils s'essuyaient les yeux avec leurs mouchoirs, et j'ai vu une dernière image dans le miroir, si affreuse et inattendue que j'ai poussé un cri.

C'était une pierre tombale, à quelques mètres de la tombe dans laquelle le cercueil de Violet venait d'être enterrée. L'inscription portait le nom suivant :

TREY EMORY

Chapitre 43

Le bout du nez de Violet était bleu et cette couleur se propageait sur tout son visage. Sa tête était si froide sous mes doigts que j'avais l'impression que son corps se briserait comme un vase en céramique si on lui donnait un coup de marteau. Je m'étais détournée du miroir une seconde à peine pour regarder Violet. Ça a suffi pour que la scène que je venais de voir dans la glace disparaisse. Je n'y apercevais plus que mon reflet.

— McKenna ! Il faut qu'on arrête ! On est en train de la tuer !

Il me semblait que, si Violet avait encore respiré, on aurait vu de la fumée sortir de son nez gelé et de ses lèvres entrouvertes. Mais Violet ressemblait à un bloc de glace. Qui ne respirait plus.

Cheryl avait raison. Si ça se trouvait, on était allés trop loin. Si son corps était réellement gelé, alors ses organes aussi, auquel cas ses fonctions vitales ne fonctionnaient plus.

— C'est bon ? On a inversé le sort ? ai-je demandé au pendule.

Il a tourné dans le sens des aiguilles d'une montre. *Oui.*

— Lâchez-la ! ai-je exigé d'une voix stridente.

Ils ont tous retiré leurs mains du corps de Violet. Cheryl a posé son miroir par terre. J'ai poussé un soupir de soulagement et j'ai souri à Henry et à Trey. Les joues de Violet ont repris des couleurs. Le givre sur ses lèvres a fondu et s'est transformé en gouttes qui ressemblaient à de la rosée. Personne n'a osé prendre la parole jusqu'à ce qu'elle se mette enfin à bouger les doigts et à refermer la bouche. Avant même d'ouvrir les yeux, elle a croassé :

— Il fait froid là-dedans.

Elle s'est assise en toussant dans sa main. Manifestement, le fait de mourir et de revenir à la vie ne l'avait pas guérie de sa bronchite.

— C'est fini pour de bon ? a demandé Trey, impatient, en faisant un signe de la tête en direction du pendule. Demande-lui.

Je ne voyais pas de souci dans la formulation de Trey, vu qu'il y avait une énorme différence entre avoir inversé le sort et en avoir terminé pour de bon avec notre calvaire. On avait bien compris que les esprits aimaient nous tendre des pièges et nous parler par énigmes.

— Est-ce que c'est fini pour de bon ? ai-je demandé à ce qui nous servait de pendule.

Il s'est brutalement arrêté de bouger, ce que j'ai compris comme un refus de répondre. Ça m'a un peu décontenancée, mais ça ne me surprenait pas le moins du monde. Le pendule ne nous rassurerait pas.

— Demande-lui si on a réussi à mettre un terme au Mal, a poursuivi Trey pour blaguer.

Violet toussait toujours et s'est assise en boule. À chaque quinte, ses épaules tressautaient.

— Qu'est-ce que vous avez fait ? a-t-elle demandé lorsque sa toux s'est apaisée.

— Je crois qu'on a inversé le sort, lui ai-je expliqué.

Peut-être que le jeu lui avait fait perdre la mémoire mais, petit à petit, elle a commencé à se rappeler sa réticence à jouer juste avant de geler sur place.

— Laissez-moi appeler ma mère, a-t-elle demandé, ses yeux bleus ronds d'inquiétude. J'ai besoin de vérifier qu'elle va bien.

Soudain, le fait d'avoir prédit la mort de Violet m'a fait voir la fille devant moi comme inoffensive. J'avais passé des mois à la mépriser, à la craindre et à souhaiter ne jamais avoir croisé son chemin, mais maintenant elle était devant moi dans ce couloir sombre, craintive, malade et sans défense. Si tout ce qu'elle nous avait raconté était vrai, alors je ne ressentais plus que de la pitié. Je savais au fond que, si j'avais été à sa place, j'aurais tout fait pour sauver ma mère tellement je l'aimais. Peut-être qu'après tout ce n'était pas un monstre. Elle avait dû vivre des moments terribles, obligée de faire des horreurs pareilles sans pouvoir se confier à quiconque.

Avant de laisser Violet contacter sa mère, il nous fallait un plan. Même si on lui permettait d'utiliser le téléphone de Cheryl, on savait que la police locale, et même peut-être fédérale, avait mis les lignes téléphoniques des Simmons sur écoute pour pouvoir localiser les appels entrants.

— Vous pouvez retourner à Willow, a suggéré Violet à voix basse après nous avoir entendus discuter de la meilleure manière de la libérer et de rejoindre le Canada maintenant que le seul véhicule à notre disposition était l'Audi volée à Michael Simmons.

Notre plan de fuite était devenu impossible depuis qu'on avait abandonné le pick-up d'Henry à la station-service. En même temps, vu que la police recherchait aussi son pick-up, ça aurait de toute façon été miraculeux qu'on réussisse à traverser la frontière.

— Je dirai au juge qui vous a condamnés en automne que c'était ma faute, je vous le jure. Je lui parlerai du jeu et de l'histoire que j'ai racontée à Olivia, et j'expliquerai que vous aviez raison de penser que j'étais responsable de l'accident.

J'ai décliné son offre :

— Désolée, Violet, mais c'est difficile de te croire.

Trey a secoué la tête.

— De toute façon, même si tu disais la vérité et que tu tenais ta promesse, ai-je ajouté, ça ne changerait rien. La police de deux États nous a poursuivis jusqu'au lac White Ridge la dernière fois. Un juge ne laisserait jamais passer ça.

Trey s'est étiré et a bâillé de toutes ses forces :

— Et, même s'ils décidaient de laisser passer ça, ton père a déjà eu tout le temps de demander qu'on me gracie.

Je n'avais jamais pensé au fait que ça avait dû être une douleur folle pour Trey d'être envoyé en maison de redressement sans que son père biologique, un homme riche et qui aurait pu influencer la décision du juge, vienne à son secours. Pire encore, M. et Mme Simmons avaient passé les audiences assis dans la salle à nous fixer du regard. Moi, je m'étais sentie comme une moins que rien. Pour Trey, ça avait dû être bien pire.

— Ça l'a bien arrangé qu'on m'envoie au trou, tu crois pas ? a demandé Trey. Pile au moment où ça commençait à jaser en ville, on m'a envoyé dans un endroit où plus personne n'entendrait jamais parler de moi. C'est plutôt incroyable que ta mère n'ait pas remarqué l'air de famille après tout le temps qu'elle a passé au tribunal du comté de Shawano.

J'ai repensé à ce que je venais de voir dans le petit miroir de Cheryl, à la tombe de Trey si proche de celle de Violet. Je n'avais pas eu le temps de relever les dates inscrites dessus pour savoir quand il était mort, mais je trouvais très étrange qu'il soit enterré, dans ce qui avait l'air d'être un terrain appartenant aux Simmons. Peut-être que son père biologique et lui finiraient par avoir une relation, même si ça me semblait improbable. En tout cas, j'avais la sensation que tout apaisement entre eux aurait lieu dans très longtemps. Pour l'instant, on devait trouver un moyen de libérer Violet sans mettre sa santé en péril. Le soleil se lèverait dans trois heures, or la lumière du jour était notre ennemie.

Cheryl a évité notre regard en prononçant les mots suivants :

— Vous pouvez prendre ma voiture.

— Non, ai-je lancé.

Je savais combien Cheryl tenait à sa voiture, qu'elle avait reçue comme cadeau d'anniversaire l'été passé. C'était sa liberté, ça lui permettait de passer du temps avec Dan et de se déplacer pour aller travailler au bar à smoothies sans être dépendante de ses parents.

— Hors de question. On ne peut pas te faire ça, Cheryl.

Trey a haussé les sourcils, l'air de dire pourquoi pas, mais je savais pertinemment pourquoi je venais de dire ça. J'avais été nulle avec Cheryl depuis le début de la première. Même avant de commencer l'année, j'avais passé mon été en Floride à espérer que, de retour dans le Wisconsin, je n'aurais plus à m'associer à elle et à mon identité de geek. Chaque mail que je lui avais envoyé pendant les vacances avait été rédigé à contrecœur. J'avais été horriblement égoïste et superficielle, d'autant qu'elle ne m'avait montré que de la gentillesse.

— Je me fiche de ce que vous allez faire, a lancé Violet, qui pleurait en se cachant le visage dans les mains. Je veux juste appeler ma mère !

On n'avait plus le choix. Si effectivement on avait réussi à briser le sort, j'aurais dû me sentir reconnaissante et sans inquiétude face à ce qui nous attendait, Trey et moi. Sauf que ce n'était pas si simple : on n'était pas sûrs d'avoir brisé le sort, et on était bien plus dans le pétrin qu'une semaine plus tôt. Rien n'avait changé dans mes impressions, or, si on n'avait pas réussi, ce serait infiniment plus dur de se remettre à réfléchir si on se retrouvait chacun en prison dans des États différents.

— Et si, a commencé Trey, et si on prenait la voiture de Cheryl et qu'on la laissait en sécurité près de la frontière ? Comme ça, Cheryl pourrait dire à la police qu'elle est venue jusqu'ici pour tenter de libérer Violet et qu'on lui a volé sa voiture. Du coup, elle n'aura pas de soucis avec la justice et nous on peut ficher le camp.

— Y a un petit souci avec ton histoire, a lancé Henry d'un ton sarcastique. On en fait quoi de l'autre, là ?

— Je dirai ce que vous voulez à la police, a rétorqué Violet, sur la défensive.

— OK, ai-je fini par dire, consciente que les garçons suivraient ma décision. On ne peut pas du tout faire confiance à Violet. On va prendre la voiture de Cheryl, mais Cheryl vient avec nous. Violet reste ici avec l'Audi. Mais sans clés.

— Est-ce que je peux au moins appeler ma mère d'abord ? a demandé Violet d'une voix faible.

On savait qu'en quelques minutes seulement la police débarquerait dans le parc pour la sortir de là une fois qu'elle aurait passé son appel. Cheryl a suggéré que Violet sorte en même temps que nous et qu'elle attende au bord de l'eau jusqu'à ce qu'on ait quitté le parking. De là, elle pourrait courir jusqu'à l'intérieur du petit bâtiment et appeler ses parents depuis la cabine téléphonique qui s'y trouvait. Avec un peu de chance, le temps qu'elle réussisse à faire fonctionner le téléphone, à appeler la police et à expliquer comment elle s'était retrouvée seule et malade dans le parc Washington en plein hiver, on serait déjà loin.

On a enfilé nos manteaux et nos bonnets. J'aurais menti en disant que je n'appréhendais pas la suite. La vérité, c'est que j'avais tout aussi peur de passer la frontière et d'entamer une vie secrète avec Trey que de retourner à Dearborn. Je voulais être enthousiaste en entendant Trey parler de notre avenir. Je voulais être avec lui, mais pas dans un contexte où on aurait besoin de vivre sous de fausses identités, et où je ne pourrais plus jamais voir ma mère. Et d'ailleurs, maintenant que Violet connaissait nos projets, elle pouvait très bien en informer la police, et là on deviendrait carrément des criminels internationaux.

Dehors, le ciel était teinté de rose par l'aurore. La température était affreusement basse. Alors qu'on s'habituait au froid, on a poussé des cris de surprise, Violet aussi. J'ai repensé des milliards de fois à ce matin-là depuis, mais je n'arrive pas à me rappeler qui a parlé en premier. Je me souviens juste qu'on est tous restés sans voix de terreur pendant un long moment.

Dans la neige épaisse qui était tombée pendant qu'on était dans le couloir à attendre l'arrivée de Cheryl, cinq formes d'anges avaient été tracées derrière l'Audi, de telle manière qu'on ne pouvait pas les rater.

— Ils savent, a murmuré Violet.

Chapitre 44

On avait pris la direction du sud vers Sarnia, et je n'arrêtais pas de me demander comment allait Mme Simmons, si elle était morte au moment où on avait déjoué le sort. On a voulu prendre les petites routes, mais, dans ce coin du Michigan, la plupart étaient de mauvaise qualité et elles étaient dangereuses. À plusieurs reprises, on a dû rebrousser chemin en marche arrière de peur d'être coincés si on allait plus loin.

Il n'y avait pas grand-chose à voir en termes de paysage à part les branches enneigées des pins, ce qui m'a donné tout le loisir de rêvasser. Et c'est exactement ce que j'ai fait, jusqu'à imaginer tous les scénarios les plus lugubres qui pouvaient se produire. J'avais l'impression que mon cœur n'arrêterait plus jamais de battre aussi vite, même si on arrivait à traverser la frontière et à trouver un endroit pour dormir. Toutes les trente secondes, je m'attendais à ce que des voitures de police surgissent de derrière les arbres pour nous barrer la route.

— Au moins, s'il y a une chose positive à tirer de toute cette histoire, c'est que ça te va hyper bien, les cheveux clairs ! a rigolé Cheryl pour tenter de détendre l'atmosphère dans la voiture.

On est restés proches du bord du lac Huron. La proximité de l'eau nous donnait l'impression d'être plus en sécurité, même si on serait sans doute allés plus vite en prenant une des routes déneigées pendant la nuit. Je ne savais pas pourquoi ; on ne risquait pourtant pas de rejoindre le Canada à la nage si la police nous rattrapait.

Néanmoins, je passais mon temps à regarder les quelques pontons que je remarquais sur les contours du lac, comme si prendre un bateau avait été une possibilité. Or c'était complètement ridicule vu que j'apercevais, même de loin, d'énormes blocs de glace flottant dans les vagues couleur ardoise du lac.

Au final, on n'a jamais atteint la frontière. Que la police du Michigan nous rattrape était, rétrospectivement, inévitable. On s'est approchés de la petite ville de Sarnia, où les ferrys et un pont reliaient le Michigan au Canada, et on a remarqué la présence de la police. Elle était partout. On a erré le long de rues résidentielles, tâchant de déterminer la meilleure façon de rejoindre la Route 94 pour traverser le lac par le pont, sans la moindre idée de ce qui nous arriverait si on se retrouvait devant un poste de contrôle et qu'un douanier nous demandait des pièces d'identité. C'est alors qu'on a entendu le bruit solennel et solitaire des sirènes. C'était terminé. On était coincés.

— Désolée, les gars, a murmuré Cheryl en se garant sur le côté enneigé de la rue. J'ai fait de mon mieux.

Le fait d'être arrêtés était à la fois écœurant et rassurant. La police du Michigan, avons-nous appris plus tard, avait eu pour instruction de vérifier toutes les plaques d'immatriculation du Wisconsin au pont Mackinac et tout le long de la rivière Sainte-Claire. Depuis le début, elle s'attendait à ce qu'on tente de traverser la frontière. Même Henry, qui n'avait jamais dit avoir changé d'avis au sujet du Canada, regardait l'eau et le drapeau canadien qui flottait de l'autre côté de la rive, au loin, tandis que la police lui passait les menottes. On y était presque. Plus tard, après notre arrestation, j'apprendrais qu'on était à moins d'un kilomètre de la frontière. Ça faisait mal au cœur.

J'ai fermé les yeux et j'ai tenté de me remplir la tête d'images de chez moi tandis qu'on me mettait les menottes et qu'on me fourrait à l'arrière d'une voiture de police, toute seule. Chez moi, chez moi. Ma couverture, l'odeur voluptueuse du café que préparait ma mère le matin, le bruit des pattes de Maude se précipitant dans le couloir dès qu'elle m'entendait me réveiller. Les cartons de jouets dans le garage qui portaient mes empreintes d'enfant à côté de celles de Jennie. Et ma fenêtre, au-dessus du radiateur, par laquelle je voyais directement dans la chambre de Trey, ce qui me permettait d'imaginer un avenir dont je rêvais depuis que j'étais petite fille.

Épilogue

À la décharge de Violet, elle a tenu sa promesse et a convaincu ses parents de plaider pour faire réduire nos condamnations. J'ai halluciné de voir le changement dans sa personnalité, mais je me suis dit que, si elle avait été honnête sur les origines du sort, elle n'avait aucune raison de continuer à nous punir. Après tout, à ma grande surprise, sa mère se portait bien. Mme Simmons était assise dans la salle d'audience du tribunal d'Ortonville en ce mardi matin, vêtue d'un chemisier de soie bleu pervenche, tandis que le juge Roberts me faisait la leçon.

Heureusement, cette fois-ci, mon audience n'est pas devenue l'événement public du moment, puisque la plupart de mes anciens camarades et leurs parents étaient chez Gundarsson et rendaient hommage à Tracy Hartford. Le petit funérarium avait une semaine chargée puisque mercredi ils organiseraient également la veillée d'Abby et d'Hailey, les deux seules autres victimes avérées de l'accident.

Le soleil brillait ce matin, lorsqu'on était sortis de la maison, et la météo suggérait que la température grimperait suffisamment pour que la neige commence à fondre dans l'après-midi. Je pressentais que d'ici les nouvelles du soir, le corps brisé de Stephani de Milo serait retrouvé en bas du mont Farthington, ce qui ajouterait encore à la charge de travail du funérarium. Les recherches poursuivaient leur cours à Fitzgerald, et le mono qu'on avait vu avec elle était détenu par la police du Michigan comme suspect potentiel dans la disparition de Stephani.

Sans aucun doute, on avait donné aux journalistes locaux le scoop de leur carrière. En plus des événements en direct concernant la recherche de Stephani, l'autre adolescente disparue de Willow, Mischa Portnoy, était mystérieusement revenue lundi soir. Elle disait ne plus se souvenir d'où elle avait passé ces derniers jours, mais qu'elle avait soudain repris ses esprits dans un train en direction d'Ortonville. J'étais si heureuse de la voir vivante, et feignant l'ignorance de façon très convaincante à la télé, que je me suis interrompue au milieu d'une phrase alors que je parlais avec ma mère, Glenn et mon avocat. Je me suis levée de table pour m'asseoir devant la télévision. Je pleurais de joie. On avait réussi, finalement. Le sort avait épargné Mischa… elle n'était plus en danger.

Mischa avait l'air d'être redevenue elle-même. Elle a annoncé de manière éhontée qu'elle et sa sœur comptaient participer aux finales des championnats de gymnastique régionaux à Eau Claire, et qu'elle s'attendait pleinement à être sélectionnée pour les Jeux Olympiques.

— Ce tribunal en a plus qu'assez de vos frasques ébouriffantes, mademoiselle, m'a reproché le juge.

Je gardais les yeux rivés sur mes mains croisées devant moi, trop épuisée et reconnaissante d'avoir pu passer la nuit dans mon lit chez moi plutôt qu'en prison pour le défier.

— Cette petite escapade a coûté des sommes incroyables à l'État du Michigan, et les autorités seraient ravies que je vous enferme dans une prison pour adultes et que je perde la clé pendant plusieurs années.

L'avocat que ma mère avait engagé, un rondouillard qu'elle avait dégoté à Suamico, s'est levé et a essuyé les épaules de sa veste bleu marine couverte de pellicules.

— Votre Honneur, la défense suggère que Mlle Brady soit confiée à son père pour purger le reste de sa peine à Tampa, en Floride, jusqu'à son dix-huitième anniversaire.

Le juge a pris en considération la proposition de maître Whaley ainsi que les commentaires de ma mère tandis que je restais silencieuse. De là où j'étais, je voyais que Glenn serrait la main de ma mère. J'étais heureuse qu'elle ait trouvé quelqu'un pour l'aider à traverser le chaos que je lui faisais subir. Je ne croyais pas une seule seconde que le juge accepterait la proposition de m'envoyer en Floride, et je l'avais dit à ma mère lorsqu'elle avait initialement suggéré la chose à mon avocat dans notre salon. Mais de toute façon, vu que Trey et moi allions être séparés, la distance ne changeait plus rien. S'il retournait dans le nord du Wisconsin, on pouvait aussi bien m'envoyer sur Charon, la plus grosse lune de Pluton, parce qu'on ne pourrait plus se voir avant d'avoir purgé nos peines et d'être libres à nouveau.

— Nous allons faire un essai à durée limitée, a fini par se prononcer le juge, qui n'avait pas l'air convaincu qu'il s'agissait d'une bonne idée.

Mon avocat nous avait dit que Dearborn n'avait pas particulièrement envie de me reprendre, ce qui avait sans doute un rapport avec la décision du juge Roberts. Ce dernier s'est retourné vers moi et a poursuivi son argumentation :

— Je vous donne jusqu'à la fin du mois de mars pour prouver que vous savez vous conduire de manière acceptable et que vous pouvez obtenir des notes décentes sous la tutelle de votre père.

Un sanglot de joie s'est échappé de ma mère, et M. et Mme Simmons sont restés de marbre tandis que le juge continuait à préciser la liste de choses que mon avocat avait à faire pour que cette décision soit validée. Ma mère allait devoir signer des papiers pour céder la garde parentale exclusive à mon père de manière temporaire. Il faudrait que je parte pour Tampa avant vendredi et que je quitte le Wisconsin. Il était hors de question que je traîne à Willow. Mon père devait m'attendre à l'aéroport et signer un papier de décharge fourni par le personnel navigant de mon vol, ma mère devrait m'inscrire au lycée de Tampa via le tribunal du comté de Shawano, et mon nouveau lycée serait mis intégralement au courant de mon histoire. Le tribunal se réservait le droit de vérifier comment je me comportais auprès de la direction du lycée et pouvait exiger de voir mes résultats et demander des rapports sur mon attitude.

— Il vaudrait mieux vous habituer à une assiduité scolaire parfaite, mademoiselle, m'a prévenue le juge tandis que je descendais de la barre. Ne me donnez pas de raison de croire que vous manigancez quoi que ce soit.

Ma mère était excitée comme une puce en quittant la salle d'audience. Elle était toujours furieuse après moi, mais la déclaration écrite de Violet qui avait été présentée au juge pour ma défense et celle de Trey avait l'air d'avoir convaincu ma mère qu'il y avait peut-être une bonne raison, quoique difficilement crédible, qui expliquait les folles aventures que nous avions entreprises ces trois derniers mois. Je me demandais ce que Violet avait écrit dans cette déclaration. Je n'aurais sans doute jamais l'occasion de la lire ni de voir Violet avant de partir pour l'interroger directement.

En sortant par la double porte de la salle d'audience dans le couloir frais, j'ai avalé de travers en voyant Trey. Il avait l'air misérable, assis entre sa mère et Walter. Nous avions toujours l'air ridicules avec nos cheveux teints en blond, mais, lorsqu'il a levé les yeux, j'ai plongé dans son regard bleu-vert.

— Coucou, a-t-il lancé en se levant de son siège.

— Trey, l'a averti sa mère en lui demandant de se rasseoir.

— Salut, ai-je répondu en ignorant sa mère. Tu as vu Mischa à la télé ?

Il s'est retourné vers ses parents avant de répondre :

— Je n'ai pas vraiment eu le droit de l'allumer.

— Elle va bien, lui ai-je expliqué, les larmes aux yeux. Elle est en vie et elle est rentrée chez elle.

Un sourire s'est lentement formé sur les lèvres de Trey, qui a hoché la tête en signe d'approbation.

— Ils te renvoient à Dearborn ? m'a-t-il demandé.

Il portait son seul et unique costume, celui qu'il avait aux veillées mortuaires d'Olivia et de Candace, ainsi que lors de notre dernière entrevue avec le juge Roberts à l'automne. Il lui allait toujours aussi mal, on aurait dit un épouvantail ou un déguisement d'Halloween.

— Non, en Floride, lui ai-je répondu.

À ce moment-là, un gardien en uniforme a ouvert une des doubles portes et a annoncé « Emory ». Son audience allait commencer.

Trey m'a enlacée et m'a chuchoté « Attends-moi » avant que sa mère le tire en avant et qu'il disparaisse par les portes.

J'ai pleuré comme un bébé pendant tout le vol à l'idée de ne pas revoir Trey avant juillet, lorsqu'il aurait dix-huit ans.

Finalement, la Floride n'était pas si horrible que ça. Le temps que j'arrive, Rhonda et mon père avaient déjà préparé ma chambre, et mon père avait pris sur lui de m'acheter un nouvel ordinateur portable pour que je puisse rester en contact avec mes amis de Willow. Ils étaient en mode super-parents, me posaient des tonnes de questions et faisaient des milliers de promesses d'excursions qu'on ferait le week-end pour m'égayer l'esprit avant la reprise des cours. C'était vraiment bizarre de dormir dans une chambre parfaitement normale, qui n'était pas hantée.

J'ai fait de mon mieux pour être aussi reconnaissante et positive afin de faire plaisir à mon père et à Rhonda, et j'ai souri à toutes leurs suggestions de tours en hydroglisseur et de visites de fermes de crocodiles. Le fait de tout reprendre à zéro dans une nouvelle ville était nul, mais ça en valait la peine puisque Mischa était vivante. Et puis, Trey me rejoindrait dès qu'il serait libre de quitter son lycée, à ses dix-huit ans. J'avais l'intention de rester sage en Floride, même si ma mère me manquait terriblement. Je regrettais profondément tout ce qui était arrivé depuis le début de l'année.

Le nouveau portable était une distraction super, d'autant que même si mon père m'assurait que je n'avais pas été la star des infos en Floride, mes nouveaux camarades de lycée avaient l'air d'avoir compris que j'étais là pour des raisons louches. La vie là-bas m'était étrangère, mais au moins je pouvais écrire à Henry, à condition d'éviter de parler de ce qui s'était passé dans le Michigan. L'histoire qu'il avait racontée au tribunal pour qu'on ne le punisse pas trop sévèrement était entièrement fondée sur l'idée qu'il n'était parti dans le Michigan que parce que je lui avais promis de lui donner des détails sur la mort de sa sœur. Le juge Roberts savait pertinemment qu'il avait menti à tous les policiers de l'État du Michigan, puisque son audience n'avait eu lieu qu'une semaine après la mienne, mais il l'aimait bien et avait pris en compte le fait que la famille Richmond souffrait encore terriblement de la mort d'Olivia.

Cheryl n'avait pas eu de problèmes avec la justice : elle avait expliqué qu'elle n'avait pas du tout réalisé que Trey et moi étions dans une situation aussi délicate. Elle avait raconté qu'elle s'était rendue à Cheboygan parce que Henry l'avait appelée et lui avait demandé de le retrouver, sans savoir que Trey et moi serions là et qu'on gardait Violet prisonnière. Si la police avait pris le temps de vérifier ses notes et la fréquence de sa participation au club de débat du lycée, elle aurait sans doute compris qu'elle avait tout pour être la championne du monde de mensonges. Mais les policiers ont paru satisfaits de nous avoir rattrapés, Trey, Henry et moi, et ils ne voyaient pas l'intérêt de punir une jeune fille à lunettes que tous ses enseignants admiraient.

C'est Mischa qui s'est lâchée une fois qu'elle a compris que j'avais accès à Internet en Floride. J'ai attendu qu'elle me contacte, parce que je ne voulais pas risquer de contredire la version qu'elle avait donnée à ses parents, à la police et aux journalistes comme quoi elle ne se souvenait plus de ses moments passés à la librairie occulte. J'aurais pu comprendre qu'elle choisisse de mettre toute cette histoire derrière elle, pour ne plus jamais avoir à repenser à ces semaines terrifiantes, convaincue qu'elle allait mourir à tout moment. Mais son premier mail m'a montré qu'elle était toujours aussi bavarde, même à l'écrit.

Mischa Portnoy

Mardi 12:47

J'hallucine, McKenna ! J'essaie de découvrir ce qui vous est arrivé depuis que je suis rentrée, mais le *Willow Gazette* n'a parlé de vous que ce matin ! Alors, comme ça, t'es en Floride ? TROP jalouse ! Je vois pas en quoi c'est une punition de se faire bronzer en buvant des jus de coco ! C'est abusé !

Violet Simmons est passée me voir hier, c'était trop zarb. Je saurais pas t'expliquer, mais elle a l'air d'avoir changé. Elle m'a raconté ce qui s'était passé dans le Michigan, que vous l'aviez fait jouer à un jeu, et elle m'a expliqué que je n'avais plus besoin de m'inquiéter. Elle m'a dit qu'elle aurait aimé savoir comment mettre un terme à tout ça plus tôt et qu'elle s'en veut terriblement pour tout ce qu'elle a fait. J'ai presque eu de la compassion pour elle, t'y crois ? Elle avait l'air trop déprimée et elle m'a dit plus d'une fois qu'elle était sûre d'aller en enfer. Mais elle sort toujours avec Pete Nicholson, alors je me dis que, quelque part, elle s'en veut pas tant que ça, t'es pas d'accord ?

Bref, tu te souviens comment la nana de Chicago à la librairie qui essayait clairement de chauffer Henry t'a dit que tu avais un don parce que tu pouvais utiliser le pendule ? Eh ben, devine quoi ! Je crois que moi aussi ! Je commençais sérieusement à m'ennuyer là-bas, du coup je me suis mise à jouer aux cartes avec des clients. Pendant qu'on jouait, j'ai eu la sensation que, si je leur faisais choisir une carte et que je leur demandais ensuite de la remettre dans le tas, je serais capable de leur dire quelle carte ils avaient tirée. C'était hallucinant. Quand ils ont replacé leur carte dans le tas et que je me suis concentrée, la carte qu'ils avaient choisie est ressortie direct ! Alors que j'avais battu les cartes et tout ! Du coup, je continue à m'entraîner à la maison, je suis devenue hyper douée. C'est dommage, hein ? T'es plus la seule à avoir des pouvoirs magiques !

Mon cœur battait si fort pendant que je composais le numéro des Portnoy depuis le fixe de mon père que je n'aurais pas été étonnée de faire un arrêt cardiaque avant que quelqu'un ne réponde. Je tremblais et je me suis mise à respirer en haletant, comme si je venais de faire un marathon. Le vieux répondeur des Portnoy s'est enclenché et j'ai juré en silence. Je n'avais ni le numéro de portable de Mischa ni celui d'Amanda, puisqu'une des conditions pour qu'on me laisse partir en Floride était que je n'aie pas de téléphone portable.

J'aurais dû le savoir… Les esprits de Violet avaient été plus malins que nous. Mischa n'avait pas échappé au sort. Comme on avait déjoué le sort en faisant en sorte qu'il ne la touche pas, c'est elle qui en avait hérité. Et, tout comme les esprits avaient piégé Violet en lui faisant croire au début que son pouvoir maléfique n'était qu'un talent amusant, ils faisaient la même chose à Mischa. Elle était sans doute déjà en train de signer les arrêts de mort de tout le monde autour d'elle sans le savoir. Il fallait absolument l'arrêter.

hachette s'engage pour l'environnement en réduisant l'empreinte carbone de ses livres. Celle de cet exemplaire est de : 500 g éq. CO_2
Rendez-vous sur www.hachette-durable.fr

PAPIER À BASE DE FIBRES CERTIFIÉES

« Pour l'éditeur, le principe est d'utiliser des papiers composés de fibres naturelles, renouvelables, recyclables et fabriquées à partir de bois issus de forêts qui adoptent un système d'aménagement durable. En outre, l'éditeur attend de ses fournisseurs de papier qu'ils s'inscrivent dans une démarche de certification environnementale reconnue. »

Composition et mise en pages : Nord Compo

Achevé d'imprimer en France par CPI-Brodard & Taupin
Dépôt légal 1re publication mars 2018
18.7627.0 – ISBN : 978-2-01-626917-6
Édition : 01 – Dépôt légal : mars 2018
N° d' impression : 3025956